Une mère aux abois

*

Cœurs brûlés

DELORES FOSSEN

Une mère aux abois

Traduction française de
CHRISTINE BOYER

BLACK ROSE

HARLEQUIN

Collection : BLACK ROSE

Titre original :
MARKED FOR REVENGE

HARPERCOLLINS FRANCE
83-85, boulevard Vincent-Auriol, 75646 PARIS CEDEX 13
Service Clients — https://www.harlequin.fr/contenu/contactez-nous
ISBN 978-2-2805-1300-5 — ISSN 1950-2753

Édité par HarperCollins France.
Composition et mise en pages Nord Compo.
Imprimé en mai 2025 par CPI Black Print (Barcelone)
en utilisant 100% d'électricité renouvelable.
Dépôt légal : juin 2025.

FSC www.fsc.org MIXTE Papier issu de sources responsables FSC® C159065

Pour limiter l'empreinte environnementale de ses livres, HarperCollins France s'engage à n'utiliser que du papier fabriqué à partir de bois provenant de forêts gérées durablement et de manière responsable.

1

Lorsqu'elle se pencha vers la jeune morte, Ava Lawson, l'adjointe du shérif, eut un choc en découvrant sur elle son propre visage. Il ne s'agissait pas d'une simple ressemblance.

Elle voyait le reflet exact de ses propres traits.

Le tueur avait fait imprimer une photo d'elle sur un tissu fin qu'il avait ensuite moulé sur la figure de sa victime.

Submergée par une violente vague d'émotion, Ava eut soudain du mal à respirer. Elle s'efforça de se ressaisir, consciente que ce genre de stress n'était pas bon pour le bébé qu'elle attendait.

Enceinte de cinq mois, elle était en principe à l'abri d'une fausse couche, mais elle ne voulait pas risquer de faire du mal à son enfant à naître.

Même si quelqu'un s'évertuait à lui en faire, à elle.

Puisqu'elle était manifestement ciblée dans cette histoire, le bébé qu'elle portait l'était aussi.

— Ça va, Ava ? lui demanda son chef, le shérif Theo Sheldon.

Debout à côté d'elle, il observait, lui aussi, la scène du crime.

— Ça va, réussit-elle à balbutier d'une voix rauque.

C'était un mensonge, ils le savaient tous les deux.

Tout en passant la main sur son ventre, Ava prit une profonde inspiration et s'ordonna de se ressaisir. Il lui fallait se concentrer sur son travail, chercher des indices qui leur permettraient de pister le tueur en série, de l'identifier et de le traduire en justice.

Cette jeune femme était en effet sa troisième victime.

Toutes trois avaient été étranglées avant d'être abandonnées dans les bois bordant Silver Creek, petite ville du Texas, où vivait Ava. Les habitants comptaient sur le shérif et ses adjoints pour les protéger de l'assassin, mais jusqu'ici ils n'avaient pas réussi à l'arrêter. Et d'autres innocentes risquaient de subir le même sort.

Au bord du malaise, elle s'obligea à respirer à fond. Avec le retour du printemps, tout était en fleurs et les senteurs environnantes la revigorèrent un peu. Les températures étaient tombées avec la nuit et elle se félicita de cette fraîcheur qui l'empêchait de s'évanouir.

Elle balaya du regard le sous-bois et les arbres alentour. Grâce aux énormes projecteurs installés par la police scientifique du comté, elle n'avait aucun mal à observer la scène du crime malgré l'obscurité.

Le cadavre n'avait pas été abandonné en évidence, sur un des nombreux sentiers qui sillonnaient la forêt, mais à l'écart, au milieu de la végétation. Si le bureau du shérif de Silver Creek n'avait pas reçu un appel *anonyme* au 911, le numéro des secours, leur indiquant l'endroit où avait été laissé le corps, la jeune morte n'aurait peut-être jamais été retrouvée.

Mais, bien sûr, le tueur avait voulu qu'ils sachent qu'il avait encore frappé.

Qu'*Ava* le sache.

Il avait tenu à ce qu'elle voie son propre reflet sur ce visage et éprouve l'écœurement et l'effroi qui la ravageaient. Il avait tout fait pour qu'elle se sente responsable de ces abominations. Et pour qu'elle mesure son impuissance à les empêcher.

Depuis la découverte du premier cadavre, trois mois plus tôt, Theo, Ava et les autres adjoints ne comptaient plus leurs heures. Ils travaillaient comme des fous. Ils avaient épluché tous les rapports des scènes de crime, suivi toutes les pistes. Ils avaient lu et relu les dossiers de tous les suspects qu'ils avaient arrêtés et interrogés, tous ceux qui étaient apparus sur leur radar comme étant susceptibles d'en vouloir personnellement à Ava.

Comme Silver Creek n'était pas une grande ville, le nombre de dossiers et de suspects potentiels n'était pas astronomique. Mais voilà maintenant six ans qu'Ava était adjointe du shérif, après avoir exercé huit ans comme inspectrice au sein de la police de San Antonio. Après quatorze ans dans les forces de l'ordre, elle avait donc largement eu l'occasion de se faire des ennemis. Mais jusqu'à présent, elle n'avait pas été capable de relier qui que ce soit à ces assassinats.

Les corps des deux premières victimes avaient été, eux aussi, abandonnés avec le masque du visage d'Ava collé aux leurs. Mais aucune scène de crime similaire n'avait été signalée ailleurs dans l'État. Cela ne signifiait pas que le tueur n'avait pas commis d'autres meurtres. Il avait pu n'utiliser ces masques qu'avec ces femmes particulières.

Le téléphone de Theo bipa pour lui annoncer la réception d'un texto et il marmonna un juron en le lisant.

— Le maire a entendu parler de ce troisième meurtre et a décidé de demander aux Texas Rangers de nous envoyer du renfort.

Basés à Austin, la capitale du Texas, les Texas Rangers étaient, à l'origine, au XIXe siècle, chargés de protéger la frontière texane des Mexicains et de repousser les Indiens. Patrouilleurs solitaires, ils étaient discrets, mais très efficaces et connus pour leur courage. Au fil des ans, ces as de la gâchette avaient été amenés à travailler sur des infractions allant des meurtres aux corruptions politiques. Ils avaient pris part à bon nombre des événements de l'histoire du Texas. Désormais, les Texas Rangers s'occupaient de mener certaines enquêtes criminelles et remplissaient un peu le rôle d'une agence du FBI. Mais ils n'opéraient qu'au Texas.

Les Texas Rangers ?

Ava se sentit blêmir. En proie à un mauvais pressentiment, elle releva brusquement la tête.

— Il a fait appel à Harley, ajouta Theo en lui montrant le SMS.

Désolé, mais j'ai été affecté à ton enquête. J'arrive bientôt. Harley.

Il ne manquait plus que ça ! songea-t-elle.

Elle ne connaissait que trop bien le Ranger Harley Ryland. Lorsqu'elle avait intégré la police de San Antonio, elle avait souvent travaillé avec lui. Et par la suite, elle avait noué une relation amoureuse avec lui, une relation qui s'était poursuivie par intermittence quand elle avait été nommée à Silver Creek... jusqu'à leur rupture définitive, cinq mois plus tôt.

Leur histoire ne s'était pas bien terminée. Chargé d'enquêter sur le père d'Ava, le sénateur Edgar Lawson, soupçonné d'être mêlé à une affaire de corruption et de malversation financière, Harley avait finalement conclu à un non-lieu. Parce qu'il l'avait innocenté, son père – qu'elle détestait – n'était pas en prison. Ava l'avait vécu comme une trahison et l'avait quitté sur-le-champ.

Or, le jour même où Harley avait blanchi le sénateur, elle avait appris qu'elle était enceinte. Elle avait décidé de garder le bébé et l'aimait déjà. Seule ombre au tableau : Harley tenait à participer activement à l'éducation de leur enfant à naître.

Il ne serait pas facile de trouver un terrain d'entente pour l'élever conjointement. Et en attendant, la simple perspective de devoir retravailler avec lui l'accablait. Non seulement il n'était jamais simple d'être obligée de côtoyer un ex, mais surtout, Harley connaissait toutes ses fautes et ses secrets passés. *Tous*. Y compris les plus intimes, les plus gênants.

— C'est la troisième victime, dit Theo, en la forçant à revenir à la scène du crime. Nous avons donc affaire à un tueur en série.

Il fallait en effet avoir commis au moins trois meurtres pour mériter ce qualificatif. Et le tueur n'était pas un imitateur. Theo le savait aussi bien qu'elle.

Ils n'avaient pas divulgué à la presse de nombreux détails spécifiques sur ces homicides. Ils avaient ainsi gardé pour eux le fait que l'assassin recouvrait ses victimes de la tête aux pieds de sacs-poubelle noirs et leurs visages de masques en tissu à l'effigie d'Ava. La présentation du cadavre de cette troisième femme semblait identique aux deux autres.

Tout en veillant à ne pas polluer la scène, Ava se rapprocha pour regarder l'une des membres de la police scientifique soulever le masque du visage de jeune morte. Theo jura et Ava comprit pourquoi. Il l'avait reconnue. Elle aussi.

Monica Howell.

La trentaine, divorcée, sans enfants, Monica était coiffeuse au salon Sassy Curls, sur Main Street. Ses parents vivaient dans un ranch. De braves gens, piliers de la communauté.

— Personne n'avait signalé sa disparition ? s'enquit Veronica Reyes, la technicienne de la police scientifique, en se tournant vers Ava et Theo.

Ava secoua la tête. Si une femme avait disparu dans l'un des trois comtés, le bureau du shérif de Silver Creek en aurait aussitôt été prévenu. Ce qui signifiait que les parents, les amis et la patronne de Monica ignoraient encore qu'elle avait été enlevée.

Le tueur avait conservé le même mode opératoire.

Il ne gardait jamais longtemps ses victimes. D'après ce qu'ils avaient pu reconstituer au cours de l'enquête, les deux autres jeunes femmes avaient été tuées moins d'une heure après avoir été aperçues pour la dernière fois.

— Monica est en tenue de travail, remarqua Theo lorsque Veronica commença à retirer les sacs en plastique noirs du corps.

Toutes les employées du Sassy Curls portaient en effet une blouse bleue avec leur prénom brodé sur la poitrine.

— Peut-être a-t-elle été enlevée alors qu'elle quittait le salon.

— Peut-être, répondit Ava.

Elle dressait déjà mentalement la liste des commerçants de la ville équipés de caméras de surveillance. Aucun d'eux ne se trouvait à proximité du Sassy Curls, mais l'un des objectifs avait peut-être, malgré tout, capturé l'image du tueur.

De toute évidence, Theo était sur la même longueur d'onde.

— Je vais demander les images de la caméra de surveillance installée sur le feu de Main Street, dit-il en s'éloignant, sans doute pour appeler l'adjoint de garde à cette heure-ci. Nous aurons peut-être de la chance.

En tout cas, Monica n'en avait pas eu, elle. Elle avait été brutalisée, assassinée avant d'être abandonnée ici comme de vulgaires détritus. La gorge serrée, Ava s'ordonna de se calmer quand elle vit le camion qui s'arrêta derrière celui de la police scientifique.

Oh ! pitié ! Que diable fabriquait-il ici ?

Elle avait évidemment reconnu le véhicule de Waylon McClintock, le maire de Silver Creek. Il venait souvent jouer les mouches du coche au bureau du shérif. Son arrivée sur la scène du crime annonçait, à n'en point douter, des ennuis.

Waylon n'était pas seul. Ava réprima un juron à la vue du grand brun qui ouvrit la portière, côté passager, et bondit du camion.

Harley.

La lumière des projecteurs se reflétait sur l'étoile, symbole de Lone Star State, accrochée à sa chemise, alors qu'il marchait vers elle. Avec son sombrero, son jean et ses bottes à bouts pointus, il incarnait le Ranger dans toute sa splendeur. Comme beaucoup d'entre eux, il portait deux revolvers à la ceinture qui lui donnaient l'air d'un *pistolero* du Far West prêt à attaquer les bandits.

— Bonsoir, adjointe, la salua Waylon de son ton bourru habituel.

— Bonsoir, monsieur le maire, répondit-elle.

Il jeta un coup d'œil à Theo, qui faisait les cent pas tout en parlant au téléphone.

Comme elle se tournait vers Harley, Ava croisa ses yeux chocolat. Elle crut y voir des excuses. Mais peut-être prenait-elle ses désirs pour des réalités. Il posa brièvement le regard sur son ventre arrondi avant de reporter son attention sur le cadavre.

— J'ai entendu parler du meurtre par le dispatcher, grommela Waylon. J'aurais préféré l'apprendre par Theo ou par vous.

— Nous étions occupés, répliqua-t-elle. Nous sommes partis dès que nous avons reçu l'appel et nous travaillons sur la scène du crime depuis lors. Il s'agit de Monica Howell, ajouta-t-elle, incapable de dissimuler son émotion.

Waylon poussa un long soupir et ferma un instant les paupières.

— Bon sang, ses parents vont être anéantis.

Il avait raison. Theo et elle iraient leur apprendre la tragédie dès qu'ils en auraient fini ici.

— Je crois que je n'ai pas besoin de vous présenter Harley, ajouta Waylon avec une pointe de sarcasme en penchant la tête vers lui. Manifestement, les Texas Rangers sont notre seule chance de salut. Jusqu'à présent, vous avez été incapables de mettre un terme à ces meurtres. Or, ils doivent cesser. Les habitants de ma ville ont le droit de se sentir en sécurité.

Il semblait prêt à continuer sur sa lancée, mais il s'interrompit quand Theo revint vers eux.

Theo salua Harley d'un signe de tête. Tous deux étaient de la même famille, pas par le sang, mais sur tous les autres plans. Theo avait, en effet, été élevé par l'ancien shérif, Grayson Ryland, après l'assassinat de ses parents. Et le père de Grayson, Boone, avait adopté Harley et ses frères après avoir épousé leur mère.

— Vous pourriez refuser de travailler avec Harley, poursuivit Waylon en s'adressant à Theo et Ava. Mais ce ne serait pas votre intérêt. Laissez-le vous aider avant d'être obligés d'annoncer à d'autres parents que leur fille a été assassinée par un tueur que vous n'avez pas réussi à identifier.

Une profonde culpabilité s'abattit sur Ava. Non seulement ils n'avaient pas été capables d'attraper l'assassin, mais, pire, elle était manifestement liée au tueur. Elle seule. Et pas Waylon, ni Theo, ni personne d'autre impliqué dans cette enquête. C'était son visage que le meurtrier avait plaqué sur ses victimes. Elle était le point commun entre toutes ces malheureuses et tôt ou tard, elle en était certaine, le tueur mettrait fin à son petit jeu malsain en s'attaquant directement à elle.

Le téléphone de Waylon sonna et lorsqu'il s'écarta pour prendre l'appel, Harley se tourna vers Theo.

— Waylon a le bras long et s'est arrangé pour qu'un Ranger soit affecté à cette enquête. J'ai pensé que tu préférerais que ce soit moi – que tu connais – plutôt qu'un autre.

— C'est sûr, répondit Theo tout en jetant un coup d'œil à Ava, sans doute pour voir si elle était d'accord.

Bien sûr, il connaissait son histoire avec Harley. Les ragots allaient bon train dans les petites villes et tout le monde savait qu'elle portait le bébé du séduisant Ranger. Theo était aussi vaguement au courant que le père d'Ava, un homme qu'elle méprisait au-delà de tout, avait été mêlé à leur rupture. Mais il n'était pas question pour Ava de laisser ses problèmes de famille entrer en ligne de compte. Le bébé qu'elle attendait et l'attirance de toujours entre Harley et elle non plus, d'ailleurs. Et voilà pourquoi elle hocha la tête pour qu'ils comprennent qu'elle acceptait l'aide de ce Ranger particulier comme celle d'un autre.

Harley opina du chef à son tour avant de reporter son attention sur la morte.

— Parlez-moi de Monica Howell. J'étais à l'école avec elle, mais elle avait quelques années de moins que moi. Je ne la connaissais donc pas vraiment. Correspond-elle aux profils des deux autres victimes ?

— Monica avait trente-quatre ans et était divorcée, lui confirma Theo en lisant les renseignements qu'il avait récupérés sur son smartphone. Donc, oui, elle correspond au profil : celui d'une femme, célibataire ou divorcée, sans enfants, dans la trentaine.

C'était aussi le profil d'Ava. Enfin, presque.

— La première victime, Sandy Russo, avait fait plusieurs fausses couches, poursuivit-elle, sans détourner les yeux lorsque ceux de Harley se posèrent sur elle. La deuxième, Theresa Darnell, avait également perdu son bébé au cours de sa grossesse.

Elle dut s'interrompre pour reprendre son souffle.

— Quand je parlerai aux parents de Monica, je leur demanderai si elle avait déjà été enceinte.

Elle regarda Harley digérer ces informations. Beaucoup de gens ignoraient peut-être quel pan de la vie d'Ava ne correspondait pas au profil des victimes. Mais lui le savait. Au cours de l'une de leurs nombreuses discussions nocturnes, elle lui avait raconté son passé.

Elle lui avait bêtement confié qu'à l'âge de seize ans, elle était tombée enceinte et avait donné à l'adoption le bébé qu'elle avait mis au monde.

Vingt ans plus tard, elle ressentait encore la douleur qui avait accompagné sa décision. Et sa honte. Et surtout la colère envers son père qui l'y avait obligée.

Cette vieille blessure ne cicatriserait sans doute jamais, mais le moment était mal choisi pour la raviver. Il n'était pas question non plus de s'appuyer sur Harley pour l'apaiser.

Ils devaient arrêter ce tueur parce que la sécurité de leur enfant était en jeu.

— Je suis désolé, murmura Harley à voix basse.

Ava se demanda s'il regrettait les meurtres ou le poids de la culpabilité qu'elle traînerait sans doute sa vie durant pour avoir abandonné son enfant.

— Ton père a convaincu Waylon de mettre les Rangers sur cette affaire, Ava, poursuivit Harley un instant plus tard. Je suis sûr qu'il aurait préféré un autre Ranger que moi, mais en tout cas, c'est lui qui a poussé Waylon à faire appel à nous.

Sous le choc de cette révélation, elle se raidit. Mais très vite, une nouvelle vague de colère la souleva. Son père, le sénateur Edgar Lawson, ne vivait pas et n'avait jamais vécu à Silver Creek. Il habitait une grande propriété à plus d'une centaine de kilomètres de là, dans un quartier protégé de San Antonio, au sein d'un ghetto pour riches. Cependant, il n'avait jamais hésité à user de son pouvoir et de son influence pour perturber la vie et la carrière de sa fille.

— Waylon t'a dit ça ? demanda-t-elle, abasourdie.

Harley secoua la tête.

— Non, j'ai mes sources, mais j'ai découvert que ton père l'avait appelé et l'avait poussé à faire appel à une *assistance* extérieure.

Certains croiraient peut-être que son père avait ainsi voulu aider le bureau du shérif de Silver Creek et s'assurer que sa fille enceinte ne finisse pas assassinée dans les bois. Mais Ava connaissait son père par cœur et savait qu'il ne faisait rien par amour. Non, il avait d'autres raisons et elle devrait découvrir lesquelles.

— Edgar a sans doute craint qu'une série de meurtres non résolus sous ta juridiction génère une mauvaise publicité pour lui, suggéra Harley à la vue de son expression. Après tout, il est candidat à sa propre réélection et la presse n'oubliera sans doute pas de rappeler à ses électeurs que tu es sa fille...

Oui, l'hypothèse se tenait. Que sa fille héritière ait choisi de faire carrière dans la police ennuyait déjà beaucoup son sénateur de père. Qu'elle soit célibataire et enceinte n'arrangeait rien. Il aurait préféré qu'elle se plie aux conventions, endosse le rôle de la fille dévouée et respectable... pour l'aider à conserver son siège au Sénat. Mais que les médias continuent à rappeler que la fille du sénateur Lawson était incapable d'arrêter un tueur qui terrorisait la ville où elle travaillait comme adjointe du shérif avait sans doute été la goutte d'eau.

D'autant que l'assassin était certainement lié à elle puisqu'il couvrait les visages de ses victimes avec sa photo.

— Nous avons un problème, cria Veronica.

La technicienne de la police scientifique bondit sur ses pieds et s'écarta du cadavre en courant.

— Que se passe-t-il ? demandèrent Theo et Harley à l'unisson.

— Il faut tout de suite évacuer la scène du crime et envoyer une équipe de déminage, lâcha Veronica. Il y a une bombe sous le corps !

2

En se rendant sur la scène de crime, Harley n'imaginait pas en être chassé, à peine arrivé, à cause d'un engin explosif. Pourtant, comme tous les autres enquêteurs et intervenants, il avait été obligé d'évacuer immédiatement les lieux. Ils avaient eu de la chance de s'apercevoir de la gravité de la situation à temps, avant d'être tués par la bombe laissée par le tueur.

Au-delà de son propre sort, Harley avait surtout eu peur rétrospectivement pour Ava et le bébé qu'elle portait.

Heureusement, ils étaient tous sains et saufs et attendaient à présent que les démineurs viennent effectuer leur travail.

Et Harley avait entrepris de faire le sien.

Pour commencer, il lui fallait examiner de plus près l'endroit où le tueur avait abandonné le cadavre. Il devait à tout prix recueillir des indices susceptibles de les mettre sur une piste. Et vite. Ils ignoraient, en effet, combien de temps s'écoulerait avant que l'assassin ne frappe à nouveau.

Il craignait plus que tout que ce fumier ne s'en prenne à Ava.

Le simple fait d'évoquer une telle tragédie le ravageait.

Ava étant enceinte, elle ne correspondait pas exactement au profil des autres femmes assassinées. Mais il était évident que le tueur l'avait *impliquée* puisqu'il collait des masques à son effigie sur ses victimes. Le fait qu'elle attende un enfant n'entrait peut-être pas en ligne de compte dans son plan malsain. Ou sa grossesse en était-elle, au contraire, le cœur. Harley devait à tout prix comprendre le fonctionnement de l'esprit pervers du criminel, son mobile. Et vite.

Il était déterminé à tout mettre en œuvre pour y parvenir.

Tout en sirotant un café assez fort pour lui brûler l'estomac, il s'assit sur une chaise dans l'open space du bureau du shérif de Silver Creek pour guetter le retour d'Ava et de Theo. Il ignorait la durée de cette attente, mais il décida d'en profiter pour étudier les rapports des enquêteurs concernant les deux premiers meurtres.

Il avait tout le bâtiment pour lui ou presque, ce soir. En effet, Waylon n'avait pas eu envie de l'accompagner au bureau du shérif. Heureusement. Le maire de la ville n'avait d'ailleurs rien à y faire. Il s'était déjà offert un petit plaisir bon marché en rappelant à Theo et Ava l'étendue de son pouvoir. Un pouvoir que personne, au reste, ne contestait. Personne ne remettait en cause les prérogatives liées à son statut d'élu. Il possédait, par ailleurs, une fortune personnelle qui facilitait ses démarches. Et surtout, Waylon comptait assez d'alliés et de soutiens dans son entourage pour être certain de conserver longtemps son siège de maire.

Harley leva les yeux lorsque le téléphone du bureau du shérif retentit et il écouta d'une oreille l'adjointe Diana Warner prendre l'appel. À l'exclusion de Harley, elle était seule dans l'édifice.

Elle était chargée de répondre aux appels et de traiter une montagne de paperasse. Les autres adjoints étaient sans doute toujours à proximité de la scène de crime, à s'efforcer de trouver des pistes qui les mèneraient au tueur.

L'appel semblait concerner du bétail qui s'était aventuré sur la route après avoir brisé une clôture. Harley l'ignora donc et se replongea dans les dossiers.

Dès que Theo et Ava avaient appris qu'il s'écoulerait sans doute des heures avant que les démineurs ne se présentent et ne retirent l'explosif, ils étaient partis chez les parents de Monica pour leur annoncer la mort de leur fille.

Ils ne lui avaient pas proposé de les accompagner et Harley n'avait pas insisté, même s'il aurait aimé poser une ou deux questions aux parents de la victime. Dans l'espoir de comprendre pourquoi le tueur avait laissé des explosifs sous son cadavre.

Il n'y avait pas eu d'engins de ce genre à proximité des deux premiers. Et qu'un meurtrier change son mode opératoire n'était jamais bon signe. Bien sûr, le tueur était peut-être encore en train d'évoluer, de se créer une signature.

Le mode opératoire ne devait pas être confondu avec la signature. Le mode opératoire était, en effet, une donnée. Il s'agissait du scénario criminel. Mais tous les tueurs en série n'avaient pas de signature. La signature était ce que faisait un assassin pour donner un sens à son acte. De nombreux prédateurs s'en forgeaient une.

Comme celui-ci.

La position des corps, les sacs-poubelle, l'endroit où il les abandonnait, les drogues administrées aux victimes et, bien sûr, les masques en tissu à l'effigie d'Ava... La signature de ce tueur prouvait sa perversité et sa dangerosité.

La vue de ces masques donnait à Ava des cauchemars, Harley en était certain. Mais ils n'étaient que la partie émergée de l'iceberg. Ava était une enquêtrice chevronnée et très douée dans son domaine. Et elle devait savoir que ce malade l'avait dans sa ligne de mire. Cette certitude hantait également Harley. Il doutait que le tueur accorde une considération quelconque au fait qu'elle soit enceinte.

En fait, la grossesse était peut-être le mobile des meurtres.

Il ne pouvait pas ignorer le fait que les meurtres avaient commencé trois mois auparavant, à peu près au moment où Ava avait appris aux uns et aux autres – y compris à lui – son état. Jusqu'à maintenant, ce fou furieux semblait s'attaquer exclusivement aux femmes qui avaient perdu leur bébé avant terme. Peut-être voulait-il réserver le même sort à Ava. Harley ferait tout pour l'en empêcher.

Parce qu'elle lui avait communiqué les résultats de l'échographie, il savait qu'elle attendait une fille. *Une fille.* Avant qu'Ava ne lui révèle sa grossesse, Harley n'avait jamais vraiment envisagé de devenir père un jour. Mais il y pensait beaucoup depuis lors. Il avait envie d'offrir une grande place dans sa vie à cette petite fille, d'être le meilleur père possible. Et voilà pourquoi s'assurer de la sécurité d'Ava et de leur enfant à naître était sa priorité.

Lorsque la porte s'ouvrit, il leva de nouveau les yeux de son ordinateur portable et vit Theo et Ava entrer. Tous deux avaient l'air épuisés. Apprendre à des parents la mort de leur enfant n'était jamais simple.

— Je dois appeler les démineurs pour leur demander où ils en sont, dit Theo. Et pendant ce temps-là, Ava va te mettre au courant des derniers éléments de l'enquête, ajouta-t-il en se dirigeant vers son bureau.

— L'annonce à la famille a été difficile ? s'enquit Harley.

Ava hocha la tête, se laissa tomber dans son fauteuil et ferma un instant les paupières.

— Très. Je dois vraiment arrêter ce type.

Harley comprit que sa détermination était due en partie au fait que les crimes étaient personnels dans la mesure où ils étaient liés à elle. Malheureusement, il n'avait rien lu dans les dossiers qui puisse l'aider à établir quel était exactement ce lien.

— Monica avait fait une fausse couche lorsqu'elle était mariée, ajouta-t-elle.

— Son profil correspond donc à celui des autres victimes.

Il attendit que son regard revienne au sien pour demander dans un murmure :

— Combien de personnes savent-elles que tu as eu un enfant quand tu étais adolescente ?

Elle pinça les lèvres.

— Toi, mon père, le père du bébé et Duran Davidson.

Duran Davidson était l'ami le plus proche de son père, en plus d'être son directeur de campagne. Harley le soupçonnait d'avoir commis bon nombre d'actes peu recommandables pour son patron. Peut-être même d'avoir couvert un crime ou deux.

— J'avais donné naissance au bébé à Dallas sous un pseudonyme que mon père avait créé, poursuivit-elle. Mais les femmes de ménage en avaient peut-être eu vent. En tout cas, s'il y a eu des rumeurs, elles ne m'ont jamais été rapportées.

Il était possible qu'Edgar ait acheté le silence de son personnel. Mais après toutes ces années, quelqu'un avait pu révéler le secret d'Ava.

— Combien de temps étais-tu restée à Dallas avant la naissance ? s'enquit Harley, en espérant l'inciter à orienter ses pensées dans cette direction.

Cela dit, il se fourvoyait peut-être. Les meurtres étaient peut-être liés à un événement plus récent de la vie d'Ava, comme sa grossesse actuelle. Mais il tenait à couvrir toutes les hypothèses.

— Quatre mois et demi, répondit-elle. Avant que mon ventre ne s'arrondisse, mon père avait organisé mon séjour chez les grands-parents de Duran, qui possédaient un ranch à l'extérieur de Dallas. Puis il avait raconté à tout le monde que je participais à un programme d'échange étudiant en Irlande pendant six mois. Les grands-parents de Duran sont morts il y a des années et ils ne se seraient jamais opposés à mon père. Ils ont gardé le silence sur ma grossesse et le bébé, j'en suis sûre.

Peut-être, mais il aurait suffi d'une gaffe pour que les gens apprennent que la fille adolescente du sénateur était enceinte. Pourtant, Harley ne voyait pas comment une bévue de ce genre aurait pu aboutir aux meurtres.

Si Ava était la clé – et il en était certain –, il y avait forcément eu un déclencheur qui avait provoqué cette folie meurtrière.

— Et le père du bébé ? poursuivit-il à voix basse pour que l'adjointe ne l'entende pas. En aurait-il parlé à quelqu'un ?

Elle prit un moment pour y réfléchir.

— C'est possible. Je ne l'ai jamais revu et je n'ai plus entendu parler de lui depuis que mon père m'avait conduite en secret à Dallas. Il s'appelle Aaron Walsh. Après le premier meurtre, j'avais effectué une recherche sur lui, ajouta-t-elle après un moment.

Elle pianota sur le clavier de son ordinateur, ouvrit un fichier et tourna l'écran pour lui permettre de le lire.

D'un simple coup d'œil, Harley comprit qu'Aaron Walsh n'avait pas connu une vie idyllique. Orphelin très jeune et élevé dans une famille d'accueil, il avait deux ans de plus qu'Ava, ce qui signifiait qu'il en avait dix-huit lorsqu'elle était tombée enceinte.

Au cours de ses confidences *trop alcoolisées*, Ava lui avait raconté que son père, pour la forcer à donner le bébé à l'adoption, l'avait menacée de mettre Aaron en prison. Il avait également utilisé ce chantage pour obliger Aaron à quitter San Antonio et le contraindre au silence. Mais comment Edgar avait-il pu s'assurer que le petit ami d'Ava d'alors garderait le silence, sa vie durant ?

Il se promit de poser cette question à Edgar. Ce dernier n'apprécierait sans doute pas qu'il lui jette le passé à la figure. Tant pis.

Harley continuait de lire les antécédents d'Aaron. Peu après avoir quitté San Antonio, l'adolescent avait passé six mois en prison pour vol de voiture. Il s'était bien comporté derrière les barreaux et avait obtenu une libération anticipée pour bonne conduite. Après deux ans de liberté conditionnelle, il avait réintégré la société. Et voilà tout ce qu'il avait sur le dénommé Aaron.

— Je n'ai rien trouvé d'autre sur lui, expliqua Ava. Il n'a pas demandé de changement de nom légal, mais il est possible qu'il ait déménagé et pris un pseudonyme. Ou qu'il ait volé l'identité qu'il utilise.

Harley réfléchit à cette éventualité pendant quelques instants. Le temps passé en prison et les menaces du père d'Ava avaient peut-être laissé un goût amer à Aaron. Et lui avait donné envie de disparaître.

Ou de tuer.

— Si Aaron est derrière ces meurtres, pourquoi avoir attendu vingt ans pour se venger ? marmonna Harley.

Il espérait qu'en posant la question à voix haute, une bonne explication lui viendrait. Mais non.

Ava secoua la tête.

— Aucune idée. J'ai parlé à Theo de mes anciens petits amis, y compris d'Aaron, poursuivit-elle. Mais pas du bébé. Je lui ai donné la liste de toutes les personnes de mon passé susceptibles d'avoir joué un rôle dans cette histoire. Maintenant, je dois lui apprendre que j'ai eu un enfant, ajouta-t-elle après un moment. Jusqu'à ce soir, je n'étais pas sûre qu'une grossesse ou un bébé fassent partie du profil des victimes. Après tout, les autres ont toutes fait des fausses couches. Mais pas moi.

Harley reprit ce fil.

— Au départ, tu pensais plutôt que quelqu'un t'en voulait pour n'avoir pas réussi à arrêter un coupable ? Ou au contraire, qu'un tueur que tu aurais arrêté cherchait à présent à se venger ?

— Oui. Et c'est peut-être encore le cas. Il ne faut pas écarter cette hypothèse, au cas où l'assassin utiliserait mon visage sur ces masques pour faire diversion et nous éloigner de sa piste.

Elle s'interrompit.

— Mais avec la troisième victime à avoir fait une fausse couche, il y a une forte possibilité que cela soit lié.

Harley hocha la tête, mais ne répondit rien parce que l'adjointe Diana Warner passait devant eux pour se diriger vers le bureau de Theo, des fiches d'appels à la main.

— Y a-t-il une raison pour laquelle tu n'as pas candidaté pour le poste de shérif lorsque mon oncle Grayson a pris sa retraite ? demanda Harley à Ava en jetant un coup d'œil dans l'open space.

Avec Diana à proximité, mieux valait évoquer un sujet moins sensible.

— Tu es l'adjointe la plus expérimentée, ajouta-t-il.

— Je n'aime ni la paperasse ni la politique, répondit-elle en haussant les épaules. De plus, Theo est bien meilleur shérif que je ne le serai jamais.

Harley partageait son avis sur Theo. Son cousin avait l'art et la manière de mener les enquêtes en ménageant les susceptibilités des uns et des autres tout en gardant la maîtrise d'une situation.

Theo était né pour être shérif, tout comme Ava. Ironie du sort puisqu'elle était issue d'une longue lignée de politiciens. Les Lawson comptaient quatre générations de sénateurs, de membres du Congrès, de juges, etc. Ses ancêtres devaient se retourner dans leurs tombes en se demandant pourquoi elle avait préféré épingler une étoile à sa chemise plutôt que d'épouser un destin privilégié tout tracé.

Ava s'apprêtait à revenir à l'enquête, mais comme Diana repassait devant eux en sens inverse, elle demanda :

— Tu vas séjourner chez tes parents au ranch familial ?

Harley hocha la tête bien que l'expression *ranch familial* ne reflète pas la réalité. Il s'agissait plutôt d'un domaine tentaculaire comprenant plusieurs maisons. Elles abritaient trois générations de la tribu Ryland qui ne cessait de prospérer. Beaucoup de ses frères, sœurs et cousins y vivaient. Ils y élevaient du bétail, un bétail réputé dans la région.

— Ma mère confectionne déjà des gâteaux pour mon retour et mon père me proposera sûrement de l'accompagner pêcher, ajouta Harley.

Il n'aurait sans doute pas le temps de taquiner le poisson, mais il avait besoin de passer quelques heures avec ses parents. Son père adoptif, Boone, avait maintenant plus de quatre-vingts ans. Harley s'efforçait donc de l'entourer au maximum ainsi que sa mère.

Theo terminait un échange téléphonique lorsqu'il sortit enfin de son bureau et se dirigea droit vers eux tout en glissant son smartphone dans la poche de son jean.

— La bombe n'était pas activée. L'engin contenait assez d'explosifs pour tuer toutes les personnes à moins de trois cents mètres à la ronde, mais il n'y avait ni minuterie ni rien pour le faire exploser.

— Alors pourquoi l'avoir mise là ? s'enquit Harley.

Theo se frotta le visage avec lassitude.

— Peut-être pour rajouter une dose de peur supplémentaire.

Peut-être. Le tueur jouait certainement avec leurs nerfs.

— Le laboratoire criminel des Rangers sera peut-être en mesure de découvrir si la bombe portait une signature, dit Harley.

La probabilité d'une telle issue était faible, d'autant que le tueur n'avait jamais utilisé un tel engin auparavant. Pourtant, il l'avait soit fabriqué lui-même, soit obtenu de quelqu'un qui aurait pu laisser une signature sur d'autres bombes.

— Ça te dérange si nous entrons dans ton bureau, Theo ? demanda Ava. J'ai quelque chose à te dire.

Il la dévisagea un moment avant de déplacer son regard vers Harley.

Puis il hocha la tête et leur fit signe de le suivre. Mais sur ces entrefaites, la porte du bureau du shérif s'ouvrit à toute volée et des visiteurs inattendus firent irruption.

Le sénateur Edgar Lawson entra, suivi de Duran Davidson. Tous deux semblaient tendus.

— Ava, dit immédiatement Edgar.

Beaucoup d'inquiétude teintait sa voix, mais Harley n'était pas sûr de sa sincérité.

Le sénateur Lawson faisait partie de ces personnes qui s'imposent par leur seule présence, où qu'elles aillent. Sa taille l'expliquait en partie. Il mesurait un mètre quatre-vingt-dix. Et s'il avait la soixantaine, il arborait toujours le corps d'athlète qui lui avait valu de nombreuses distinctions à l'époque où il était une star du football universitaire. Il avait le visage d'un jeune homme, grâce à la chirurgie esthétique qui le faisait paraître dix ans plus jeune.

Duran était d'un autre profil et avait une apparence d'un tout autre genre. Il était maigre avec un visage anguleux. Ses cheveux noirs comme de l'encre ne faisaient que souligner sa pâleur. Ses mouvements étaient saccadés, maladroits, et il semblait toujours sur le point de trébucher. Ou de se confondre en excuses. Harley avait découvert que cet homme était doué pour amadouer, se défendre, ramper et faire tout ce qu'il fallait pour protéger son patron.

Harley ne faisait confiance à aucun de ces deux hommes.

Et, malgré le comportement effacé de Duran, Harley le soupçonnait d'être capable de tout ou presque. Il devait l'être pour être resté aussi près d'Edgar depuis si longtemps.

Edgar fronça les sourcils lorsque ses yeux se posèrent sur le ventre d'Ava. En public, Edgar se vantait d'être sur le point de devenir grand-père, mais Harley devinait qu'il le méprisait d'avoir mis Ava enceinte. Pire encore, Edgar n'avait pas la possibilité d'écarter Harley de la scène comme il l'avait fait avec Aaron. Et cela le contrariait sans doute au plus haut point.

Il aurait dû être reconnaissant envers Harley qui lui avait évité la prison. Cela dit, sans doute estimait-il que le Ranger n'avait fait que son travail. Ce qui était évidemment le cas.

— J'ai entendu parler du dernier meurtre, déclara Edgar, en s'adressant non pas à Ava ou à Theo, mais à Harley. Et je veux savoir ce que vous comptez faire à ce sujet. Ma fille est en danger.

— Ta fille est policière et capable de se débrouiller seule, répliqua Ava avec un soupir. Nous sommes au cœur d'une enquête, donc à moins que tu aies des informations pertinentes à nous communiquer, je te prie de t'en aller.

L'inquiétude s'envola du regard d'Edgar. Il ne serra pas les mâchoires, ne l'insulta pas. Mais Harley devina qu'une sourde colère couvait sous son air affable.

— En fait, j'ai quelque chose, dit Edgar.

Il fit signe à Duran, qui tendit une épaisse enveloppe à Harley. Ou plutôt, qui essaya de le faire. Harley ne la prit pas.

Mais désigna Theo du pouce.

— C'est lui le shérif et le responsable de cette enquête.

Edgar le fusilla du regard et Harley ajouta une coche sur son tableau mental des moyens d'agacer le sénateur. Une réaction mesquine, il le reconnaissait, mais il n'aimait pas qu'on le manipule. Et il était certain qu'Edgar essayait de le faire, comme il avait fait au cours de l'enquête au bout de laquelle Harley avait été forcé de reconnaître son innocence.

Edgar fit un signe de tête à Duran, qui remit l'enveloppe à Theo.

— Voici les copies des menaces reçues par le sénateur. Les plus récentes, précisa-t-il lorsque Theo fit mine de regarder l'épaisseur de l'enveloppe.

— Inutile de vous dire qu'il s'agit de documents confidentiels, intervint Edgar. Je ne souhaite pas accorder à ces minables plus d'attention qu'ils ne le méritent. Je voulais seulement que vous les ayez, au cas où ils auraient un lien quelconque avec les meurtres.

— Pourquoi pensez-vous que le tueur aurait un lien avec vous ? demanda Harley.

Edgar ouvrit la bouche, la referma et réfléchit visiblement à ce qu'il s'apprêtait à dire.

— Je suis au courant des masques que ce malade met sur les victimes. Je sais qu'ils représentent le visage de ma fille.

Ava gémit et Harley jura à mi-voix.

— Cette information n'a pas été révélée au public, dit Theo.

— Je ne suis pas le public, répliqua Edgar. Si les meurtres sont liés à Ava, alors ils sont sans doute liés à moi et donc à ces menaces, ajouta-t-il en inclinant la tête vers l'enveloppe. Quelqu'un essaie peut-être de me causer des ennuis et de nuire à ma campagne en semant la mort dans le comté où Ava a décidé de s'installer.

— Avez-vous quelqu'un de particulier en tête ? s'enquit Theo. Un adversaire politique ? Une maîtresse contrariée ?

— Je n'ai pas de maîtresse contrariée, répliqua Edgar, et mes adversaires politiques n'iraient probablement pas aussi loin.

Harley le vérifierait, mais il avait déjà des informations sur la partie *maîtresse*. Lorsqu'il avait dirigé l'enquête qui avait porté sur la possible implication d'Edgar dans des ventes de terrains au marché noir, Harley avait dû interroger Valerie Chandler. La jeune veuve avait été la compagne d'Edgar pendant près de deux décennies. Edgar avait commencé à s'afficher avec elle plusieurs années après la mort de la mère d'Ava, dans un accident de voiture, alors qu'Ava n'avait que huit ans.

— Cette affaire coûte des voix à Edgar, intervint Duran. À chaque meurtre, il perd des points dans les sondages.

Ava secoua la tête avec un gémissement.

— Pardonne-moi de me soucier davantage de l'assassinat de trois femmes que de tes sondages.

— Je me soucie d'elles. De toi aussi. Et de moi, pourquoi le nier, reconnut Edgar. Et pour les élections. Faites quelque chose pour trouver ce tueur et l'arrêter, gronda-t-il en jetant des regards furtifs à Harley et à Theo.

Pas à Ava cependant. Il n'avait visiblement pas confiance dans les compétences policières de sa fille.

Le téléphone de Theo sonna et il marmonna en regardant l'écran :

— Je dois prendre cet appel.

L'enveloppe sous le bras, il se rendit dans son bureau.

Comme Edgar et donc Duran se retournaient pour partir, Harley se plaça en travers de leur chemin.

— Quand avez-vous eu des nouvelles d'Aaron Walsh pour la dernière fois ? demanda-t-il à voix basse, Diana n'étant pas loin.

Edgar fronça les sourcils et lança un puissant tir de venin sur Ava.

— Tu lui en as parlé ?

— Bien sûr, confirma-t-elle. Réponds à la question.

Edgar secoua la tête d'un air mauvais avant de gronder :

— Je n'ai pas vu ni parlé à ce minus depuis vingt ans. Mais je l'ai fait surveiller.

— Surveiller ? demandèrent Harley et Ava à l'unisson.

— J'ai engagé un détective privé pour m'assurer qu'il n'essaierait pas de s'immiscer de nouveau dans la vie de ma fille.

Ava échangea un regard avec Harley.

— Alors, tu sais où est Aaron ? lança-t-elle à son père.

— Je le savais. Il vivait à Bulverde, sous le nom d'Eddie Walker, jusqu'à il y a environ sept mois. Puis sa petite amie est morte des suites d'une overdose et il a disparu de la circulation. Le détective privé n'a pas pu le retrouver depuis lors, bien qu'il ait reçu des rapports selon lesquels Aaron habiterait toujours dans la région de Bulverde.

Harley souffla.

— Et il ne vous a pas traversé l'esprit de le dire à quelqu'un ? Bulverde n'est qu'à une demi-heure de route de Silver Creek.

— Non, il ne m'a pas paru utile d'en faire état, s'exclama Edgar. Cet homme n'a rien à voir avec...

Il s'interrompit et comprit évidemment pourquoi les allées et venues d'Aaron étaient importantes.

— Nous voulons *toutes* les informations que tu détiens sur Aaron Walsh, insista Ava, en provoquant un nouveau regard noir de la part de son père.

— Si tu me promets de les garder pour toi, de les considérer comme confidentielles.

Elle secoua la tête.

— Je ne peux pas le garantir. Si Aaron est un tueur, son histoire passée avec moi devra être révélée.

C'était la vérité, mais Edgar semblait prêt à exploser. Duran dut le comprendre aussi parce qu'il lui donna un coup de coude et inclina la tête vers Diana. Il rappelait à son patron que cette conversation risquait d'être entendue par des oreilles indiscrètes.

Edgar baissa la voix, mais pointa un doigt furieux vers Harley.

— J'ai exigé que les Rangers soient impliqués dans cette affaire. Un mot de ma part et vous serez viré de cette enquête.

Harley le regarda droit dans les yeux.

— Allez-y, dites-le, exigez mon renvoi. Vous verrez où cela vous mène. J'enquête sur cette histoire, que ce soit à titre officiel ou non. Et je n'entraverai pas la justice en dissimulant des preuves qui pourraient sauver des vies. Et peut-être aussi vous sauver la mise dans vos sondages, rappela-t-il au sénateur.

— Très bien, nous partons, mais nous n'en avons pas fini, cria Edgar d'un ton menaçant. Croyez-moi, vous entendrez sous peu parler de moi.

Sur ces mots, les deux hommes sortirent à la même vitesse qu'ils étaient entrés alors que Theo revenait.

Harley s'apprêtait à lui expliquer ce qui avait provoqué la sortie précipitée du sénateur, mais l'expression de Theo l'en empêcha.

— Que se passe-t-il ?

— Une fois la bombe retirée, déclara Theo avec un gros soupir, la police scientifique a trouvé une note en dessous.

Il brandit l'écran de son téléphone pour qu'ils puissent la lire.

— Oh ! merde, grommela Harley.

Ava ne dit rien. Livide, elle découvrit le message du tueur :

Tout ça, c'est pour toi, maman.

3

Pétrifiée, Ava avait la gorge si serrée qu'elle ne parvenait plus à respirer, encore moins à parler. Les mots du message tournaient dans sa tête et lui poignardaient le cœur. Anéantie, elle craignait de s'effondrer.

Tout ça, c'est pour toi, maman.

— Dans mon bureau, tout de suite, ordonna Theo.

Elle comprit qu'il n'avait pas l'intention de la harceler dans l'espoir d'obtenir des éclaircissements, mais qu'il était inquiet, sans doute parce qu'elle semblait sur le point de s'écrouler.

Harley passa le bras autour de sa taille pour la stabiliser et l'aider à marcher. Heureusement parce qu'elle n'était pas sûre de réussir à faire ne serait-ce qu'un seul pas toute seule.

Seigneur.

L'enfant qu'elle avait mis au monde il y a toutes ces années était-il derrière ces meurtres ? Elle ne parvenait pas à y croire. Son esprit refusait d'envisager une telle hypothèse.

Dès qu'ils furent dans son bureau, Theo referma la porte et alla lui chercher une bouteille d'eau pendant que Harley l'invitait à s'asseoir.

Elle s'apprêtait à demander à Harley d'expliquer à Theo la signification de ce message, mais elle se força à se ressaisir. Elle était adjointe du shérif, il lui revenait de s'en charger elle-même.

Elle avala un peu d'eau et leva les yeux vers son patron.

— Quand j'avais seize ans, j'ai mis au monde un bébé. Un garçon, parvint-elle à ajouter. Et je l'ai donné à l'adoption.

— Edgar l'y avait forcée, précisa Harley. Et l'avait aussi obligée à garder cette grossesse secrète.

Avec une longue inspiration, Theo s'enfonça dans son fauteuil et la regarda en face.

— Ce qui signifie que l'enfant a aujourd'hui dix-neuf ou vingt ans ?

— Vingt ans, répondit-elle. Vingt ans, deux mois et quatre jours.

Elle s'interrompit de nouveau pour boire un peu plus d'eau et continua :

— Il s'agissait d'une adoption privée, mais après avoir intégré la police, j'ai réussi à mettre la main sur le dossier.

Elle espérait que Theo ne lui demanderait pas comment elle y était parvenue.

— Il a été adopté par Megan et Gene Franklin, tous deux enseignants à Kerrville. Ils l'ont eu quand il avait deux jours, et l'ont appelé Caleb James.

C'était la première fois qu'elle s'autorisait à dire son nom à voix haute. Le nom de son fils. Qui n'était, en réalité, pas le sien. Il ne l'avait jamais été parce que, à sa naissance, elle n'avait même pas été autorisée à le tenir dans ses bras. Sur ordre de son père, le bébé lui avait été enlevé dès qu'il avait poussé son premier cri.

— Caleb n'est sans doute pas le véritable tueur, dit Harley. S'il l'était, pourquoi aurait-il pointé une énorme flèche en néon sur lui ? Pourquoi s'accuserait-il des crimes ? Ce serait absurde de sa part. Je n'y crois pas.

Ava s'accrocha à cette réflexion comme à une bouée de sauvetage. Le message avait tout d'une confession – si Caleb était le tueur, bien sûr. Mais s'il ne l'était pas, il signifiait que quelqu'un l'avait piégé et cherchait à faire croire qu'il avait tué à cause d'elle.

— As-tu déjà rencontré Caleb et les Franklin ? demanda Theo.

Elle secoua la tête.

— Jamais, mais j'ai vu quelques photos d'eux sur les réseaux sociaux. Pas beaucoup, mais je me souviens qu'il y a quelques années, ils ont fêté leurs trente ans de mariage. Caleb étudie la justice pénale à l'université du Texas.

L'établissement se trouvait à Austin, à moins d'une heure de route de Silver Creek, où les femmes assassinées avaient été découvertes.

En prendre conscience fit gémir Ava. Pour identifier un criminel, les policiers examinaient les moyens, le mobile et l'opportunité qu'auraient les différents suspects. Caleb avait eu l'opportunité de commettre les meurtres puisqu'il vivait tout près – et la personne qui l'avait piégé le savait. Mais à son corps défendant, Ava devait considérer une éventualité dérangeante.

Il était possible que Caleb ait utilisé ce message comme un moyen de leur faire croire qu'il était innocent. Il aurait alors cherché à s'impliquer dans l'enquête pour l'approcher plus facilement. Et pouvoir la tuer.

— Le père biologique de Caleb est-il toujours dans le paysage ? demanda Theo.

— Pas s'il a cédé au chantage qu'avait exercé mon père sur lui, répondit-elle sans prendre la peine de mâcher ses mots pour présenter Edgar sous un meilleur jour. Il s'appelle Aaron Walsh, mais il se présente souvent sous le nom d'Eddie Walker. Mon père l'avait menacé de prison s'il ne disparaissait pas, alors il a préféré s'évanouir dans la nature. Je viens d'apprendre que mon père avait chargé un détective de le surveiller. J'espère que nous aurons bientôt la possibilité de consulter les dossiers de ce privé.

Sinon, elle aurait une petite conversation avec son père.

— Je vais lancer une recherche sur les antécédents de cet Aaron et de son pseudonyme, dit Theo en reportant son attention sur son ordinateur portable.

Pour lui faciliter la tâche, Ava lui donna la date de naissance d'Aaron et l'adresse où il vivait lorsqu'ils sortaient ensemble.

— Si Aaron a été chassé de la ville, il y a vingt ans, poursuivit

Theo après avoir terminé son mail, il est possible qu'il en veuille à Edgar. Et peut-être aussi à toi, Ava, ajouta-t-il.

— Je suis d'accord, dit Harley. Et d'après Edgar, la dernière petite amie d'Aaron est morte des suites d'une overdose, il y a quelques mois. Ce décès a peut-être été le déclencheur qui l'a poussé à planifier et à exécuter les meurtres.

Un frisson glacé parcourut l'échine d'Ava. Elle aurait dû envisager cette éventualité tout de suite, ce qui lui aurait permis de relativiser le contenu du message découvert sous le cadavre.

— Très bien, nous allons localiser Aaron et le convoquer pour l'interroger, continua Theo. Donne-moi les noms de toutes les autres personnes qui savaient que tu avais eu un enfant.

— Harley et moi en parlions quand nous étions dans l'open space, dit-elle. Les seules personnes encore en vie au courant sont mon père, Duran, Harley, moi et maintenant, toi. L'homme et la femme qui m'avaient hébergée lorsque j'étais enceinte sont tous deux morts, à présent. Tout comme le médecin qui m'avait accouchée.

— Morts de causes naturelles ?

— Oui. Je l'ai vérifié, lui assura Ava. Parce que je sais que mon père est capable de tout et qu'on ne peut pas lui faire confiance, ajouta-t-elle avec un regard entendu vers Harley.

Il comprit sans doute qu'elle venait de lui envoyer une pique.

— Je suis d'accord avec toi, il n'est pas fiable, reconnut-il. Mais Edgar a été piégé pour ces transactions immobilières au marché noir et je n'avais pas d'autre choix que d'abandonner les poursuites contre lui.

Theo se tourna vers Harley.

— Je me souviens que tu en avais parlé. C'est arrivé... quand, il y a environ six mois, non ?

— Cinq mois.

Comme Theo savait qu'Ava était enceinte de cinq mois et que le bébé était de Harley, il devina sans doute pourquoi elle avait mis fin à leur relation.

La pilule était amère à avaler pour Ava, mais son père était innocent et avait été piégé. Et tôt ou tard, elle devrait l'accepter. Quelqu'un cherchait sans doute à nuire au sénateur. Et perpétrer ces meurtres pour s'attaquer à elle était peut-être un moyen de s'en prendre à Edgar.

— Je vérifierai les alibis de mon père pour les jours et les heures des meurtres, proposa-t-elle. Ainsi, si quelqu'un essaie à nouveau de le piéger, ses alibis confirmeront son innocence. Nous publierons alors un communiqué à ce sujet. Cela empêchera peut-être quelqu'un d'autre d'être tué.

Bien sûr, l'hypothèse de la culpabilité de son père dans ce cas précis semblait peu probable, mais ils devaient au moins l'envisager. La principale difficulté, cependant, serait d'obtenir l'autorisation du sénateur. Il ne voudrait sans doute pas que les gens sachent que ces meurtres étaient peut-être liés à lui.

— Sur l'insistance de mon père, j'avais accouché sous un faux nom, poursuivit-elle. Les dossiers médicaux avaient été établis sous le nom d'Alyssa Monroe. Je ne pense pas qu'ils contiennent quoi que ce soit qui les relie à moi, mais nous devrons le vérifier, au cas où.

Theo hocha la tête et nota le nom.

— As-tu reçu des messages ou des menaces au fil des ans en lien avec l'enfant que tu as abandonné ?

— Non.

Elle n'avait pas besoin d'y réfléchir. Si quelqu'un l'avait contactée au sujet de Caleb ou d'Aaron, elle s'en serait souvenue.

— Comment penses-tu que Caleb aurait réagi s'il avait découvert qu'il avait été adopté et que tu étais sa mère biologique ? poursuivit Theo. Une mère biologique qui est maintenant enceinte et a l'intention de garder son enfant ?

Cette fois, elle considéra la question, mais finit par secouer la tête.

— Je n'en ai aucune idée parce que je ne le connais pas. Je ne connais pas non plus ses parents adoptifs et je n'ai aucune idée de la façon dont ils se comporteraient s'ils apprenaient que la fille d'un sénateur avait donné naissance à leur fils.

Mais elle devait s'intéresser au sujet. Elle s'y apprêtait quand son téléphone bipa pour lui annoncer la réception d'un texto. Il émanait de Duran.

— Le détective privé vient d'envoyer par mail au shérif toutes les informations sur Aaron Walsh, lut-elle à voix haute.

Theo alla tout de suite consulter sa messagerie pendant que Harley et elle se positionnaient derrière lui pour voir l'écran de l'ordinateur. Lorsque Theo ouvrit le dossier, elle fut surprise de découvrir plus d'un millier de pages de rapports.

— Manifestement, cette surveillance dure depuis un certain temps, marmonna Theo.

Elle avait commencé le jour où Aaron avait quitté San Antonio et Ava. Theo parcourut rapidement les années pour arriver aux plus récentes. Aaron vivait à Bulverde sous le nom d'Eddie Walker.

Le rapport du légiste sur la mort de sa dernière petite amie figurait en pièce jointe et Ava se promit de l'examiner plus tard. Mais dans l'immédiat, ils devaient se concentrer sur les dernières tentatives du détective privé pour localiser Aaron. Le nom et les coordonnées de la sœur de la petite amie décédée d'Aaron figuraient dans le dossier. Une dénommée Marnie Dunbar. Elle habitait également Bulverde et il était certain qu'elle savait où se trouvait Aaron.

Il était presque minuit et donc très tard pour passer un appel, mais Ava n'avait pas envie d'attendre le matin. De toute évidence, Theo non plus parce qu'il sortit son smartphone, composa le numéro et mit l'appel sur haut-parleur.

Il fallut quatre sonneries, mais quelqu'un prit finalement l'appel.

— Oui ? dit une voix féminine ensommeillée.

Sans surprise, elle dormait et il l'avait réveillée.

— Bonsoir, je suis le shérif Theo Sheldon, la salua Theo. Et désolé de vous déranger. Êtes-vous Marnie Dunbar ?

— Oui… Pourquoi cette question ?

— J'essaie de retrouver Aaron Walsh, alias Eddie Walker.

Elle poussa un gémissement puis un gros soupir.

— Que voulez-vous de lui ?

Elle était bien réveillée maintenant et manifestement, sur la défensive. En revanche, elle paraissait surprise qu'Aaron utilise un pseudonyme.

— J'ai seulement besoin de lui parler, dit Theo. Avez-vous un numéro de portable à me confier ? Savez-vous comment le joindre ?

— Non, je l'ignore.

— Je suis une amie d'Aaron, intervint Ava qui devinait que Marnie s'apprêtait à raccrocher. Il est important que nous lui parlions parce qu'il est peut-être en danger, mentit-elle.

Cela dit, il ne s'agissait peut-être pas d'un mensonge.

— En danger comment et pourquoi ?

Marnie n'était plus sur la défensive ni agacée, mais elle ne semblait pas non plus très inquiète.

— Je suis désolée, mais je ne suis pas autorisée à vous donner les détails d'une enquête en cours, répondit Ava. Nous devons seulement le retrouver et nous assurer qu'il va bien.

Il y eut un long silence.

— Vous êtes vraiment l'une de ses amies ? demanda-t-elle.

— Je l'étais. Je m'appelle Ava Lawson. Peut-être l'avez-vous entendu parler de moi.

— Non, je ne pense pas. Comment le connaissez-vous ?

Ava décida de livrer un morceau de vérité.

— Nous sommes allés au lycée ensemble. Il était alors mon petit ami.

Un autre silence.

— Vous êtes la fille de riches avec qui il sortait à l'époque ?

— Oui. Il vous a parlé de moi ?

— Il a raconté à Christina - c'est ma sœur - qu'il avait eu une histoire avec une fille super-friquée au lycée. La rupture ne s'était pas bien passée à ce que j'avais compris, non ?

— En effet, marmonna Ava.

Elle n'était pas surprise qu'Aaron ait été perturbé à cause d'elle. Elle était tombée enceinte de leur enfant, ce n'était pas rien. Elle en avait été très perturbée, elle aussi.

— Comment va-t-il ? reprit-elle.

— C'est une épave. Il l'a toujours été et ça ne s'arrange pas. Pour tout vous dire, je ne l'apprécie pas beaucoup. Et Christina serait encore en vie si elle n'avait pas croisé sa route, j'en suis persuadée.

— Vraiment ? répondit Ava.

Comme elle l'espérait, Marnie poursuivit :

— Christina voulait l'épouser et fonder une famille.

Ava se demanda si Aaron avait avoué à Christina qu'il avait eu un enfant. En tout cas, Marnie n'en parla pas.

— Ma sœur s'aveuglait à son sujet, ajouta-t-elle. Elle l'idéalisait, mais il lui a fait beaucoup de mal.

— Comment cela ? Il la poussait à se droguer ?

— Il n'a jamais touché à la dope, lui, que je sache. Il manipulait ma sœur. Il partait se soûler avec ses amis et ne revenait pas pendant des jours. Quand elle se mettait en colère, il la culpabilisait en lui disant que, si elle cessait de le harceler, il n'aurait pas envie de boire plus que de raison... Cela dit, lorsque Christina est morte, il en a été anéanti. Il s'est effondré à l'enterrement.

La mort de sa compagne avait peut-être été le déclencheur qui avait mis Aaron sur la voie du meurtre.

— Christina était-elle toxicomane ? s'enquit Ava, en espérant obtenir plus d'informations sur ce qui s'était passé.

— Non. D'accord, elle prenait de temps en temps des cochonneries, mais elle n'en était pas dépendante, pas vraiment. Mais un jour, elle a été victime d'une overdose et a été emportée par une crise cardiaque. Aaron était au travail et ne l'a retrouvée que des heures plus tard. Trop tard pour la sauver.

— Je suis désolée, dit Ava. Quel genre de travail exerce-t-il, ces jours-ci ?

— Il est mécanicien, répondit-elle. Un bon mécanicien à ce que j'ai entendu dire. Quand il est sobre, il est capable de construire à peu près n'importe quoi.

Ava se demanda si ce *n'importe quoi* incluait un engin explosif. Oui, elle avait vraiment besoin d'avoir une discussion avec Aaron.

— Vous disiez qu'Aaron était peut-être en danger ? continua Marnie. Est-ce à cause de la mort de Christina ?

— Peut-être, répondit Ava. Nous étudions plusieurs possibilités. Quelqu'un a-t-il été arrêté pour avoir fourni de la drogue à votre sœur ?

— Non. Nous ignorions à qui elle en achetait. Aaron a demandé autour de lui, bien sûr. Mais s'il a identifié son dealer, il ne m'en a rien dit. Vous ne pensez pas que ce trafiquant chercherait à le tuer, n'est-ce pas ? ajouta-t-elle après un instant.

— Comme je l'ai dit, nous étudions cette possibilité. Avez-vous son numéro pour me permettre de lui en parler ?

Marnie gémit et Ava devina qu'elle hésitait sur ce qu'elle devait faire.

— Même s'il n'a pas toujours bien traité ma sœur, elle l'aimait et je me sentirais mal de donner son numéro à des flics. Mais je vais l'appeler et lui dire que vous le cherchez. Vous m'avez dit vous appeler Ava Larson ?

— Lawson. Je vous laisse mon numéro, ajouta-t-elle avant de le lui dicter.

Puis, elle essaya d'imaginer comment Aaron réagirait quand il apprendrait qu'elle le cherchait.

— Dites-lui que c'est à propos de ce qui s'est passé quand il avait dix-huit ans, ajouta-t-elle.

La curiosité d'Aaron en serait peut-être assez attisée pour lui donner envie de l'appeler.

Bien sûr, s'il était le tueur, il espérait un contact de ce genre.

— Promis, lui assura Marnie. Mais s'il est vraiment en danger, vous avez l'intention de veiller à sa sécurité ?

— Nous essaierons, en tout cas, répondit-elle avant de mettre fin à l'appel.

Elle mentait. Si Aaron était le tueur, elle n'avait aucune intention de veiller à sa sécurité. Elle s'assurerait au contraire qu'il serait enfermé afin de l'empêcher de continuer à tuer.

Elle avait du mal à accepter le fait que son petit ami du lycée, qui avait été son premier amant, était maintenant un homme brisé. Mais son père avait tout fait pour le casser, vingt ans plus tôt. Aaron cherchait peut-être à se venger, à présent. Il considérait peut-être les jeunes mortes comme des dommages collatéraux.

— J'enregistrerai la conversation si Aaron m'appelle, dit-elle à Harley et à Theo. En attendant, nous pouvons peut-être envoyer quelqu'un à Bulverde pour demander à Marnie où il se trouve.

— Les Rangers peuvent s'en charger, dit Harley. Je vais demander à quelqu'un du bureau de San Antonio d'aller chez elle.

— Très bien, dit Theo avec un hochement de tête.

Il attendit que Harley envoie un texto avant de se retourner vers Ava. Elle vit alors dans ses yeux que Theo était inquiet pour elle.

— Vous deux, allez vous reposer, ordonna-t-il. Tu vas rester avec Ava ce soir, Harley ?

Ava était sur le point de refuser, mais il lui vint à l'esprit que si Aaron ou Caleb était derrière ces meurtres, elle était en effet en danger. Ce qui signifiait que le bébé l'était aussi. Elle n'avait pas particulièrement envie d'inviter Harley chez elle pour la nuit. Mais elle ne voulait pas non plus prendre de risques inutiles.

Harley la dévisageait en attendant sans doute de voir si elle allait lui proposer de rester chez elle. Avec un soupir, elle hocha la tête.

— Bien, conclut Theo. Dormez un peu. Et dès demain matin, nous irons à San Antonio.

Il regarda Ava droit dans les yeux.

— Je veux que Harley et toi soyez avec moi quand j'interrogerai ton fils.

4

Harley savait qu'il s'aventurait sur un terrain miné en s'installant chez Ava, mais heureusement, elle n'avait pas protesté lorsque Theo l'avait suggéré. Enfin, elle n'avait pas protesté *verbalement*. Mais il lui suffisait de décrypter son langage corporel pour comprendre qu'elle n'avait aucune envie de l'accueillir chez elle. Et d'ailleurs, à sa place, il n'aurait pas été ravi non plus. Mais elle était une adjointe intelligente, capable d'évaluer les priorités.

Leur enfant était en danger. Le protéger était essentiel. Que tous deux ne soient plus en très bons termes était secondaire. L'un et l'autre aimaient déjà leur bébé à naître et feraient tout pour le défendre.

Pendant qu'Ava les conduisait chez elle, Harley se concentrait sur la liste que Duran leur avait envoyée. Elle recensait toutes les personnes susceptibles d'utiliser Ava pour se venger d'Edgar. Harley ne pensait pas que le nom du tueur y figurait, mais comme il s'agissait d'une possibilité, il fallait le vérifier.

— Je m'en sortirais sans doute plus vite que toi parce que je connais déjà certains noms, dit-elle en y jetant un coup d'œil.

Tout en roulant, tous deux surveillaient les alentours pour s'assurer qu'ils n'étaient pas sur le point d'être attaqués.

— Je partagerai la moitié avec toi, proposa Harley après y avoir réfléchi. Nous nous répartirons de la même façon la tâche avec la liste que nous obtiendrons des démineurs. Dès qu'ils auront établi la signature de celui qui a fabriqué cette bombe, ils répertorieront les noms de ceux qui auraient pu s'en charger.

— Parfait, murmura-t-elle.

Derrière ce simple mot, il percevait toutes les émotions dont elle était la proie.

Elle repensait sans doute au message découvert sous la bombe. *Tout ça, c'est pour toi, maman.*

Sans les masques à l'effigie d'Ava, Harley aurait sans doute imaginé que le tueur s'attaquait aux femmes, qu'il les punissait pour quelque chose que sa propre mère lui avait fait subir ou dont elle l'avait privé. Mais ce masque signifiait soit qu'Ava incarnait l'image maternelle dans ce scénario, soit que le tueur voulait le faire croire.

Ce qui impliquait à peu près tout et n'importe quoi.

Parce que si le tueur se servait d'Ava pour les détourner de sa piste, les meurtres pouvaient être liés à n'importe qui, y compris à un habitant lambda de Silver Creek. Ou au sénateur Lawson. Ou à quelqu'un d'autre, d'ailleurs.

Harley grommela un juron, frustré d'avoir trois jeunes mortes sur les bras sans l'ombre d'une piste. Il leur fallait pourtant arrêter ce salopard au plus vite, avant qu'il ne s'en prenne à quelqu'un d'autre.

Quand Ava s'engagea dans l'allée de sa maison, Harley fut heureux de voir les lumières de sécurité s'allumer dès qu'ils s'approchèrent de la maison. Celle-ci bénéficiait d'un bon système de sécurité qui l'aurait alertée si, en son absence, quelqu'un avait essayé d'entrer par effraction. Pourtant, les meilleurs systèmes pouvaient tomber en panne et voilà pourquoi ils ne devaient jamais baisser la garde.

À l'aide de la télécommande, elle ouvrit la porte du garage, mais aucun d'eux ne sortit de l'habitacle avant que la porte ne se referme derrière eux. Ils ne dégainèrent pas leurs armes, mais posèrent leurs mains dessus.

Ava entra la première, Harley sur les talons, et ils se mirent aussitôt en devoir de fouiller les lieux. Harley était déjà venu dans cette maison. Il connaissait l'agencement des pièces et se dirigea vers le couloir où se trouvaient les chambres. Il inspecta la chambre d'amis, la chambre principale et les deux salles de bains avant d'arriver à la chambre d'enfant.

Le berceau était déjà en place, ce qui le toucha au cœur. Et l'inquiéta un peu aussi. Bientôt, tous deux seraient parents et il était sans doute normal de se faire du souci pour sa progéniture. Mais qu'un tueur en série soit sur la liste de leurs préoccupations lui tordait le ventre.

Après s'être assuré qu'il n'y avait aucun signe d'effraction ni d'intrusion, il rejoignit Ava dans la cuisine. Elle prenait des médicaments. Non, il ne s'agissait pas de vrais médicaments, il s'en rendit compte en voyant le flacon, mais de vitamines prénatales.

Harley découvrit alors le pan de mur en tableau noir à côté du réfrigérateur. Des prénoms y étaient écrits : Abigail, Rebecca, Gracelyn, Holly, Laine, Isabel, Jemma, Carla.

— Je note tous les noms possibles de petites filles au fur et à mesure qu'ils me viennent à l'esprit, expliqua-t-elle en suivant son regard. J'avais prévu de te demander ton avis sur la question, ajouta-t-elle.

— Merci.

Il ramassa la craie sur le bord du tableau et en ajouta deux. Olivia et Charlotte.

Elle hocha la tête en signe d'approbation avant de lui désigner le couloir d'un mouvement de menton.

— Tu peux prendre la chambre d'amis, dit-elle d'un ton professionnel.

Elle s'assurait sans doute qu'il avait bien compris qu'elle l'accueillait pour être protégée et pas pour le fourrer dans son lit.

Elle reporta son attention sur lui et lorsque leurs regards se croisèrent, Harley sentit l'attirance familière passer entre eux. Le désir aussi était toujours là. Ni l'un ni l'autre ne dataient d'hier, mais ils semblaient toujours aussi vivaces.

Manifestement, son corps n'avait pas l'intention de lui laisser oublier qu'Ava avait été autrefois son amante, même s'il ne partageait plus sa vie.

— Vas-y et envoie-moi ma moitié de la liste des noms de Duran, dit-elle en détournant les yeux des siens. Je les examinerai avant de m'endormir.

Harley fronça les sourcils. Chercher un potentiel tueur en série sur un fichier ne l'aiderait sans doute pas beaucoup à trouver le sommeil.

— Jetons-y un coup d'œil tous les deux maintenant, proposa-t-il. *Jettes-y* un œil, corrigea-t-il aussitôt. Et ensuite, tu essaieras de te reposer un peu.

À son silence, il comprit qu'elle débattait intérieurement de la question, mais elle finit par lui faire signe de la suivre dans son bureau. Elle alluma son ordinateur et ouvrit le document que Harley lui avait envoyé depuis son smartphone.

— Il y a des centaines de noms, murmura-t-elle dans un soupir.

Harley tapota ceux que Duran ou Edgar avaient soulignés.

— Ce sont les personnes qui avaient essayé de piéger ton père pour les transactions immobilières au marché noir et qui se sont révélées des façades pour le blanchiment d'argent.

Le sujet était douloureux. Parce que, à cause de ces investigations, elle avait décidé de rompre avec Harley.

Ava pinça les lèvres.

— Tu as donc déjà enquêté sur elles.

Ce n'était pas une question.

— En effet, confirma-t-il. J'ai trouvé des comptes offshore et de faux documents prouvant qu'il avait effectivement été piégé.

— Tu as découvert ce que mon père voulait que tu trouves, répliqua-t-elle. Cela ne signifie pas qu'il était innocent.

— Peut-être, reconnut Harley.

Il la dévisagea jusqu'à ce qu'elle le regarde à nouveau.

— Pourras-tu me pardonner un jour d'avoir abandonné les charges contre lui ?

— Non ! s'exclama-t-elle.

Mais elle soupira et fit signe de la main.

— Je n'ai pas envie de revenir sur cette discussion.

Lui non plus. Elle était fatiguée et avait vécu l'enfer au cours des dernières heures. Mais quelque part, il voulait se donner une chance de clarifier les choses entre eux.

— Au départ, j'avais la quasi-certitude que ton père était coupable de malversations financières, qu'il était lié à ces transactions douteuses. Et lorsque j'ai commencé mon enquête, j'ai d'abord cru qu'il avait couvert ses traces, détruit toutes les preuves le mettant en cause. Crois-moi, j'ai vraiment cherché tout ce qui aurait prouvé son implication.

Elle ne répondit pas et reporta son attention sur l'écran, mais elle était toujours sur la défensive.

— L'un des hommes de cette liste aurait-il pu commettre ces meurtres pour se venger de mon père ?

Il soupira et même s'il aurait souhaité revenir avec elle sur les aspects plus personnels de cette situation, la question qu'elle posait était pertinente.

— Non, répondit-il. Ils sont tous en prison et surveillés de près.

— Être surveillés de près ne signifie pas qu'ils n'ont pas trouvé le moyen d'échapper à la vigilance de leurs gardiens, remarqua-t-elle.

— C'est vrai, mais je ne pense pas qu'ils le feraient. Ton père les a certainement très bien payés pour qu'ils tombent à sa place. Ils ne passeront pas beaucoup de temps en prison et ils ont été généreusement dédommagés pour leur silence.

Ava le regarda en face.

— En as-tu une preuve ?

— Aucune, reconnut-il.

Il n'ajouta pas qu'il creusait toujours, qu'il cherchait toujours un lien quelconque qui lui permettrait d'avoir raison. Son instinct lui soufflait qu'Edgar était un dangereux criminel. Mais il ne voyait pas comment l'assassinat de trois femmes ou le lien entre ces meurtres et sa fille lui rapporterait quoi que ce soit.

À moins que...

— Ton père était-il furieux quand il a découvert que tu portais mon bébé ? demanda Harley.

— Fou furieux, répondit-elle.

Il vit le moment exact où elle comprit où il voulait en venir.

— Tu penses qu'il pourrait être tellement en colère qu'il tenterait de me tuer en faisant croire qu'un tueur en série est à la manœuvre ?

Elle secoua la tête.

— Non ! Et dans cette hypothèse, pourquoi impliquer Caleb dans cette histoire en laissant ce mot destiné à sa mère ?

Harley n'y avait pas encore réfléchi, il n'était pas allé aussi loin dans son raisonnement, mais il fit immédiatement un lien. Un mauvais lien.

— Et si Edgar craignait que la façon dont il a géré ta grossesse adolescente soit révélée ? Il n'en sortirait pas grandi aux yeux de ses électeurs. Après tout, il avait forcé sa fille à abandonner son enfant et menacé son petit ami d'aller en prison...

Le front plissé, elle y réfléchit.

— Il est possible qu'Edgar s'inquiète à ce sujet, concéda-t-elle. Mais cela signifierait qu'il imaginerait que cette vieille histoire soit sur le point d'être révélée. Pour quelle raison ? Et pourquoi maintenant ?

— Des secrets sont découverts tout le temps, lui rappela-t-il.

Cela dit, croire qu'Edgar voudrait la mort de sa propre fille à cause d'un sordide secret de famille semblait tiré par les cheveux. Mais, encore une fois, Edgar n'était pas un père tendre et aimant. Il était sans doute prêt à tout pour éviter d'être impliqué dans un scandale.

— S'il voulait se venger en me tuant, poursuivit Ava, ou dissimuler ce qu'il a fait il y a vingt ans, mon père n'aurait aucun intérêt à ce qu'il y ait de révélation publique à propos de Caleb.

— C'est vrai, reconnut Harley. Mais peut-être a-t-il l'intention de faire porter le chapeau à Caleb.

Il était sur le point d'élargir sa théorie lorsque son téléphone bipa pour lui annoncer la réception d'un texto. Comme il émanait de Theo, Harley en conclut que le shérif n'avait pas suivi son propre conseil de se reposer.

Harley se figea en lisant la seule phrase que Theo avait envoyée. Puis poussa un juron.

— Les parents adoptifs de Caleb ont tous deux été tués dans un accident de voiture, il y a sept mois.

À en juger par la façon dont Ava blêmit, elle n'était pas au courant. Mais elle comprit certainement la signification d'un tel événement. Perdre ses parents était traumatisant et susceptible de provoquer des réactions extrêmes chez un être jeune et vulnérable.

Ava poussa un gémissement et s'apprêtait sans doute à émettre un commentaire quand la sonnerie de son propre téléphone l'en empêcha. Vu l'heure tardive, il ne s'agissait sans doute pas d'une bonne nouvelle et Harley sentit son estomac se nouer.

Pourvu qu'il n'y ait pas eu d'autre meurtre, songea-t-il.

— C'est Marnie, dit Ava. Je l'avais ajoutée à mes contacts parce que je lui ai donné mon numéro, expliqua-t-elle en prenant l'appel et en le mettant sur haut-parleur.

— Ava Lawson ? lança aussitôt Marnie.

— Oui, c'est moi. Que puis-je faire pour vous, Marnie ?

Marnie ne répondit pas tout de suite.

— Ce n'est peut-être rien, mais après vous avoir parlé, j'ai repensé à Aaron. À la dernière fois où je l'ai vu. C'était peu de temps après la mort de Christina, il était passé déposer des vêtements et des objets personnels de ma sœur à la maison. Il croyait que je serais contente de les récupérer. Il était soûl et divaguait, donc je ne suis même pas sûre que ce qu'il a dit était important.

— Qu'a-t-il dit ?

— N'oubliez pas qu'il était ivre, lui rappela Marnie. Et il parlait de s'expliquer avec une femme à propos de certains événements survenus quand il était adolescent. Comme vous m'aviez dit que vous aviez eu une relation avec lui, je me suis demandé si Aaron parlait de vous.

Harley voulut intervenir et lui poser une série de questions susceptibles de relier les propos d'Aaron aux meurtres. Mais il se retint, conscient qu'Ava parviendrait plus facilement à lui tirer les vers du nez s'il ne l'interrompait pas.

— Aaron vous a-t-il donné des détails sur ce qui lui était arrivé ? demanda-t-elle. Et vous a-t-il précisé qui était cette personne et pourquoi il voulait lui parler ?

— En quelque sorte. Il m'a dit qu'il avait peur, qu'il devait garder le silence sur ces événements s'il ne voulait pas risquer de gros ennuis. Au départ, je croyais qu'il parlait du dealer de Christina, mais il n'arrêtait pas de répéter qu'il avait commis une erreur *quand il était adolescent*. Une erreur qui, selon lui, le hantait encore parce qu'il se sentait désormais menacé.

— Menacé, répéta Ava dans un murmure.

Elle s'éclaircit la gorge avant de demander :

— Aaron a-t-il mentionné le nom de la personne qui le menaçait ?

Harley s'approcha automatiquement du téléphone, se demandant si Marnie était sur le point de leur donner celui du père d'Ava.

Mais ce ne fut pas le nom d'Edgar qui sortit de la bouche de Marnie.

— Un certain Caleb, répondit-elle. Aaron parlait et était vraiment inquiet. Il craignait que ce Caleb lui fasse du mal.

5

Depuis qu'elle était enceinte et sur les conseils de son médecin, Ava limitait au maximum sa consommation de café. Mais se priver de ce breuvage lui était difficile. La caféine l'aidait, en général, à garder les idées claires. Et là, tandis que Harley les conduisait à Austin, elle aurait eu besoin de plusieurs mugs de café pour y parvenir.

Elle avait très mal dormi, sans doute parce que Harley avait passé la nuit à quelques pas d'elle. Et aussi parce que les images effroyables des trois victimes de meurtre continuaient à défiler dans sa tête. Et l'éventualité que Caleb soit lié à ces horreurs lui glaçait le sang.

Elle priait pour qu'il soit innocent.

Les affirmations de Marnie sur les propos d'Aaron feraient, bien sûr, l'objet d'une enquête. Et des questions à ce sujet seraient incluses dans l'interrogatoire qui allait bientôt commencer.

D'après l'appel qu'Ava venait de recevoir, Theo était déjà à Austin. Il avait en effet voulu passer au poste de police local pour prévenir ses collègues des forces de l'ordre qu'il se trouvait sur leur territoire. Il les rejoindrait tous deux devant chez Caleb.

Comme il craignait que ce dernier ne s'enfuie, Theo ne l'avait pas prévenu que le shérif de Silver Creek, l'une de ses adjointes et un Texas Ranger sonneraient bientôt à sa porte. Mais en principe, l'adolescent serait bien chez lui. Il vivait dans une petite résidence à deux pas du campus. Et les Rangers avaient mis en place une surveillance discrète pour s'assurer qu'il ne bougerait pas.

Et qu'il n'irait pas tuer quelqu'un.

— Mon offre tient toujours, lui dit Harley en la tirant de ses pensées. Theo et moi pouvons mener cet interrogatoire et l'enregistrer pour te permettre de l'écouter plus tard.

La proposition était tentante, ne serait-ce que pour éviter un stress supplémentaire, nuisible au bébé, mais Ava tenait à découvrir la vérité. Elle n'avait pas envie de l'apprendre à partir d'un enregistrement. Si le garçon qu'elle avait mis au monde et donné à l'adoption voulait sa mort et tuait pour régler des comptes avec elle, elle devait y faire face en le regardant, les yeux dans les yeux.

— Merci, mais je tiens à être là, répondit-elle. Mais vraiment merci, ajouta-t-elle pour qu'il comprenne qu'elle appréciait.

Pour l'instant, elle acceptait toute aide, d'où qu'elle vienne. Elle était en danger, ce qui signifiait que son bébé et tous ceux qui l'entouraient l'étaient aussi. Ce danger pouvait être lié à son père. Ou à son fils. Mais Ava espérait que ni l'un ni l'autre n'étaient impliqués et que le tueur tentait seulement de le leur faire croire.

Elle détestait son père, mais s'il était vraiment coupable, s'il assassinait des femmes et la ciblait, elle, elle en serait anéantie. Il s'agirait pour elle d'un véritable cauchemar. Pourtant, si Edgar avait quelque chose à voir avec ces horreurs, elle tenait à ce qu'il soit puni et sévèrement.

Harley gara la voiture d'Ava devant les Crossroads Apartments. La résidence n'était pas haut de gamme, loin de là, mais Caleb ne vivait pas non plus dans un taudis. Comme l'endroit était situé tout près du campus, la plupart des résidents étaient sans doute des étudiants.

— As-tu changé d'avis sur le fait de ne pas dire d'emblée à Caleb qui tu es ? demanda Harley.

— Je veux voir sa réaction. S'il sait que je suis sa mère biologique, je percevrai des signes de reconnaissance sur son visage, dans ses yeux, même s'il ne le dit pas ouvertement. S'il ignore qui je suis pour lui, cela tendra à prouver son innocence dans cette histoire.

Harley lui lança un regard de biais. Elle devinait qu'il s'inquiétait de ce qu'elle s'apprêtait à subir. Elle aussi s'inquiétait, mais son angoisse ne l'arrêterait pas.

Elle prit plusieurs profondes inspirations pour s'efforcer de se ressaisir alors qu'ils sortaient de la voiture. Par réflexe, elle jetait, tout en marchant, des coups d'œil autour d'elle, à la recherche de tout signe de problème. Elle n'en remarqua aucun, mais aperçut Theo devant la porte de Caleb.

— Le Ranger qui surveille les lieux est là aussi, lui dit Harley en inclinant la tête vers la Ford grise garée de l'autre côté du parking.

Il fit signe au Ranger qui s'éloigna, maintenant qu'il savait que Theo avait du renfort.

— Si nous décidons de garder un œil sur Caleb après l'avoir interrogé, je lui demanderai de revenir.

Elle espérait que cette surveillance ne serait pas nécessaire, que cet interrogatoire leur permettrait de retirer Caleb de la liste des suspects et d'être certains de son innocence.

Theo, lui aussi, étudia l'expression d'Ava lorsqu'ils se rapprochèrent de lui. Sans doute fut-il rassuré sur sa capacité à gérer ce qui allait se passer parce qu'il sonna à la porte. Ava eut du mal à contenir sa nervosité lorsqu'elle entendit des pas.

— Il a un colocataire, Jonah Chavez, expliqua Theo à voix basse. Mais il n'est pas là actuellement. D'après le Ranger, il est parti il y a environ une heure.

Heureusement, pensa Ava. Cet interrogatoire serait encore plus difficile s'il se déroulait en présence d'un tiers. Cela dit, dès que Caleb comprendrait qu'ils étaient là pour lui parler de trois meurtres, il demanderait peut-être l'assistance d'un avocat.

La porte s'ouvrit et le jeune homme les considéra avec surprise et circonspection. Il avait les mêmes yeux qu'elle, remarqua-t-elle aussitôt. Elle n'eut pas besoin de chercher longtemps pour voir sa ressemblance avec Aaron. Il avait hérité de ses cheveux blonds et de sa mâchoire carrée. Aaron avait été très séduisant à l'adolescence et il avait évidemment transmis ses gènes à Caleb.

— Oui ? dit Caleb.

Son attention se posa d'abord sur Theo et sur son étoile de shérif.

— Quelque chose ne va pas ? Est-il arrivé quelque chose à l'un de mes amis ? demanda-t-il avec inquiétude.

Il se tourna alors vers Harley. Puis vers Ava.

Et là, elle le vit.

Caleb savait qui elle était. Elle aurait préféré qu'il l'ignore, mais il le savait, il la reconnaissait, elle en eut tout de suite la certitude. Ce qui signifiait qu'il venait d'être propulsé tout en haut de leur liste de suspects.

— Vos amis vont tous bien pour autant que nous le sachions, répondit Theo. Je suis le shérif Theo Sheldon. Voici le Texas Ranger Harley Ryland et l'adjointe Ava Lawson.

— Oui, marmonna Caleb, les yeux rivés sur elle.

Il resta un moment à la dévisager fixement jusqu'à ce qu'il secoue enfin la tête. Il recula alors et leur fit signe d'entrer.

Il remarqua alors son ventre rond.

Ava regretta qu'il se retourne aussitôt pour les précéder à l'intérieur parce qu'elle aurait aimé voir sa réaction. Au cours des quelques instants qu'il lui fallait pour entrer dans le salon, il aurait le temps de se ressaisir.

Ils le suivirent et jetèrent par automatisme un coup d'œil autour d'eux pour s'imprégner de l'endroit. Comme l'appartement était petit, il n'y avait pas grand-chose à voir. Les portes des deux chambres étaient ouvertes. Ava ne repéra aucune arme et, heureusement, aucun *sanctuaire* malsain à son effigie indiquant qu'elle était le mobile du meurtre.

Sans cesser de la dévisager, Caleb finit par mettre les pieds dans le plat.

— Je ne m'y attendais pas. Bien sûr, il me semblait possible de vous rencontrer un jour. Mais j'ai toujours pensé qu'il n'y aurait alors que nous deux. Et que je serais mieux préparé à... vous voir, ajouta-t-il avec un rire nerveux.

Ava l'étudia avec attention, à la recherche de signes de ressentiment ou de calcul. Elle n'en remarqua aucun, mais elle dut s'avouer qu'elle n'avait peut-être pas envie de les voir. Voilà d'ailleurs pourquoi elle était soulagée que Harley et Theo soient là, avec elle. Ils seraient plus capables qu'elle de juger de la situation.

— Comment as-tu découvert qui je suis ? demanda-t-elle.

Elle avait une myriade de questions à lui poser, mais décida de débuter par celle-là.

— Oh..., commença-t-il avant de lever la main pour leur demander d'attendre un instant.

Il se rendit dans la cuisine attenante, ce qui, bien sûr, les mit tous en alerte. Ils craignaient un stratagème destiné à s'emparer d'une arme. Mais Caleb se remplit simplement un verre d'eau qu'il but d'un trait.

— Voilà, dit-il en revenant vers eux.

Il répéta deux fois ce mot comme pour s'efforcer de se calmer, mais il semblait encore très nerveux lorsqu'il répondit enfin à la question.

— Quand mes parents ont trouvé la mort dans un accident de voiture, il y a quelques mois, je me suis senti très mal. J'avais perdu mes repères. Et je me suis dit qu'en apprendre un peu plus sur mes parents biologiques m'aiderait peut-être à me ressaisir. Voilà pourquoi j'ai fait un test ADN pour découvrir mes origines, expliqua-t-il. Le laboratoire m'a donné la liste de nombreux cousins génétiques. Je les ai triés et me suis aperçu que beaucoup d'entre eux avaient Walsh comme nom de famille. J'ai envoyé un mail à certains d'entre eux, en leur demandant si quelqu'un connaissait mes parents biologiques. Et un cousin lointain m'a appris que mon père pourrait être Aaron Walsh, mais que sa famille avait perdu tout contact avec lui.

Ava hocha la tête. Malgré tous les efforts d'Edgar pour garder la grossesse secrète, Caleb avait découvert la vérité grâce à un test ADN et à quelques recherches.

De nouveau, elle réprima l'envie de lui lancer une série de questions. Des questions qui risquaient de l'alarmer et de le pousser à se refermer comme une huître. Pour l'instant, il valait mieux qu'elle reste silencieuse et le laisse finir.

— Personne ne semblait savoir où se trouvait Aaron Walsh, poursuivit-il. Mais la mère de mon colocataire est détective privée, alors pour me rendre service, elle a lancé une recherche. Cela lui a pris plus d'un mois, mais elle est finalement parvenue à le retrouver. Elle m'a obtenu son numéro de téléphone et je l'ai appelé. Quand je lui ai dit qui j'étais et quand j'étais né, il m'a confirmé que j'étais probablement son fils.

Ava sentit sa gorge se serrer. Elle n'aurait pas dû être étonnée qu'un détective privé obtienne ce genre de renseignements. Après tout, celui d'Edgar y avait réussi, lui aussi. Mais elle ne s'attendait pas à ce qu'Aaron confirme qu'il était peut-être le père de Caleb. Pas après les menaces qu'Edgar avait proférées à son encontre.

— Aaron m'a dit que s'il était réellement mon père biologique, vous étiez ma mère biologique, poursuivit Caleb. Donc, je me suis replongé dans la liste des cousins via mon ADN et, bien sûr, j'ai trouvé quelques-uns de vos parents éloignés. Aucun d'entre eux n'a répondu à mes appels ou à mes mails et j'ai vite compris pourquoi : j'étais en quelque sorte un secret de famille.

Edgar s'en était, en effet, assuré et Ava était contente qu'il n'ait pas réussi à garder toute cette histoire enfouie. Mais la révélation de la vérité risquait de poser de gros problèmes. Par exemple, son père avait-il été au courant ? Et en avait-il profité pour mettre en place un plan meurtrier ?

— Et à quand remonte cette conversation avec Aaron ? s'enquit Harley.

Ava comprit que Harley essayait de déterminer s'il avait appris qui étaient ses deux parents biologiques à peu près au moment où les meurtres avaient commencé.

Caleb n'eut même pas besoin d'y réfléchir.

— Il y a quatre mois. Je me souviens de la date exacte parce que cela faisait, jour pour jour, trois mois que mes parents avaient disparu.

Seigneur. Le premier meurtre avait eu lieu trois mois auparavant. Le timing collait donc puisque le tueur avait eu besoin d'un certain temps pour organiser ces assassinats. Caleb semblait terriblement calme pour un tueur en série se retrouvant face à trois membres des forces de l'ordre. Mais son comportement ne suffisait pas à l'éliminer comme suspect.

— Écoutez, continua Caleb, mes parents étaient formidables et m'ont toujours dit que j'avais été adopté. Comme les dossiers d'adoption étaient scellés, ils ne savaient rien sur mes origines, sur mes parents biologiques. Je pensais seulement que cela m'aiderait à faire mon deuil, voilà tout.

Son regard croisa celui d'Ava.

— Et je n'ai jamais eu l'intention d'interférer dans votre vie. Ni dans celle d'Aaron.

Il semblait si sincère qu'elle le crut.

— Tutoyons-nous, dit-elle. Après tout, je t'ai porté et mis au monde. Que t'a dit exactement Aaron sur lui et moi ?

— Pas grand-chose, et pour info, je lui ai demandé s'il voulait me rencontrer. Il a d'abord accepté avec enthousiasme, mais ensuite, il semblait réticent à me donner une heure ou un lieu. J'ai eu l'impression qu'il endurait encore beaucoup d'épreuves à cause de moi.

— Pas à cause de toi, corrigea Ava.

Elle ne voulait en aucun cas qu'il prenne sur ses épaules la responsabilité de ce qui s'était passé.

— Sais-tu qui est mon père ? ajouta-t-elle.

Caleb hocha lentement la tête.

— Aaron ne m'en a pas dit beaucoup de bien...

Ava préféra ne pas lui expliquer qu'il n'y avait pas grand-chose de positif à dire sur Edgar.

— Je suis tombée enceinte de toi quand j'avais seize ans, et mon père avait pris de nombreuses mesures pour s'assurer que cette grossesse resterait secrète.

Ava ne voulait pas donner l'impression que rien de ce qui s'était passé n'était sa faute. Après tout, elle était tombée enceinte parce qu'elle n'avait pas pris les précautions nécessaires.

Si elle avait été plus forte, elle se serait enfuie, aurait mis son bébé au monde et l'aurait gardé. Mais même à l'époque, elle avait compris qu'elle aurait alors eu une vie difficile. Elle n'avait aucun moyen d'élever un enfant toute seule. De plus, son père aurait mis sa menace à exécution, elle le savait, et Aaron aurait fini en prison.

Compte tenu de ce que Marnie leur avait dit, Edgar essayait peut-être toujours de l'y traîner.

— Aaron m'a dit qu'il ne t'avait pas revue après avoir appris ta grossesse. Il avait deviné que ton père t'avait cachée quelque part. Il t'avait cherchée, mais ne t'avait pas trouvée.

C'était sans doute vrai. Elle aussi l'avait cherché, tout en sachant qu'ils ne pourraient jamais être ensemble. Elle en avait été anéantie à l'époque, mais vu le genre d'homme qu'Aaron était devenu, une relation n'aurait sans doute pas fonctionné entre eux.

Surtout avec son père s'acharnant contre lui.

— Aaron et moi voulions te garder, mais nous ne pouvions pas, dit-elle.

Elle pensait que Caleb lui reprocherait de ne pas avoir tout fait pour l'élever, de s'être comportée en irresponsable et en égoïste. Un savon qu'elle aurait amplement mérité.

Il ne le fit pas. Son visage se durcit, sans doute essayait-il de digérer ce qu'elle venait de dire, mais elle ne vit ni venin ni colère dans son expression.

— Tu es enceinte, murmura-t-il.

Elle hocha la tête et passa la main sur son ventre, le regard fixé sur Caleb pour essayer d'évaluer sa réaction.

— De cinq mois.

Sans doute avait-il ignoré son état jusqu'ici. Bien sûr, elle n'en avait pas parlé sur les réseaux sociaux et comme les médias ne s'en étaient pas encore aperçus, ils ne s'étaient donc pas encore emparés du sujet.

Mais si les meurtres continuaient et si l'histoire des masques fuitait, elle serait bientôt au cœur d'une tempête médiatique.

Caleb reporta son attention sur Harley et Theo. Il regarda leurs mains, peut-être pour y chercher la présence éventuelle d'une alliance. Ils n'en portaient pas. Theo n'était encore que fiancé à la substitute du procureur de Silver Creek, Kim Ryland.

— J'imagine que vous n'êtes pas venus tous les trois ici uniquement pour me confirmer que l'adjointe Lawson était ma mère biologique, remarqua Caleb. Quel est le problème ? Aaron a-t-il des ennuis ?

Ava secoua la tête, mais en réalité, elle ignorait si Aaron avait des ennuis. Peut-être en avait-il, mais pour l'instant elle préférait se concentrer sur la véritable raison de cette visite.

— Trois femmes ont été assassinées à Silver Creek au cours des derniers mois, déclara-t-elle en s'efforçant de s'exprimer sans émotion.

Elle ne mentionnerait pas les masques puisque cette information n'avait pas été révélée au public.

— Les meurtres semblent être liés à moi, ajouta-t-elle.

Caleb redressa brusquement la tête.

— Comment cela ?

— Le tueur a laissé un message sur la dernière scène de crime, répondit Harley. Nous n'avons pas identifié l'assassin, mais nous savons qu'il est en quelque sorte lié à l'adjointe Lawson et qu'il pourrait tuer pour se venger d'elle.

Caleb écarquilla les yeux.

— Et vous pensez que j'ai tué ces femmes. Je n'ai rien fait de tel, ajouta-t-il rapidement. Il faut me croire, dit-il en la regardant d'un air suppliant. Je serais incapable de prendre la vie de quelqu'un.

— Es-tu en colère contre Ava parce qu'elle t'a donné à l'adoption ? s'enquit Harley.

— Non, répondit-il aussitôt avec force. Je me suis souvent demandé pourquoi elle n'avait pas voulu me garder, c'est vrai. Mais quand Aaron m'a dit qu'ils n'étaient alors que des adolescents, j'ai compris. Et même si j'avais été en colère, je n'aurais tué personne. Jamais.

— Je vais te lire tes droits, dit Theo.

Comme, à ces mots, Caleb perdit toute couleur, il précisa :

— C'est pour ta protection, pour que tu connaisses tes droits.

Le jeune homme resta silencieux pendant que Theo lui récitait l'avertissement Miranda, mais il s'effondra sur le canapé et plongea le visage dans ses mains.

— Souhaites-tu bénéficier de l'assistance d'un avocat ? lui demanda Theo dès qu'il eut fini.

Caleb regarda Ava, en essayant peut-être de décider s'il pouvait lui faire confiance. Il dut estimer que oui parce qu'il secoua la tête.

— Je n'ai rien fait de mal, alors allez-y et posez-moi toutes les questions que vous voulez.

Theo sortit un morceau de papier et le tendit à Caleb.

— Sais-tu où tu étais à ces dates et à ces heures-là ?

Caleb respira profondément, mais parut se calmer lorsqu'il étudia le papier.

— Oui. Pour la première date, en tout cas, répondit-il. Je participais à un séminaire à Dallas, pendant tout le week-end. Je n'en avais pas parlé sur les réseaux sociaux parce que mon colocataire était avec moi et je ne voulais pas que les gens sachent que l'appartement était vide.

Theo hocha la tête et tendit à Caleb un petit bloc-notes qu'il sortit de sa poche.

— Écris-moi le nom du séminaire et la personne qui en était responsable. Et pour les deux autres dates ? ajouta-t-il après que Caleb eut fini de les noter.

Caleb sortit son smartphone et consulta son agenda. Un peu de couleur revint sur ses joues.

— J'étais avec une fille à la troisième date.

Il leva les yeux vers Theo.

— Je veux bien vous communiquer son nom et ses coordonnées, mais quand vous l'interrogerez, j'aimerais que vous ne lui donniez pas l'impression que je suis un tueur. Je ne le suis pas et je l'aime vraiment. Je n'ai pas envie que des soupçons infondés gâchent tout entre nous.

— Ne t'inquiète pas. Je ne donnerai aucun détail et lui expliquerai qu'il s'agit de questions de routine. J'ai découvert que si j'ajoute les mots *vérification des antécédents*, la plupart des gens l'acceptent.

Caleb soupira puis secoua la tête.

— Je n'ai rien fait de spécial lors la deuxième date. Je préparais un examen important et je suis resté ici pour étudier. Mon colocataire a passé la nuit chez ses parents. Un truc familial à fêter... Cela veut dire que vous allez m'arrêter ? ajouta-t-il avec angoisse.

— Non, répondit Theo. Je vais examiner les deux autres alibis et s'ils sont confirmés, je demanderai dans le quartier si quelqu'un t'a vu le soir en question.

Il marqua une pause avant de lancer :

— As-tu une expérience quelconque en matière d'explosifs ?

De nouveau, Caleb écarquilla les yeux.

— Non. Enfin, à part les pétards du 4 juillet, mais ça ne compte pas. Pas vrai ? demanda-t-il d'une voix un peu tremblante.

— Ça ne compte pas, lui assura Theo. Mais je vais me renseigner et voir si tu m'as menti.

— Je n'ai pas menti, insista Caleb avant de reporter son attention sur Ava. Comment les meurtres sont-ils liés à toi ? Es-tu en danger ?

Ava n'avait pas la possibilité de divulguer d'autres détails sur les assassinats, mais elle décida de répondre à la deuxième partie de la question.

— Je suis peut-être en danger. Connais-tu quelqu'un qui voudrait te piéger et s'arrangerait pour que nous te soupçonnions d'avoir participé aux meurtres ?

— Non. Je veux dire, il y a des gens qui ne m'aiment pas, mais pas à ce point-là, non. Et personne ne me déteste assez pour aller jusqu'à tuer quelqu'un.

Son expérience de policière avait appris à Ava qu'il ne fallait pas toujours beaucoup de haine pour passer à l'acte. Tous les jours, des meurtres étaient perpétrés pour des raisons parfois futiles. Et ces meurtres-là en particulier lui semblaient calculés et organisés. Ils n'avaient certainement pas été commis sous le coup de la colère.

Theo inclina la tête vers le bloc-notes que Caleb tenait toujours.

— Écris les noms de ceux qui ne t'aiment pas. Inclus tous ceux ou celles avec qui tu as pu rompre ou que tu as rejetés d'une manière ou d'une autre.

Il appliquait la procédure standard, mais, comme Ava, Theo devinait qu'elle ne les aiderait sans doute pas à trouver les noms des suspects. De plus, ils avaient déjà des noms.

Son père, Duran et Aaron.

Et la prochaine étape serait de les interroger tous les trois. Ils devraient également déterminer si le sénateur Lawson ou Duran menaçaient toujours Aaron.

Caleb rendit le calepin à Theo qui l'examina. Le shérif comparait sans doute son écriture avec celle de la note laissée sur la dernière scène de crime. Ava y jeta un œil aussi, mais ne vit aucune ressemblance. Pourtant, Theo la ferait analyser par un graphologue.

— Je n'ai aucune envie de compliquer ta vie, dit Caleb en la regardant. Mais je suis content de t'avoir rencontrée.

— Moi aussi, je suis heureuse de t'avoir rencontré, dit-elle dès qu'elle parvint à évacuer la boule dans sa gorge.

Leurs regards se soudèrent un moment, remplis d'émotion, puis Caleb détourna la tête.

— Suis-je en danger ? demanda-t-il, sans s'adresser à quelqu'un en particulier. Je veux dire, si ce tueur essaie de me piéger, peut-être viendra-t-il me chercher.

Aucun d'entre eux ne pouvait écarter cette éventualité et l'entendre l'envisager serra tellement la poitrine d'Ava qu'elle avait soudain du mal à respirer. Elle était prête à lui offrir une protection privée, un garde du corps, mais Harley parla en premier.

— Je vais demander aux Texas Rangers de veiller sur toi et je te recommande de prendre quelques précautions. Par exemple, ne va nulle part seul la nuit et sois attentif à ton environnement. Si tu vois ou sens que quelqu'un te surveille ou te suit, appelle le shérif ou l'adjointe Lawson ou moi.

Harley tendit à Caleb une carte de visite avec ses coordonnées. Ava et Theo firent de même.

— Merci, marmonna Caleb.

Ava devinait qu'il avait peur.

L'idée que quelqu'un menace son fils lui était insupportable.

Elle laissa cette pensée faire son chemin dans son esprit. En mêlant son fils et elle à ces meurtres, quelqu'un jouait à des petits jeux malsains et elle devait trouver un moyen d'y mettre fin. Même si c'était la seule et unique fois qu'elle voyait l'enfant qu'elle avait mis au monde, vingt ans plus tôt, elle voulait qu'il soit en sécurité.

Et elle l'aimait.

Cette prise de conscience s'imposa à elle avec une force qui la stupéfia. Jusqu'alors, elle n'aurait pas imaginé possible un tel lien avec ce garçon, cet inconnu.

Mais oui, elle l'aimait.

— Appelle-nous si tu penses à autre chose, Caleb, lui rappela-t-elle en espérant qu'il la contacterait pour cette raison ou pour une autre.

Nouer une relation avec lui ne serait probablement pas facile, mais quelque part, elle le désirait plus que tout.

Plutôt que de risquer de dire quelque chose qu'elle regretterait par la suite, elle se tourna vers la porte. Theo et Harley sur les talons.

— Merci pour ta coopération, dit Theo à Caleb. L'un d'entre nous te contactera bientôt.

Ils sortirent et Harley s'empara aussitôt de son téléphone.

— Je vais rappeler le Ranger. Nous pouvons attendre dans la voiture qu'il revienne. Il ne devrait pas mettre longtemps.

— Bien, confirma Theo. Je commencerai à vérifier ces alibis dès mon retour à Silver Creek.

Sur ce, Theo se dirigea vers sa voiture et Harley et Ava vers la leur. Ils n'allèrent pas bien loin.

Un coup de feu fendit l'air.

6

Lorsqu'il entendit la détonation, l'instinct et l'expérience de Harley prirent aussitôt le dessus. Il enlaça Ava et la fit tomber au sol en s'arrangeant pour qu'elle atterrisse sur lui afin d'amortir sa chute.

Il pensa tout de suite à leur bébé. À l'enfant. Et à elle. Bien sûr, étant adjointe du shérif, Ava savait gérer ce genre de situation, mais il devait s'assurer que tout irait bien pour elle.

Avant qu'il n'ait le temps de s'allonger sur elle pour la protéger de son propre corps, un autre coup de feu claqua. La balle s'écrasa sur le véhicule qu'ils utilisaient pour se couvrir.

Terrifié à l'idée que le projectile ait ricoché et touché Ava, il se tourna vers elle. Elle ne saignait pas, Dieu merci. Elle avait dégainé son arme et posé le bras sur son ventre.

Au milieu de l'enfer, elle protégeait le bébé, se dit-il, ému.

— Theo ? cria-t-elle. Theo va bien ?

Harley ne pouvait le voir sans lever la tête, ce qu'il préférait éviter pour le moment. Cependant, il espérait que le shérif avait réussi à s'abriter dans sa voiture de patrouille et qu'en tout cas il n'était pas à découvert, ce qui ferait de lui une cible facile.

Une troisième détonation retentit et fit exploser le pare-brise. Harley comprit alors que le tireur était positionné de l'autre côté de la rue, sans doute sur le toit du petit immeuble à deux étages situé en face de celui de Caleb. De là où il se trouvait, le gars n'avait sans doute pas une très bonne vue d'ensemble, sinon il aurait déjà réussi à les toucher.

Cette pensée n'avait rien de réconfortant.

Prendre conscience qu'Ava ou lui étaient la cible du tireur, puisque tous les coups de feu ne visaient qu'eux deux, ne l'était pas davantage.

En revanche, Caleb n'était pas le tireur, Harley en eut alors la certitude. Il n'aurait pas eu le temps de sortir de chez lui, de traverser la rue et de grimper sur le toit de l'immeuble d'en face. Depuis qu'ils l'avaient quitté, il ne s'était en effet écoulé que quelques instants.

— Tout le monde à terre ! cria Theo.

À peine avait-il lancé cet ordre à la cantonade qu'une rafale de tirs retentit. Harley espérait que les passants avaient suivi cette consigne. Sinon, il y aurait des dommages collatéraux.

— J'ai appelé la police d'Austin, lança quelqu'un.

Caleb.

Harley sentit Ava se tendre et marmonner un juron.

— Caleb, reste au sol ! rugit-elle.

Elle n'ajouta rien, ce n'était pas nécessaire. Harley avait vu ses yeux alors qu'elle regardait l'adolescent quand ils étaient chez lui. Même si elle n'avait pas envie d'éprouver de profonds sentiments d'amour pour son fils, ils étaient là. Et son instinct maternel s'exprimait envers et contre tout. Mais dans ce contexte, il risquait d'être une dangereuse diversion.

Harley le mesurait parce qu'il aimait déjà ce bébé, sa petite fille à naître, et là, il était conscient que ce tireur la mettait en danger. L'émotion qui l'envahissait lui interdisait d'être détaché, de se comporter comme si Ava était une femme enceinte inconnue.

Il ajusta sa position pour avoir une meilleure vue sur le bâtiment de l'autre côté de la rue. De là où ils s'étaient abrités, il ne distinguait ni le tireur ni le canon d'un fusil. Il était en effet certain que le gars était armé d'un fusil, indispensable pour ce rayon d'action. Il ne remarqua pas non plus d'escalier extérieur. Il n'avait donc aucune chance d'apercevoir le type lorsqu'il descendrait du toit. Il était possible qu'il y ait un escalier à l'arrière, mais comme l'immeuble ne comprenait que deux étages, n'importe quelle issue de secours disponible permettrait au tireur de s'enfuir.

Au loin, il entendit le hurlement des sirènes. Il ne faudrait pas longtemps pour que la police arrive. Dieu merci. Moins Ava était exposée, moins il risquait de les perdre, elle et le bébé.

Harley se prépara à essuyer d'autres coups de feu. Bien sûr, il ne serait sans doute pas en mesure de riposter, pas en pleine rue. Mais il gardait l'arme au poing, au cas où ce serpent, jetant toute prudence au vent, descendrait de l'immeuble en arrosant les alentours de balles à tout-va.

Mais Harley en doutait.

Si le gars était leur tueur, cette attaque ne correspondait pas à son mode opératoire. Depuis le départ, il privilégiait la rapidité et l'efficacité. Vif comme l'éclair, il fondait sur ses proies, les tuait aussitôt et les abandonnait dans l'heure. Il aimait aussi jouer à des jeux d'esprit malsains avec Ava. Cette attaque en était peut-être une illustration. Ce qui expliquerait peut-être pourquoi aucun projectile ne les avait atteints. Dans cette hypothèse, le tueur se préparait à filer pour planifier ailleurs son prochain meurtre.

Harley jeta un coup d'œil vers une voiture de patrouille qui s'arrêtait en haut de la rue. Les policiers à l'intérieur semblaient discuter de la meilleure façon de procéder. Sans doute étaient-ils en contact avec Theo.

Un mouvement attira soudain son attention. Il ne provenait pas du toit de l'immeuble d'où les coups de feu avaient été tirés, mais du trottoir. Harley aperçut un grand blond plutôt mince qui longeait le bâtiment. Il ne semblait pas armé, mais regardait dans leur direction.

— Tu vois ce type ? murmura-t-il à Ava en le désignant du doigt.

Quel qu'il soit, l'homme se mit à courir. Il ne venait pas vers eux, mais s'éloignait de la fusillade.

Harley gardait les yeux rivés sur lui… jusqu'à ce qu'il entende

Ava étouffer un cri. Il se tourna vers elle. Il craignait qu'elle n'ait poussé un cri de douleur, qu'une balle ne l'ait touchée. Mais elle ne semblait pas blessée et elle aussi focalisait toute son attention sur le type.

— Je le connais, dit-elle, le souffle court. C'est Aaron Walsh.

Pendant que l'un des membres du SAMU vérifiait sa tension artérielle, Ava s'efforçait de recouvrer son souffle et surtout, son calme. Un objectif difficile à atteindre, vu que quelqu'un venait de tenter de les tuer, Harley et elle. Mais elle devait au moins essayer pour le bien du bébé. Et aussi afin d'avoir les idées assez claires pour être capable d'assister la police d'Austin.

Il leur fallait à tout prix retrouver Aaron.

Ava était certaine d'avoir vu le père de Caleb quitter la scène en courant. Heureusement, les policiers s'étaient lancés à sa poursuite. Elle espérait qu'ils le rattraperaient.

En attendant, elle se remettait de ses émotions au poste de police avec Harley. Theo les y avait conduits à bord de sa voiture de patrouille blindée. En effet, le poste était tout près de l'endroit où avait eu lieu la fusillade. Il avait rapidement enregistré leurs déclarations avant de retourner près de l'immeuble de Caleb pour aider ses collègues à chercher Aaron.

Mais avant de partir, Theo avait insisté pour qu'Ava soit examinée par les membres du SAMU. Il avait en effet dépêché une ambulance sur place et les urgentistes avaient accepté de s'occuper d'elle au poste de police.

Ava n'avait pas protesté. Bien qu'elle n'ait aucune blessure apparente, elle préférait qu'un professionnel s'assure que tout allait bien pour le bébé. De plus, Harley lui avait promis de rester avec elle. Peut-être en partie pour être certain qu'elle ne bougerait pas, mais comme elle, il était réellement inquiet pour leur petite fille, elle le savait.

Caleb était indemne et en avoir à présent la certitude contribuait beaucoup à calmer ses nerfs à vif. Comme elle lui avait laissé son numéro de téléphone, il lui avait envoyé plusieurs textos pour lui demander comment elle allait et pour leur assurer qu'il n'avait pas été blessé. En fait, personne ne l'avait été, ce qui était un véritable miracle, compte tenu du fait que plusieurs coups de feu avaient été tirés dans une zone très peuplée.

Le téléphone d'Ava bipa de nouveau pour annoncer la réception d'un autre SMS, mais celui-ci n'émanait pas de Caleb. Il venait de son père, le sénateur Lawson, alors elle l'ignora. Comme elle avait déjà refusé deux appels de lui, il cherchait visiblement un autre moyen pour entrer en relation avec elle.

Edgar travaillait à Austin lorsque le Sénat était en séance et tel qu'elle le connaissait, elle n'était pas étonnée qu'il l'ait localisée et ait décidé de venir la voir. Sans doute estimait-il qu'il ne serait pas acceptable, aux yeux de ses électeurs, que le sénateur Lawson ne se déplace pas personnellement pour s'enquérir de sa fille, ciblée par une attaque.

— Avez-vous des crampes ou des contractions ? demanda la jeune médecin en ramenant Ava à la situation présente, à l'examen.

D'après son badge, elle s'appelait Lisa Mendoza.

Ava secoua la tête.

— Et des saignements ? insista la jeune femme. Et le bébé a-t-il bougé depuis les derniers événements ?

— Oui, répondit Ava. Beaucoup.

— Tant mieux. J'aimerais à présent que vous souleviez votre haut pour me permettre d'écouter le rythme cardiaque du bébé avec ce doppler fœtal.

Elle sortit l'appareil de sa trousse médicale.

Ava portait une chemise ample pour couvrir son ventre mais, prise d'une soudaine pudeur, elle hésita à l'exposer. Une réaction stupide, bien sûr, puisque Harley l'avait déjà vue nue.

Cependant, il lui vint tout à coup à l'esprit qu'il n'avait encore jamais vu son ventre rond de femme enceinte. Il l'avait accompagnée à certains de ses rendez-vous de suivi de grossesse, mais avait toujours détourné les yeux chaque fois qu'elle devait dévoiler une partie de son corps.

Comme il le faisait de nouveau, maintenant.

— Tout va bien, lui dit Ava.

Elle aurait été incapable d'expliquer pourquoi, mais après ce qu'ils venaient de traverser, il lui semblait ridicule qu'il soit incapable de la regarder. D'autant qu'il attendait manifestement avec impatience de savoir si le bébé allait bien.

— Le Ranger Ryland est le père de l'enfant, expliqua-t-elle à la médecin.

Ava souleva son corsage et baissa un peu son jean de maternité pour permettre à la jeune Lisa de promener la sonde de l'appareil sur son ventre.

— À quel stade de grossesse en êtes-vous ? demanda cette dernière, l'attention rivée sur le moniteur qu'elle tenait à la main.

— À vingt semaines. J'ai fait la moitié du chemin, ajouta-t-elle dans un murmure, bien qu'elle soit certaine que Harley en était déjà conscient.

Quelques instants plus tard, Lisa sourit.

— Le rythme cardiaque du bébé est fort et régulier, dit-elle.

Elle leur montra l'écran de l'appareil. Il affichait cent quarante battements par minute, un rythme normal, Ava le savait.

Un grand poids s'envola de sa poitrine et elle poussa un soupir de soulagement. Dieu merci son enfant allait bien.

— Tout semble parfait, conclut la jeune médecin en rangeant ses affaires. Je vous conseille néanmoins, par prudence, de prendre rendez-vous pour un contrôle avec votre gynécologue habituel.

Ava hocha la tête. Elle s'attendait à une recommandation de ce genre. Mais, pas Harley, de toute évidence, parce que son visage blêmit d'angoisse.

— Ne t'inquiète pas, c'est la routine, lui assura-t-elle.

La médecin le lui confirma et se leva.

— Chaque fois qu'une future mère subit un traumatisme, nous lui conseillons d'en parler à son obstétricien. Vous êtes sûr que vous ne voulez pas être examiné, vous aussi ? ajouta-t-elle en jetant un coup d'œil à Harley. Vous êtes tout pâle.

— Merci, mais je ne suis pas blessé.

Ava en doutait. La jambe de son jean était déchirée, son genou saignait. Il se l'était sans doute écorché lorsqu'il était tombé avec elle derrière la voiture. Plus tard, elle lui rappellerait de nettoyer au moins la plaie.

— Merci, lui murmura Ava après que la dénommée Lisa les eut laissés dans le bureau que l'un des lieutenants, Scott O'Malley, leur avait permis d'utiliser.

— Merci pour quoi ? demanda-t-il.

— Pour nous avoir sortis, moi et le bébé, de la ligne de tir.

Il haussa les épaules, mais il leur avait sauvé la vie. Son geste n'avait rien eu d'anodin. L'attaque les avait pris par surprise et le pire c'est que tout n'était peut-être pas fini.

Elle se mit debout pour ajuster son jean et Harley se tourna vers elle au moment où elle levait les yeux vers lui. Leurs regards se croisèrent, se retinrent. Et ils marmonnèrent tous deux quelques jurons. Tous deux luttaient contre le désir qui les soulevait chaque fois qu'ils étaient proches l'un de l'autre. Le moment était mal choisi, ils en étaient conscients. Ils devaient se concentrer sur un tueur.

— Pourquoi penses-tu que le tireur nous ait ciblés comme ça ? demanda-t-elle. Pourquoi changer son mode opératoire ?

Et puis elle lança une réponse possible :

— Peut-être craignait-il que Caleb soit en mesure de nous dire quelque chose qui permettrait de l'identifier ?

Ava se demandait si Harley allait répondre que Caleb était peut-être derrière cette attaque. Mais Harley ne s'aventurerait sans doute pas dans cette direction. Si Caleb était effectivement le tueur et voulait couvrir ses traces, il n'aurait pas laissé un message adressé à sa *maman* sur le troisième cadavre.

— Peut-être, répondit Harley un instant plus tard. Ou il s'agissait d'un avertissement. Il nous prévient que si nous continuons à le poursuivre, nous le paierons et cher.

— C'est possible, reconnut-elle. Mais les cadavres avaient été mis en scène comme une provocation à mon égard. Le tueur veut que je me sente impliquée, coupable.

Harley la regarda à nouveau.

— J'étais peut-être la cible, cette fois-ci. Les coups de feu étaient peut-être un avertissement pour moi, pour que je cesse de me mêler de l'enquête. Je ne renoncerai pas à la poursuivre, ce n'est pas une option, précisa-t-il. Mais le tueur l'espérait peut-être.

Il n'avait pas besoin de le préciser et si le tueur connaissait Harley, il saurait qu'il n'était pas du genre à renoncer, encore moins à se laisser intimider.

— Cette fusillade fera la une de tous les journaux, dit-elle un instant plus tard. Il n'y a pas moyen de la garder sous silence. Demain, tout le monde sera au courant que le shérif de Silver Creek, son adjointe et un Ranger enquêtent sur un tueur en série.

Comme à point nommé, son téléphone bipa avec un autre texto de son père. Ava l'ignora, mais poussa un gémissement quand elle entendit un petit coup à la porte.

Elle était certaine que son père l'avait trouvée, mais quand Harley ouvrit, elle découvrit Theo.

— Je viens de voir la jeune médecin du SAMU qui s'est chargée de toi. Elle m'a dit qu'elle avait établi ton bilan de santé. Je brûlais de curiosité, mais je n'osais pas entrer, je n'étais pas sûr que tu serais habillée.

— Elle a seulement vérifié le rythme cardiaque du bébé. Tout va bien.

Et très vite, elle revint à sa seconde préoccupation immédiate :

— Je t'en prie, dis-moi que la police d'Austin a retrouvé Aaron.

— Ils n'ont pas eu à le faire, répondit-il. Il s'est présenté de lui-même ici.

Ava avait presque envie de se pincer.

— Il s'est rendu ? Il a avoué ?

— Il n'a rien avoué du tout. Il prétend être une victime dans cette affaire, que quelqu'un essaie de le piéger pour faire croire qu'il essayait de te tuer. Il est venu pour, je cite, « rétablir la vérité ».

Elle eut besoin de quelques instants pour digérer ces mots.

— Aaron sait-il qui je suis ?

Il hocha la tête.

— Il te désignait par ton nom.

— Je veux lui parler, insista-t-elle.

— Moi aussi, intervint Harley.

— J'en étais sûr et voilà pourquoi le lieutenant O'Malley va vous accorder quelques instants avec lui.

Il leur demanda d'un signe de tête de le suivre.

— J'ai lu ses droits à Aaron, il est donc libre de se taire et d'attendre l'assistance d'un avocat. Dans cette hypothèse, le lieutenant ne veut pas que nous fassions pression sur Aaron pour qu'il en soit autrement.

Ce genre de pression pourrait en effet mettre à mal une éventuelle condamnation, par la suite.

— Y a-t-il assez d'éléments pour l'arrêter ? demanda-t-elle alors qu'ils remontaient un long couloir bordé de salles d'interrogatoire.

Theo s'arrêta devant l'une des portes et secoua la tête.

— Non. Il a accepté de subir un test de résidus de tir qui s'est révélé négatif.

Ce qui ne signifiait pas qu'il n'avait pas récemment tiré un coup de feu, surtout s'il avait été armé d'un fusil. Mais il aurait sans doute refusé le test, s'il n'avait pas été certain du résultat.

— Des témoins l'ont-ils vu sur le toit de l'immeuble d'où les coups de feu ont été tirés ? s'enquit Harley à voix basse.

— Pas jusqu'ici et Aaron a expliqué au lieutenant O'Malley qu'il était dans le quartier parce qu'il comptait rendre visite à Caleb. Il s'était garé en bas de la rue et prétend qu'il se dirigeait vers l'immeuble de Caleb lorsque la fusillade a éclaté. Les policiers d'Austin ont retrouvé sa voiture et ont confirmé qu'il s'était mis sur le parking le plus proche. En effet, toutes les places pour visiteurs étaient occupées sur celui de la résidence de Caleb.

Ava poussa un gémissement parce que l'explication était plausible.

De toute façon, sa présence à proximité d'une fusillade n'était pas un motif suffisant pour l'arrêter. Si Aaron était le tueur, elle ne pouvait qu'espérer qu'il gafferait et lâcherait quelque chose d'incriminant, susceptible d'être utilisé pour le retenir.

— D'après Marnie, Aaron lui aurait dit que Caleb l'avait menacé, leur rappela Ava. Il est possible que Marnie se soit trompée. Ou, si Aaron était venu dans l'espoir de faire taire Caleb, qu'il ait prévu de le descendre.

Harley secoua la tête.

— Caleb est sorti de son appartement *après* les premiers coups de feu, mais le tireur a continué à nous cibler. *Nous*, pas lui.

En effet. Mais peut-être s'agissait-il d'un stratagème destiné à les induire en erreur. Ava n'arrivait pas à en imaginer les tenants et les aboutissants pour l'instant, mais elle avait l'intention d'y réfléchir.

— J'espère ne pas t'insulter en te demandant si tu es bien sûre de vouloir interroger Aaron, poursuivit Theo. Sens-toi libre de suivre l'échange de la salle d'observation si tu préfères.

Ava ne se sentit pas insultée. Bon, d'accord, peut-être un peu quand même.

— Je suis adjointe du shérif, enquêtrice professionnelle. Si je ne me sens pas capable de rester objective, je me tairai et vous laisserai Harley et toi poser les questions.

Theo hocha la tête, ouvrit la porte et ils entrèrent.

Aaron n'était pas assis devant la table métallique, mais arpentait la petite pièce de long en large. En les voyant, il s'arrêta brusquement et ses yeux lancèrent des éclairs furieux.

— Ava, dit-il.

Il s'interrompit en remarquant soudain son ventre rond.

— Aaron, le salua-t-elle en retour.

Les vingt dernières années n'avaient pas été tendres avec lui.

Il n'avait pas quarante ans, mais ses cheveux blonds étaient déjà grisonnants et son visage mince, presque émacié, ridé.

Comme elle l'avait fait avec Caleb, elle chercha la haine dans ses yeux, mais n'en vit pas. Peut-être Aaron était-il doué pour cacher ses sentiments négatifs. Ou peut-être n'en éprouvait-il pas à son égard. En tout cas, il restait suspect et même s'ils avaient été amoureux autrefois, Ava n'avait pas l'intention de laisser le passé influencer son opinion sur lui.

D'autant plus que le passé était peut-être à l'origine des meurtres.

— Que tu es belle, Ava, lança Aaron. Et tu portes ce badge dont tu as toujours rêvé.

Il reporta son attention sur Harley, qui se tenait à côté d'elle.

— Ton mari ?

— Non, répondit-elle sans autre commentaire.

Aaron n'ajouta rien, mais il devinait sans doute qu'ils étaient ensemble. Le plus étonnant fut qu'il s'abstint de toute réflexion sarcastique. Elle s'attendait un peu à une petite pique du genre : *Tu as décidé de garder ce bébé après avoir abandonné le nôtre ?* Mais si la situation le choquait, il garda son opinion pour lui.

Il se contenta de secouer la tête comme une personne qui a du mal à croire ce qui lui arrive.

— Ton père exploserait de rage s'il apprenait que nous sommes ensemble dans la même pièce, dit-il.

Edgar serait en effet furieux, mais Ava ne le confirma pas.

— Tu as été en contact avec mon père ?

— Non, répondit-il. Bien sûr que non. La dernière fois que je l'ai vu, il m'a promis de me faire jeter en prison si je ne quittais pas la ville sur-le-champ. La dernière fois que je t'ai vue, toi, tu étais enceinte aussi, ajouta-t-il.

Sa remarque était exacte, mais semblait étrange dans le contexte. Peut-être cherchait-il à mettre un peu de légèreté dans l'échange parce qu'il afficha un petit sourire.

Comme elle ne voyait aucune raison de sourire, Ava lança directement la question qu'elle voulait lui poser.

— M'as-tu tiré dessus il y a environ une heure ?

Aaron poussa un gémissement puis se frotta le visage.

— Non. Bien sûr que non.

Il regarda Theo et Harley – en particulier leurs badges – et répéta :

— Comme je l'ai dit aux autres policiers, j'étais passé dans ce quartier pour rendre visite à Caleb.

Son attention se reporta sur Ava.

— L'as-tu vu, d'ailleurs, toi ?

Elle hésita, mais finit par hocher la tête.

Aaron sourit de nouveau.

— Il nous ressemble, non ? Que t'a-t-il dit ? Je lui ai parlé au téléphone, mais je ne l'ai encore jamais rencontré.

Ava ne répondit pas et posa une autre question :

— Pourquoi es-tu venu à Austin pour lui rendre visite *aujourd'hui* ?

Aaron ne fut pas aussi prompt à répondre cette fois.

— À cause de toi. Marnie m'a appelé pour me dire que tu me cherchais. J'ai pensé que tu voulais me parler de Caleb, alors je suis venu à Austin pour me présenter à lui et le prévenir que tu prendrais sans doute contact avec lui.

Il s'interrompit de nouveau.

— Bon, je voulais surtout lui donner ma version de l'histoire sur ce qui s'était passé à sa naissance. Pour ma part, je ne l'aurais jamais donné à l'adoption si j'avais eu un moyen de le garder.

Ses mots surprirent Ava, mais aussi son ton. Elle ne percevait pas l'inquiétude dont Marnie avait parlé. D'après Marnie, Aaron craignait que Caleb essaie de lui faire du mal. Là, il ne paraissait pas imaginer une telle hypothèse.

— Alors que moi, j'avais la possibilité de le garder et je l'ai quand même abandonné, c'est ça ? lança-t-elle. Et tu crois que j'essaierais pourtant à présent de te rendre responsable de cet abandon ?

— Peut-être, concéda Aaron.

Il éprouvait donc une certaine colère contre elle, mais Ava avait du mal à concevoir que celle-ci soit assez forte pour vouloir la tuer.

— Caleb t'a-t-il menacé d'une manière ou d'une autre ?

— Il t'a dit ça ? demanda Aaron.

— Répondez à la question. Caleb vous a-t-il menacé d'une manière ou d'une autre ? répéta Harley.

Aaron le fusilla du regard, mais il sembla à Ava qu'il se maîtrisait vite. Il se savait suspecté et comme il avait un casier judiciaire, il valait mieux ne pas s'attaquer à un Ranger.

— Non, Caleb ne m'a jamais menacé d'aucune manière, répondit-il finalement. Et j'aimerais bien comprendre pourquoi tu as été imaginer le contraire.

Ava ne voulait pas révéler ce que Marnie lui avait dit, mais il le découvrirait sans doute bientôt puisqu'il avait parlé avec la sœur de son ex-compagne.

D'un geste discret, elle encouragea Theo à prendre le relais et à se charger de lui poser des questions sur les autres aspects de l'enquête.

Theo sortit son bloc-notes et le feuilleta. Il arriva à la page sur laquelle il avait écrit les dates des meurtres et rien d'autre.

— Avez-vous des alibis solides pour ces soirs-là ? demanda-t-il.

Aaron regarda la liste, mais se tourna ensuite vers Ava.

— Je sais comment ça marche. Des crimes ont été commis à ces dates-là...

— Des meurtres, interrompit Theo.

— Des meurtres ? répéta Aaron, en les parcourant tous du regard. Vous pensez que j'ai tué quelqu'un ?

— J'aimerais savoir si vous avez des alibis solides pour ces soirs-là, répéta Theo.

Manifestement ébranlé, Aaron secoua la tête, marmonna des jurons dans sa barbe et prit le calepin. Le sang parut se retirer de son visage.

— J'étais chez Marnie chacun de ces soirs-là, répondit-il finalement.

— Tu te souviens où tu te trouvais il y a deux et trois mois ? demanda Ava sans prendre la peine de dissimuler son scepticisme.

La plupart des gens devaient consulter un agenda pour se rappeler leur emploi du temps.

Aaron plissa les yeux.

— Je m'en souviens parce que la première date correspond jour pour jour à l'anniversaire des quatre mois de la mort de Christina. Marnie et moi traversions tous les deux une période difficile et voilà pourquoi nous avons passé la soirée ensemble. La deuxième était la date de l'anniversaire de Christina et là encore, nous avions envie de nous retrouver pour ce triste événement. Et hier soir, j'étais passé chez Marnie pour récupérer des photos qu'elle voulait me donner.

— Êtes-vous resté toute la nuit avec elle ? s'enquit Harley.

— Oui, j'avais trop bu, marmonna-t-il en regardant à nouveau les dates sur le bloc-notes. Ce n'était pas prudent de conduire, alors je me suis écroulé dans sa chambre d'amis.

Ce qui signifiait qu'Aaron était chez Marnie quand Ava avait parlé à cette dernière au téléphone. Enfin, peut-être... si Aaron disait la vérité.

— Laissez-moi vérifier vos propos en demandant à Marnie si elle peut les confirmer, dit Theo en sortant de la salle d'interrogatoire pour passer l'appel.

— Je n'ai tué personne, répéta Aaron. Je sais que ma présence à Austin au moment de cette fusillade ne joue pas en ma faveur, mais si j'avais voulu ta mort, je t'aurais poursuivie il y a longtemps.

Elle sentit le sang se glacer dans ses veines et si tout semblait logique à première vue, elle prit conscience d'un autre facteur qu'elle avait peut-être sous-estimé jusqu'ici.

La mort de Christina.

Cet événement avait peut-être été la goutte d'eau incitant Aaron à vouloir se venger du monde entier. Ou, plus précisément, à vouloir se venger d'*elle*. Il la rendait sans doute responsable des ennuis que sa grossesse non désirée avait signifiés pour lui, vingt ans plus tôt. Certes, son père l'avait menacé, pas elle. Mais s'attaquer à elle et finalement la tuer était peut-être un moyen pour Aaron de se venger d'Edgar.

— As-tu dit à quelqu'un que j'avais eu ton bébé quand j'étais adolescente ? demanda-t-elle.

— Christina le savait, reconnut-il volontiers.

Il s'interrompit.

— Elle était désolée que je n'aie pas pu élever mon fils, alors qu'elle-même aurait tellement voulu être mère. J'ai pensé que ce serait peut-être une bonne chose que nous fassions un enfant et je lui avais dit que si elle restait clean pendant six mois, nous essaierions.

Il secoua la tête et gémit.

— D'après le médecin légiste, Christina était enceinte de près de quatre semaines quand elle est morte.

Seigneur. Apprendre cette double tragédie avait peut-être été l'événement déclencheur pour Aaron.

— Je suis désolée, lui dit-elle avec sincérité.

Perdre le bébé qu'elle portait l'anéantirait. Qu'il arrive quoi que ce soit à Caleb aussi. Mais quelqu'un voulait manifestement du mal à son fils et avait essayé de le piéger en laissant ce message avec la bombe.

— Savais-tu que mon père avait engagé un détective privé pour te prendre en filature ? demanda Ava.

De nouveau, elle l'observa avec attention pour voir la réaction d'Aaron.

La nouvelle parut beaucoup l'inquiéter.

— Quand ? demanda-t-il d'une voix blanche.

— Récemment, répondit-elle.

Elle n'ajouta pas que le détective privé ne le suivait pas les jours des meurtres. Duran avait expliqué que l'enquêteur n'avait pu le localiser. Alors qu'Aaron prétendait être allé chez Marnie à ces trois dates fatidiques. Donc, soit le détective privé de son père avait raté Aaron à chaque fois, soit quelqu'un mentait.

Aaron marmonna quelques jurons.

— Je n'ai pas besoin de demander pourquoi ton père me filait le train, grogna-t-il. Il craint que je le dénonce. Et j'y ai souvent pensé au fil des années. Crois-moi, j'ai pensé à beaucoup de choses...

Sa tirade s'interrompit brusquement et Ava le regretta. Elle avait l'impression qu'il avait été sur le point de révéler quelque chose.

Elle n'eut pas eu l'occasion d'insister non plus, parce que Theo revint dans la pièce et considéra aussitôt Aaron de son regard de flic.

— Je viens de parler à Marnie, dit-il. Et elle n'était pas sûre que ce soit à ces dates-là que vous ayez passé la nuit chez elle. En d'autres termes, elle ne peut pas confirmer vos alibis.

Ava en fut ébranlée.

Si Aaron avait menti sur le fait d'être chez Marnie, alors il aurait aussi pu mentir sur la raison de sa présence ici à Austin.

Ce qui le propulsait au sommet de leur liste de suspects.

Aaron jura à nouveau, mais cette fois en criant avec colère.

— Marnie.

Il cracha son nom comme un juron.

— La garce ! Elle ment. Elle se rappelle forcément que j'étais chez elle pour la date d'anniversaire de Christina et pour l'anniversaire de sa mort. C'est elle qui m'avait invité là-bas à ces dates-là.

Theo ne semblait pas le moins du monde convaincu par ses explications.

— Pourquoi Marnie mentirait-elle au sujet de ces dates, de vos alibis ? demanda-t-il.

— Parce qu'elle me déteste, répondit-il. Elle a toujours pensé que j'aurais dû faire davantage pour aider sa sœur à sortir de l'enfer de la drogue. J'ai fait de mon mieux, mais Christina y retombait chaque fois. Marnie ne l'a jamais compris et elle m'a rendu responsable de son overdose et de sa mort.

Ava réfléchit à cette explication et vit immédiatement une faille dans la logique d'Aaron.

— Si Marnie te déteste, pourquoi t'aurait-elle permis de venir chez elle et surtout d'y rester pour la nuit comme tu l'as prétendu ?

Si les regards pouvaient tuer, Aaron l'aurait réduite en miettes.

— Comme je l'ai *prétendu*, répéta-t-il. Tu penses, toi aussi, que je mens, que je suis coupable ! Tu crois que j'ai assassiné ces femmes. Eh bien, tu te trompes, je n'ai tué personne.

Ava s'apprêtait à le bombarder de quelques questions supplémentaires. Elle voulait appuyer sur les points sensibles d'Aaron pour lui faire dire quelque chose qui pourrait finir par l'incriminer.

Elle ne se souvenait pas qu'Aaron ait eu beaucoup de caractère quand ils étaient adolescents, mais vu la vie qu'il avait menée, il aurait pu devenir amer avec les années et la rancœur se manifestait souvent par de la rage.

— Tu veux savoir qui serait capable d'avoir commis ces meurtres ? lança-t-il avant qu'elle ne puisse continuer à l'interroger.

Il n'attendit pas que l'un d'entre eux réponde pour asséner :

— Marnie, c'est elle. Vous cherchez l'assassin ? Eh bien, intéressez-vous de près à Marnie et vous résoudrez vite votre enquête.

7

Harley gara la voiture d'Ava devant chez elle et attendit qu'elle ouvre le garage. Une fois à l'intérieur, ils reprirent les mêmes précautions que la veille. Armes au poing, ils fouillèrent de nouveau la maison, encore plus conscients des menaces qui planaient au-dessus de leurs têtes.

Leurs vies étaient devenues dangereuses et épuisantes.

Harley voyait la fatigue sur les traits d'Ava. Les multiples décharges d'adrénaline et le manque de sommeil en étaient la cause. Voilà pourquoi il avait espéré qu'elle s'octroierait une petite sieste tandis qu'ils roulaient vers Silver Creek. Mais elle avait passé son temps sur son smartphone, à essayer d'obtenir des informations de la police d'Austin. Plus précisément, à essayer de savoir si les enquêteurs de là-bas avaient la possibilité d'arrêter Aaron pour la fusillade ou pour les meurtres.

Harley était certain, pour sa part, qu'ils n'avaient pas assez d'éléments pour procéder à une arrestation.

Rien, aucune preuve, ne permettait de relier Aaron aux crimes. Certes, Marnie ne pouvait pas – ou ne voulait pas – confirmer ses alibis, mais la police avait besoin de preuves irréfutables pour que des accusations aussi graves soient retenues contre lui.

Tout en conduisant, Harley avait utilisé son kit mains libres pour se renseigner de son côté, mais il n'avait pas eu plus de chance qu'Ava.

Il avait demandé à un autre Ranger d'effectuer une recherche sur Marnie, sur ses antécédents, pour voir si elle était susceptible de mentir à propos des alibis d'Aaron. Et si elle était capable de tuer quelqu'un. Mais jusqu'ici, il n'avait appris qu'un aspect de personnalité qui s'avérerait peut-être important : le dévouement total de Marnie envers sa sœur.

Cette information lui avait été révélée par l'un des policiers de Bulverde, le sergent Gideon Gonzales, en charge de l'enquête sur la mort de Christina.

D'après Gonzales, la mort de sa sœur avait ravagé Marnie. Lors des premiers interrogatoires qu'il avait menés avec elle, elle n'avait cessé de sangloter, frisant parfois l'hystérie. Et quand il lui avait annoncé que l'autopsie avait confirmé que Christina avait succombé à une overdose, Marnie avait exigé qu'il arrête quelqu'un. En larmes, elle lui avait répété que la mort de sa sœur ne resterait pas impunie.

L'échange qu'il avait eu avec Gonzales avait ébranlé Harley. Il se demandait si Aaron avait raison en affirmant que Marnie serait capable de commettre trois meurtres. Surtout si ces homicides étaient, par la suite, imputés à Aaron, l'homme qu'elle détestait plus que tout au monde. Elle le rendait responsable de la mort de sa sœur bien-aimée.

— Il n'y a personne dans cette partie de la maison, cria Ava.

Elle avait inspecté les chambres tandis qu'il se chargeait du salon et de la cuisine.

Maintenant que tout danger immédiat était écarté, Harley retourna vers elle. Son objectif était de lui confectionner un petit repas et d'essayer de la convaincre de se reposer.

Mais Ava s'était déjà servi un grand verre de lait.

— Si tu as faim, il y a de quoi te préparer un sandwich dans le réfrigérateur, proposa-t-elle.

Il accepta, sortit du jambon et du fromage pour confectionner non pas un, mais deux sandwichs afin qu'Ava se restaure, elle aussi. Il s'inquiétait pour elle et le bébé, même s'il devinait qu'Ava n'apprécierait pas qu'il commence à la couver.

Mais lorsqu'elle se tourna vers lui, le doute le traversa. Quand leurs regards se croisèrent, il vit dans le sien non seulement de la fatigue, mais autre chose. Quelque chose qu'il ne parvenait pas à déchiffrer.

— Merci d'être là, dit-elle enfin. Je ne supporterais pas d'être seule chez moi, en ce moment.

Oui, il l'avait compris. Certes, elle était très bonne policière, mais elle s'apprêtait à devenir mère et se sentait sans doute vulnérable. Elle n'hésiterait pas à donner sa vie dans l'exercice de son métier, comme tous les bons flics, mais elle renâclait à risquer celle de leur enfant.

Harley était exactement sur la même longueur d'onde.

Il mit de côté le sandwich, alla vers elle et la saisit par les épaules. Il avait espéré trouver les mots pour apaiser un peu les tensions dont elle était la proie. Mais il n'eut pas à dire quoi que ce soit. À sa grande surprise, elle se jeta dans ses bras.

Elle s'était déjà jetée dans ses bras pour l'embrasser et plus encore, et il n'y avait pas si longtemps. Mais là, il devinait que cette étreinte en particulier lui coûtait. Elle n'était pas déclenchée par le désir. Il ne s'agissait pas du prélude à de torrides préliminaires qui les mèneraient directement au lit. Elle éprouvait le besoin de s'appuyer sur lui et quelque part, il le savait, elle considérait une telle attitude comme une faiblesse.

Ce n'était pas le cas.

D'ailleurs, lui aussi, par de nombreux côtés, s'appuyait sur elle. Ce contact physique lui donnait l'assurance qu'elle et le bébé qu'elle portait étaient en vie.

Harley n'osait pas parler, de peur qu'elle s'éloigne de lui. Il se contentait de l'étreindre tendrement en espérant qu'elle en tirait autant de réconfort que lui.

Malheureusement, avoir son corps pressé contre le sien réveilla, malgré lui, des souvenirs de leurs ébats passés. Ce n'était vraiment pas le moment d'être traversé par de telles images, mais il avait beau essayer de les repousser, elles revenaient quand même.

Pourtant, il ne bougea pas et continua de lui caresser le dos d'un geste rassurant.

Après un long moment, Ava s'écarta finalement de lui. Elle n'alla cependant pas loin. Leurs corps se touchaient toujours quand elle le regarda.

— C'est minable de ma part de m'appuyer sur toi comme ça, dit-elle en soupirant. Excuse-moi.

Et rompant alors le contact pour de bon, elle s'éloigna de lui.

— Cela n'a rien de minable, lui assura-t-il. Tu as eu une très dure journée. En plus, tu as rencontré ton fils et revu ton ex, que tu as dû interroger. Tu as amplement mérité de t'appuyer sur moi. Sens-toi libre de le faire autant que tu veux.

Elle esquissa un bref sourire, mais ne retourna pas vers lui. Au lieu de quoi, elle reprit son verre de lait et en but une gorgée. Mais il remarqua alors que ses mains tremblaient un peu. Très légèrement, mais qu'Ava ait ce genre de réaction l'ébranla.

Déchiré, il avait envie de la reprendre dans ses bras, de la faire parler, de crever l'abcès pour tenter de l'apaiser, mais son téléphone sonna.

Elle poussa un gémissement en regardant l'écran.

— C'est mon père.

Super. Il ne manquait plus que lui pour que la coupe soit pleine.

— Tu veux que je lui parle ? proposa-t-il.

Faire craquer Edgar l'aiderait peut-être à calmer le feu intérieur que cette étreinte avait allumé dans ses reins.

— Non, mais merci, répondit-elle.

Elle prit l'appel et le mit sur haut-parleur.

— J'ai passé toute la journée en réunion de commission et je sors pour apprendre que quelqu'un a essayé de tuer ma fille, lança aussitôt Edgar. Pour quelle raison ne m'en as-tu pas informé toi-même ?

— J'étais occupée.

Si Edgar s'exprimait haut et fort, elle répondait d'une petite voix. Sans doute parce qu'elle était trop fatiguée pour s'énerver.

— Trop occupée pour me prévenir d'une attaque ? répliqua-t-il. Trop occupée pour me passer un coup de fil ? J'ai appris cette fusillade par le rédacteur en chef d'un journal que je connais bien.

Donc, la presse en avait eu vent. Harley envoya un texto à Theo pour lui annoncer que Silver Creek serait bientôt envahie par une horde de journalistes à la recherche d'un scoop sur la fille policière du sénateur.

Theo ne leur donnerait rien, mais au moins serait-il prêt quand ils se présenteraient.

— Oui, trop occupée, confirma-t-elle. J'ai dû faire ma déposition à la police d'Austin et ensuite, j'ai été prise par l'enquête.

Elle n'ajouta rien. Rien sur Caleb ou Aaron. Elle attendait sans doute de voir ce que son père savait à leur sujet.

Ou peut-être d'apprendre si Edgar était impliqué d'une manière ou d'une autre dans cette histoire.

Le sénateur Lawson resta silencieux pendant un long moment, peut-être parce qu'il espérait qu'Ava lui livrerait des révélations. Il dut se rendre compte qu'il n'en serait rien parce qu'il poussa finalement un gros soupir.

— J'ai des contacts au sein de la police d'Austin, donc je sais que tu as rencontré Aaron Walsh, dit-il. Et je sais où tu étais quand tu as été ciblée par ces coups de feu. Aaron a-t-il essayé de te tuer ? Ou a-t-il demandé à son rejeton de s'en charger ?

Harley vit la colère traverser les yeux d'Ava.

— Mon fils s'appelle Caleb. Si tu utilises à nouveau ce terme insultant pour le désigner, je raccroche. Maintenant, dis-moi ce que tu veux, pour que je puisse mettre fin à cette conversation et me restaurer.

Edgar pesa sans doute le pour et le contre parce qu'il resta un moment silencieux.

— Très bien, je vais te dire ce que je veux.

De toute évidence, sa colère était toujours là car il adopta alors le ton cruel d'un serpent qui lui convenait si bien.

— Je veux que tes collègues flics et toi soyez plus discrets lorsque vous me mêlez à cette enquête. Je n'ai rien à voir avec ces coups de feu, rien à voir avec les meurtres.

Ava fronça les sourcils.

— Que veux-tu dire par *te mêler à cette enquête* ? Tu en parles de manière générale ou as-tu quelque chose de spécifique à nous reprocher ?

— J'ai quelque chose de spécifique à vous reprocher. Le shérif pour lequel tu travailles a appelé Valerie Chandler et mon directeur de campagne pour vérifier mes alibis pour les dates des meurtres. Il voulait vérifier mes alibis ! Sait-il qui je suis ?

La voix d'Edgar s'éleva comme s'il s'estimait au-dessus des lois sur ce genre de sujets.

Il ne l'était pas.

Et Harley décida de le lui rappeler.

— Sénateur, votre fille aurait pu être tuée aujourd'hui, intervint-il. Vous souhaitez que tout soit fait pour que son agresseur soit arrêté, j'imagine. Cela signifie que vous devez vous plier aux exigences des forces de l'ordre, leur fournir des informations, pour leur permettre d'effectuer leur travail. Et que des inspecteurs interrogent votre compagne de longue date, Valerie Chandler, me semble logique. L'objectif est de vous retirer de la liste des suspects potentiels de trois meurtres.

— Harley, grommela Edgar. Vous étiez avec ma fille quand la fusillade a éclaté. Pourquoi diable n'avez-vous pas empêché ces coups de feu ?

Avec un gros soupir, Ava voulut mettre fin à l'appel, mais Harley lui fit signe de ne pas raccrocher. Edgar était énervé et il espérait tirer quelque chose de ses diatribes.

— Harley s'est interposé entre le tireur et moi, répliqua Ava. Malheureusement, il n'a pas de pouvoirs de super-héros, il n'avait donc pas la possibilité de voler jusqu'au sommet du bâtiment et de dissoudre le tireur en lui lançant des rayons laser avec les yeux.

— Il n'aurait jamais dû te mettre dans une position où tu risquais d'être ciblée, pour commencer, rétorqua Edgar. Si tu n'avais pas insisté pour voir… ce jeune homme, tu n'aurais pas été une cible si facile.

Au moins Edgar s'était-il abstenu d'utiliser à nouveau le mot *rejeton*, mais Harley ignorait si sa colère était due au fait qu'il était vraiment inquiet pour la vie d'Ava ou à cause de la mauvaise publicité que cette fusillade risquait de générer pour lui. C'était peut-être un peu des deux, mais vu qu'il s'agissait d'Edgar, la publicité était certainement un facteur important.

— Pourquoi es-tu allée le voir, d'ailleurs ? reprit Edgar un instant plus tard.

— Tes sources ne te l'ont pas expliqué ? répliqua-t-elle.

— Est-il suspecté des meurtres ?

Ava inspira longuement. Sa lassitude revenait et Harley regretta de l'avoir empêchée de raccrocher au nez de son égoïste de père.

— Nous l'avons interrogé, répondit-elle. Et Caleb n'est pas suspect, non. Il a pleinement coopéré avec la police et ne s'est jamais plaint d'être traité injustement. Ironie du sort, puisque lui, plus que n'importe qui d'autre, aurait pu prétendre avoir été maltraité. Après tout, sa mère biologique avait été forcée de l'abandonner pour ne pas voir son père biologique arrêté.

— Ce n'était pas de la maltraitance, rugit Edgar. C'était la seule chose sensée à faire. J'essayais de te sauver et regarde comment tu m'en remercies. Tu as fini par gâcher ta vie en entrant dans les forces de l'ordre et en couchant avec un foutu Ranger…

Cette fois, Ava appuya sur la touche *Fin d'appel* et Harley vit les efforts qu'elle déployait pour se calmer. Elle n'eut pas longtemps pour le faire, cependant, parce que quelques instants plus tard, son téléphone sonna de nouveau.

— Je vais le bloquer, marmonna-t-elle, le blacklister.

Mais quand elle regarda l'écran, une autre sorte de tension traversa son visage.

— C'est Theo. Tout va bien ? demanda-t-elle en prenant l'appel qu'elle mit tout de suite sur haut-parleur.

— Personne d'autre n'a été abattu ou assassiné, répondit-il.

J'appelle seulement pour te prévenir que ton père va sans doute chercher à te joindre.

Ava fronça les sourcils.

— Je viens de raccrocher avec lui.

— Ah. Eh bien, il a été rapide. Je parie qu'il était en colère parce que j'ai interrogé Valerie Chandler et Duran.

— Bien vu, lui confirma-t-elle. Dis-moi s'il te plaît qu'il y a dans leurs réponses des incohérences que tu vas utiliser pour ouvrir une enquête sur l'un d'eux.

— Rien sur Edgar. Ses alibis ont été vérifiés. Apparemment, Valerie passe beaucoup de nuits chez lui et elle était là les trois nuits des meurtres. Son chauffeur, qui l'avait déposée et récupérée le lendemain matin, l'a confirmé.

— Est-il possible qu'Edgar soit parti pendant qu'elle dormait ? s'enquit Harley.

— Possible, mais peu probable. Valerie prétend avoir le sommeil léger et insiste sur le fait qu'elle aurait su si Edgar avait déserté le lit. De plus, Edgar m'a promis de me fournir les images de sécurité pour prouver qu'il n'a pas quitté les lieux, les nuits des meurtres. Et bien sûr, il a exigé que je garde les images confidentielles ou il me poursuivra en justice.

Ce genre de réaction était typique d'Edgar. Ses alibis semblaient assez solides. Comme celui de Caleb avait également été vérifié, les deux hommes étaient descendus très bas dans leur liste de suspects.

Cependant, une personne directement liée à Edgar était toujours soupçonnée.

— Qu'en est-il des alibis de Duran ? demanda Harley.

— Ils ne sont pas aussi solides que ceux d'Edgar, répondit Theo. En fait, il n'en a pas pour deux des trois nuits en question. Il a prétendu qu'il était seul chez lui et, contrairement à Edgar, il n'a aucune vidéo de surveillance pour le confirmer. Pour l'une des autres nuits, la dernière, Duran était au téléphone avec un collègue qui confirme qu'il a eu une longue conversation avec lui.

— Duran aurait pu lui téléphoner pendant qu'il était à Silver Creek, remarqua Ava.

— Oui et voilà pourquoi j'ai demandé à Duran de me donner volontairement ses relevés téléphoniques. Il souhaite d'abord consulter son avocat.

C'était sans doute mauvais signe. Sans doute. Mais les gens qui ne coopéraient pas automatiquement avec les forces de l'ordre n'étaient pas tous coupables, même si cette coopération pouvait les aider à blanchir leur nom et à capturer un tueur.

— Si je n'ai pas les relevés téléphoniques de Duran d'ici demain, poursuivit Theo, je ferai pression pour obtenir un mandat. Ce ne sera pas facile, ajouta-t-il.

— Parce que Duran a sûrement des amis haut placés.

Certes, mais il n'était pas sénateur et Edgar pourrait peut-être exiger de Duran qu'il lui remette les dossiers. Peut-être.

Edgar et Duran étaient proches, mais comme Edgar avait vu sa vie privée dévoilée, il insisterait peut-être pour que son directeur de campagne soit logé à la même enseigne. Edgar serait tenté de le faire pour prouver qu'il coopérait pleinement avec les enquêteurs.

— Je viens de recevoir des renseignements de la police d'Austin sur la fusillade, reprit Theo. Ils n'ont pas trouvé de fusil sur le bâtiment. Ni dans les environs. Et personne, aucun témoin, n'a vu Aaron sur ce toit.

Ce qui ne voulait pas dire, cependant, qu'Aaron n'y était pas et n'avait pas tiré ces coups de feu.

— Comment le tireur est-il monté sur cet immeuble ? s'enquit Ava.

— Il a probablement utilisé l'escalier de secours. À moins qu'il ne soit resté là-haut toute la nuit, cela signifie qu'il y était monté en plein jour. L'hypothèse n'est pas absurde. L'arrière du bâtiment n'est pas visible des rues alentour.

Cependant, le tireur aurait fait preuve d'audace. À moins qu'il ne se soit si bien intégré au quartier que personne ne l'aurait soupçonné de fomenter un mauvais coup. Caleb étant exclu, Harley opta pour une autre possibilité.

— Le tireur était peut-être un tueur à gages, dit-il. Dans ce cas, il a été engagé pour nous éviter délibérément parce qu'il avait une vue assez nette d'Ava, de toi ou de moi quand nous avons quitté l'appartement de Caleb.

Ava et Theo étaient d'accord.

— Il aurait seulement cherché à me faire peur, ajouta-t-elle. Ou à nous faire croire que tout était lié à Caleb. Même si Caleb n'a pas pu tirer les coups de feu, le tueur a peut-être voulu nous faire croire qu'il essayait de nous faire taire à cause de quelque chose que Caleb aurait pu nous dire.

Oui, et cela les ramena à Aaron.

— Caleb aurait-il pu dire quelque chose qui incriminerait Aaron d'une manière ou d'une autre ? Ou, ajouta Harley, qui incriminerait l'un de nos suspects ?

Ava secoua la tête.

— Je ne vois rien, dit-elle. Mais je ne suis peut-être pas la mieux placée pour en juger.

Elle ne précisa pas qu'il était difficile d'être objective à propos de son propre fils, mais Theo l'avait compris.

— Comment gères-tu tout ça ? demanda-t-il.

— Je ne sais pas très bien. Ce que je ressens pour lui est troublé par tout ce qui concerne l'attaque et les meurtres. J'ai pensé lui demander de venir chez moi pour mieux le protéger, mais puisque je suis la cible, je ne ferais alors que l'exposer davantage.

Harley ne pouvait le nier. Theo non plus.

— Les Rangers gardent un œil sur Caleb, lui rappela Harley.

L'alternative était d'envoyer l'adolescent dans une maison sécurisée. Il le lui proposerait s'il y avait ne serait-ce qu'un soupçon d'attaque le visant, lui.

— Et je reste en contact régulier avec les Rangers et avec la police d'Austin, lui assura Theo. Une dernière chose. J'ai appelé

Marnie sur le chemin du retour à Silver Creek, et je lui ai demandé de venir pour un interrogatoire demain.

— Elle a accepté ? s'enquit Harley.

— Je ne lui ai pas vraiment laissé le choix. J'ai dit qu'il y avait des incohérences dans ce qu'elle vous avait raconté et que j'avais besoin d'éclaircissements en face-à-face. Aaron a peut-être jeté des accusations contre Marnie pour essayer de se disculper, mais je tiens quand même à entendre ce qu'elle a à dire. Si elle déteste vraiment Aaron, elle essaie peut-être en effet de lui faire porter le chapeau pour les meurtres.

Harley avait lu la bio de Marnie et savait qu'elle avait enseigné les arts martiaux. Il était donc possible qu'elle ait été assez forte pour enlever et tuer trois femmes.

Mais pour mettre un plan aussi diabolique en place, il fallait que Marnie sache tout sur Aaron et sur Ava et en particulier, qu'ils avaient eu un enfant ensemble. Cela dit, Aaron le lui avait peut-être révélé lors de l'une de leurs conversations. Ou Christina l'avait répété à sa sœur.

— J'ai convoqué Marnie à 9 heures demain matin et je lui ai dit de se sentir libre de venir accompagnée d'un avocat, ajouta Theo. J'aimerais que vous soyez tous les deux là quand je l'interrogerai.

— Nous y serons, lui assura Ava.

Après avoir raccroché, elle poussa un long soupir empreint de lassitude et continua à fixer le téléphone pendant quelques instants.

— Quelle que soit la personne derrière les meurtres et la fusillade d'aujourd'hui… pourquoi ne s'est-elle pas directement attaquée à moi, puisque je suis presque certainement visée ?

Harley y avait déjà beaucoup réfléchi et il revenait sans cesse sur un point.

— Peut-être le tueur attend-il que tu aies accouché. Après tout, aucune des trois autres victimes n'était enceinte.

— Il faut donc s'attendre à quatre mois de meurtres supplémentaires et ensuite, ce sera mon tour. Dans cette hypothèse, je dois sans doute être reconnaissante envers le tueur en série et le remercier de ne pas vouloir faire de mal à notre bébé.

Le *notre* émut viscéralement Harley parce qu'il signifiait qu'elle l'incluait dans l'aventure, qu'ils formaient déjà une unité. Pour être parents, en tout cas. C'était un début, du moins l'espérait-il.

Même si Ava et lui ne redevenaient plus jamais amants, il avait envie qu'elle soit capable d'être dans la même pièce que lui sans se crisper.

— Nos suspects principaux sont Duran, Aaron et Marnie, marmonna-t-elle en laissant de toute évidence le *notre* derrière elle. Il faut aussi étudier l'éventualité que mon père ait embauché quelqu'un, un tueur à gages.

Elle s'interrompit, secoua la tête et réfléchit.

— Non, il n'aurait pas eu besoin d'embaucher quelqu'un. Duran ferait tout et n'importe quoi pour lui.

— Bien vu. Et, à mon avis, Duran aurait pu commettre les meurtres lui-même, pour son propre compte.

Même s'il faisait partie des forces de l'ordre depuis plus d'une décennie, Harley avait toujours du mal à comprendre ce qu'était un meurtre prémédité. Il comprenait encore moins les homicides comme ceux avec lesquels ils se débattaient. Le tueur assassinait ces femmes pour envoyer un message, sans doute à Ava. Les malheureuses victimes ne lui avaient rien fait, ne lui avaient donné aucune raison de s'en prendre à elles.

Ava resta un moment silencieuse, mais Harley devinait qu'elle était en proie à un regain de tensions.

— Edgar m'avait dit à l'époque qu'il avait conclu un accord avec toi.

Elle n'aurait pas pu l'étonner et le bouleverser davantage si elle l'avait giflé.

— Il t'avait dit quoi ? demanda-t-il en se redressant brusquement.

Elle le dévisagea de son regard d'enquêtrice.

— Ses mots exacts étaient, je cite : « J'ai conclu un deal avec ton copain, le Ranger. Il m'a promis qu'aucune accusation ne serait portée contre moi et que mon nom serait blanchi dans l'heure. » Et son nom a en effet été blanchi.

Harley secoua la tête.

— Je n'ai jamais passé un tel accord, ni avec lui ni avec quiconque. Ce n'est pas comme ça que je travaille et tu le sais.

— Il m'avait fait écouter un enregistrement d'une conversation entre vous deux. Tu lui disais qu'il serait innocenté, que tu t'en assurerais.

Elle s'interrompit, jura.

— Cela dit, il a pu trafiquer l'enregistrement.

— Oui. Ou sortir des phrases de leur contexte. C'est à cause de ce prétendu accord que tu as rompu avec moi ?

— Ça a joué un rôle, reconnut-elle. Mais la grossesse aussi. Je m'étais dit que si nous étions ensemble, tu te sentirais obligé de faire quelque chose. De me demander en mariage, par exemple, ou de me proposer de vivre avec moi dans l'intérêt du bébé. Je n'avais pas envie de ce genre d'arrangement.

Il ouvrit la bouche pour protester, mais réfléchit et se ravisa. En effet, il lui aurait certainement proposé de l'épouser. Il nourrissait de profonds sentiments pour elle, mais elle aurait cru qu'il lui demandait sa main parce qu'elle était enceinte. Et uniquement pour cette raison. Sachant qu'elle n'aurait jamais accepté de lui passer la bague au doigt parce qu'elle attendait un enfant, il avait été plus facile pour lui de la garder à distance.

— Edgar t'a menti pour nous dresser l'un contre l'autre, expliqua Harley.

Il s'apprêtait à lancer une discussion à cœur ouvert sur le sujet quand le téléphone d'Ava sonna de nouveau.

Quand elle s'empara de l'appareil, elle s'attendait à voir le nom de Theo ou celui de son père apparaître sur l'écran.

Elle fut donc étonnée de constater que Candice Barlow, sa voisine la plus proche, cherchait à la joindre.

— Elle a probablement entendu parler de la fusillade et veut s'assurer que je vais bien, marmonna-t-elle en mettant l'appel sur haut-parleur.

— Ava ? lança aussitôt la dénommée Candice d'un ton catastrophé. Je regardais par la fenêtre de ma cuisine et je pense…

Sa voix se brisa et il lui fallut un instant pour se ressaisir et finir sa phrase.

— Mon Dieu. Ava, je crois qu'il y a un cadavre sous ton porche arrière !

8

Un cadavre.

Ava avait cru que rien n'aurait pu aggraver cette journée, mais manifestement, elle s'était trompée.

— Apparemment, c'est le cadavre d'une femme, poursuivit Candice. Je n'ai pas osé m'approcher pour m'en assurer, mais...

— Reste chez toi, ordonna Ava. J'y vais.

— N'y va pas seule. Je t'en prie, n'y va pas seule. J'appelle le shérif, si tu veux, proposa sa voisine.

— Je ne suis pas seule. Harley Ryland est avec moi.

Ava n'avait pas besoin d'expliquer que Harley était un Texas Ranger. Dans une petite ville comme Silver Creek, tout se savait et Candice était déjà au courant, elle en était certaine.

— Reste chez toi, répéta-t-elle avant de mettre fin à l'appel.

Et de dégainer son arme.

Harley avait déjà la sienne à la main et tout en se baissant pour ne pas être une cible trop facile, il s'approcha de la fenêtre de la cuisine pour regarder sous le porche.

Puis il jura.

— Il ne s'agit pas d'un cadavre, dit-il. Mais d'une tête de mannequin, comme celles sur lesquelles les gens mettent des perruques. Il y a un sac-poubelle à côté, mais il me semble vide. La tête porte un masque à ton effigie, ajouta-t-il après un instant.

Ava en eut le souffle coupé. Cette tête de mannequin avait donc été laissée par le tueur ou, en tout cas, par quelqu'un qui connaissait des détails de l'affaire qui n'avaient pourtant pas été divulgués. Et cela signifiait que le tueur était ici, à proximité de chez elle.

— N'y va pas, marmonna Ava.

Cette mise en scène était peut-être un piège destiné à les attirer à l'extérieur pour les abattre. Même si elle vivait en ville, une petite forêt derrière sa maison séparait le quartier résidentiel du parc. L'endroit était donc boisé et de nombreux sentiers le traversaient. Le tueur les guettait peut-être là-bas, caché au milieu des arbres.

— J'appelle Theo, dit Harley sans quitter l'arrière-cour des yeux.

Ava se dirigea vers la fenêtre pour voir par elle-même de quoi il retournait. Au premier coup d'œil, l'ensemble ressemblait en effet à un cadavre et l'illusion était sans doute plus frappante encore depuis la maison de Candice. Mais Ava remarqua immédiatement le cou en polystyrène blanc, la seule partie visible avec le sac-poubelle et le masque.

Le masque était identique aux trois autres.

Le souffle coupé, elle ferma un instant les paupières. Il aurait été risqué pour quelqu'un de transporter un corps de ces bois jusqu'à son porche. Mais déposer une tête en polystyrène, le sac-poubelle et le masque était beaucoup plus simple.

— Theo est en route, lui annonça Harley. Et il contacte la police scientifique.

Bientôt, des techniciens spécialisés passeraient la zone au peigne fin. Peut-être inspecteraient-ils l'intérieur de la maison aussi, même si elle n'avait reçu aucune alerte d'effraction. Mais Theo voudrait être minutieux.

— Je ne vais pas te demander si tu vas bien parce que je sais que non, poursuivit Harley. Mais j'aimerais que tu prennes un siège. Tu es toute pâle.

Pâle et un peu nauséeuse, mais s'asseoir ne l'aiderait pas à soulager les symptômes. Et surtout, elle était l'adjointe du shérif et avait un travail à effectuer. Pour l'instant, ce travail se résumait à une simple évaluation visuelle en attendant l'arrivée de la cavalerie.

— Quand je suis revenue de la scène du dernier meurtre,

aux petites heures du matin, je n'ai pas vérifié le porche arrière, reconnut-elle.

— Moi non plus. Pas même quand nous sommes rentrés, tout à l'heure.

— Pareil, confirma Ava. J'ai jeté un coup d'œil par la fenêtre pendant que je buvais du lait et que je prenais mes vitamines, mais je ne me suis pas intéressée au porche arrière. Cela signifie que la tête a pu être placée là à n'importe quel moment au cours des dernières vingt-quatre heures.

Elle dormait peut-être du sommeil du juste pendant la visite nocturne du tueur. Cette éventualité la rendait malade. Même s'il ne s'agissait pas d'une tête humaine, elle symbolisait malgré tout ce que ce malade avait l'intention de lui faire ainsi qu'à toutes les autres femmes sur sa liste noire.

Il voulait les détruire.

En prendre conscience la plongea dans une sourde colère.

Elle devait à tout prix arrêter ce fou furieux. Elle hésita à appeler les voisins pour leur demander s'ils avaient vu quelque chose. Mais cela aurait été une perte de temps. Si quelqu'un dans le quartier avait remarqué quoi que ce soit de suspect, il l'aurait déjà prévenue. Ce qui signifiait sans doute que le tueur avait déposé la tête pendant la nuit. Peut-être même après qu'Ava avait été appelée sur la scène de crime du troisième meurtre.

— Je peux te conduire chez moi, au ranch, chuchota Harley.

La proposition était tentante, mais si le ranch des Ryland était très sécurisé, il n'était pas non plus impénétrable. Un tireur expérimenté pourrait toujours les atteindre, là-bas. De plus, Ava n'était pas sûre que courir se cacher ailleurs soit la meilleure solution. En fait, attirer le tueur était le moyen le plus rapide de l'empêcher de s'attaquer à quelqu'un d'autre.

— Non, répondit-elle. Je pense qu'il vaut mieux que nous demeurions ici. Remarque que j'ai dit *nous*. Je sais qu'il n'y a aucune chance que tu t'en ailles de ton côté en me laissant toute seule.

— Tu as raison.

Il lui jeta un coup d'œil en fronçant les sourcils.

— Tu voudrais servir d'appât pour l'attirer et le faire tomber, comprit-il. Il n'en est pas question, ajouta-t-il.

— Je ne veux pas avoir un autre meurtre sur la conscience, marmonna-t-elle.

— Il ne sera pas sur ta conscience. Le coupable est le type qui commet ces meurtres. Pas toi.

Harley se rapprocha d'elle et, même s'il surveillait toujours les alentours, il passa la main le long de son bras. Un petit geste, mais qui lui procura un puissant réconfort.

Ava faillit craquer, à ce moment-là. Elle faillit céder au désespoir d'être incapable d'arrêter le monstre qui tuait et tourmentait des innocentes à cause d'elle. Elle s'autorisait presque à s'appuyer sur Harley et à le laisser lui prodiguer tous les gestes réconfortants de son arsenal. Comme il avait été son amant autrefois, elle savait que cet arsenal était bien rempli.

Mais elle se retint.

D'une part, si elle s'effondrait, elle n'était pas sûre de réussir de sitôt à se relever. Pas même avec l'aide de Harley. De plus, elle entendit un véhicule s'arrêter dans son allée et comprit que Theo était arrivé.

Un instant plus tard, elle reçut un texto le lui confirmant.

Je vais jeter un œil au porche. Harley et toi restez à l'intérieur, mais soyez prêts à assurer mes arrières si nécessaire.

Harley suivit les instructions de Theo à la lettre et se dirigea vers la porte arrière. Il l'ouvrit de quelques centimètres, pour avoir une meilleure vue sur la cour et les bois. Il était désormais en mesure de tirer si besoin.

Ava resta à la fenêtre pour couvrir les alentours sous un angle différent. Elle scruta les arbres et les broussailles, mais ces dernières étaient épaisses et il était en effet possible que quelqu'un y soit dissimulé, à épier et à attendre.

D'autres véhicules arrivaient et Ava ne tarda pas à repérer l'adjoint Jesse Ryland. Il rejoignit Theo pour examiner la scène.

Comme Theo, Jesse était un excellent enquêteur et elle espérait qu'ils repéreraient quelque chose qui leur permettrait d'avancer et d'identifier le tueur.

Deux autres adjoints se garèrent à leur tour devant la maison, Nelline Rucker et Cruz Molina. Theo les envoya fouiller les bois. Ava regarda Jesse prendre quelques photos de la fausse tête avant de s'accroupir pour un examen plus approfondi.

— Il y a un morceau de papier qui dépasse du sac-poubelle, cria-t-il.

Il se tourna vers la fenêtre de la cuisine pour croiser son regard.

— C'est un message. Il ne comporte qu'un mot écrit : *Bientôt.*

Une autre provocation. Une fois de plus, Ava se félicita de ne pas s'être effondrée, un moment plus tôt, parce qu'elle avait besoin de sa colère. Pour tenir. Et continuer.

Comme un autre véhicule s'approchait de la maison, elle imagina l'arrivée de la police scientifique. Mais elle comprit qu'elle se trompait quand elle entendit Theo jurer.

— C'est Duran, lança-t-il. Que veut-il ?

— Aucune idée, répondit-elle en se rapprochant de la porte ouverte pour permettre à Theo de l'entendre. Il n'est jamais venu chez moi. Mon père l'a probablement envoyé.

Pour quelle raison, elle l'ignorait.

— Tu veux que je me débarrasse de lui ? lui proposa Theo.

— Non, je vais lui parler. Y a-t-il des signes d'un tireur dehors ?

— Pas jusqu'ici.

Theo jeta un coup d'œil aux deux adjoints qui scrutaient la zone boisée avant de reporter son attention sur Ava.

— Mais n'oublie pas que Duran est un suspect. Fouille-le avant de le laisser entrer. Cela ne lui plaira pas, mais je préfère que tu sois en mode *mieux vaut prévenir que guérir.*

Elle aussi et voilà pourquoi elle hocha la tête au moment où Duran frappait à sa porte.

Harley était à côté d'elle, bien sûr, quand elle ouvrit, il ne permit pas à Duran de prononcer un seul mot avant de s'être assuré qu'il n'avait pas d'armes.

Surpris, Duran émit un cri de protestation.

— Est-ce vraiment nécessaire ?

— Indispensable, répliqua Harley.

Il sortit un .38 dissimulé à l'intérieur de la veste de Duran le tint en l'air.

— Vous feriez mieux d'avoir un permis de port d'arme...

— J'en possède un.

Le langage corporel de Duran trahissait sa colère et s indignation, mais le bras droit du sénateur ne chercha pas à lu reprendre le calibre.

— Que se passe-t-il ? Pourquoi tant de voitures de police sont-elles devant chez vous et pourquoi voulez-vous me désarmer alors que je suis seulement venu ici pour vous parler ? demanda-t-il à Ava.

Elle hésita sur la réponse à donner, mais décida de tout lui dire pour observer sa réaction.

— Quelqu'un – un lâche, sans doute – a laissé la tête d'un mannequin sous mon porche. Un lâche qui n'avait pas le courage de m'affronter.

Harley lui lança un regard d'avertissement, mais elle s'en moqua. Elle tentait d'énerver Duran. Mais il ne réagit pas avec colère.

— Une tête de mannequin ? Vous voulez dire un genre de plaisanterie de mauvais goût ? Mise en place par un détraqué ?

— Exactement, répondit-elle. Il souhaitait sans doute me pousser à bout dans l'espoir de m'acculer à faire quelque chose de stupide.

Ava ne précisa pas que sans Harley, elle aurait en effet perdu ses nerfs.

Duran marmonna quelque chose dans sa barbe et secoua la tête d'un air dégoûté. Elle se rappela que sa réaction pouvait être feinte. Après tout, il avait pris l'habitude de cacher beaucoup de choses – et en particulier le fond de ses pensées – quand il était en campagne avec son père.

Duran jeta un coup d'œil par la fenêtre lorsque la camionnette de la police scientifique arriva.

— Que puis-je faire pour aider ? demanda-t-il.

Elle aurait mis sa main au feu qu'il avait souvent proposé son aide sans avoir la moindre intention de lever le petit doigt pour quelqu'un. Et voilà sans doute pourquoi il n'allait pas apprécier la façon dont elle comptait accepter cette offre.

— Vous pouvez nous être très utile en répondant avec sincérité à nos questions, lui expliqua-t-elle.

— Des questions sur *quoi* ?

— Sur tout.

Et comme un tel interrogatoire risquait de prendre un certain temps et qu'elle n'avait pas envie de rester devant une fenêtre, elle leur fit signe de s'asseoir dans le salon.

— Commencez par tout ce que vous n'avez pas dit sur Aaron et sur Caleb. Puis vous nous raconterez tout ce que vous savez sur les meurtres ou la fusillade d'aujourd'hui, à Austin.

Duran prit une profonde inspiration et elle voyait dans ses yeux le calcul intérieur qu'il effectuait. Quoi dire et quoi garder pour lui.

— Je vous arrêterai pour obstruction à la justice si vous ne dites rien pour nous aider dans cette enquête, le menaça Harley. Et, pour info, cette enquête est de grande envergure et englobe tout ce qui est arrivé à Ava ou Aaron au cours des vingt dernières années. Si vous avez gardé des secrets, dites-les et tout de suite.

Duran leur lança des regards furieux avant de soupirer.

— Je n'ai aucun détail concernant la grossesse d'Ava que vous ne connaissiez déjà, commença-t-il. Edgar était furieux quand il a découvert qu'elle était enceinte et il a ordonné à Aaron de quitter la ville sur-le-champ et de ne plus jamais la contacter s'il ne voulait pas être jeté en prison. Et à ce propos, si de telles menaces étaient pénalement répréhensibles, le délai de prescription est dépassé depuis longtemps. Que tout le monde soit au courant ne changera plus rien, à présent.

— Je le vérifierai, répondit Ava avec un geste de la main pour l'encourager à continuer.

Duran soupira de nouveau, mais obtempéra.

— Edgar m'a demandé de garder un œil sur Aaron pour m'assurer qu'il resterait loin d'Ava et j'ai donc engagé les détectives privés. L'un pour surveiller les allées et venues d'Aaron. L'autre pour vous surveiller.

Ava n'aurait pas dû en être surprise, mais ressentit un cho d'entendre confirmer ses doutes.

— Combien de temps des détectives privés ont-ils surveill mes faits et gestes ?

— Jusqu'à ce que vous intégriez l'académie de police. Je pensais que vous remarqueriez tôt ou tard que quelqu'un vous suivait partout, et je ne voulais pas que cela mène à une situation embarrassante pour votre père.

Apprendre qu'elle avait été sous surveillance pendant toutes ces années la rendait folle de rage. Mais les détectives privés n'auraient rien vu qui vaille la peine d'être rapporté à Duran ou à son père. Après avoir donné Caleb à l'adoption, elle avait suivi le droit chemin. Pas de petit ami, pas de fêtes, pas de relations sociales. Elle s'était concentrée sur ses études pour devenir policière, son rêve de toujours. Y parvenir était devenu une obsession, sans doute parce qu'elle avait envie quelque part de réparer ses erreurs de jeunesse.

— Je veux les noms des détectives privés, ordonna-t-elle.

Duran hocha la tête à contrecœur.

— Celui qui vous surveillait est mort il y a quelques années. Cancer du pancréas. Il s'appelait Don Stewart. Celui chargé d'Aaron s'appelle Darcel Harrison. Il va bien, ajouta Duran. Il a filé le train à Aaron toutes ces années pour s'assurer qu'il restait loin de vous.

Harley envoya un texto, sans doute à l'un de ses collègues Rangers afin qu'il effectue une vérification des antécédents des détectives privés. Harrison devrait également être interrogé.

— Le détective privé a-t-il réellement perdu contact avec Aaron après la mort de Christina ? demanda-t-elle.

— Oui, répondit Duran sans hésiter. Pendant un certain temps, en tout cas. Aaron a quitté son travail et a déménagé, mais il a refait surface quelques mois plus tard.

— Il a refait surface chez Marnie ? s'enquit Ava, en espérant que le détective privé avait vu Aaron lorsque celui-ci avait rendu visite à la sœur de sa compagne.

— Non. Vous voulez savoir si je faisais surveiller la maison de Marnie à la date des meurtres ? Non, répondit Duran avant qu'Ava ne puisse confirmer qu'elle s'apprêtait en effet à lui poser la question. Je n'ai aucune idée de l'endroit où se trouvaient Marnie ou Aaron à ces dates-là.

Duran s'interrompit, mais Ava devina qu'il renâclait à ajouter autre chose.

— Dites-le, ordonna-t-elle.

Il regarda Harley.

— Je m'apprête à vous confier à tous les deux des informations... sensibles. Des informations que je vous demande de garder pour vous.

— Non, répondit Harley sans hésiter. Si ce que vous cachez est susceptible de nous aider à identifier un tueur, il est exclu de le garder pour nous.

Il se pencha plus près.

— Maintenant, parlez, asséna-t-il.

Duran déglutit avec difficulté et s'interrompit un long moment.

— Aaron essaie de faire chanter Edgar depuis des mois. Edgar l'ignore, ajouta-t-il rapidement. C'est moi qui ai pris l'appel initial d'Aaron et j'ai décidé de gérer l'affaire avec lui sans en référer au patron.

Ava était certaine que le regard qu'elle lança à Duran était teinté de scepticisme.

— Quelqu'un essayait de faire chanter mon père et vous ne l'avez pas prévenu ? Pourquoi lui cacher une chose pareille ?

— Parce que je ne voulais pas qu'Edgar soit impliqué dans une histoire qui risquait d'être interprétée comme peu recommandable, voire criminelle. Aaron a exigé de l'argent en échange de son silence. Je lui ai expliqué qu'il n'avait pas la moindre preuve qu'Edgar ait joué un rôle quelconque dans ce qui s'était passé, il y a vingt ans. Aaron a menacé d'aller en parler aux médias. Il était sûr qu'ils le croiraient. Je lui ai assuré le contraire, que personne ne mettrait en doute la parole d'un sénateur en exercice.

En effet, tout s'était peut-être déroulé de cette façon. C'était possible. Mais Ava était presque sûre qu'Edgar était au courant. Mais s'il l'avait su et qu'Aaron avait continué à les menacer de révéler la vérité, ce dernier aurait peut-être été victime d'un *accident* qui l'aurait définitivement réduit au silence.

— Vous avez dit qu'Aaron essayait de faire chanter Edgar depuis des mois, répéta Harley. Depuis combien de temps exactement ? Et combien l'avez-vous payé pour qu'il se taise ?

Duran se crispa.

— Depuis sept mois... J'ai versé à Aaron dix mille dollars. Un paiement unique et je lui ai bien précisé en lui remettant cet argent qu'il n'obtiendrait rien d'autre.

Ava se concentrait sur les sept mois.

— Aaron avait-il pris contact avec vous avant ou après la mort de sa petite amie ?

— Juste avant. En fait, par un hasard malheureux, j'avais demandé au détective privé de lui livrer l'argent en liquide. Et cette nuit-là, sa petite amie a succombé à une overdose.

Oh ! pitié. Il s'agissait peut-être d'une horrible coïncidence. Mais il était possible qu'Aaron ait donné à Christina de quoi acheter les drogues qui l'avaient tuée.

— Et Aaron ne vous a pas contacté depuis lors pour vous réclamer davantage ? s'enquit Harley.

— Bien sûr que si, reconnut Duran. Mais je l'ai prévenu que s'il insistait, je raconterais à tout le monde qu'il était responsable de la mort de sa petite amie. Je crois qu'il s'inquiète de la réaction de Marnie à ce sujet.

— Aaron a-t-il raison de s'inquiéter de Marnie ? demanda Ava.

Duran se crispa de nouveau.

— Oui, je pense qu'il a intérêt à se méfier d'elle. J'avais mené une petite enquête sur Christina. J'ai appris que Marnie l'avait pratiquement élevée après la mort de leurs parents. Elle était très protectrice envers Christina. Elle éprouve déjà un profond mépris pour Aaron. Mais si des rumeurs couraient comme quoi il avait payé la dernière dose de Christina, celle qui lui fut mortelle, elle le prendrait mal.

— Marnie est très protectrice, répéta Ava dans un murmure. Au point d'être capable de tuer et d'essayer de piéger Aaron ?

Duran s'interrompit de nouveau.

— Peut-être. Mais il me semble plus vraisemblable qu'Aaron ait commis les meurtres en s'arrangeant pour faire porter le chapeau à Edgar.

Ses yeux rencontrèrent les siens.

— Et Aaron voudrait ensuite punir Edgar en vous tuant. Voilà pourquoi je vous supplie de prendre des précautions, Ava. Malgré vos différends, votre père vous aime et ne veut pas vous voir souffrir.

Ava hésita à lui expliquer que son père était incapable d'aimer, un mot dont il ignorait le sens. Mais en tout cas, la haine d'Aaron envers son père était en effet un mobile assez puissant pour un meurtre. Et Aaron devait savourer l'idée d'Edgar assis dans le couloir de la mort à attendre de payer pour des crimes qu'il n'avait pas commis.

— Puis-je récupérer mon arme avant de partir ? demanda Duran, en se levant.

Harley y réfléchit un long moment tout en gardant son regard d'acier braqué sur lui. Il finit par hocher la tête, mais il ne lui tendit son calibre que lorsque Duran sortit sous le porche.

— Duran reste sur notre liste de suspects, conclut Harley au moment où il ferma la porte et la verrouilla.

Il lui enlevait les mots de la bouche.

— Je suis d'accord, parce qu'il pourrait tuer pour piéger Aaron. Si je meurs aussi, alors il n'y aura plus personne pour confirmer les accusations d'Aaron concernant le comportement de mon père, il y a vingt ans.

Cela la rendait malade de penser que l'homme qui venait de s'asseoir et de discuter avec elle souhaitait sa mort. Mais tout faire pour protéger son patron des ennuis était la spécialité de Duran, sa raison de vivre. Dans ce cas, il aurait pu voir l'assassinat d'Ava comme la solution parfaite pour résoudre de nombreux problèmes potentiels.

Son téléphone sonna et son estomac se serra lorsqu'elle vit le nom de Caleb s'afficher sur l'écran. Elle pria pour qu'il ne l'appelle pas pour lui dire qu'il avait été agressé.

— Tout va bien ? lâcha-t-elle en mettant l'appel sur haut-parleur pour que Harley l'entende.

— J'allais te poser la même question, répondit Caleb. Quelqu'un m'a envoyé une photo par mail. On dirait une tête de mannequin, mais il y a ton visage dessus. C'est une sorte de masque, mais qui te ressemble de façon frappante.

Oh ! pitié. Ava avait espéré que Caleb ne serait pas mêlé aux côtés malsains de cette affaire.

— Quand as-tu reçu cette photo ? demanda-t-elle en s'obligeant à jouer le rôle de l'enquêtrice et non de la mère.

— Il y a environ dix minutes. Dois-je le signaler à la police d'Austin ?

— Non, je m'en occupe.

Ou plutôt, Harley le ferait, comprit-elle, quand il s'écarta pour s'en charger.

— La police d'Austin enverra quelqu'un pour examiner ce mail, dit-elle à Caleb.

Bien qu'elle soit prête à parier que le tueur n'aurait pas utilisé un serveur susceptible d'être retracé jusqu'à lui.

— Je suis désolée que cela te soit arrivé, dit-elle. Je suis désolée… pour beaucoup de choses.

— Je suis désolé pour toi aussi, grommela Caleb avec quelques jurons. Es-tu en sécurité là où tu es ? Je veux dire, ce tueur ne peut pas t'atteindre, n'est-ce pas ?

Son inquiétude la toucha et ses yeux se remplirent de larmes.

— Je prends des précautions, lui dit-elle. Tu fais la même chose, j'espère ?

— Bien sûr. Je suis mes cours en ligne pendant quelques jours, jusqu'à ce que toute cette histoire soit terminée. Veille sur toi, ajouta-t-il avant de murmurer un au revoir et de mettre fin à la communication.

Harley termina également son appel et revint vers elle. Il avait dû voir qu'elle était au bord des larmes parce qu'il la prit dans ses bras.

— Le lieutenant O'Malley envoie un policier chez Caleb en ce moment même, murmura-t-il à son oreille.

Elle sentit la chaleur de son souffle, la façon douce dont il la tenait, et elle sourit. Elle en voulait davantage. Pendant quelques instants, elle avait envie d'oublier toutes ces horreurs, d'oublier qu'un tueur avait son fils dans son collimateur.

Ava se tourna et l'embrassa.

Ce n'était pas bien. Elle le savait. Mais elle s'en fichait. Apparemment, Harley aussi parce qu'il émit un grognement de gorge qu'elle reconnut. Il le poussait quand il avait envie d'elle. Cette fois, il ne s'agissait pas d'un désir ardent et impérieux, mais d'un désir empreint de tendresse.

Elle retrouva avec délice la saveur de sa bouche, la chaleur de son étreinte. Elle noua les bras autour de lui, l'attira plus près. Et encore plus près. Jusqu'à ce qu'ils soient corps à corps et bouche-à-bouche. Jusqu'à ce que Harley approfondisse le baiser.

Quand leurs langues entamèrent une danse sensuelle, elle s'abandonna.

Mais soudain, comme si elle reprenait brutalement ses esprits, elle recula.

Le souffle court, elle s'arracha à ses bras. Elle aurait aimé déplorer ce baiser, se le reprocher.

Mais elle n'éprouvait aucun regret.

Seulement du désir. Elle rêvait de bien davantage. Et voil pourquoi elle devait s'éloigner de lui, garder ses distances.

— Je ne veux pas retomber amoureuse de toi, dit-elle. Ce sera une erreur.

Elle risquerait alors bien plus qu'un cœur brisé.

Cette fois, retomber amoureuse de Harley pourrait la détourn du danger et les tuer, son bébé et elle.

9

Harley travaillait dans la cuisine d'Ava, sur la paperasserie qui s'accumulait, en attendant qu'elle fasse son apparition matinale. Il l'avait entendue prendre une douche et savait donc qu'elle ne tarderait pas à le rejoindre pour le petit déjeuner. Ils partiraient ensuite pour le bureau du shérif afin d'assister à l'interrogatoire de Marnie.

Pour l'instant, il profitait de ce moment de calme pour tenter de s'adapter à la nouvelle donne. Ce n'était pas simple. Les mots d'Ava tournaient en boucle dans sa tête.

« Je ne veux pas retomber amoureuse de toi. »

Après le baiser brûlant qu'ils avaient partagé, il avait espéré une autre réaction. Lui-même avait été à deux doigts de lui déclarer sa flamme. Et il la désirait comme un fou. Cela dit, il comprenait ses réserves. Le moment était mal choisi pour se laisser distraire. Leurs vies étaient en danger. L'amour, le désir, les folles embrassades n'avaient pas leur place dans ce contexte.

Mais ils étaient là.

Harley savait qu'il devait réprimer ces éléments perturbateurs et se concentrer sur l'enquête. La capture du tueur était le seul moyen d'assurer la sécurité d'Ava et de leur fille. Mais dès qu'ils auraient mis ce fumier derrière les barreaux, peut-être tenterait-il de convaincre Ava de donner une seconde chance à leur amour…

Dans l'immédiat, il devait tout faire pour la protéger. Heureusement, il n'était pas seul à y veiller. Theo et la plupart des autres adjoints y travaillaient vingt-quatre heures sur vingt-quatre. Sans parler des membres de la police scientifique qui avaient fouillé chaque centimètre carré de la cour d'Ava et des bois derrière chez elle. Ils reviendraient dans la journée pour examiner l'intérieur de la maison pendant que tous deux seraient au bureau du shérif. Harley ne pensait pas qu'ils découvriraient quoi que ce soit d'utile, mais cette inspection était indispensable.

Il attendait beaucoup, en revanche, des rapports reçus de Darcel Harrison, le détective privé. Ils s'étalaient sur une période de vingt ans et il lui faudrait donc un certain temps pour les lire tous.

Avec l'accord de Duran, Darcel les avait envoyés aux Rangers et avait mis Theo en copie. Mais Theo n'avait pas assez d'adjoints sous la main pour assigner l'un d'eux à l'épluchage de ces documents. Voilà pourquoi plusieurs techniciens du laboratoire criminel des Rangers en avaient fait une priorité. Après tout, ces rapports permettraient peut-être l'arrestation d'un tueur en série.

Un nouveau mail dans sa boîte de réception détourna son attention d'Ava et le ramena sur l'enquête. Il émanait de la police d'Austin. L'un des inspecteurs lui apprenait que la photo envoyée à Caleb avait été examinée, mais ne contenait aucune information exploitable. Il s'y attendait, mais poussa pourtant un soupir de déception.

Ce photomontage avait été un geste téméraire et lorsqu'ils prenaient ce genre de risques, les tueurs commettaient parfois des erreurs. Apparemment, celui-ci avait été assez intelligent pour utiliser un compte de messagerie éphémère et l'avait ensuite fait circuler via différents serveurs sur le dark web pour le rendre impossible à retracer.

Comme Ava et Theo avaient reçu une copie du rapport, il comprit qu'Ava était plongée dedans quand elle entra finalement dans la cuisine. Elle leva un instant les yeux de son smartphone, croisa les siens.

Elle n'émit aucun commentaire à propos du baiser de la veille, des raisons pour lesquelles il n'aurait pas dû se produire, mais il la connaissait assez pour savoir qu'elle y pensait.

— Tu as vu que la photo envoyée à Caleb n'a rien donné, dit-elle avec un geste du menton vers son ordinateur.

Il hocha la tête.

— C'est une impasse, mais je me suis entretenu avec le lieutenant O'Malley, il y a peu de temps, et il espère tirer quelque chose des images de télésurveillance de la fusillade. Il fait collecter les enregistrements de toutes les caméras des alentours. Les visionner prendra un certain temps, mais au bout du compte, nous verrons sans doute quelqu'un entrer ou sortir de la scène de crime.

Ava n'avait pas l'air particulièrement optimiste quant à ce qu'ils obtiendraient de ces images et elle avait sans doute raison. Pourtant, il leur fallait avancer. Harley refusait de croire qu'il n'y avait rien, absolument rien, aucun indice, aucune preuve, pour les aider à identifier ce tueur.

— As-tu lu le rapport du laboratoire criminel à propos de la tête du mannequin ? demanda-t-il.

Il connaissait déjà la réponse.

Le rapport était arrivé une heure plus tôt et comme Ava l'attendait avec la même impatience que lui, elle l'avait déjà ouvert, il en était certain. Elle l'avait sans doute étudié en long et en large, en cherchant le moindre détail susceptible de les mettre sur une piste. Mais même en le passant au peigne fin, il n'y avait rien à en tirer. Pas à ce stade, en tout cas.

— Oui, répondit-elle. Retracer le sac-poubelle est utopique, mais il est sans doute possible de localiser la provenance de la tête du mannequin.

Facile à dire. Mais trouver l'origine de cette tête ne serait pas une mince affaire, en réalité, d'autant que le tueur l'avait peut-être achetée en ligne ou payée en espèces dans un magasin.

Ava le dévisagea de nouveau comme si elle s'apprêtait à lui dire quelque chose de personnel, mais son téléphone sonna et l'instant fut perdu. Elle reporta son attention sur l'écran et à son léger gémissement, il comprit qu'elle n'avait pas envie de prendre l'appel.

— C'est mon père, expliqua-t-elle.

Elle poussa un gros soupir et mit le haut-parleur.

— Je suis occupée, dit-elle d'une voix mordante.

Ce n'était pas vraiment un mensonge. Ils devaient bientôt partir pour le bureau du shérif pour l'interrogatoire de Marnie.

— Moi aussi, répliqua son père. Et voilà pourquoi je serai bref. Je crois savoir que Duran t'a rendu visite hier. Que voulait-il ?

Elle échangea un regard perplexe avec Harley et tout en posant son téléphone sur la table, elle alla se servir un verre de lait.

— Ton ami de confiance et directeur de campagne ne t'a pas dit pourquoi il était venu ?

— Il m'a dit qu'il te surveillait, répliqua Edgar. Il prétend que tu l'as interrogé sur le détective privé chargé de garder un œil sur le minus qui t'avait mise enceinte quand tu n'étais qu'une gamine. C'est vrai ?

Harley releva le mot *prétend*. Apparemment, la confiance d'Edgar envers Duran n'était ni totale ni aveugle.

— Je suis sûre que Duran te répétera tout ce dont Harley et moi avons discuté avec lui, répondit Ava.

— Harley ? grommela Edgar du même ton méprisant qu'il avait utilisé pour désigner Aaron. Bien sûr, il a assisté à cet échange.

— Bien sûr, intervint Harley pour informer Edgar qu'il l'écoutait maintenant aussi.

D'accord, la pique était mesquine, mais Harley ne craignait pas de l'être, dès lors qu'il s'agissait d'Edgar.

— Par ailleurs, vous avez essayé d'éloigner Ava de moi en lui mentant, poursuivit-il. Vous lui avez fait croire que nous avions passé un deal, un accord, que je m'étais engagé à vous blanchir, lorsque j'enquêtais sur vous.

Il y eut un silence… qui se prolongea un long moment.

— En tout cas, à la fin de vos investigations, vous ne m'avez accusé de rien, remarqua finalement Edgar en faisant preuve, lui aussi, d'une certaine bassesse.

Il ne reconnaîtrait jamais qu'il avait menti.

Mais Harley refusait de le laisser s'en tirer à si bon compte.

— Comment croyez-vous qu'Ava a réagi quand elle a découvert que vous lui aviez menti ? lança-t-il. Comment pensez-vous que mon patron va réagir quand je lui annoncerai que vous m'avez calomnié, traîné dans la boue, pour défendre vos intérêts personnels ? Pour vous assurer que votre fille et moi ne finirions pas ensemble.

Edgar poussa une série de jurons.

— Je n'ai pas appelé ma fille pour que vous me menaciez...

— Il ne s'agit pas d'une menace. Mais d'une promesse, lui assura Harley. Soit vous avouez tout de suite la vérité à Ava, vous lui dites qu'il n'y a jamais eu d'accord entre nous, soit je porte officiellement plainte pour diffamation et vous poursuis pour vos allégations calomnieuses à mon sujet.

Même s'il ne voyait pas son visage, Harley devinait qu'Edgar était blême de rage. Ava souriait tout en buvant son lait.

Mais derrière ce sourire, le mensonge d'Edgar avait fait beaucoup de dégâts. Et voilà sans doute pourquoi Ava et lui avaient rompu.

— Ava m'a mal compris, répondit Edgar quelques instants plus tard. Je lui avais dit que j'avais obtenu un bon deal avec l'abandon des charges. Je ne voulais pas sous-entendre que vous aviez tiré des ficelles ou dissimulé quoi que ce soit. Vous avez abandonné les charges contre moi parce que j'étais innocent. Vous n'avez fait que votre travail. Point final. Et maintenant, revenons à la raison de cet appel, ajouta-t-il. Duran me cache-t-il quelque chose ?

Ava soupira. Son sourire avait disparu et maintenant il y avait beaucoup de colère dans ses yeux.

— Demande-le-lui, grommela-t-elle avant de lui raccrocher au nez.

Elle resta un moment sans bouger, en attendant sans doute qu'Edgar rappelle pour refuser l'appel, mais comme il ne le fit pas, son expression changea. Une partie de la colère disparut et à sa place, apparut le regard qu'un policier adopte lorsqu'il essaie de déterminer si un suspect dit ou non la vérité.

— Eh bien, au moins a-t-il reconnu qu'il m'avait menti sur l'existence d'un accord, marmonna-t-elle. Mais je pense qu'il appelait surtout pour se couvrir.

— J'en suis, moi aussi, persuadé.

Edgar était un conspirateur et sa prétendue inquiétude au sujet de Duran était peut-être un stratagème.

— De cette façon, si quelque chose fuite à propos d'Aaron, Edgar prétendra qu'il n'était pas au courant, que tout est la faute de Duran.

Il s'interrompit et réfléchit encore un peu.

— Duran accepterait-il de porter le chapeau pour son patron ?

— Oui et sans hésiter, répondit-elle aussitôt. Bien sûr, Edgar ferait tout ce qui est en son pouvoir pour que Duran ne soit pas accusé d'un crime. Mais il laisserait Duran prendre la responsabilité de tout ce qui pourrait nuire à son image, j'en suis convaincue.

Harley partageait son opinion. Si les médias apprenaient qu'Aaron avait été menacé et chassé de la ville, Duran affirmerait alors qu'il en avait pris seul la décision et qu'Edgar n'en avait jamais eu connaissance.

— Edgar avait-il menacé directement Aaron quand il avait découvert que tu étais enceinte ? demanda Harley.

Elle y réfléchit et secoua finalement la tête.

— Je l'ai longtemps cru, mais Duran avait sans doute transmis le message d'Edgar pour ne pas l'exposer. Bien sûr, mon père m'avait dit qu'il ferait arrêter Aaron si je n'abandonnais pas le bébé. Mais je suis sûre qu'il le nierait, à présent, et prétendrait qu'il s'agit d'un autre malentendu.

Elle avait raison. Cela dit, si toute cette histoire était dévoilée, le scandale provoqué causerait quand même de graves problèmes au sénateur.

— Maintenant que la police d'Austin est impliquée dans

l'enquête, quelqu'un va sans doute révéler tes liens avec Caleb, poursuivit Harley. Es-tu prête à affronter les retombées de cette bombe médiatique ?

Parce que, là encore, il n'y avait aucun moyen de le cacher aux journalistes.

De nouveau, elle prit le temps d'y réfléchir et le regarda en face avant de répondre.

— Et si j'obtenais l'autorisation de Caleb pour les devancer et divulguer cette information ? proposa-t-elle. Comment penses-tu que le tueur réagirait ?

Harley poussa un long soupir après avoir imaginé plusieurs possibilités.

— Si le tueur est Aaron, ça l'énerverait puisqu'il avait alors prévu de piéger Edgar ou même Duran pour leur faire porter le chapeau des meurtres et qu'il n'a pas encore complètement mis son plan en place.

— Exact et si Duran est le tueur, il n'a pas non plus eu le temps de piéger Aaron, s'il en avait l'intention.

Elle s'interrompit.

— En revanche, si le tueur est Marnie, que cette information sorte lui conviendra parfaitement parce que Aaron apparaîtrait alors comme le suspect numéro un.

— C'est vrai, reconnut-il en essayant de trouver la meilleure façon de formuler ce qu'il avait à dire ensuite. Pour commettre ces meurtres, il faut être psychopathe ou en tout cas, souffrir d'un déséquilibre psychique extrême. Tu connais bien Aaron et Duran. L'un d'eux a-t-il déjà montré des signes d'instabilité, de déviance, qui auraient pu jouer un rôle dans ces meurtres ?

— J'y ai déjà réfléchi, reconnut-elle. Duran, oui. Il est dévoué corps et âme à mon père, au point de franchir de grandes et dangereuses limites s'il l'estime nécessaire. Quant à Aaron, je ne sais pas. Au lycée, il avait un côté *bad boy*, un peu inconscient, irresponsable. Avec le recul, je pense que j'étais attirée par lui parce qu'il était à l'opposé des garçons avec qui mon père me poussait à sortir.

Elle était tombée dans les bras d'Aaron par rébellion. Harley n'était pas jaloux d'Aaron. Ava et lui n'étaient plus des gamins et avaient eu un passé. Mais l'idée d'Ava avec un autre homme lui déplaisait.

Alors, oui, il était peut-être un peu jaloux.

— Et Marnie ? poursuivit-elle. Nous n'avons eu qu'un bref échange téléphonique avec elle, mais as-tu lu quelque chose dans son passé indiquant qu'elle serait assez perturbée pour se venger ?

— Rien pour l'instant, mais si elle était aussi dévouée à sa sœur que Duran et Aaron le disent, la mort de Christina a pu la faire basculer.

Harley consulta sa montre.

— Il est l'heure de partir au bureau du shérif. Theo a fait déposer une voiture de patrouille pendant que tu étais sous la douche et je l'ai mise dans ton garage.

Cela réduirait le temps qu'Ava passerait à l'extérieur et donc les risques d'être une cible pour un sniper. La voiture de patrouille ne garantissait pas à cent pour cent la sécurité d'Ava, mais faisait partie des précautions qu'il avait l'intention de prendre. Une autre était de ne pas la quitter d'une semelle. Si le tueur avait réussi à atteindre son porche arrière, il ne rencontrerait aucune difficulté à briser une fenêtre et à la poursuivre dans la maison.

Ava prit une barre de céréales et un thermos de lait avec elle puis le suivit vers la voiture de patrouille.

Harley surveillait les alentours alors qu'il sortait de son allée. Il faisait grand jour, ce qui lui facilitait la tâche, mais comme la dernière attaque avait également eu lieu en pleine journée, il n'était pas serein.

Ils arrivèrent au bureau du shérif en un temps record et Harley se gara dans le parking couvert devant le bâtiment. La porte n'était qu'à quelques pas, mais parcourir la distance qui la séparait du véhicule parut prendre une éternité. Dès qu'Ava fut à l'intérieur, Harley respira mieux.

Son soulagement ne dura pas.

Parce qu'il repéra aussitôt l'un de leurs suspects.

Harley avait vu la photo de Marnie dans le dossier et la reconnut donc instantanément. Elle était grande et avait une carrure athlétique. Certaines personnes cherchaient à faire bonne impression et s'habillaient un peu pour se rendre à un interrogatoire de police. Mais pas Marnie. Vêtue d'un jogging, chaussée de baskets, elle avait noué ses cheveux en arrière en une queue-de-cheval serrée.

— Quelles incohérences ? leur lança-t-elle d'emblée dès qu'elle les vit, Ava et lui.

Comme elle n'avait pas demandé qui ils étaient, elle avait dû voir des photos d'eux, elle aussi. Il n'aurait pas été difficile pour elle de les trouver en raison du passé policier d'Ava et de certaines des affaires très médiatisées dont Harley s'était occupé.

Il fallut un moment à Harley pour se rappeler que Theo avait justifié cet interrogatoire auprès de Marnie en évoquant des incohérences dans ce qu'elle leur avait dit. Et il y en avait eu. Aaron avait accusé Marnie d'avoir voulu le piéger pour lui faire porter le chapeau des meurtres.

— Par ici, dit Theo en sortant de son bureau et en leur faisant signe à tous de le suivre.

Harley ne répondit pas à la question de Marnie pendant qu'ils se dirigeaient vers la salle d'interrogatoire.

Mais quand, une fois à l'intérieur, Theo lui lut ses droits, elle blêmit.

— Vous avez prévu de m'arrêter ? s'exclama-t-elle en s'adressant à Theo.

— Non. Cet interrogatoire a pour but de consigner votre déclaration. Je vous ai lu vos droits pour votre propre protection, pour vous rappeler que vous avez le droit de demander l'assistance d'un avocat.

— Vous me l'aviez dit au téléphone, marmonna Marnie.

Elle releva le menton, regarda Theo droit dans les yeux et se laissa tomber sur l'une des chaises.

— Eh bien, je n'ai rien à cacher, alors posez-moi toutes les questions que vous voulez.

Theo, Ava et lui s'assirent également et Theo tendit une feuille de papier à Marnie.

— Regardez les dates inscrites là-dessus et dites-moi si Aaron Walsh était avec vous, ces soirs-là.

Marnie prit le papier, le parcourut des yeux.

— J'ai déjà dit que je ne me rappelais pas s'il était là ou non. Peut-être.

— Aaron prétend que vous l'aviez *invité* à ces dates, expliqua Ava.

— C'est possible, l'hypothèse est plausible. J'aurais pu lui proposer de passer prendre cette photo de Christina qu'il a toujours aimée.

Elle s'interrompit et soupira.

— Écoutez, ce n'est pas grave. Je méprise Aaron, mais si j'avais la certitude absolue qu'il était chez moi, je le dirais. Cela lui donnerait un alibi. C'est ce que vous voulez, non ? Que je confirme son alibi.

— Et vous-même, avez-vous des alibis pour ces soirs-là ? demanda Theo pour renverser la situation.

Marnie le fusilla d'un regard noir avant de secouer la tête.

— Si Aaron était là, alors il serait mon alibi, mais comme je ne peux pas le garantir, alors je n'en ai pas. Pourquoi aurais-je besoin d'alibis ? Je ne suis pas suspectée pour ces meurtres, que je sache.

Aucun d'eux ne le lui confirma. Parce qu'elle l'était.

— Par ailleurs, vous nous avez dit qu'Aaron craignait que Caleb n'essaie de s'attaquer à lui, poursuivit Harley un instant plus tard. Or Aaron le nie.

Marnie balaya l'argument d'un geste de la main.

— Bien sûr, il le nie. Il me l'avait dit alors qu'il était soûl. Une fois dégrisé, il l'a oublié. Il oublie beaucoup de choses. Il a oublié aussi le nom du dealer qui a vendu à ma sœur les drogues qui l'ont tuée.

— Vous croyez qu'il le connaît ? demanda Ava.

— J'en suis certaine, rugit-elle avec colère. Et je crois aussi qu'Aaron lui en achetait. Au lieu d'utiliser son argent pour obtenir de l'aide auprès d'un médecin ou d'un centre pour toxicomanes, il alimentait sa dépendance.

D'après Duran, Aaron avait touché une somme importante en échange de son silence... de l'argent qu'il aurait en effet pu utiliser. Pourtant, Harley avait cherché des liens indiquant qu'Aaron connaissait des trafiquants de drogue et il n'avait rien trouvé de solide.

Harley opta pour une approche différente. Il écrivit sur un papier les noms des trois femmes assassinées.

— Connaissez-vous l'une d'entre elles ? demanda-t-il.

Marnie lut les noms, le regarda avant de détourner la tête.

— Oui, je connaissais la deuxième, Theresa Darnell. J'ai lu des articles sur son meurtre.

Intéressant. C'était la première fois qu'un des suspects admettait connaître l'une des victimes.

— Comment la connaissiez-vous ? demanda Harley.

Marnie pinça les lèvres avant de lâcher :

— Les relations de ma sœur et d'Aaron étaient tumultueuses. Ils se quittaient, se rabibochaient... Et au cours de l'une de ces ruptures, Aaron avait commencé à sortir avec Theresa. Je ne sais pas comment ils s'étaient rencontrés, vous le lui demanderez. Quoi qu'il en soit, quand Aaron et Christina se sont remis ensemble, Theresa s'est présentée chez moi. Elle cherchait Aaron et a fait un esclandre. J'ai dû la menacer d'appeler la police pour qu'elle parte.

— Il n'y a pas eu de rapport de police à ce sujet, dit Ava.

— Non, parce que je n'ai pas donné suite. Theresa et moi nous sommes expliquées, c'est tout. Elle cherchait à confronter Christina pour lui reprocher de lui avoir volé son homme. Un homme que Theresa n'avait eu dans son lit que pendant une semaine ou deux, je le précise.

Comme Aaron savait certainement que Theresa était l'une des femmes assassinées, Harley se demanda pourquoi il ne l'avait pas dit au cours de son interrogatoire. Son silence le désignait comme coupable.

— Puisque vous semblez vouloir chercher tout ce qui pourrait m'incriminer, continua Marnie, vous découvrirez bientôt que l'un de mes anciens petits amis, Paul Harmon, faisait partie d'une milice. Un de ces groupes qui jouent aux petits soldats et stockent des armes. Quand j'ai commencé à le fréquenter, je n'étais pas au courant de ses activités et dès que je les ai apprises, j'ai rompu.

Harley sauta sur l'occasion.

— De quelle milice s'agit-il et quand était-ce ?

Marnie soupira d'une manière qui lui fit comprendre qu'elle espérait qu'ils laisseraient tomber le sujet, vu les informations qu'elle leur avait déjà fournies.

— Il y a environ deux ans et j'ignore si le groupe avait un nom. Paul ne me l'a jamais dit. Je vous parle de lui, uniquement pour que vous n'alliez pas imaginer que j'ai des liens criminels avec quelqu'un capable d'assassiner des femmes ou de tirer sur des policiers.

Peut-être, mais Marnie savait sans doute que tôt ou tard, ses relations avec ce membre de la milice seraient révélées. En les évoquant d'emblée, elle espérait les minimiser.

Malheureusement, certaines milices comptaient des experts en explosifs parmi leurs membres. Cet élément était donc plus important qu'elle ne le pensait.

Harley regarda Theo pour lui demander silencieusement l'autorisation de sortir pour tenter d'en savoir plus sur ce Paul Harmon. Theo accepta d'un signe de tête.

— Excusez-moi un instant, dit Harley.

Il se rendit dans la salle d'observation voisine pour utiliser l'ordinateur portable qui s'y trouvait.

De là où il se situait, il voyait et entendait Theo et Ava poursuivre l'interrogatoire, via le miroir sans tain. Ava insistait pour savoir si Marnie avait déjà eu des contacts avec les deux autres victimes.

Tout en les écoutant, il alluma son ordinateur et entra *Paul*

Harmon dans le moteur de recherche. Plusieurs personnes portaient ce nom au Texas, mais il ne fallut pas longtemps pour que l'un d'eux attire l'attention de Harley. Ce Paul Harmon-là était un membre connu de la milice des Frères musulmans, un groupe paramilitaire qui se livrait à toutes sortes d'activités illégales, y compris au trafic d'armes.

Harley ne vit pas immédiatement que Paul Harmon avait suivi une formation quelconque en matière d'explosifs. Ce genre de talent n'apparaissait pas, en général, dans une recherche d'antécédents, à moins que le gars n'ait été arrêté pour des crimes liés aux explosifs. Il ne l'avait pas été.

Il devait donc creuser davantage. Il ne s'intéressait pas seulement à Paul, mais aussi à la milice elle-même pour s'assurer qu'aucun de leurs membres n'avait aidé le tueur à fabriquer cette bombe.

Lorsqu'il estima qu'il avait recueilli tout ce qu'il pouvait obtenir d'une recherche rapide, Harley se leva pour retourner dans la salle d'interrogatoire.

Mais alors qu'il ouvrait la porte, son téléphone bipa pour annoncer la réception d'un texto du lieutenant O'Malley de la police d'Austin.

Les techniciens ont parcouru tous les enregistrements collectés par les caméras de surveillance et j'aimerais que vous regardiez avec attention cette photo particulière. Elle a été prise par une caméra située à un pâté de maisons du bâtiment d'où provenaient les tirs. Et a été enregistrée six minutes à partir du moment où le dernier coup de feu a été tiré.

Harley tapota sur l'image et l'agrandit entre ses doigts. Il s'attendait à découvrir un portrait d'Aaron. Mais ce ne fut pas lui qui apparut. Le cliché était de mauvaise qualité, mais Harley n'eut aucun mal à reconnaître la personne photographiée.

Duran.

10

Duran.

Ava réfléchissait à tout ce qu'ils avaient appris ce matin. Marnie avait avoué connaître l'une des victimes. Et s'il ne s'en était pas vanté, Aaron la connaissait, lui aussi. Et Marnie avait noué un temps une relation amoureuse avec un milicien sans doute capable de fabriquer un engin explosif. Mais la présence de Duran non loin de la fusillade était, de loin, l'information qui la perturbait le plus.

Alors qu'elle était assise avec Harley dans la salle d'interrogatoire – transformée en bureau de fortune – à se restaurer de plats à emporter, elle étudia de nouveau l'extrait de vidéosurveillance que la police d'Austin leur avait transmis. S'il ne portait pas son costume habituel, mais était vêtu d'un jean et d'un T-shirt, il s'agissait bien de Duran.

Sur la photo, il regardait par-dessus son épaule, dans la direction d'où les coups de feu avaient été tirés. Le cliché était granuleux, mais elle y voyait que l'ami de son père semblait tendu. Il ne marchait pas, mais courait. Voilà pourquoi la caméra de surveillance n'avait capté son image qu'un bref instant.

Duran n'avait pas de fusil à la main, mais il était possible qu'il ait utilisé son calibre. Ce qui expliquerait les tirs manqués, le toit du bâtiment étant à plus de cinquante mètres. Un tireur d'élite aurait sans doute été capable d'atteindre une cible à une telle distance, mais Duran n'en était pas un.

Pourtant, la photo avait suffi à la police d'Austin pour obtenir un mandat afin que l'arme soit saisie et examinée. Il s'agissait de déterminer si elle avait récemment tiré un coup de feu. Si cette hypothèse se confirmait et si Duran n'avait pas de raison valable pour justifier sa présence dans ce quartier, alors il serait arrêté.

— Et quel plaisir cela serait pour la police d'Austin, marmonna Ava, ce qui poussa Harley à lever les yeux de l'écran de son ordinateur pour la regarder.

Comme elle, il profitait de la pause déjeuner pour continuer à creuser les différentes pistes de l'enquête.

— Tu parles de Duran ? demanda-t-il en remarquant qu'elle étudiait toujours la photo prise par la caméra de surveillance.

— Oui. Le lieutenant O'Malley a sans doute déjà envoyé quelqu'un chez lui pour récupérer l'arme et l'interroger. Voilà pourquoi, à la première occasion, Duran va m'appeler pour se plaindre et se prétendre victime de harcèlement.

— Il le dira plus fort encore lorsque Theo l'interrogera, conclut Harley.

Ce qui n'empêcherait pas Theo de le cuisiner dès que la police d'Austin en aurait fini avec lui. Si Duran était lié à la fusillade, l'arrêter relevait de la juridiction d'Austin, mais tout ce qui avait trait aux meurtres devait passer par Theo.

— Essaie peut-être de grignoter quelque chose avant que ton père ne se présente, lui rappela Harley.

En effet, si Duran était interrogé à Austin, son père et Aaron le seraient à Silver Creek. Mais pas en même temps. Certes, une altercation verbale animée poussait parfois les gens à révéler des éléments compromettants. Mais dans le cas de son père et d'Aaron, la rencontre risquait de dégénérer très vite en pugilat et de pousser les deux hommes à faire appel à un avocat. Or, Theo avait besoin de leur coopération pour espérer obtenir des informations et avancer.

Ava joua du bout de sa fourchette avec sa salade du chef et consulta l'heure. En principe, son père devait arriver dans une demi-heure, mais s'il était très en colère, il était peut-être déjà en route. Aaron n'était pas prévu avant deux heures.

La journée s'annonçait fatigante. Mais elle l'était déjà après l'interrogatoire de Marnie et la photo de Duran surpris par une caméra de surveillance sur les lieux de la fusillade.

— J'ai quelque chose, annonça Harley en écartant son hamburger pour tourner l'écran de son ordinateur dans sa direction.

Elle repéra immédiatement le nom de Paul Harmon ainsi que plusieurs membres connus de la milice. Le groupe n'était pas énorme, mais comptait une douzaine de personnes.

— J'ai fait une analyse comparative de leurs différents employeurs, expliqua-t-il en tapant l'un des noms de la liste. Et j'ai découvert qu'Aaron avait travaillé avec ce type, un certain Lionel Henderson, chez Tip Top Repairs. Aaron a quitté l'entreprise peu avant la mort de Christina. À peu près au moment où Duran lui avait donné cette grosse somme d'argent. Mais Lionel est toujours employé là-bas.

— A-t-il un casier judiciaire ? demanda Ava.

— Il a été arrêté plusieurs fois pour vols. Mais par la suite, il s'était apparemment rangé des voitures et engagé dans l'armée.

Elle s'accrocha à ce détail.

— S'il te plaît, dis-moi qu'il y a suivi une formation en explosifs ou en démolition.

— C'était en effet un spécialiste de la neutralisation d'engins explosifs. Il a passé six ans sous les drapeaux et d'après ce que je lis, il a quitté l'armée parce que sa mère souffrait d'un cancer et avait besoin de lui. Elle est morte peu après son retour et il a rejoint la milice, un mois plus tard.

Son chagrin l'avait peut-être poussé à fréquenter les mauvaises personnes. À moins que les membres de la milice soient de vieux amis, d'anciennes connaissances.

— Je n'ai rien trouvé sur les réseaux sociaux reliant Lionel Henderson et Aaron, mais quand Aaron arrivera, je l'interrogerai sur son ancien collègue.

Il était en effet indispensable d'explorer la nature de leurs relations. Manifestement, les liens qui unissaient les uns aux autres leur donnaient de nouvelles pistes.

— Je me demande si Lionel Henderson a déjà croisé le chemin de l'une des femmes assassinées, lança Ava. Je veux dire, et si je n'étais pas la seule explication – la seule raison d'être – des meurtres ? Et si ces trois femmes ou l'une d'elles étaient dans le collimateur du tueur à cause d'un différend qu'elles auraient eu avec lui ou avec l'un de ses proches ? Avec quelqu'un comme Paul Harmon ou comme Lionel Henderson, par exemple ?

Harley resta silencieux un moment pour réfléchir à cette hypothèse.

— Le complice aurait alors éliminé les problèmes, soit pour son propre bénéfice, soit pour le compte de son patron, le tueur ?

Ava hocha la tête.

— C'est peu probable, mais possible, souligna-t-elle. Après tout, si Marnie a eu une altercation avec Theresa, il n'est pas irréaliste d'imaginer qu'Aaron en aurait eu une avec elle, lui aussi. Peut-être même Duran, puisqu'il avait envoyé un détective privé espionner Aaron, à cette époque-là. Un différend entre Duran et Theresa aurait pu faire d'elle une victime.

Elle s'interrompit puis gémit de frustration.

— Mais peut-être le tueur n'y avait-il même pas pensé, se reprit-elle. Que les victimes aient mon profil était peut-être son seul critère.

Harley se leva en soupirant et s'approcha d'elle. Elle était assise sur une chaise et il posa les mains sur les accoudoirs. Il se pencha pour planter les yeux dans les siens.

— Nous allons attraper ce type, je te le promets. Nous finirons par l'avoir.

Ava avait tellement envie d'y croire. Elle voulait s'accrocher à chaque mot rassurant que Harley lui offrait. En fait, elle aurait aimé s'accrocher à Harley lui-même. Il dut le lire dans ses yeux parce qu'il esquissa un petit sourire en coin. Un petit sourire bref.

Puis il dut se souvenir que le moment n'était pas au flirt parce que son sourire s'envola.

Pourtant, il ne bougea pas. Il resta là, penché au-dessus d'elle à lui envoyer des vibrations si brûlantes qu'elles réchauffaient chaque parcelle de son être. Elle s'apprêtait à céder au désir dont elle était la proie et à l'embrasser quand un coup rapide à la porte la fit sursauter. La porte s'ouvrit.

Harley s'écarta d'un bond comme s'ils venaient d'être surpris en train de commettre un acte répréhensible – ce qui, d'une certaine manière, était le cas.

L'ancien shérif, Grayson Ryland, entra, et même s'il était maintenant à la retraite, il n'avait manifestement rien perdu de son instinct de policier parce qu'il les dévisagea tous les deux et demanda :

— J'interromps quelque chose ?

Ava secoua aussitôt la tête et se leva.

— Harley et moi étions seulement...

Elle n'avait pas envie de lui sortir une explication vaseuse qui ne serait qu'une demi-vérité ou un mensonge pur et simple. Pendant des années, Grayson avait été son mentor et son patron avant que Theo ne prenne le relais. Si elle lui mentait, il le verrait tout de suite.

— Je me sens frustrée et en colère, dit-elle. Ce serpent tue à cause de moi et plus nous avançons, plus l'enquête semble se compliquer et s'éloigner d'une solution.

Grayson hocha la tête sans se départir de son expression imperturbable habituelle.

— Les morceaux du puzzle finiront par s'emboîter et tu dois travailler jusqu'à ce qu'ils s'assemblent pour former une image cohérente.

Elle s'accrocha à l'espoir que cet *assemblage* aurait bien lieu. Les mots de Grayson lui donnaient l'impression que tôt ou tard, elle y parviendrait. Theo était un très bon patron et elle le respectait, mais Grayson était et serait toujours une pierre angulaire du bureau du shérif de Silver Creek. La nouvelle génération des Ryland suivait ses traces. Theo était son fils adoptif et d'une certaine façon, Harley son petit frère adoptif.

Grayson reporta son attention sur Harley.

— Mon père et ta mère voulaient que je vienne te voir.

Il sourit quand Harley poussa un long soupir empreint de lassitude.

— Peu importe l'âge que tu as, ils s'inquiéteront toujours. Tu le comprendras mieux quand ta fille naîtra.

Harley hocha la tête. Sans doute l'avait-il déjà compris.

— Je les appellerai plus tard pour leur dire que je vais bien.

Grayson se tourna vers Ava.

— Mon père voulait aussi que je te propose de t'installer quelque temps au ranch. Il a entendu parler de ce que le tueur avait laissé sous ton porche et il s'inquiète pour toi.

Ava n'était pas encore prête à capituler en quittant sa maison. Elle espérait seulement qu'elle ne regretterait pas sa décision, d'autant plus qu'elle voulait rester chez elle en partie pour pousser le tueur à se montrer. Ce qui n'arriverait pas si elle se cachait au ranch Silver Creek.

— Remercie ton père pour moi, répondit-elle. Et dis-lui que je vais y réfléchir.

Elle n'en dit pas plus parce que son téléphone sonna.

— C'est Duran, annonça-t-elle en voyant le nom sur l'écran.

Grayson les salua rapidement et s'en alla.

Ava mit l'appel sur haut-parleur.

— Les flics viennent de se présenter à ma porte et exigent que je leur remette mes armes ! lança Duran. C'est vous qui le leur avez suggéré ?

— Non, mais l'idée me semble excellente puisque nous savons maintenant que vous étiez à proximité de la fusillade à Austin. Vous auriez donc pu tirer ces coups de feu, nous cibler, Harley et moi. Avez-vous tenté de nous tuer ? ajouta-t-elle.

— Bien sûr que non, répondit Duran.

Mais elle ignorait s'il disait la vérité. S'il mentait, les enquêteurs d'Austin parviendraient peut-être à le piéger et à obtenir des aveux.

— Alors que faisiez-vous dans ce quartier au moment de la fusillade ? insista Harley.

Il n'en ajouta pas plus, attendant peut-être de voir si Duran allait le nier.

Il ne le fit pas.

Duran poussa un gémissement.

— J'étais à Austin parce que j'avais pris Aaron en filature. J'avais reçu un message du détective privé, Darcel Harrison. Il m'y annonçait qu'Aaron avait l'intention de se rendre à Austin pour y voir Caleb. Comme je savais que vous comptiez aller là-bas pour interroger le jeune homme, je préférais être sur place au cas où les choses tourneraient mal.

Il sortit son explication comme s'il s'agissait d'un texte longuement répété, ce qui était sans doute le cas. Elle ne lui demanda pas comment le privé avait découvert qu'Aaron se rendait à Austin, mais elle n'aurait pas été surprise qu'il ait placé des dispositifs d'écoute dans l'appartement d'Aaron.

— Très bien, je vais remettre mes armes à la police pour permettre aux enquêteurs de les tester, poursuivit Duran. Et vous aurez bientôt la preuve qu'aucune d'entre elles n'a tiré récemment. Je n'ai pas fait feu sur vous ni sur Harley. Je n'ai pas essayé de vous tuer.

Ava perçut son assurance et réprima un gémissement. Parce que, bien sûr, si Duran était le tireur, il s'était déjà débarrassé de l'arme. Ce qui signifiait qu'ils avaient peu de chances de mettre la main dessus.

— Je n'ai jamais atteint l'immeuble où vous vous trouviez, poursuivit Duran. Je sortais du parking et m'y dirigeais quand j'ai entendu des coups de feu. Je suis resté un moment pétrifié. Puis je me suis retourné et j'ai couru vers ma voiture en entendant les sirènes de police. Je me disais que ma présence n'aiderait personne et qu'il n'était pas nécessaire que je reste sur les lieux.

Il avait sans doute répété cette partie-là aussi. Et le pire était que tout était peut-être vrai. Ava aurait voulu entendre quelque chose, n'importe quoi, qui lui aurait permis de conclure que Duran était là pour la tuer. Mais elle ne l'entendit pas.

Pas encore en tout cas.

— Parlez-moi de Theresa Darnell, lança-t-elle.

Il marmonna quelque chose à voix basse. Un juron peut-être.

— Vous avez sans doute découvert qu'elle avait eu une liaison avec Aaron, dit-il.

— Oui, et je me demande pourquoi vous ne m'en avez pas parlé plus tôt, rétorqua-t-elle. Cette femme a été assassinée et j'aurais aimé savoir plus tôt qu'elle avait été liée à Aaron. Et à vous, ajouta-t-elle.

— Attendez, protesta-t-il. Je n'avais aucun lien avec elle. J'ai simplement lu quelque chose à son sujet dans un rapport que le détective privé m'avait envoyé.

Ava suivit une hypothèse qui commençait à se former dans son esprit.

— Si vous pensiez qu'Aaron avait raconté quelque chose à Theresa à propos de Caleb ou de ce qu'Edgar et vous aviez fait, vous auriez pu craindre qu'elle soit assez en colère pour le répéter à quelqu'un. Quelqu'un qui serait prêt à s'assurer que cette histoire parvienne aux médias.

— Ça n'est pas arrivé.

Duran s'exprimait d'un ton catégorique, mais Ava n'était pas sûre de sa sincérité. Il savait très bien jouer la comédie.

— Oui, j'ai demandé au détective privé de la surveiller pendant un moment. Et, non, il n'a pas vu qui l'a tuée. Il l'a seulement écoutée, au cas où elle commencerait à faire des vagues pour se venger d'Aaron. Elle ne l'a pas fait, fin de l'histoire.

Peut-être, mais Ava continuerait de creuser et espérait trouver davantage dans le rapport du détective privé à ce sujet.

— Qu'en est-il de Monica Howell et de Sandy Russo ? reprit-elle en lui donnant les noms des deux autres femmes assassinées. Avez-vous un lien quelconque avec l'une d'elles ?

Son silence lui fit comprendre qu'elle avait vu juste.

— Je n'ai pas de lien personnel, non. Mais Sandy Russo et Theresa se connaissaient. Apparemment, elles étaient allées à la même école, enfants, et le détective privé a rapporté qu'elles avaient dîné ensemble peu de temps après la rupture de Theresa avec Aaron.

Ava secoua la tête.

— Et cette fois encore, vous avez estimé que cette information n'était pas pertinente dans une enquête pour meurtre. Je vais peut-être vous inculper pour entrave à la justice.

— J'ignorais que tout cela était important, rétorqua Duran. Aaron a rencontré beaucoup de gens au cours des vingt dernières années et je n'ai jamais été en contact avec ces femmes. Ce n'étaient que des noms mentionnés dans un rapport.

Ses propos étaient peut-être vrais, mais ne l'innocentaient pas. Il avait peut-être utilisé les relations d'Aaron pour sélectionner ses victimes. Après tout, il aurait pu penser qu'Aaron avait parlé de Caleb à Theresa et que Sandy l'ait appris, puisque les deux femmes étaient amies.

— Vous êtes sûr qu'il n'y a rien dans les rapports de détective privé sur Monica Howell ? demanda Harley à Duran.

— Je ne m'en souviens pas. Mais je vérifierai.

— Faites-le. Et si vous trouvez un lien, dites-le-nous sans tarder. Je ne vous cache pas qu'en ce moment, ce genre de secret risque de vous envoyer derrière les barreaux, le prévint Harley.

Ils entendirent du remue-ménage dans le couloir.

— Où est Ava ? criait quelqu'un.

Elle leva les yeux au ciel en reconnaissant son père.

— Edgar est là, annonça-t-elle à Duran, toujours au téléphone.

— Il s'inquiète pour vous, répondit-il. Dites-lui que je l'appellerai dès que j'en aurai fini avec cet interrogatoire.

Il mit alors fin à l'appel et lorsque son père appela une nouvelle fois Ava, elle ouvrit la porte de la salle d'interrogatoire. Elle repéra vite Theo escortant Edgar vers elle. Aucun des deux hommes n'avait l'air content, mais comme Theo reçut un appel, il lui remit Edgar et s'écarta pour répondre.

Edgar entra directement dans la salle d'interrogatoire et claqua la porte derrière lui. D'un seul regard, Ava comprit qu'il était en colère et il ne lui fallut pas longtemps pour en comprendre la raison.

— As-tu fait pression sur les flics d'Austin pour qu'ils mettent Duran en garde à vue ? lança-t-il. Tu es folle ou quoi ? As-tu une idée de la publicité désastreuse que cela va générer ?

Il ne s'inquiétait pas que son ami de longue date ait pu commettre une tentative de meurtre. Il ne s'inquiétait pas pour elle. Mais uniquement d'une mauvaise publicité.

— Réfléchissez à ceci, intervint Harley avant qu'Ava n'ait la possibilité de riposter. Duran était à Austin au moment de la fusillade. Non seulement à Austin, mais à proximité du lieu du drame. Il aurait pu être le tireur. A-t-il tiré ces coups de feu pour vous ou parce qu'il essayait de dissimuler un crime dont il se serait rendu coupable ?

À en juger par la façon dont les épaules d'Edgar se redressèrent, il ne s'y attendait pas.

— De quoi parlez-vous ?

— Les caméras de surveillance ont capturé une image de Duran à moins d'un pâté de maisons de la fusillade, expliqua Ava. Et avant que tu ne prétendes qu'il s'agit d'une erreur, nous venons de parler à Duran qui a reconnu sa présence là-bas.

— Pourquoi ? cracha Edgar. Qu'y fabriquait-il ?

— Il avait reçu un rapport selon lequel Aaron prévoyait d'aller voir Caleb.

Elle laissa Edgar compléter les blancs, mais elle s'en tenait à l'évidence sur ce point. Si Duran disait la vérité et n'avait pas voulu les attaquer, Harley et elle, alors il était sans doute allé là-bas pour se couvrir. Il avait fait en sorte de s'assurer qu'Aaron et Caleb n'étaient pas sur le point de révéler au monde entier ce que le sénateur et lui avaient fait, vingt ans plus tôt.

Edgar ferma un instant les paupières avec un gémissement.

— Duran n'aurait jamais tiré sur toi pour quelque raison que ce soit. Il aurait trouvé un autre moyen pour gérer la situation s'il craignait des retombées.

Plutôt que de dire ouvertement qu'elle n'en était pas du tout convaincue, elle passa au sujet dont elle venait de discuter avec Duran.

— Connais-tu Monica Howell, Theresa Darnell et Sandy Russo ? Si tu as eu un quelconque contact, même de seconde main, avec l'une de ces femmes, tu dois nous le dire maintenant. Nous enquêtons et si nous découvrons que tu as menti, la mauvaise publicité sera le cadet de tes soucis.

Edgar jura.

— Ce sont les mortes et je ne connaissais aucune d'entre elles.

Il semblait se préparer à une tirade, mais s'interrompit et l'observa. Il finit par froncer les sourcils.

— Duran connaissait ces femmes ?

— Deux d'entre elles, confirma-t-elle.

Son père secoua la tête en jurant comme s'il était déçu ou peut-être dégoûté.

— Je l'ignorais. Tu ne me crois probablement pas, mais c'est la vérité.

— Saviez-vous que Duran avait versé de l'argent à Aaron qui le faisait chanter, il y a à peine sept mois ? s'enquit Harley.

Edgar reporta son attention vers Harley et soit il était très bon acteur soit il n'en avait en effet jamais entendu parler.

— Non, dit-il en serrant les mâchoires. Mais payer un témoin pour qu'il se taise ne signifie pas que Duran ait tué ces malheureuses. S'il avait voulu s'en prendre à quelqu'un, il se serait attaqué à Aaron.

Peut-être Duran avait-il préféré éviter l'approche directe.

— Si Duran avait réussi à piéger Aaron et à lui faire porter le chapeau pour les meurtres, expliqua Harley, Aaron ne serait pas seulement allé en prison. Il aurait été totalement discrédité s'il avait essayé par la suite de raconter ce qui lui était arrivé il y a vingt ans.

Il jeta un coup d'œil à Ava.

— Et, si Ava n'était plus là pour confirmer ou infirmer les propos d'Aaron, alors Duran, ou le tueur, aurait la possibilité de déformer la vérité à volonté.

Edgar resta silencieux pendant un long moment, mais secoua de nouveau la tête.

— Non, je ne crois pas que Duran soit derrière tout ça. S'il l'était, cela signifierait qu'il a essayé de te tuer. Il n'aurait jamais fait ça.

— Le tireur a raté ses cibles, lui rappela Harley.

Un silence tomba, mais elle vit la colère briller dans les yeux d'Edgar.

— Duran n'aurait jamais fait ça, répéta-t-il en insistant sur chaque syllabe avant de se retourner et d'ouvrir la porte.

Son père fit un pas dans le couloir, un seul, avant de se retrouver nez à nez avec...

Caleb.

11

Harley se demanda qui fut le plus surpris par cette rencontre inopinée. Ava, Caleb ou Edgar. Sans doute l'étaient-ils tous les trois à égalité.

Craignant qu'Edgar ne dise quelque chose qui déclencherait la colère d'Ava, Harley se dirigea vers Caleb. Qu'Ava s'en prenne à son père ne l'aurait pas ennuyé, mais il préférait que l'adolescent ne soit pas mêlé à leur dispute. Ava aussi, il en était certain, et elle finirait par regretter d'avoir blessé Caleb en cherchant à remettre son père à sa place.

— Bonjour, Caleb, le salua Harley en posant la main sur son épaule pour le rapprocher d'Ava et de lui.

Caleb jeta un coup d'œil à Ava. Puis à Edgar. Il savait sans doute de qui il s'agissait et, à en juger par son expression, il se méfiait de son grand-père biologique.

Edgar restait pétrifié. Il dévisageait Caleb comme si son regard était aimanté par lui. Harley n'y vit briller ni mépris ni venin, uniquement de la stupéfaction. Et peut-être autre chose. Pas d'amour ou d'affection – il ne fallait pas rêver – mais peut-être la prise de conscience qu'il faisait face au fils de sa fille. Un enfant qu'il l'avait forcée à abandonner.

— Euh, bonjour sénateur Lawson, dit Caleb avant de se tourner vers Ava. Désolé de débarquer comme ça, mais aurais-tu une minute à m'accorder ? J'aimerais te parler. Et à vous aussi, ajouta-t-il à l'intention de Harley.

À ces mots, le ventre de Harley se noua. Il espérait surtout que personne n'avait essayé de s'attaquer à Caleb. Ava traversait assez d'épreuves, en ce moment. Elle n'avait pas besoin d'apprendre que son premier-né était en danger.

— Bien sûr, répondit-elle.

Ses yeux brillaient d'amour et de tendresse, mais il y vit aussi de l'inquiétude.

Elle jeta un coup d'œil à son père.

— Aurais-tu l'amabilité de fermer la porte en sortant ?

Edgar ne la fusilla pas d'un regard noir comme à son habitude. Il s'éclaircit la gorge et s'adressa à Caleb :

— Tu sais sans doute ce qui s'est passé à ta naissance et j'espère que tu as compris que je défendais ainsi tes intérêts.

Harley ne put réprimer un gémissement. Il se demanda si Ava allait lui sauter à la gorge. Mais elle s'en abstint, Caleb aussi.

Le jeune homme se tourna vers Edgar et sans lui répondre, il insista :

— Excusez-nous, mais il est vraiment important que je parle à l'adjointe Lawson et au Ranger Ryland.

Et sur ces mots, il referma la porte au nez d'Edgar.

Harley se demanda de nouveau qui fut le plus médusé par ce geste. Il s'attendait presque à ce qu'Edgar rouvre la porte et se mette à hurler en reprochant à Caleb un comportement qu'il jugeait sans doute insultant.

Il ne le fit pas.

Le sénateur était sans doute trop interloqué pour faire son numéro habituel. À moins qu'il n'ait été anéanti. Harley en doutait, mais être rejeté par son petit-fils ne lui avait sans doute pas paru agréable… même si lui-même avait rejeté Caleb à sa naissance.

Dès qu'ils furent dans le bureau, Caleb se tourna vers Ava et son expression était teintée d'angoisse lorsqu'il sortit son smartphone et le lui tendit.

— Quelqu'un m'a envoyé ces mails il y a environ une heure, expliqua-t-il.

Le visage sombre, Ava prit le téléphone et Harley se posta derrière elle pour lire le mail. Il n'y avait aucun message écrit, mais le correspondant – anonyme – avait ajouté trois pièces jointes. Et avant qu'Ava ne clique dessus, Harley devina ce qu'elle allait découvrir.

Les portraits des trois femmes assassinées.

Sur chacune des photos, les malheureuses avaient des sacs-poubelle sur le corps et portaient les masques à l'effigie d'Ava sur leur propre figure.

— C'est toi, balbutia Caleb d'une voix tremblante. C'est ton visage, tout comme celui collé sur la tête de mannequin que quelqu'un a laissée chez toi.

Elle hocha la tête, passa l'appareil à Harley et regarda Caleb en face.

— Je suis désolée que quelqu'un t'ait envoyé ces clichés. Tu as dû avoir un choc quand tu les as ouverts pour découvrir les cadavres.

— Voir ton visage sur les cadavres a été un choc, précisa Caleb. Il ne s'agit pas de mannequins. Ces femmes sont réelles. Étaient réelles, corrigea-t-il. Et le tueur a mis ton visage sur elles quand il les a tuées.

Sans se départir de son calme, Ava l'entraîna vers l'une des chaises. Comme Caleb ne s'y asseyait pas, elle s'y laissa elle-même tomber pour l'inciter à prendre celle à côté d'elle.

Harley avait très envie d'entendre tout ce que Caleb avait à dire, mais il examinait également les photos, à la recherche du moindre indice susceptible de les mettre sur une piste. Il envoya des copies des clichés à Theo, Ava et à lui-même. Il les adressa aussi au laboratoire criminel afin que des spécialistes les examinent attentivement.

— Les Rangers surveillent-ils toujours ton appartement pour s'assurer que tu vas bien ? demanda-t-elle à Caleb.

Il hocha la tête.

— J'ai dit à celui qui était de service que je devais venir ici pour vous parler et il m'a accompagné. Il attend dehors.

— Bien. Parce que désormais, je préfère que tu n'ailles plus nulle part tout seul. Tant que nous n'aurons pas capturé le tueur, il faut redoubler de prudence.

— Toi aussi, tu prends des précautions, n'est-ce pas ? demanda-t-il.

Et sans attendre la réponse, il leva les yeux vers Harley.

—Vous veillez sur elle, sur sa sécurité ?

— J'essaie, assura-t-il à Caleb.

Il tira une chaise pour s'asseoir en face d'eux.

— Ava est adjointe du shérif, dit-il. Je dois donc la protéger tout en faisant confiance à ses compétences professionnelles. Elle est très bonne dans son domaine, ajouta-t-il en espérant atténuer ainsi les inquiétudes de Caleb.

Mais le rassurer n'était peut-être pas possible.

Caleb hocha la tête comme s'il essayait de comprendre ce qui venait de lui être dit.

— Le sénateur est-il impliqué dans toute cette histoire ?

— Il a un alibi pour les nuits des meurtres, répondit Harley. Et, même s'il ne fait pas partie de mes amis, je ne le crois pas capable de s'attaquer physiquement à Ava.

Caleb étudia son expression et, après quelques instants, il parut accepter l'opinion de Harley.

— Mais le tueur pourrait vouloir se venger du sénateur en s'en prenant à sa fille et à son bébé, non ?

Il avait tout compris. Mais avec un peu de chance, le tueur ne toucherait pas aux deux petits-enfants d'Edgar et laisserait donc Caleb en dehors de tout ça.

— Tu penses sans doute que j'aurais dû t'appeler pour te parler de ces photos par téléphone, reprit Caleb. Je veux dire, au lieu de venir à Silver Creek. Mais...

— Ce n'est pas grave, le coupa Ava. Je suis contente de te voir... Même si je me sentirais mieux, en effet, si tu étais resté sur place, en sécurité chez toi. Ta sécurité est essentielle pour moi, Caleb. Tu dois te protéger, j'y tiens.

L'émotion teintait ses mots et sa voix. Elle s'inquiétait pour le fils qu'elle n'avait pas pu garder.

Caleb soutint le regard d'Ava pendant quelques instants, puis jeta un coup d'œil à son ventre.

— Tu sais si tu attends un garçon ou une fille ?

— Une fille, répondit-elle avec un faible sourire.

Caleb sourit aussi.

— Ne le prends pas mal, mais j'ai toujours rêvé d'avoir un frère ou une sœur. C'est un peu tard, je sais, ajouta-t-il avec un petit rire nerveux. Quand elle sera assez grande, tu lui diras qui je suis ?

— Bien sûr.

Caleb hocha la tête comme s'il en était content et se leva.

— Je ferais mieux de retourner à Austin et je resterai chez moi le plus possible. Promis.

Ava l'accompagna à la porte.

— Euh, quand cette enquête sera terminée, peut-être pourrions-nous déjeuner ensemble ou quelque chose ? suggéra-t-elle.

Le sourire de Caleb s'élargit et il hocha la tête.

— Cela me ferait plaisir.

Il marmonna un au revoir, mais au moment où Caleb ouvrit la porte, Harley entendit une voix familière. Pas celle d'Edgar cette fois.

Mais celle d'Aaron.

Décidément, c'était le jour des rencontres gênantes, et Harley sortit de la pièce au cas où les choses tourneraient mal.

Aaron remontait en effet le couloir et Theo était avec lui, sans aucun doute pour le conduire vers une salle d'interrogatoire.

Aaron se figea et son regard se dirigea droit sur Caleb. Harley comprit aussitôt qu'il reconnaissait son fils biologique. Bien sûr. Grâce aux réseaux sociaux, Aaron avait sans doute vu de nombreuses photos du jeune homme. De plus, Aaron et Caleb s'étaient parlé au téléphone lorsque Caleb avait appris leurs liens génétiques, Harley s'en souvenait.

— Caleb, dit Aaron, le souffle court.

Caleb hocha la tête, mais ne fit pas preuve de la chaleur qu'il avait exprimée avec Ava. Peut-être parce qu'il avait compris qu'Aaron était suspecté, non seulement d'être derrière la fusillade devant chez lui, mais aussi des meurtres.

Aaron dévisagea Caleb pendant un long moment avant de reporter son attention sur Harley, puis sur Ava lorsqu'elle apparut également dans le couloir.

— Je te déconseille de l'interroger, s'exclama-t-il.

— Nous n'en avons pas l'intention, lui assura-t-elle. Caleb était venu pour me parler.

Aaron n'en semblait pas convaincu, mais Theo ne lui laissa pas la possibilité d'insister pour obtenir de plus amples renseignements.

— Par ici, ordonna-t-il en ouvrant la porte de la salle d'interrogatoire de l'autre côté du couloir.

Aaron gardait le regard rivé sur Caleb.

— Tu restes dans le coin un moment ? Si c'est le cas, nous pourrions peut-être aller boire un verre quelque part quand j'aurai fini.

Caleb secoua la tête.

— Je m'en allais. Je vous appellerai bientôt, ajouta-t-il après un instant.

Il répéta son au revoir et reprit sa marche vers la sortie.

— Je demanderai au Ranger qui l'a conduit ici de m'envoyer un texto quand Caleb sera de retour en toute sécurité à son appartement, murmura Harley à Ava.

Il espérait apaiser ainsi une partie de l'angoisse qu'elle ressentait sans doute à l'idée que Caleb soit dehors et donc exposé au danger.

— Entrez et attendez-moi, ordonna Theo à Aaron.

Aaron obtempéra, après avoir suivi Caleb des yeux jusqu'à ce qu'il soit hors de vue.

Puis, avec un gros soupir, il se tourna vers Ava.

— N'essaie pas de le retourner contre moi, dit-il.

Il s'exprimait d'un ton menaçant, mais Ava ne mordit pas à l'hameçon et ne répliqua rien. Elle se contenta d'attendre que

Theo ait installé Aaron dans la salle d'interrogatoire. Il referma alors la porte et se tourna vers Ava.

— Tu vas bien ? lui demanda Theo.

Elle hocha la tête.

— Quelqu'un a envoyé à Caleb des photos des femmes assassinées.

— Oui. Je regardais le texto que Harley m'a transmis quand Aaron est arrivé pour son interrogatoire. Tu vas les envoyer au laboratoire des Rangers ? demanda-t-il à Harley.

— Oui, je m'en occupe, dit Harley. Qu'en est-il des rapports du détective privé ? Les as-tu déjà reçus ?

— Absolument, ainsi que d'autres informations concernant l'enquête. Vous étiez en copie, donc elles vous attendent dans vos boîtes de réception.

— Ils ont trouvé quelque chose ? s'enquit Ava, pleine d'espoir.

— Quelque chose qui n'est pas de bon augure pour Aaron, répondit Theo. Le détective privé surveillait l'appartement d'Aaron la nuit où Christina est morte. Elle n'était pas sortie faire la fête ou rendre visite à des amis. Elle était dans l'appartement qu'elle partageait avec Aaron. Il était le seul à aller et venir durant les heures précédant la mort de sa compagne.

En effet, cela n'augurait rien de bon pour Aaron.

— Dommage que le détective privé n'ait pas vu Aaron acheter de la came, commenta Harley.

Theo partageait son avis.

— Ce soir-là, le détective privé n'a commencé la surveillance qu'au moment où Aaron est rentré chez lui. Néanmoins, je me servirai peut-être de cet élément pour mettre un peu de pression sur lui. S'il reconnaît avoir acheté à Christina la drogue qui l'a tuée, il craquera peut-être et passera à d'autres aveux.

Dans cette hypothèse, Theo pourrait alors procéder à une arrestation dans la foulée. Et si cette arrestation ne concernait pas les meurtres, elle mettrait l'un de leurs principaux suspects derrière les barreaux et lui interdirait alors de s'attaquer à Ava ou à quelqu'un d'autre.

— Une dernière chose, continua Theo. J'essaie d'obtenir un entretien avec le membre de la milice, le dénommé Lionel Henderson. J'aimerais en savoir plus sur sa formation aux explosifs et sur ses relations avec Marnie, avec Aaron et avec l'une de nos victimes. Jusqu'à présent, cependant, il n'a répondu à aucun de mes appels et n'était pas chez lui lorsque j'ai envoyé un adjoint sonner à sa porte. Son patron m'a dit qu'il ne s'était pas présenté au travail ces deux derniers jours.

Ava poussa un gémissement.

— Il s'est peut-être enfui.

Harley le craignait aussi. Si Lionel avait eu vent de la convocation de Marnie et d'Aaron pour interrogatoires, il aurait peut-être estimé qu'il était temps de disparaître. Il craignait sans doute d'affronter les forces de l'ordre et d'avoir à s'expliquer sur sa formation aux explosifs. Il était tout à fait possible que Lionel n'ait rien à voir avec les meurtres, mais il serait sans doute en mesure de leur dire qui l'avait embauché.

— Vu l'humeur d'Aaron, pourquoi Harley et toi n'assisteriez-vous pas à l'entretien ? suggéra Theo. Si vous remarquez un détail dans son langage corporel ou s'il se trahit sans que je le voie, vous me le ferez comprendre.

Cet arrangement convenait parfaitement à Harley et donnerait à Ava une chance de recouvrer son souffle. Theo poserait les questions et parviendrait sans doute à obtenir beaucoup plus d'Aaron qu'Ava ne pourrait le faire.

Vu le bref échange qu'Aaron avait eu avec Ava dans le couloir, Caleb et leur passé joueraient un rôle dans cet entretien.

Harley ne demanda pas à Ava si elle allait bien quand ils entrèrent dans la salle d'interrogatoire, mais il lui caressa légèrement le bras. Pour qu'elle sache qu'il était là.

Avec une petite grimace, elle posa la main sur son ventre.

— Elle m'a donné le plus fort coup de pied qu'elle ait jamais envoyé, marmonna-t-elle. J'ai déjà ressenti des petits mouvements, mais là, je crois qu'elle s'est retournée.

— Est-ce normal ? s'enquit-il avec inquiétude. Le bébé va bien ?

— C'est tout à fait normal.

Elle lui prit la main et la pressa contre son ventre, mais il ne sentit rien. Enfin, rien de physique en tout cas, mais toucher Ava le troubla.

— Désolée, dit-elle. Elle ne bouge plus maintenant.

Au moment où Harley retira sa main, Theo commença l'interrogatoire de l'autre côté de la glace sans tain.

Theo lut une nouvelle fois ses droits à Aaron puis attaqua d'entrée.

— Pourquoi ne m'avez-vous pas dit que vous aviez eu une relation amoureuse avec Theresa Darnell ?

De toute évidence, Aaron ne s'attendait pas à cette question parce qu'il ouvrit la bouche, la referma et jura.

— Marnie vous en a parlé. Bien sûr qu'elle vous en a parlé. Elle veut se venger de moi et tous les moyens sont bons.

Theo le regarda fixement.

— Répondez à la question.

Aaron soupira.

— Je ne vous l'ai pas dit parce que je pensais que reconnaître que j'avais eu une relation avec elle me nuirait.

— Je vous le confirme, répondit Theo. Et que vous n'en ayez soufflé mot lorsque vous avez été interrogé est encore pire. L'avez-vous tuée ? ajouta-t-il sans le laisser reprendre son souffle.

— Non, hurla Aaron. Bien sûr que non. Je n'ai tué personne. Theresa et moi sommes restés ensemble pendant un certain temps, c'est tout, et quand Christina et moi nous sommes réconciliés, Theresa n'a pas apprécié cette rupture. Elle m'a cherché et est allée voir Marnie avec qui elle a eu des mots à ce sujet.

Theo continuait de le dévisager de son regard de policier.

— Et Sandy Russo ? Vous la connaissiez aussi ?

— Non.

— Elle était amie avec Theresa, dit Theo en exagérant la vérité.

Les deux femmes se connaissaient, mais Harley n'était pas

sûr qu'elles aient été de vraies amies. Heureusement, un policier avait le droit de mentir pendant un interrogatoire.

— Ces deux femmes vous ont-elles assez énervé pour vous donner envie de les cibler ?

Aaron se leva si vite que la chaise sur laquelle il était assis tomba avec fracas.

— C'est terminé. J'exige un avocat.

Theo hocha la tête, rangea son calepin dans sa poche avec calme.

— Appelez-en un et nous reprendrons cet entretien.

Il se dirigea vers la porte puis s'arrêta.

— Oh et quand il arrivera, je vous interrogerai sur certains détails que j'ai appris dernièrement. Vous auriez fourni à Christina les drogues qui l'ont tuée. Parlez-en à votre avocat, d'accord ?

Aaron continua de jurer, mais au moment où Theo sortit de la pièce, il commença à faire les cent pas. Visiblement agité, il sortit son téléphone et passa un appel. Comme il était probablement destiné à un avocat, Harley coupa le micro de la salle d'observation.

Un instant plus tard, Theo ouvrit la porte et les regarda.

— J'espérais qu'il m'en dirait davantage avant de faire appel à un avocat.

— Moi aussi, lui assura Harley. Mais tu n'avais pas grand-chose pour lui tirer les vers du nez.

Theo hocha la tête.

— À moins que nous puissions obtenir quelque chose sur l'achat de drogue.

— Alors je vais commencer à creuser sur ce point-là, lui assura Ava.

Theo s'apprêtait à rouvrir la porte, mais son téléphone sonna. Il se tendit lorsqu'il jeta un coup d'œil à l'écran, puis répondit.

Très vite, son visage perdit toute couleur.

— Nous arrivons, dit-il à son interlocuteur avant de raccrocher. C'était le dispatcher. Il y a eu un autre meurtre.

12

Tandis qu'ils roulaient vers la dernière scène de crime, Ava s'obligeait à rester calme, mais elle était la proie de tant d'émotions qu'elle n'y parvenait qu'à grand-peine. Sans parler des montagnes russes d'adrénaline qu'elle subissait depuis des semaines et des bouleversements hormonaux liés à sa grossesse. Mais qu'un autre meurtre ait été commis la ravageait.

Une autre femme avait perdu la vie.

Bien sûr, peut-être s'agissait-il d'un autre mannequin, mais le témoin avait parlé d'un cadavre et en semblait certain.

À ce stade, ils n'en savaient pas davantage. Le témoin en question était un adolescent qui s'était rendu à la rivière pour s'y baigner. Il avait aperçu le corps inerte d'une femme allongé sur la berge et paniqué, il avait appelé les secours. À part l'emplacement et le fait que le cadavre semblait recouvert d'un grand sac-poubelle, le dispatcher n'avait pas réussi à obtenir grand-chose du gamin qui était en état de choc.

Tous trois surveillaient les alentours tandis que Theo mettait le cap vers la rivière qui avait donné son nom à la ville. Le cours d'eau traversait plusieurs ranchs environnants et n'était accessible par la route qu'à trois endroits différents. Ils se dirigeaient vers le plus éloigné des trois. Il n'y avait pas de maisons à proximité, ce qui expliquait sans doute pourquoi le tueur avait choisi ce lieu particulier pour y abandonner sa victime.

— Je préfère que tu nous attendes dans la voiture, lui dit Theo lorsqu'il s'arrêta non loin du pont.

Elle jeta un coup d'œil à Harley, assis sur la banquette arrière, et devina qu'il souhaitait, lui aussi, qu'elle reste dans la relative sécurité de l'habitacle. Il était tentant de céder.

Mais impossible.

Non seulement elle était adjointe du shérif, chargée d'enquêter sur les homicides, mais elle était surtout la cause des meurtres. Bien sûr, elle prendrait des précautions et avait déjà enfilé un gilet pare-balles. Mais rien ne garantissait complètement sa sécurité, elle en était consciente. Il en était de même pour Theo et Harley.

— Je serai prudente, répondit-elle.

Elle ignora le lourd soupir de Harley et regarda autour d'elle pour commencer son évaluation de la scène du crime.

Elle comprenait pourquoi le tueur avait jeté son dévolu sur cet endroit pour y abandonner le corps. Non seulement il n'y avait aucune maison à proximité, mais le terrain descendait en pente douce jusqu'à la rivière. L'assassin avait donc eu la possibilité de s'arrêter près du cours d'eau et de traîner ou de porter le cadavre jusqu'à la rive.

L'opération ne lui avait demandé que quelques instants si le sac-poubelle et le masque avaient déjà été mis en place. En tout cas, personne n'avait remarqué son manège ou quelqu'un l'aurait signalé.

Ava aperçut un adolescent en short et T-shirt, assis sur la balustrade du pont. Le témoin, sans aucun doute. Il était visiblement secoué. Son vélo était couché dans l'herbe près de lui et il tournait le dos à la rivière. Les bras croisés, la tête basse, il pleurait. Ava avait oublié son prénom, mais elle connaissait les parents du garçon, David et Melanie Buckner possédaient un ranch un peu plus haut sur la route. Comme tous deux travaillaient en ville, ils seraient bientôt là.

Theo soupira, lui aussi, devant l'insistance d'Ava pour les accompagner. Comme il ouvrait sa portière, une deuxième voiture de patrouille s'arrêta derrière eux. Les adjoints Jesse Ryland et Nelline Rucker en bondirent et se dirigèrent immédiatement vers eux.

— Tu connais le gamin ? demanda Theo à Jesse.

Il chercha une paire de gants et un sac d'indices dans le coffre de la voiture, mais en laissa la portière ouverte. Sans doute pour pouvoir y remonter en vitesse si nécessaire. Ava et Harley prirent la même précaution.

Jesse hocha la tête.

— Il s'appelle Eli Buckner. Ses parents m'ont acheté un cheval pour son quatorzième anniversaire. Vous voulez que je m'occupe de lui ?

— Oui, répondit Theo. Fais-le monter dans ta voiture. Ainsi, s'il y a des indices sur le pont, ses parents ne risquent pas de les écraser en arrivant.

Il se tourna vers Nelline.

— Quant à toi, surveille les alentours pour t'assurer que nous ne sommes pas sur le point de tomber dans une embuscade.

Nelline était une policière chevronnée et pourtant, les mots de Theo l'inquiétèrent. Elle posa automatiquement la main sur la crosse de son arme.

— Tu veux que j'appelle la police scientifique et le médecin légiste ? demanda-t-elle.

Theo secoua la tête.

— Pas encore. Je tiens d'abord à m'assurer qu'il s'agit bien d'un cadavre. Essaie néanmoins de préserver la scène du mieux possible.

Il fit signe à Harley et Ava de le suivre.

Tout en marchant, ils inspectaient le sol dans l'espoir d'y trouver des indices de ce qui s'y était passé. Il n'y avait pas de traces de pas comme sur la scène du dernier meurtre, mais le sol semblait avoir été piétiné par endroits. Ils les contournèrent, pour donner la possibilité à la police scientifique de récupérer d'éventuelles empreintes de chaussures, et se dirigèrent vers la rivière.

En temps normal, le rivage, parsemé de fleurs sauvages, était tranquille, troublé uniquement par le bruit de l'eau cascadant sur les rochers, le chant des oiseaux et la brise printanière qui agitait doucement les feuilles des arbres. Mais il n'y avait rien de serein chez la femme étendue sur la rive. D'un simple regard, Ava comprit qu'il ne s'agissait pas d'un mannequin.

Mais bien d'un autre assassinat.

Comme les autres, le cadavre avait été recouvert d'un sac-poubelle et son visage d'un masque à l'effigie d'Ava. Elle le voyait pour la quatrième fois sur une victime, mais comme les fois précédentes, elle en éprouva aussitôt une grande tristesse et une profonde culpabilité.

Elle sortit son arme et se retourna d'un mouvement vif lorsqu'un camion bleu nuit s'arrêta derrière les voitures de patrouille. Mais très vite, elle comprit qu'il ne s'agissait pas d'une menace. Les parents d'Eli sautèrent du véhicule et coururent vers leur fils.

Pourtant, elle ne remit pas son arme dans son holster. Elle la tenait à deux mains, la pointant vers le bas, prête à tout, tandis qu'ils s'approchaient du corps.

Les cheveux de la jeune morte étaient de la même couleur que les siens. Elle ne vit d'abord rien d'autre de la victime, à cause du masque et du sac-poubelle. Theo enfila des gants pendant que Harley prenait des photos. Puis, avec une extrême prudence, veillant à en toucher le moins possible pour ne pas polluer la scène, il souleva le coin du masque.

— Je la connais, lâcha Ava, traversée par une nouvelle décharge d'adrénaline. Lacey George. Elle est journaliste et travaille pour l'un des journaux de San Antonio.

Sur ce point-là, le tueur n'avait pas respecté son mode opératoire habituel.

Toutes les autres victimes avaient vécu à Silver Creek intra-muros ou dans sa proche périphérie. Aucune n'avait été originaire d'une grande ville. Ava ignorait si, pour le reste, Lacey correspondait au profil des autres femmes assassinées, si elle avait ou non perdu un enfant, par exemple. Mais elle comprit tout de suite son lien avec au moins l'un de leurs suspects.

— Il y a des années, Lacey a eu quelques démêlés avec mon père au sujet de sa politique, ajouta-t-elle. Ce qui signifie qu'elle a eu des démêlés avec Duran.

Duran n'aurait sans doute pas tué une personne aussi ouvertement liée à lui, à moins qu'il ne s'agisse d'une sorte de manipulation. Dans ce cas, il aurait estimé devoir éliminer quelqu'un qui se montrait pénible pour Edgar. L'objectif aurait alors été de l'assassiner ou de la rendre folle.

Theo remit le masque en place et sortit son téléphone pour appeler la police scientifique et le légiste. Harley prit le sien pour en apprendre davantage sur la morte.

Pendant ce temps, Ava promenait les yeux autour d'elle. Elle cherchait des signes d'explosifs ou d'un individu caché prêt à les attaquer, mais elle ne remarqua rien d'inquiétant. Puis, comme le cadavre se trouvait près de l'eau, elle examina la terre humide sur la rive.

— Peut-être une empreinte de chaussure, dit-elle en la montrant du doigt.

Tout en poursuivant leur conversation téléphonique, Theo et Harley se penchèrent pour examiner celle-ci de plus près.

— Nelline, cria Theo. J'ai besoin d'un marqueur ici et veille à contourner la section d'herbe qui a été piétinée. Marche dans nos pas.

Le marqueur était un petit drapeau qui indiquait la présence d'un indice et empêchait que quelqu'un pose le pied dessus par inadvertance et ne le détruise. Avec un peu de chance, l'équipe de la police scientifique parviendrait ainsi à déterminer la taille et le type de chaussures. Cet élément les aiderait peut-être à réduire le nombre de leurs suspects.

Pendant que Nelline se précipitait vers Theo avec le marqueur, Ava continuait d'observer les alentours. Elle se déplaçait lentement en scrutant le sol.

— Lacey George, dit Harley qui transmettait évidemment ce qu'il lisait sur la victime. Trente-six ans, journaliste d'investigation pour Fulbright Media. Divorcée. Elle a un fils de quatorze ans, mais son ex-mari en a la garde complète.

— Avait-elle été portée disparue ? demanda Ava.

— Il y a seulement une demi-heure. Voilà pourquoi nous n'avions pas encore reçu l'alerte. Elle vit seule et son patron a signalé sa disparition lorsqu'elle ne s'est pas présentée au journal et qu'il n'a pas réussi à la joindre. Il ne l'avait pas vue depuis qu'elle avait quitté son bureau.

L'écart de temps était important, plus de vingt-quatre heures, ce qui signifiait que n'importe lequel de leurs suspects avait eu la possibilité d'enlever Lacey, de la tuer et de l'abandonner ici.

Son cadavre avait sans doute été déposé pendant la nuit et aucun de leurs suspects n'était en garde à vue ou en interrogatoire à ce moment-là.

— Comme elle est journaliste, le tueur a pu l'attirer avec la possibilité d'un article, dit Ava.

Tous leurs suspects restaient donc en lice. Une journaliste d'investigation aurait sans doute accepté de rencontrer l'un des trois suspects dans l'espoir d'obtenir des détails juteux sur les meurtres.

— J'ai demandé une étude approfondie de ses antécédents, dit Harley en rangeant son téléphone. Les Rangers vont retrouver toutes les personnes qui l'auraient croisée depuis qu'elle a quitté son journal. Pour tenter de déterminer comment et où elle a été enlevée.

Jusqu'à présent, rien ne les avait aidés à capturer l'assassin, Ava s'accrochait à l'espoir que cette fois-ci, tout serait différent.

Cette fois, un témoin oculaire ou des images de caméra de surveillance avaient peut-être surpris l'assassin. Silver Creek ne bénéficiait que d'une poignée de caméras, mais une ville de la taille de San Antonio en comptait beaucoup, toutes en état de fonctionnement.

— Jetez un rapide coup d'œil autour de vous, puis nous retournerons à la voiture, leur ordonna Theo tout en prenant quelques photos de son côté.

Ava tourna les talons sans attendre. Maintenant qu'ils avaient la confirmation qu'il s'agissait bien d'un cadavre et qu'ils l'avaient identifié, ils ne pouvaient rien faire d'autre que sécuriser la scène en attendant l'arrivée de la police scientifique.

Harley se rapprocha de la rivière pour scruter l'eau avec attention, pour voir si quelque chose n'y avait pas été jeté par le tueur. S'il repérait un objet quelconque, il faudrait sécuriser le cours d'eau pour qu'il ne soit pas emporté par le courant avant que la police scientifique ne puisse le récupérer.

Tout en marchant, Ava balayait du regard les arbres qui se trouvaient sur la rive en amont. Une balançoire rudimentaire, composée d'un pneu au bout d'une corde, était attachée à l'une des branches d'un gros chêne. Les broussailles autour avaient été aplaties, mais elle ne pensait pas que ce soit récent. L'endroit était très fréquenté, en particulier aux beaux jours.

Un peu plus loin, sur la droite de la balançoire, de nombreux érables surplombaient une étendue de mauvaises herbes et de ronces. Le feuillage des arbres était épais et la lumière du soleil ne passait pas beaucoup au travers, mais quelque chose attira pourtant son attention.

Ce qu'elle apercevait sur le sol ne semblait pas faire partie du paysage naturel. Et comme elle s'en rapprochait pour tenter de l'identifier, elle sentit son ventre se nouer.

— Il y a un autre cadavre, dit-elle en désignant des broussailles à une dizaine de mètres de là.

Comme elle avançait dans cette direction, elle sentit quelque chose effleurer le haut de sa botte. Harley dut voir de quoi il s'agissait parce qu'il se jeta soudain sur elle. Il se coucha sur elle pour la protéger de son propre corps comme il l'avait fait lors de la fusillade.

Mais là, il ne s'agissait pas d'un coup de feu.

Mais d'une explosion.

Le fil métallique était si fin qu'il était presque invisible, au milieu des feuilles mortes qui tapissaient le sol. Pourtant, un vrai miracle, Harley l'avait vu briller sous la lumière du soleil et avait instantanément compris de quoi il retournait. Du mécanisme d'activation d'un engin explosif.

Il n'eut pas le temps de prévenir Ava. Il n'eut que celui de la faire tomber à terre, tout en priant pour que cela suffise à les sauver, elle et le bébé.

La déflagration fut assourdissante et projeta des débris qui le frappèrent au dos et aux jambes. Harley devina qu'il n'avait pas été gravement touché. Dieu merci.

Il espérait qu'il en était de même pour Ava.

Il attendit un long moment pour s'assurer qu'il n'y avait pas de deuxième explosion et comme rien ne vint, il finit par se redresser sur ses avant-bras pour examiner Ava. Elle était un peu pâle et semblait secouée, mais paraissait indemne. Mais ils n'étaient pas encore hors de danger.

— Tu vas bien ? demanda-t-il au moment même où Theo leur posait la même question.

— Je n'ai pas été touchée, leur assura Ava. Et je ne suis pas tombée sur le ventre. Harley a amorti le choc.

Ce dernier regrettait surtout de ne pas l'avoir rejointe avant qu'elle ne trébuche sur le fil et ne déclenche la bombe. Il lui aurait peut-être épargné la peur de sa vie et surtout, il aurait ainsi sauvegardé la scène de crime. Jonchée de feuilles, de branchages et d'écorces qui avaient volé sous le blast, elle ne leur apprendrait sans doute plus rien, maintenant. L'engin l'avait détruite

L'explosion avait provoqué des réactions en chaîne. Harley vit Jesse et Nelline bondir de la voiture de patrouille. Il espérait surtout que leur témoin et ses parents n'étaient pas restés sur les lieux.

— Apercevez-vous d'autres fils métalliques ou dispositifs de déclenchement ? cria Theo à la cantonade.

— Non, répondit Jesse. Mais j'ai l'impression qu'il y a un cadavre, un peu plus loin.

— Oui, répondit Ava. Je me dirigeais vers lui quand j'ai activé par mégarde l'engin explosif.

Harley perçut sa terreur et sa culpabilité.

— Ce n'est pas ta faute, lui rappela-t-il. Mais celle du malade qui l'avait posé là.

— Attention, je vois quelque chose près du pied droit de Harley, cria soudain Nelline qui continuait de scruter la zone à l'aide de jumelles.

Harley regarda sa botte. Et jura.

Parce que, indéniablement, un fin fil argenté y était accroché. S'il bougeait, il risquait de tout faire sauter.

— L'équipe de déminage arrive, annonça Jesse un instant plus tard. Que personne ne bouge. Je vais chercher une autre paire de jumelles et tenter de vous indiquer un chemin pour vous sortir de là en sécurité.

Pour l'assassin, la situation était idéale. Theo, Ava et lui étaient à présent cloués au sol. Ils n'osaient pas esquisser le moindre mouvement pour ne pas risquer de provoquer l'enfer. Ni même lever leurs armes pour se défendre. Le tueur avait la possibilité de les abattre l'un après l'autre sans aucune difficulté.

Harley sentait le corps d'Ava sous lui. Elle était tendue à l'extrême, mais s'efforçait manifestement de se calmer. Cela n'était pas simple. Ils étaient face à la mort. Elle s'inquiétait moins pour elle que pour le bébé, il le savait. Et il maudissait le tueur d'avoir exposé leur enfant à naître à ce genre de danger.

— Je vois un autre fil métallique, cria Nelline. Il se trouve sur la rive de la rivière, près de la balançoire.

Harley s'y dirigeait quand il avait aperçu le fil du coin de l'œil. S'il avait fait un pas de plus, il aurait explosé en mille morceaux. Certes, il n'avait aucune idée de la puissance des explosifs, mais il doutait qu'il s'agisse de leurres. Visiblement, le tueur avait modifié son mode opératoire pour qu'un carnage mette la touche finale à la série de quatre meurtres déjà commis.

De cinq meurtres déjà commis, corrigea-t-il.

Le cadavre dans les bois était certainement lié à l'assassin. Le tueur avait voulu les attirer dans cette zone boisée où ils avaient toutes les chances de trébucher sur un fil et de déclencher une bombe.

— Nelline, cria de nouveau Theo. Assure-toi qu'il n'y a pas de snipers dans le coin prêts à nous canarder.

Une sourde terreur s'emparait de Harley. Mais il se força à se calmer. Il avait besoin d'être aux aguets, au cas où quelqu'un essaierait de les surprendre.

La nature alentour semblait retenir son souffle.

Lui aussi. Comme Theo et Ava, sans doute.

— Il y a un minuteur, lança Nelline. Il se trouve tout près de la balançoire. Et il est enclenché, Theo ! Il a presque fini de tourner.

— Combien de temps nous reste-t-il ? s'enquit Theo.

— Une minute et trente secondes, répondit l'adjointe.

Harley ne perdit pas de temps à jurer. Sortir Ava de là était sa priorité absolue.

Il leva la tête et regarda autour d'eux.

— À part celui près de ma botte, y a-t-il d'autres fils près d'Ava et moi ? demanda-t-il.

De précieuses secondes s'écoulèrent pendant qu'il attendait que Jesse et Nelline le vérifient. Des secondes qu'il voyait presque s'écouler sur ce maudit minuteur.

— Je ne vois rien, répondit finalement Nelline.

Sa réponse n'était pas catégorique, mais comment les adjoints auraient-ils pu voir quoi que ce soit avec certitude au milieu des débris ?

— Examinez le sol qui mène d'ici à la route, leur ordonna Harley.

Il était presque certain d'être capable de prendre en sens inverse le chemin que tous trois avaient emprunté pour se rendre jusqu'au cadavre. Et ils n'avaient déclenché aucun dispositif à l'aller. Pourtant, ils avaient peut-être eu de la chance et quelques centimètres pouvaient faire la différence entre la vie et la mort.

Pendant que les adjoints scrutaient la zone avec leurs jumelles, Harley aida Ava à se relever. Ils restèrent tous les deux accroupis, aux aguets.

— Je ne vois rien, dit finalement Nelline. Il devient urgent de bouger maintenant. Il reste moins d'une minute sur le minuteur.

Le rythme cardiaque de Harley s'accéléra. Il saisit le bras d'Ava d'une main, posa l'autre sur son arme. Un millier de pensées lui traversèrent l'esprit. De mauvaises pensées. Il regrettait de ne pas avoir géré la situation autrement. Il se reprochait d'avoir exposé Ava et leur enfant à naître au danger.

Ava lançait des regards autour d'eux tout en marchant. Il fut rassuré qu'elle réagisse comme la professionnelle qu'elle était. Elle avançait à un rythme vif, tout en surveillant chacun de ses pas pour s'assurer que ce ne serait pas le dernier.

Il leur fallut ce qui parut une éternité pour atteindre la route, et au moment où ils posèrent le pied sur le bitume, ils se précipitèrent vers les portières ouvertes de la voiture.

Ils démarrèrent sur des chapeaux de roue.

Derrière eux, les bois explosèrent dans une énorme boule de feu.

13

Pendant que Harley roulait vers chez elle, Ava s'efforçait de se ressaisir, mais n'y parvenait pas. Elle se remémorait trop bien l'angoisse qui l'avait saisie quand, allongée sur le sol, elle avait pris conscience qu'elle risquait de mourir dans la minute suivante.

Terrifiée, elle s'était alors reproché d'avoir préféré l'adrénaline que lui procurait le terrain à la sécurité que lui proposait Theo. Elle avait en effet eu la possibilité de rester à l'abri dans la voiture.

Mais surtout, elle maudissait le tueur qui avait assassiné une innocente supplémentaire et qui les avait tous mis en danger. Elle avait aussi prié pour que sa petite fille à naître s'en sorte indemne.

Sa prière avait été exaucée.

Dès la fin des explosions, Theo et Harley l'avaient conduite à l'hôpital pour s'assurer qu'elle allait bien ainsi que le bébé. Tous ceux qui s'étaient trouvés à proximité des blasts avaient été examinés et s'en étaient tirés avec quelques égratignures. Un vrai miracle. L'assassin, qui escomptait sans doute de multiples morts en plus des deux cadavres qu'il avait laissés sur les lieux, avait raté son coup.

Personne n'avait réussi à s'approcher suffisamment du second corps enfoui dans les ronces pour déterminer de qui il s'agissait. Dès que les démineurs leur donneraient le feu vert, ils y retourneraient. L'identifier les mettrait peut-être sur une piste. Ils l'espéraient tous.

Harley avait ensuite déposé Theo au bureau du shérif. Il devait en effet rassembler l'équipe qui enquêterait sur le lieu de l'explosion et interroger l'adolescent qui avait découvert le premier cadavre. Avant de descendre de la voiture, Theo lui avait ordonné d'aller se reposer.

Bien sûr, elle en était incapable. Les nerfs à fleur de peau, envahie de pensées terrifiantes, elle se sentait tendue comme un arc. Pourtant, elle n'avait pas eu la force d'insister, de le convaincre de la laisser rester pour l'aider.

Harley était demeuré silencieux en se contentant de lui jeter des regards inquiets. Il s'était abstenu de lui rappeler que, à cause de sa grossesse, elle aurait dû travailler dans un bureau et non sur le terrain. Il ne lui avait pas reproché ce qui était arrivé.

Mais Ava s'en chargeait toute seule.

— Si j'avais mieux enquêté après le premier meurtre, nous aurions peut-être capturé le tueur maintenant, marmonna-t-elle. Je n'ai réduit le nombre de suspects qu'après la mort de Monica et à ce moment-là, il était trop tard.

Tout en entrant dans le garage de sa maison, Harley répliqua :

— Tu as fait tout ce que tu pouvais faire. Theo et les autres adjoints aussi. Même le maire m'a appelé pour proposer ses services. Il voulait se rendre utile. Bien sûr, son objectif premier était de faire oublier au maximum la mauvaise publicité que cette histoire a provoquée pour sa ville. Mais il vous a fourni à Theo et à toi l'aide supplémentaire dont vous aviez besoin pour multiplier nos chances d'attraper ce fumier.

Il avait raison, mais cette vérité n'avait aidé aucune des victimes ni permis jusqu'à présent de mettre le bureau du shérif sur la piste de l'assassin.

Comme ils l'avaient fait auparavant, dès leur arrivée, tous deux commencèrent par inspecter la maison. Une fois certaine qu'il n'y avait personne, Ava alla prendre une douche. Elle avait besoin d'un moment pour se ressaisir. Se reposer lui était impossible, dans l'immédiat, mais elle espérait qu'une douche chaude lui viderait assez la tête pour lui permettre de se connecter ensuite à son ordinateur et de travailler sur l'enquête à distance.

Il faudrait sans doute des jours aux membres de la police scientifique pour traiter la scène de crime telle qu'elle était après l'explosion. Et ils ne seraient pas autorisés à y retourner avant que l'équipe de déminage n'ait fini son travail. Il fallait s'assurer qu'il n'y avait pas d'autres engins explosifs et récupérer les morceaux de ceux qui avaient sauté pour les envoyer au laboratoire criminel. L'ensemble du processus prendrait beaucoup de temps. Or, ils n'en avaient pas. Le tueur frappait de plus en plus vite, de plus en plus fort, et personne n'osait imaginer la suite.

En sortant de la douche, elle poussa un gémissement à la vue de son reflet dans le miroir. Elle avait vraiment l'air d'être passée dans une essoreuse. Pour ne pas inquiéter Harley plus qu'il ne l'était déjà, elle peigna ses cheveux mouillés, enfila un pyjama ample et s'efforça d'arborer un air aussi calme que possible avant de le rejoindre dans la cuisine.

Une délicieuse odeur lui chatouilla les narines dès qu'elle y entra. Pendant qu'elle prenait sa douche, Harley avait préparé une soupe aux légumes et au poulet, quelques sandwichs au fromage et avait rempli deux verres de lait.

Elle lui sourit.

— Tu prends soin de moi.

— J'essaie, dit-il en lui rendant son sourire.

— Des nouvelles de Theo ? demanda-t-elle en buvant un peu de lait.

— Il nous a envoyé un texto pour nous apprendre qu'il venait de recevoir un rapport selon lequel Lionel Henderson, l'expert en explosifs que nous recherchions, était porté disparu.

— Depuis combien de temps ? demanda-t-elle.

— Personne ne l'a vu depuis deux jours. Les Rangers ont traqué son téléphone et ont localisé l'appareil au bord de la route qui longe la rivière. Tout près de l'endroit où les bombes ont explosé.

Le second cadavre, dans les ronces près de la balançoire, est sans doute le sien.

Ava devina que Lionel avait aidé le tueur, installé les engins explosifs autour du corps de la journaliste et que l'assassin l'avait finalement éliminé pour ne pas risquer une dénonciation.

— Cinq cadavres, marmonna-t-elle. Peut-être davantage.

— Oui.

Elle posa son verre et le regarda en face.

— Je suis désolée, Harley. Désolée d'avoir cru que tu avais conclu un deal avec mon père. Désolée de t'avoir reproché de ne pas l'avoir mis en prison. Il était innocent, ton enquête l'avait établi. Il est heureux que tu l'aies donc laissé en liberté. Ma colère contre mon père m'aveuglait. J'ai été injuste avec toi. Je regrette aussi de t'avoir mêlé à ces meurtres. Le tueur ne serait pas venu si je...

Elle s'interrompit quand il s'approcha d'elle et la prit dans ses bras. Cette fois, il ne lui donna pas un petit baiser gentillet destiné à la réconforter. Il captura sa bouche pour l'embrasser avec passion. Elle sentit beaucoup d'émotion dans ce baiser.

Beaucoup de désir aussi.

Mais Harley l'avait sans doute d'abord embrassée pour la faire taire. Il voulait qu'elle cesse de battre sa coulpe et surtout, qu'elle arrête de penser au tueur et à ses victimes.

Le stratagème fonctionna. Elle ne songeait plus aux meurtres. Dans les bras de Harley, tant d'autres émotions la submergeaient qu'elle en oubliait l'enquête.

Elle sentit ses tensions se dissiper et elle se détendit un peu. De nouvelles sensations l'envahissaient, des sensations qui lui rappelaient que, malgré tout, elle était toujours très attirée par cet homme qui avait été son amant.

Lorsque Harley s'écarta finalement, elle ressentit aussitôt un grand froid. Et poussa, malgré elle, un petit gémissement de protestation.

Elle lui saisit le bras pour l'attirer de nouveau à elle et tout en se pressant contre lui, elle l'embrassa avec feu. Son désir de lui grimpa en flèche et à présent, elle ne se sentait plus sur le point de s'effondrer.

Lorsque leurs langues entamèrent une danse sensuelle, tout lui revint. Elle se remémora l'intensité de leurs étreintes d'autrefois, la passion qui les consumait l'un comme l'autre, le plaisir qu'ils avaient longtemps partagé.

Son corps se souvenait de la douceur des mains de Harley quand il la caressait. Elle se plaqua contre lui jusqu'à ce que ses seins soient pressés contre son torse musclé. Tout en nouant les bras à son cou, elle approfondit leur baiser.

Avec un cri rauque, il répondit aussitôt à son appel. Tandis qu'il l'embrassait à en perdre la raison, il prit ses fesses pour la plaquer contre lui, contre son érection.

Quand Ava promena les mains dans son dos pour l'étreindre plus fort encore, il grogna, jura puis recula.

Le souffle court, il planta les yeux dans les siens et elle y vit briller l'excitation et un désir fou. Mais elle sentait aussi son hésitation et pendant un horrible moment, elle crut qu'il allait s'éloigner d'elle, lui dire qu'ils ne devaient pas aller plus loin, que ce n'était pas le moment.

Ce qui était vrai.

Mais pour elle, il n'était pas question d'arrêter. Ni de remettre la suite à plus tard. *Plus tard* lui semblait une éternité.

Elle l'embrassa de nouveau pour qu'il comprenne qu'elle voulait aller jusqu'au bout.

La chaleur des baisers d'Ava avait emporté Harley si loin, si haut, qu'il en avait oublié un point très important.

Elle était enceinte.

Mais quand il sentit que la situation commençait à lui échapper, il se le rappela brusquement. Ava avait déjà déboutonné sa chemise et s'attaquait à son ceinturon.

Le fait d'avoir déjà été amants expliquait cet embrasement à la fois si fort et si soudain. Le désir entre eux montait en flèche beaucoup plus tôt que s'ils venaient de s'embrasser pour la première fois. Et il n'avait qu'une envie : l'emmener dans sa chambre pour revivre leurs ébats torrides d'autrefois.

Cependant, la grossesse changeait la donne.

Non sans mal, il recula pour la regarder en face. Mon Dieu, qu'elle était belle. Depuis toujours. Mais maintenant, son visage était rouge d'excitation et ses yeux remplis de désir. Comme chaque fois qu'ils s'étaient retrouvés dans les bras l'un de l'autre, ils partageaient la même faim.

Mais avant d'aller plus loin, il avait besoin de lui exprimer son angoisse.

— J'imagine que les femmes enceintes peuvent avoir des relations sexuelles sans mettre en danger le bébé qu'elles portent, lança-t-il. Mais j'aimerais en être sûr.

Elle battit des paupières comme si elle aussi venait de se souvenir de son état, malgré son ventre rond pressé entre eux.

Elle lui sourit.

— J'en suis sûre et certaine, marmonna-t-elle avant de glisser la main autour de sa nuque pour l'attirer de nouveau vers elle.

Harley l'enlaça et l'embrassa avec force avant de l'entraîner vers la chambre. Un terrain familier.

Lorsqu'ils étaient amants, ils se déshabillaient souvent en s'y rendant. Ils jetaient leurs vêtements dans le couloir parce qu'ils n'arrivaient pas à attendre pour se toucher.

Comme à présent.

Ils avaient si faim l'un de l'autre qu'il ne fut pas surpris qu'Ava interrompe le baiser pour lui retirer sa chemise et son ceinturon d'une main fiévreuse.

Elle picora son cou et son buste de baisers brûlants qui rongèrent le peu de maîtrise de soi qu'il lui restait.

Il dut faire appel à toute sa volonté pour ne pas la prendre à ce moment-là.

Heureusement, son haut de pyjama était ample et il réussit à le lui enlever facilement. Puis, il la plaqua contre le mur, pour repousser les bonnets de son soutien-gorge et embrasser la pointe de ses seins. Comme il l'espérait, elle poussa un gémissement de plaisir.

Il l'entraîna dans la chambre.

Et vers le lit.

Dès qu'ils y tombèrent, elle captura sa bouche tout en tâtonnant avec les boutons de son jean. Elle frottait les doigts contre son érection et très vite, il devint fou de désir.

Il décida alors de prendre les choses en main. Il retira à la hâte ses bottes, son jean et son boxer avant de poser son holster et son arme sur la table de chevet. Puis, il enleva le bas du pyjama d'Ava.

Lorsqu'elle fut nue, Harley en eut plein les yeux.

Ses seins étaient pleins, énormes. Son corps parfait, tout en rondeurs et en féminité.

Il se pencha pour lui embrasser le ventre. Puis il s'aventura plus bas vers sa culotte. Il l'entendit retenir son souffle puis émettre cette plainte qui l'excitait plus que tout. Elle s'accrocha à ses cheveux pour s'ancrer et balbutia :

— Maintenant. Prends-moi maintenant, je t'en supplie.

Elle acheva elle-même de le déshabiller avant de l'enfourcher pour l'embrasser à pleine bouche.

Les rideaux étaient fermés et les lampes éteintes, mais il y avait suffisamment de lumière provenant de la porte entrouverte de la salle de bains pour qu'il la voie.

Il la regarda alors qu'elle le chevauchait lentement. Elle l'accueillit en elle et garda les paupières fermées jusqu'à ce qu'il y soit totalement.

Elle les ouvrit alors et planta les yeux dans les siens.

Étonnant.

Il n'avait jamais ressenti autant d'intensité avec une autre femme. Ava commença à bouger, à accélérer le rythme. Il s'accrocha à ses hanches pour partager ce qu'elle ressentait. Le mouvement devint plus rapide, plus profond, jusqu'à ce qu'elle se mette à crier.

Quand l'orgasme la souleva, il s'autorisa à jouir à son tour.

14

Ava se réveilla en sursaut et il lui fallut un moment pour prendre conscience qu'elle n'était pas seule. Mais dans les bras de Harley.

Et qu'il était nu.

Elle l'était, elle aussi. Elle eut besoin d'un autre moment pour comprendre qu'elle n'était pas dans un rêve du passé. Mais dans la réalité présente.

Elle avait dans son lit un cow-boy nu et sexy. Tous deux avaient fait l'amour avec passion et leurs ébats torrides l'avaient assez épuisée pour lui permettre de dormir. Un vrai miracle, compte tenu des événements des derniers jours.

Harley ne dormait pas, elle s'en aperçut vite. Malgré la pénombre, elle voyait qu'il était non seulement bien réveillé, mais toujours attentif à elle, à son bien-être. Il la berçait tendrement contre lui et montait sans doute la garde. Il avait en effet laissé son arme sur la table de chevet pour l'avoir à portée de main.

Un rappel brutal du danger.

Et très vite, elle se remémora ce qui s'était passé entre eux.

Il était temps de faire le point. Maintenant que son corps était comblé, alangui, et que le plaisir s'estompait, elle avait besoin de gérer rapidement la situation et de se remettre au travail.

— Combien de temps ai-je dormi ? demanda-t-elle.

— Environ une heure. Ce n'est pas assez.

Il se pencha vers elle et quand il l'embrassa, il réveilla aussitôt un désir impérieux au creux de son ventre et lui donna envie de lui ouvrir de nouveau les bras.

Mais ce n'était pas une option.

— Je dois trouver mon smartphone pour voir si Theo a essayé de me contacter, dit-elle.

Son téléphone n'avait pas sonné ni bipé pour annoncer la réception d'un texto, elle était certaine qu'elle l'aurait entendu. Mais il était possible que Theo ou quelqu'un d'autre lui ait envoyé un mail important.

Harley lui tendit son appareil.

— J'ai vérifié, lui assura-t-il. Tu n'as rien reçu.

Comme elle s'emparait de son smartphone, elle poussa un gémissement à la vue de l'horloge numérique. Il était déjà plus de 18 heures. Elle ne parviendrait jamais à retrouver le sommeil, ce soir. De toute façon, depuis le début des meurtres, elle dormait de plus en plus mal.

— Il fera bientôt nuit, poursuivit Harley. Les démineurs sont toujours sur la scène de crime, mais devront bientôt s'interrompre. Il faudra peut-être attendre demain matin pour que quelqu'un accède enfin au cadavre et confirme qu'il s'agit bien de Lionel Henderson.

— Mais ils sont sûrs d'avoir affaire à un cadavre ? demanda-t-elle. Je veux dire, il n'y a aucune chance que la personne soit simplement inconsciente ? Ou que ce soit un autre mannequin ?

— Aucune chance, répondit-il. Quand j'ai parlé à Theo pendant que tu étais sous la douche, il venait de recevoir le premier rapport de l'équipe sur place. L'endroit où se trouve le corps a subi des dégâts massifs.

En d'autres termes, si la personne avait été en vie à leur arrivée, elle avait été tuée au cours des déflagrations. Ava doutait cependant que l'assassin ait laissé, en partant, l'expert en explosifs en vie. Non. Il n'aurait pas pris le risque que Lionel survive et le dénonce.

— Ça va ? demanda-t-il.

Elle devina que sa question les concernait tous deux, elle et le bébé.

— Nous allons bien, lui assura-t-elle.

Pour le moment, elle préférait ne pas aborder un autre sujet. Elle n'avait pas envie d'évoquer ce qui venait de se passer entre eux.

— Tant mieux, dit-il en lui effleurant les lèvres d'un doux baiser. Nous parlerons du reste quand les événements se seront calmés.

Manifestement, il ne voulait pas non plus revenir tout de suite sur leurs retrouvailles charnelles et elle s'en félicita. Ils étaient sur la même longueur d'onde. Le danger avait l'avantage de mettre le reste entre parenthèses, en suspens.

Il lui sourit et s'éloigna d'elle.

— Tu devrais te restaurer un peu et je dois prendre une douche. Après quoi, nous nous plongerons dans les rapports du détective privé pour voir s'ils contiennent des éléments qui nous mèneraient au tueur. D'accord ?

Il avait raison, elle avait besoin de se nourrir. Certes, ils avaient un tueur à identifier, mais elle ne devait pas pour autant négliger le bébé qu'elle attendait.

Voir Harley nu comme un ver se diriger vers la douche la fit frissonner. Il était costaud, bâti comme un athlète, et le simple fait de le regarder l'excitait plus qu'il ne l'aurait fallu.

— Nourris-toi et travaille, s'ordonna-t-elle à mi-voix.

Elle s'habilla et, son téléphone à la main et son arme à la ceinture, elle se rendit à la cuisine. Par réflexe, elle regarda par les fenêtres, à la recherche d'éventuels signes de problèmes, mais son porche était désert. De plus, deux de ses voisins, sortis promener leurs chiens, discutaient sur le trottoir d'en face. Tout le monde à Silver Creek était au courant des meurtres et l'un d'eux l'aurait alertée s'ils avaient remarqué quelque chose de suspect, elle en était certaine.

Elle se remémora la tête de mannequin que le tueur avait réussi à déposer sous son porche arrière. Bien trop près à son goût. Mais là, il faisait encore jour, ce qui la rassura un peu. Cependant, comme Harley l'avait fait remarquer, il ferait bientôt nuit et le tueur attendait peut-être l'obscurité pour passer à l'action. Voilà pourquoi elle s'éloigna de la fenêtre.

La soupe et les sandwichs au fromage que Harley avait préparés étaient froids maintenant, mais comme elle n'avait rien d'autre à cuisiner, elle les réchauffa et se servit un autre verre de lait. Elle porta son assiette jusqu'à la table et alluma son ordinateur. Elle n'avait pas encore ouvert les rapports du détective privé que Harley entra.

Habillé et les cheveux humides de sa douche, il était séduisant en diable. Et son expression dut la trahir parce qu'il esquissa un petit sourire en coin.

— Tu me fais le même effet, assura-t-il de cette voix traînante qu'elle aimait tant.

Elle luttait contre l'envie de se lever et de l'embrasser quand le téléphone de Harley sonna.

Son sourire s'effaça en regardant l'écran.

— C'est Quentin Dalton, le Ranger qui surveille Caleb, dit-il.

Saisie d'une brusque angoisse, Ava se leva d'un bond.

Était-il arrivé quelque chose à Caleb ?

Elle n'avait pas besoin de demander à Harley de mettre l'appel sur haut-parleur. Il le fit automatiquement et elle entendit aussitôt la voix du Ranger résonner dans la pièce.

— Caleb n'a pas été blessé ou pire, annonça-t-il aussitôt, sans doute pour les rassurer.

Mais ses mots ne la rassurèrent pas. Le simple fait qu'il ait appelé signifiait qu'il y avait un problème.

— Que se passe-t-il ? s'enquit Harley.

— Caleb a eu peur et aimerait vous voir, Ava et toi. Je le conduis chez vous, maintenant.

— Quoi ? s'exclama Ava. Pourquoi ? Que s'est-il passé ?

— Quelqu'un a piraté ses comptes de réseaux sociaux et a posté des photos des jeunes mortes, répondit Quentin.

— Et le pirate informatique m'annonçait que tu serais la

prochaine victime, ajouta Caleb d'une voix blanche qui trahissait son émotion. Il m'a prévenu qu'il allait s'attaquer à toi, ce soir.

— Bon sang, grommela Harley. Tu l'as signalé, Quentin ?

— Bien sûr et les gars du labo vont enquêter. Je l'ai dit à Caleb, mais je n'ai pas réussi à le dissuader de venir vous voir.

— Je ne pouvais pas rester chez moi, intervint l'adolescent. Je n'allais pas tourner en rond dans cet appartement alors que le tueur va s'en prendre à toi. Il a dit qu'il allait te tuer ce soir ! Je ne pouvais pas rester assis, les bras croisés, sans rien faire.

Ava voulait exiger qu'il retourne chez lui. Ce piratage avait sans doute pour unique objectif de le pousser à quitter la sécurité relative de son appartement, à sortir de chez lui. Il serait plus facile pour le tueur de l'abattre dehors, à l'extérieur.

— Où êtes-vous en ce moment ? demanda Harley.

Il s'exprimait avec calme, mais l'intensité de son expression prouvait son inquiétude.

— À une trentaine de kilomètres de Silver Creek, répondit Quentin. Je sors de l'autoroute là. Et, oui, je sais que nous déplacer n'était pas très malin, mais je préférais arriver chez Ava avant la nuit.

— Ne reprochez rien au Ranger Dalton, lança Caleb. Je lui ai dit que j'irais à Silver Creek avec ou sans lui. Je lui ai demandé de ne pas vous prévenir plus tôt parce que je craignais que vous lui ordonniez de me reconduire à Austin.

Ava secoua la tête. De toute évidence, il pensait pouvoir la protéger et cela la touchait. Mais, elle s'inquiétait pour lui. Elle était adjointe du shérif, membre des forces de l'ordre.

Pas Caleb.

— Je vais appeler le shérif et voir s'il peut envoyer un adjoint pour aller à votre rencontre et vous escorter jusqu'ici, dit-elle.

Comme il n'y avait qu'une seule route menant à Silver Creek depuis l'autoroute, elle n'avait pas à demander quel itinéraire Quentin emprunterait. Et elle prit son téléphone pour contacter Theo.

Mais avant d'avoir eu le temps de composer le numéro, elle entendit Quentin jurer.

Puis le bruit terrifiant d'un accident de voiture.

Harley avait anticipé un drame de cette nature tout en priant pour se tromper. Il avait espéré envers et contre tout que Quentin et Caleb arriveraient à Silver Creek sans incident.

Mais manifestement, le pire s'était produit.

Il perçut un effroyable bruit de ferraille, le bruit caractéristique d'une carrosserie s'écrasant contre une autre. Et les gémissements qui s'ensuivirent.

— Caleb ? hurla Ava d'une voix terrorisée. Tu vas bien ?

Pour toute réponse, elle obtint d'autres plaintes. Il n'en fallait pas plus pour la mettre en action. Elle était déjà habillée, mais elle appela Theo.

Comme Harley savait que rien ne la dissuaderait de se rendre sur les lieux de l'accident, il enfila son gilet pare-balles et prit son arme.

Puis tous deux se précipitèrent dans le garage.

— Quentin ?

Harley passait l'appel en mode mains libres pour se concentrer sur la conduite.

Mais ils n'entendaient rien d'autre que des gémissements.

— Ils sont vivants, dit-il à Ava. Et la camionnette de Quentin est équipée d'airbags.

Il préféra ne pas lui préciser, cependant, que le véhicule n'étant pas blindé, il ne résistait pas aux balles comme leur voiture de patrouille. Ce qui signifiait que Caleb et Quentin étaient en grande difficulté, en ce moment. Il y avait en effet peu de chances qu'il s'agisse d'un accident.

De multiples scénarios, plus terribles les uns que les autres, tournaient en boucle dans la tête de Harley. Il imaginait le tueur leur tirant une balle à bout portant, profitant du fait qu'ils étaient vulnérables, incapables de se défendre. Peut-être ne descendrait-il pas tout de suite Caleb et avait-il prévu de l'utiliser plus tard pour atteindre Ava.

Il ne s'agissait pas d'une vue de l'esprit, Harley en était persuadé.

Ava et lui roulaient à toute allure vers le lieu du drame. Ils auraient bientôt du renfort puisque Theo était en route, mais le tueur avait peut-être l'intention de les abattre dès leur arrivée, Ava et lui. Surtout s'il avait payé un homme de main pour provoquer l'accident avec Caleb.

Ava appela avec son propre téléphone le dispatcher et lui demanda d'envoyer une ambulance. Theo l'avait sans doute déjà fait, mais ainsi, le SAMU arriverait plus vite. Pas aussi vite qu'eux, cependant, vu la façon dont Harley fonçait sur la voie express. Il déclencherait les sirènes et les gyrophares s'ils croisaient d'autres véhicules. Il était conscient que chaque seconde comptait.

— Caleb ? répéta Ava lorsqu'elle entendit un autre gémissement. Parle-moi. Es-tu blessé ?

Elle n'obtint aucune réponse. Mais un grincement inquiéta Harley.

Apparemment, quelqu'un venait d'ouvrir l'une des portières de la camionnette de Quentin. Or, ce quelqu'un n'était ni Quentin ni Caleb. Pour sortir, ils auraient d'abord dû repousser les airbags, une opération bruyante.

— Caleb ? lança Ava d'une voix plus forte.

Mais il ne répondit pas. Et la communication fut coupée.

Quand Harley lui jeta un coup d'œil, il vit l'angoisse dans ses yeux et s'efforça de lui dissimuler sa propre inquiétude. Il hésita à lui dire que son téléphone était peut-être tombé et avait mis fin accidentellement à l'appel. Parce que rien ne le garantissait. Elle le savait aussi bien que lui.

Le tueur était à la manœuvre.

D'une main tremblante, elle essaya de rappeler Quentin. Mais là encore, elle n'obtint aucune réponse et, après quatre sonneries, la messagerie vocale s'enclencha. Pourtant, elle ne renonça pas. Elle réitéra son appel avant de tenter de joindre Caleb encore et encore.

Chaque sonnerie lui donnait l'impression d'un coup de poing dans le ventre. Il était peu probable que les deux téléphones aient été endommagés en même temps dans la collision.

Et la terrible vérité s'imposa alors.

Le tueur les avait capturés. Il détenait Quentin et Caleb.

— Appelle Theo et demande-lui à quelle distance il se trouve, lui ordonna Harley.

Il priait pour que le shérif ne soit pas trop loin derrière eux. Il n'avait vraiment pas envie de se lancer dans cette histoire avec Ava sans renforts.

Pendant qu'elle passait l'appel, il continuait d'écraser la pédale d'accélérateur et de manœuvrer sur la route sinueuse. Le soleil se couchait et la nuit n'allait pas leur faciliter la tâche. Ils arriveraient sur les lieux dans une quasi-obscurité, où tout pouvait arriver.

— Theo vient de passer devant le ranch Wilson, lui annonça Ava avant d'essayer pour la énième fois de recontacter Caleb.

Harley calcula mentalement la distance et jura en silence. Comme l'accident avait eu lieu à trente kilomètres de Silver Creek, ils parviendraient sur place dans moins de trois minutes. Theo mettrait deux fois plus de temps.

Harley espérait convaincre Ava de rester dans la voiture pendant qu'il irait voir Caleb et Quentin. Si nécessaire, il lui rappellerait le danger pour le bébé. Il ferait tout ce qu'il faudrait pour la protéger et espérait que des renforts arriveraient à temps.

— Theo est-il seul ? lui demanda-t-il.

— Oui, répondit-elle d'une voix tendue, consciente que sa seule présence ne serait sans doute pas suffisante pour cette intervention. Mais il a appelé un adjoint réserviste qui nous rejoint le plus vite possible.

C'était mieux que rien et un adjoint réserviste parviendrait sur les lieux du drame bien avant un Ranger de San Antonio. Il envisageait de demander à Ava d'appeler Grayson ou quelqu'un d'autre du Silver Creek Ranch, mais après un virage, il repéra la camionnette de Quentin et dut freiner.

La fourgonnette avait quitté la route et basculé dans un fossé. Elle s'était inclinée sur le côté droit avec la portière côté passager contre terre. L'avant n'était endommagé qu'au point d'impact. En revanche, l'arrière avait été défoncé et Harley comprit immédiatement pourquoi.

Derrière la camionnette se trouvait un autre véhicule. Une énorme Land Rover – un 4x4 tout-terrain au gabarit impressionnant – l'avait percutée avec assez de force pour l'envoyer dans le décor.

— Je ne vois pas Caleb, marmonna Ava qui regardait frénétiquement autour d'elle dans l'espoir de repérer Quentin et Caleb.

Ou le tueur.

Harley non plus ne vit personne. Pire encore, la portière côté conducteur de la camionnette était fermée alors qu'il était certain de l'avoir entendue s'ouvrir.

Harley ne prit pas la peine de lui dire de se préparer à une attaque. Elle y était prête. Elle tenait son arme à la main et n'hésiterait pas à s'en servir, il le savait.

Il coupa les sirènes, mais ils n'entendaient plus rien, ni gémissements ni appels à l'aide.

Harley s'arrêta au niveau de la fourgonnette.

Il alluma ses warnings pour alerter du danger tout véhicule qui passerait sur la route.

Il bondit alors à terre, talonné par Ava. Tous deux s'approchèrent avec précaution de la camionnette accidentée.

— Impossible de distinguer quoi que ce soit à travers les vitres, elles sont en verre teinté, marmonna Ava.

Il ne voyait rien non plus, mais fut soulagé qu'Ava ne soit pas passée en mode panique et ne se soit pas précipitée pour ouvrir la fourgonnette en appelant Caleb à grands cris.

Conscient qu'ils étaient à découvert et donc des cibles pour un éventuel sniper dissimulé dans l'ombre, Harley se tourna vers elle.

— Retourne te mettre à l'abri dans la voiture et laisse-moi regarder à l'intérieur. S'il te plaît, ajouta-t-il lorsqu'elle ouvrit la bouche pour protester.

Après quelques instants, elle hocha la tête et obéit, même si elle n'avait pas l'air convaincue que l'idée soit pertinente.

Harley ne perdit pas de temps. Il ouvrit la portière.

Puis il jura.

Parce qu'il n'y avait personne à l'intérieur. L'habitacle était vide.

15

La panique envahit Ava en menaçant de la mettre à genoux, mais elle s'efforça de se ressaisir, consciente que s'affoler ne l'aiderait pas à retrouver son fils.

— Caleb ? cria-t-elle.

Elle n'avait aucune raison de rester silencieuse. Après tout, les gyrophares de la voiture clignotaient dans la nuit et si l'assassin était toujours dans les parages, il savait qu'ils étaient là. De plus, il avait sans doute décidé d'utiliser Caleb comme appât depuis le départ.

Son plan avait fonctionné.

Elle refusait de croire que Caleb ou Quentin étaient déjà morts. Le tueur n'avait aucun intérêt à les éliminer d'emblée. Alors que tous deux pouvaient l'aider à les attirer, Harley et elle, à découvert.

— Je ne vois ni l'un ni l'autre, dit-elle lorsqu'il la rejoignit dans l'habitacle, tout en continuant de regarder frénétiquement autour d'elle.

S'ils avaient été blessés dans l'accident, ils ne seraient pas allés loin. Ils étaient entourés de champs et de bois. Quentin et Caleb avaient peut-être décidé de s'y cacher pour tenter d'échapper au tueur. Bien sûr, ce dernier s'y dissimulait peut-être, lui aussi.

Sans cesser de surveiller les alentours, Harley essaya de nouveau de joindre Quentin. En vain.

De son côté, Ava rappela une nouvelle fois Caleb, mais obtint le même résultat. Et elle doutait sérieusement que les téléphones de Quentin et de Caleb aient tous deux été désactivés en même temps au cours de l'accident.

— Theo sera là dans six à huit minutes, marmonna Harley, en se demandant sans doute s'ils pouvaient attendre aussi longtemps.

Dieu seul savait ce que le tueur faisait subir à Caleb en ce moment, mais Ava s'efforçait de ne pas y penser.

— Peut-être sont-ils dans le champ de l'autre côté de la route, suggéra-t-elle. Allons voir.

Il remit le contact.

Alors qu'ils passaient devant la camionnette et la Land Rover accidentées, ils scrutaient avec attention les alentours. Ils examinaient aussi la route parce que le tueur y avait peut-être laissé des engins explosifs. Ils ne remarquèrent rien.

Pas avant qu'ils ne soient à quelques mètres de la Land Rover.

— Là ! crièrent-ils en même temps.

Un homme était étendu un peu plus loin dans l'herbe. Ava sentit une décharge d'adrénaline la traverser et la peur lui glacer les veines, mais de nouveau, elle s'ordonna de se calmer. Quand elle le vit bouger, elle poussa un soupir de soulagement.

De là où elle se trouvait, il lui était impossible de déterminer s'il s'agissait de Caleb ou de Quentin, mais en tout cas, il semblait vivant.

Et blessé.

En effet, il ne se redressa pas à leur approche et ne se mit pas en position défensive pour se protéger.

Harley actionna ses feux de route pour leur permettre de mieux voir. Ils reconnurent alors Quentin. Ava l'identifia grâce aux deux holsters sur son ceinturon. Mais ils étaient vides. Ses armes avaient disparu.

Lorsqu'elle vit la tête et le visage ensanglantés de Quentin, elle se sentit blêmir. Soit il avait été blessé dans l'accident, soit le tueur l'avait frappé pour l'assommer.

— Reste dans l'habitacle et couvre-moi, dit Harley. Je dois y aller. Je dois porter secours à Quentin.

Ava savait qu'il devait le faire. Un collègue, Ranger comme lui, avait besoin de leur aide. Il n'y avait pas à tergiverser. Mais elle ne voulait pas non plus que Harley soit abattu et elle prit vive conscience qu'elle ne parviendrait pas à assurer ses arrières si elle restait à l'intérieur.

— Je vais sortir et utiliser ma portière comme bouclier, lui dit-elle. Je te couvrirai depuis le toit de la voiture.

Elle ne lui rappela pas qu'elle portait un gilet pare-balles. Il en avait revêtu un, lui aussi. Mais ils ne les protégeraient pas d'un tir à la tête.

Harley hésita. Bien sûr. Mais elle croisa son regard et l'assura en silence qu'elle ferait tout pour se protéger et protéger leur enfant.

— Ne t'éloigne pas de la voiture, lui recommanda-t-il.

Puis il la stupéfia en pressant les lèvres sur sa bouche pour un baiser aussi intense qu'impromptu.

Il bondit sur le sol en laissant sa portière entrouverte. De cette façon, il lui serait plus facile de remonter à l'intérieur si la situation dégénérait.

Elle descendit aussi et s'appuya sur le toit de la voiture. Elle se répétait en silence qu'elle était une excellente tireuse. Si elle voyait quelqu'un s'attaquer à Harley ou à Quentin, elle ferait feu sans hésiter, d'autant que Harley était à découvert et courait un risque énorme.

Elle se concentra sur lui alors qu'en passant, il ouvrait la Land Rover et regardait à l'intérieur.

— Vide, lui dit-il.

Il sauta alors par-dessus le fossé pour rejoindre Quentin.

Tout en gardant les yeux rivés sur Harley, Ava tendait l'oreille. Elle guettait un signe de vie de Caleb.

Si le tueur l'avait capturé, où l'emmènerait-il ? Peut-être avait-il prévu d'utiliser la Land Rover pour s'échapper avec Caleb et le conduire quelque part où il le retiendrait en attendant de l'utiliser pour négocier.

Et pour la faire sortir du bois.

Mais avec la Land Rover accidentée, l'assassin n'avait peut-être pas eu d'autre choix que de fuir à pied avec Caleb. Dans ce cas, Harley découvrirait des indices tels que de l'herbe piétinée ou même des empreintes de pas. Elle voulait y croire. Il fallait à tout prix le retrouver.

Il était exclu de laisser un sale type le tuer.

Les phares de la voiture conféraient au paysage un aspect étrange. Sans aller jusqu'à l'effet saccadé des stroboscopes, ils donnaient l'impression que les mouvements de Harley étaient décousus. Malheureusement, il y avait beaucoup d'ombres autour de lui. Elles étaient trop nombreuses dans les champs et dans les bois alentour.

Harley mit ce qui parut une éternité à atteindre Quentin. Elle vit ce dernier bouger puis lui murmurer quelque chose à l'oreille. Quelque chose qui poussa Harley à tourner la tête vers les bois.

Ava suivit son regard, mais ne vit rien.

— Quentin est sonné, cria Harley pour la prévenir. Il a été neutralisé par un Taser. Et souffre aussi d'une blessure à la tête.

Un Taser était un pistolet à impulsions électriques, destinées à paralyser temporairement quelqu'un.

— Où est Caleb ? demanda-t-elle.

— Quelqu'un l'a emmené, répondit-il. Quentin ne sait pas qui, mais il pense qu'ils sont partis par là.

Il désigna de nouveau les bois et comme elle reportait une nouvelle fois son attention vers les arbres, elle surprit un mouvement.

Quelqu'un vêtu de couleur claire.

Consciente qu'il s'agissait peut-être d'une tentative de diversion, potentiellement mortelle, elle retint son souffle.

Elle gardait son arme à la main, au cas où elle devrait tirer. Mais quand elle aperçut un visage, son cœur s'accéléra dans sa poitrine.

Caleb.

Son fils était vivant et il regardait à travers les arbres comme s'il se cachait de quelqu'un.

Non sans mal, Ava s'interdit de s'éloigner de la voiture, de son

bouclier, et de l'appeler. Il savait sans doute déjà qu'elle était là, à cause des phares de la voiture.

Caleb releva brusquement la tête et sortit des arbres.

Il n'alla pas loin.

Quelqu'un le saisit par le bras, le tira en arrière. Ava vit le Taser que son ravisseur lui enfonça dans le cou avant de l'entraîner dans les bois.

Agenouillé près de Quentin, Harley vit le ravisseur de Caleb l'emmener de force sous les arbres. Et il jura parce qu'il ne pouvait rien faire pour l'arrêter. Il n'osait pas faire usage de son arme pour ne pas risquer de toucher l'adolescent.

— Vas-y, fais ce que tu as à faire, marmonna Quentin d'une voix pâteuse.

Il subissait encore les effets paralysants du Taser qu'avait utilisé son agresseur.

Sa blessure à la tête l'empêchait peut-être aussi de s'exprimer.

Jusqu'à présent, Quentin n'avait pas été en mesure de lui expliquer ce qui s'était passé, mais manifestement, quelqu'un l'avait frappé à la tête. Il avait besoin d'une ambulance, mais les secours ne seraient pas autorisés à intervenir tant que la scène n'aurait pas été sécurisée.

— Vas-y, répéta Quentin.

Harley se sentait coincé entre le marteau et l'enclume. Il finit par comprendre qu'il ne pouvait rien faire de plus pour Quentin alors qu'il avait une chance de sauver Caleb.

Bien sûr, il lui fallait alors s'aventurer dans les bois où un tueur l'attendait sans doute. Mais s'il ne bougeait pas, Caleb était en danger de mort.

De toute évidence, Ava ressentait la même crainte et Harley jura lorsqu'il la vit se diriger vers lui.

— Je dois l'aider, dit-elle.

Il ne prit pas la peine de lui dire que la voir se jeter dans la gueule du loup était exactement ce qu'espérait le tueur. L'assassin avait mis ce plan en place pour qu'elle devienne sa prochaine victime, elle le savait aussi bien que lui.

Il jeta un coup d'œil aux bois, évaluant la distance. Il se rendit compte que, comme à Austin, le tireur les avait ratés à chaque fois. Peut-être les manquerait-il maintenant aussi.

— Je suis bonne tireuse, ajouta Ava, sans doute pour lui rappeler qu'elle était une adjointe chevronnée.

Oui, elle excellait dans son domaine, mais Harley savait aussi que cela ne suffisait pas toujours. Parfois, les meilleurs policiers se faisaient tuer.

— Je t'accompagne.

— Oui, allez-y. J'ai une arme de secours dans ma botte, réussit à balbutier Quentin.

Harley la récupéra pour lui et la lui colla dans la main. Ainsi, il serait au moins capable de se défendre si le tueur revenait.

Harley en doutait. Si l'assassin avait estimé que le Ranger était une menace, son ami serait déjà mort.

Il envoya un bref texto à Theo pour l'informer de ce qui se passait, puis réfléchit à la meilleure façon de procéder.

Pour parvenir à neutraliser le tueur, ils devaient le prendre par surprise. Mais l'opération s'annonçait délicate, d'autant que l'assassin les surveillait sans doute.

— Par ici, ordonna Harley à Ava. Et reste aussi près du sol.

Il ne l'entraîna pas vers l'endroit où ils avaient vu Caleb pour la dernière fois, mais vers le bosquet d'arbres le plus proche. C'était un risque énorme, il en était conscient. Tout était possible à ce stade. Mais il valait mieux pour eux se mettre sous le couvert des bois. De plus, ils parviendraient alors plus facilement à se cacher pour atteindre Caleb.

S'il était encore là.

Il était tout à fait possible que le tueur ait garé un autre véhicule, peut-être sur la route ou sur un sentier forestier à proximité, pour s'enfuir, qu'il ait prévu un plan B. Dans cette hypothèse, si l'assassin parvenait à sortir Caleb de cette forêt, la vie du jeune homme ne tiendrait plus qu'à un fil, Harley en était persuadé.

Le tueur l'utiliserait probablement comme outil de négociation et l'abattrait ensuite. Quentin n'avait pas eu la possibilité d'identifier son agresseur, mais Caleb, lui, avait de grandes chances de savoir de qui il s'agissait, maintenant. Il avait en effet été très proche de son ravisseur.

Voilà pourquoi il était en danger de mort.

Dès qu'ils atteignirent la couverture des arbres, Harley respira plus facilement. Par chance, il y avait un vrai clair de lune et ses yeux s'étaient habitués à l'obscurité.

Il regarda autour de lui pour s'assurer qu'ils n'étaient pas sur le point de tomber dans une embuscade.

Il ne vit ni n'entendit personne, mais au loin, il reconnut le hurlement d'une sirène qui approchait. Theo, sans doute. Il s'en félicita, conscient qu'ils avaient besoin de renforts. Et Theo serait en mesure de décider si le SAMU pouvait intervenir pour aider Quentin sans risque.

Ils se dirigeaient vers l'endroit où ils espéraient trouver Caleb.

Harley s'arrêta lorsqu'il crut entendre des bruits de pas. Peut-être. Mais il était difficile d'en être certain avec le sang qui rugissait dans ses oreilles. Il se força à se redresser et à écouter. Il n'était pas question que le tueur s'approche d'eux par surprise et les descende.

Ava esquissa un geste vers leur gauche. Apparemment, elle avait perçu quelque chose, elle aussi. Et comme lui, elle s'efforçait de scruter l'obscurité et les bois pour déterminer s'il s'agissait d'une menace ou d'un animal apeuré essayant de s'écarter de leur chemin.

Ils attendirent quelques instants. Lorsqu'il n'y eut plus que le hurlement de la sirène qui approchait, ils se remirent en marche. Mais ils n'allèrent pas loin.

Une voix les cloua sur place.

— Ne tirez pas ! Je vous en supplie, ne tirez pas, cria quelqu'un. C'est moi.

Harley jura en le reconnaissant.

Aaron.

L'ex d'Ava sortit de l'ombre d'un arbre. Il avait les mains en l'air comme s'il se rendait. Mais Harley ne baissa pas la garde.

— Garde-le à l'œil, dit-il à Ava. Je vais le fouiller.

Ava s'apprêtait à interroger Aaron sur sa présence dans ce bois, mais il parla le premier.

— Qu'as-tu fait de Caleb, Ava ? demanda-t-il. Pourquoi l'as-tu enlevé ?

De toute évidence, il n'avait rien compris à la situation, mais peut-être sa question n'était-elle qu'une feinte destinée à leur faire croire qu'il était innocent.

Mais s'il était le tueur, s'il avait kidnappé son propre fils, alors où était Caleb ? Harley ne le voyait nulle part. Il était possible, cependant, qu'Aaron l'ait bâillonné et caché dans le bois.

— Je n'ai pas enlevé Caleb, répondit Ava d'une voix glaciale. Mais si toi, tu l'as fait, tu ferais mieux de me dire où il est maintenant.

— J'ignore où il est, protesta Aaron.

Ava gardait son arme pointée sur lui.

— Alors que fais-tu ici ?

— J'ai reçu un texto de Caleb. Il m'y expliquait qu'il avait des ennuis et me demandait de venir le rejoindre ici.

— Bien sûr, marmonna Ava sans chercher à dissimuler son scepticisme.

Ce qu'il décrivait ne s'était sans doute pas produit.

À moins que le tueur n'ait forcé Caleb à envoyer ce message.

Mais Harley écarta immédiatement cette hypothèse. Sauf si Aaron était à Silver Creek lorsqu'il avait reçu ce texto, il n'aurait pas pu arriver ici avant Ava et lui.

— C'est vrai, argumenta Aaron. Je peux te montrer son SMS.

— Il est facile de falsifier un texto, répliqua-t-elle. Cet endroit n'est pas évident à trouver. Comment Caleb a-t-il pu te donner des indications pour parvenir jusqu'ici ?

— Il m'a dit que je verrais une camionnette accidentée sur le bord de la route, répondit Aaron.

Il commença à baisser les bras, mais d'un geste Ava lui ordonna de garder les mains en l'air.

— Caleb m'a dit que dès que j'arriverais, je devais me garer et l'attendre. Puis je t'ai vue l'entraîner dans les bois. Que diable lui est-il arrivé, Ava ? Que se passe-t-il ?

Si l'histoire d'Aaron était vraie, alors le tueur l'avait attiré ici. Mais pourquoi ? Dans quel but ? Pour l'abattre, lui aussi ? Ou l'assassin cherchait-il à tout mettre sur le dos d'Aaron ?

Bien sûr, il était tout à fait possible que l'histoire ne soit qu'un tissu de mensonges pour les amener à baisser la garde et permettre à Aaron de les tuer.

Aaron soupira.

— J'ai vu l'épave de la fourgonnette sur la route et la Land Rover derrière. Caleb est-il blessé ? Dis-moi ! cria-t-il comme Ava ne répondait pas.

— J'ignore si Caleb est blessé et je ne l'ai pas enlevé, répéta-t-elle. Et toi ?

Elle cherchait des signes indiquant qu'Aaron mentait.

— Tu as dit que tu étais garé en haut de la route ? demanda Ava.

Harley jura et sans cesser de le surveiller, il sortit son smartphone pour envoyer un texto à Theo et l'informer de la présence du véhicule. Il ne voulait pas que le tueur l'utilise pour s'échapper avec Caleb.

— Oui. Pas loin, confirma Aaron. Que se passe-t-il ? répéta-t-il. Le tueur a-t-il capturé Caleb ?

Avant qu'elle ne puisse répondre, Harley entendit un coup de feu émanant de l'endroit où ils avaient vu Caleb pour la dernière fois.

Et une balle siffla à ses oreilles.

16

La balle passa à quelques centimètres de la tête d'Ava et termina sa course dans le tronc d'un arbre, non loin d'elle. Elle se jeta aussitôt au sol en s'arrangeant pour protéger son ventre dans sa chute.

Elle lança alors un œil à Harley pour s'assurer qu'il allait bien.

Comme elle, il s'était laissé tomber à terre et il leva son arme dans la direction d'où le coup de feu était parti. Elle crut d'abord qu'Aaron avait tiré, mais elle voyait toujours ses mains. Il ne tenait pas d'arme.

— Que se passe-t-il ? cria-t-il.

Il semblait vraiment terrifié, mais peut-être simulait-il sa frayeur. Peut-être menait-il la danse depuis le départ, peut-être avait-il engagé le tueur à gages qui venait de faire feu.

Une seconde détonation retentit et cette fois, le projectile explosa dans l'arbre près de Harley.

Avec un hurlement, Aaron se jeta par terre.

— Les flics nous canardent ? lança-t-il d'un air abasourdi.

Ava ne répondit pas, mais elle savait que, même s'ils avaient repéré Caleb avec le tueur, ni Theo ni Quentin n'auraient jamais pris le risque de tirer. Il ne s'agissait pas de coups de feu amis, elle en était certaine. Bien au contraire. Ils émanaient de quelqu'un qui voulait les descendre.

— Ava ? cria quelqu'un.

Son cœur s'emballa quand elle reconnut la voix de Caleb. Il

était vivant, mais paraissait affolé. Elle comprenait pourquoi. Manifestement, il était très proche du tireur. Il était donc normal qu'il panique.

Elle eut envie de répondre, mais se l'interdit, consciente que le tueur se servait peut-être de lui pour tenter de la localiser.

— Ava est là ! répondit Aaron à sa place. Et moi aussi. C'est moi... Aaron.

Elle devina qu'il avait hésité à dire « ton père ».

— Où es-tu ? ajouta-t-il. Nous sommes très inquiets pour toi.

À peine finissait-il sa phrase que d'autres coups de feu résonnèrent dans le bois. Trois déflagrations consécutives déchirèrent la nuit. Ava s'efforça de protéger son ventre du mieux possible.

Envahie d'une sourde terreur, elle prenait conscience qu'ils étaient tous en grave danger. Y compris son bébé et son fils. Elle risquait de tout perdre ici, maintenant, sans même savoir qui était responsable de cet enfer.

Tant de morts. Tant de vies ruinées. Et elle n'avait toujours aucune idée de la raison pour laquelle le tueur la poursuivait.

— Aaron ? répondit Caleb d'une voix hésitante, cette fois.

Ava s'efforça de ne pas penser à ce que son ravisseur faisait subir à l'adolescent pour l'obliger à les appeler. Peut-être lui faisait-il du mal. Peut-être le menaçait-il de le tuer.

Elle s'interdit de s'aventurer dans cette direction. S'angoisser lui ferait perdre sa concentration et elle avait besoin de se comporter en professionnelle pour leur donner à tous une chance de s'en sortir vivants.

Caleb semblait se disputer avec quelqu'un parce qu'ils l'entendirent crier :

— Non ! Il n'en est pas question.

Apparemment, il s'expliquait avec le tueur et voilà sans doute pourquoi la fusillade avait cessé. Mais peut-être s'agissait-il d'un stratagème de l'assassin destiné à leur faire croire qu'ils ne risquaient plus rien.

— Continue de surveiller les alentours, lui murmura Harley.

Il lui toucha le bras et ce simple geste suffit à la calmer… jusqu'à ce qu'elle s'aperçoive qu'il s'était mis en mouvement. Il avait quitté la protection de l'arbre pour se précipiter vers un autre, puis un autre. Il se dirigeait vers l'endroit où devait se trouver Caleb.

Harley prenait trop de risques, songea-t-elle. Elle aurait préféré qu'il revienne vers elle.

Elle se rendit compte soudain qu'elle était retombée amoureuse de lui. Elle regretta de n'avoir pas encore eu la possibilité de le lui dire.

— Caleb ? appela de nouveau Aaron.

L'adolescent ne répondit pas.

Ava, quant à elle, était la proie d'une terreur grandissante pour son fils. Elle continuait de scruter les alentours, à la recherche du tueur tout en gardant un œil sur Aaron. Elle aurait aimé le fouiller pour s'assurer qu'il n'était pas armé. Il avait peut-être dissimulé un pistolet à la ceinture de son jean en attendant le bon moment pour la tuer.

Mais dans cette hypothèse, il ne travaillait pas seul.

L'expert en explosifs étant certainement mort, il était possible qu'Aaron ait engagé des hommes de main pour exécuter son plan.

— La personne qui retient Caleb avait ton visage, marmonna Aaron. Voilà pourquoi j'ai cru que c'était toi. Je pensais que tu avais perdu la boule et que tu t'attaquais à ton propre enfant.

Son visage. Ce détail correspondait à la façon dont le tueur avait mis en scène ses meurtres. Pour les perpétrer, il avait collé un masque à l'effigie d'Ava sur ses victimes.

Et maintenant, il l'avait mis sur lui, comprit-elle.

Caleb saurait qu'il ne s'agissait pas d'elle, mais n'en tirait sans doute pas beaucoup de réconfort.

Quelqu'un avait dupé Aaron pour l'inciter à venir ici et ce quelqu'un était sans doute l'un de leurs trois suspects. Mais lequel ?

Marnie ? Duran ? Ou son père ? Tous trois pouvaient être coupables.

Non, pas son père, se reprit-elle après réflexion.

Il ne se serait jamais sali les mains de cette façon. Mais Duran avait peut-être capturé Caleb pour l'entraîner dans les bois. Ou Marnie. L'un d'eux était là et se préparait à mettre la touche finale à un plan diabolique.

Un coup de feu la tira de ses pensées et fit battre son cœur plus vite.

S'il vous plaît, mon Dieu. Faites que ni Harley ni Caleb ne soient touchés.

Aucun cri ou gémissement ne s'ensuivit et elle reprit espoir. Elle ne voyait plus Harley, mais elle croyait entendre ses pas à distance. Sans doute contournait-il Caleb et celui qui le retenait.

Mais il n'était pas exclu que les pas soient ceux du tueur. Dans ce cas, il ne semblait pas traîner quelqu'un dans son sillage.

Mais alors où était Caleb ?

Quentin ayant été neutralisé par un Taser, le tueur avait peut-être utilisé l'appareil à impulsions électriques sur Caleb. Surtout si ce dernier se débattait pour tenter de se libérer. Et il avait ensuite ligoté et caché l'adolescent quelque part.

— Caleb ? répéta Aaron.

Sa voix n'étant plus qu'un sanglot.

Ava l'ignora pour se concentrer sur Harley. Même s'il n'était plus à côté d'elle, elle aurait peut-être encore la possibilité de le couvrir.

Elle guettait aussi Theo. Il lui faudrait un certain temps pour s'occuper de Quentin. Mais ensuite, il se dirigerait sans doute vers eux.

Un autre coup de feu retentit.

Et cette fois, Aaron hurla de douleur.

Comme elle se tournait vers lui, elle comprit qu'il avait été touché à l'épaule. Le sang commençait à inonder sa chemise.

Il se tordait de douleur en agrippant son bras.

— Une ambulance sera bientôt là, lui chuchota-t-elle. Appuie le plus fort possible sur la plaie pour juguler l'hémorragie, ajouta-t-elle.

Caleb et Harley étaient sa priorité, mais elle ne voulait pas qu'Aaron se vide de son sang. Non seulement il était sans doute innocent, mais, même s'il avait joué un rôle quelconque dans cette histoire, il ne méritait pas de mourir.

Elle releva brusquement la tête lorsqu'elle entendit des pas précipités. Ils venaient de l'endroit d'où les coups de feu avaient été tirés. Le tireur était donc en mouvement.

Peut-être essayait-il de s'enfuir. Ou de s'attaquer à Harley ou à Caleb.

Elle entendit alors un gémissement, le gémissement de quelqu'un qui souffrait. Qu'il ait été poussé par Harley ou par Caleb, elle n'allait pas, de toute façon, rester là, alors qu'ils avaient besoin d'aide.

Sans tergiverser davantage, Ava s'éloigna de l'arbre et se lança à la poursuite du tueur.

Harley continuait de chercher Caleb et son ravisseur. Dans la pénombre, il était presque impossible de repérer des traces de leur passage, la moindre empreinte. Mais des bruits dans le bois lui donnaient une bonne idée des faits et gestes du tueur.

Ava était en danger, il en avait pleinement conscience. Elle risquait à tout moment de se faire tuer. Mais il refusait de s'attarder sur ce sujet parce que la simple idée de la perdre le ravageait.

Au lieu de quoi, il se concentrait sur les moyens à déployer pour retrouver Caleb et le libérer. Il se dépêcherait ensuite de retourner auprès d'elle.

Il avait entendu les coups de feu et n'avait aucun mal à imaginer les dégâts que ces balles étaient susceptibles de faire. Voilà pourquoi il était déterminé à éliminer le tireur au plus vite pour l'empêcher de semer la mort.

Mais le serpent s'était remis en mouvement.

Harley identifia des pas précipités. Ils se dirigeaient vers l'endroit où ils avaient vu Caleb se faire attraper pour la première fois.

Conscient qu'il serait trop dangereux de s'attaquer de front au tueur, il revint à son plan initial de le contourner dans l'espoir de le surprendre.

C'était sans doute sa seule chance d'intervenir.

Il s'efforçait de ne pas faire de bruit, d'éviter de marcher sur les branches tombées, pour ne pas permettre au tireur de le localiser. Mais il lui était impossible de se déplacer en silence et il ne pourrait jouer sur l'élément de surprise. De toute façon, l'assassin devait se douter qu'ils feraient tout pour sortir Caleb de là.

Une confrontation avec le tueur semblait inévitable.

Harley avait hâte de neutraliser ce type et de lui interdire de faire de nouvelles victimes. Mais il allait devoir s'assurer que ce fumier n'aurait pas la possibilité de l'attaquer en premier.

Il s'immobilisa quand il entendit d'autres pas. Des pas qui se rapprochaient de lui. Il retint son souffle et tendit l'oreille, aux aguets. Mais il poussa un juron quand il s'aperçut que ni le tueur ni Caleb n'avançaient vers lui.

Mais Ava.

— Le tireur est par là, murmura-t-elle, en inclinant la tête vers la gauche, vers l'endroit où il se dirigeait. Aaron a été touché, ajouta-t-elle avant que Harley ne puisse lui demander comment elle le savait. Après avoir fait feu, le tireur est parti par là, répéta-t-elle avec un nouveau mouvement de menton vers la gauche. Je n'allais pas rester sans rien faire, conclut-elle en plantant les yeux dans les siens.

Il l'avait déjà compris. D'un certain côté, il était soulagé de l'avoir avec lui. Il n'aurait plus à imaginer les horreurs susceptibles de lui arriver. Mais d'un autre côté, sa présence était une distraction. Parce qu'il ferait tout pour la protéger.

N'importe quoi.

— Aaron est-il gravement blessé ? demanda-t-il.

— Une balle dans l'épaule.

Aaron était sans doute hors d'état de tirer. Enfin, à moins qu'il n'ait simulé sa blessure et Harley n'en serait pas surpris. Mais si Aaron était vraiment blessé, cela signifiait qu'ils étaient sur le point d'affronter Duran ou Marnie. Ou un tueur à gages que l'un ou l'autre avait embauché. En fait, il n'y en avait sans doute pas qu'un.

Ils risquaient de tomber dans un traquenard.

Harley avait mis son téléphone en mode silencieux, mais il le sentit vibrer et il le sortit pour jeter un œil à l'écran.

— C'est Theo, chuchota-t-il à Ava. Il se dirige vers les bois maintenant.

Tout en essayant d'écouter ce qui se passait autour de lui, Harley envoya un bref texto pour informer Theo qu'Aaron avait été blessé et pour lui donner une idée de l'endroit où ils se trouvaient.

Harley rangea son smartphone et se tourna vers Ava, pour lui rappeler de rester derrière lui et de le laisser en première ligne. Mais elle serait prudente, il le savait. Elle voudrait protéger le bébé. Voilà pourquoi il se contenta de l'embrasser rapidement sur la bouche et de l'entraîner.

Il ne marchait pas à un rythme soutenu. Pour ménager Ava, bien sûr, mais aussi pour entendre le moindre bruit. De toute façon, cheminer dans les ronces et se faufiler entre les arbres ne leur aurait pas permis de courir.

Chaque pas lui semblait risqué. Il savait qu'ils pouvaient être abattus à tout moment.

Harley s'arrêta quand ils arrivèrent à une petite clairière. Le clair de lune filtrait suffisamment le feuillage pour leur permettre de distinguer une silhouette.

Ils reconnurent Caleb et poussèrent un soupir de soulagement. Au premier coup d'œil, l'adolescent semblait seul et adossé à un vieil érable. Pourtant, Harley empêcha Ava de se précipiter vers lui, conscient que son ravisseur l'avait peut-être laissé là comme appât. Pour les perdre.

Il ne se trompait pas.

Harley aperçut très vite quelqu'un vêtu de noir qui se tenait derrière Caleb et pressait le canon d'une arme contre sa tête.

En le voyant à son tour, Ava étouffa un cri. Son fils risquait d'être tué sous ses yeux.

Harley essayait d'identifier la personne qui retenait Caleb, mais l'obscurité compliquait sa tâche. Le gars se servait du jeune homme comme bouclier humain. Dans ces conditions, tenter un tir à la tête n'était pas une option. Ou n'importe où, d'ailleurs. Il n'était pas question de risquer de toucher Caleb.

— La personne qui me retient propose un échange, lança Caleb d'une voix tremblante. De me libérer si tu prends ma place, Ava. Mais je ne veux pas que tu fasses ça, ajouta-t-il.

Pour le faire taire, son ravisseur lui enfonça aussitôt plus profondément le canon du pistolet contre sa tempe et resserra la prise d'étranglement autour de son cou.

L'offre du tueur ne les surprit pas. Depuis le début, l'objectif de ce fumier était clair. Il voulait la peau d'Ava. Il savait qu'elle était prête à tout pour sauver son fils, y compris à se sacrifier.

Mais Caleb n'était pas son seul enfant. La petite fille qu'elle portait devait également être protégée.

— J'ai un autre échange à vous proposer, cria Harley. Moi contre Caleb.

À en juger par la façon dont Caleb tressaillit et gémit, il venait de recevoir une impulsion électrique. Et un message à transmettre.

— C'est non, répondit-il.

Il s'interrompit avant d'ajouter :

— Ne cédez pas au chantage. Si je suis mort, je ne pourrai pas être utilisé pour...

Son ravisseur le frappa à nouveau de son arme pour l'empêcher de parler. Cette fois, le sang se mit à couler sur le visage de Caleb.

Harley sentit la tension et la colère d'Ava. Voir son enfant se faire maltraiter lui était insupportable.

— Non, je ne le ferai pas, grogna Caleb.

Et cette fois, Harley fut certain qu'il discutait avec le tueur.

Caleb gigotait comme pour tenter de se libérer de la prise l'étranglement, mais son ravisseur ne desserrait pas son emprise.

Dans le mouvement, cependant, ce dernier bougea aussi. Pas beaucoup. Mais ils comprirent soudain qu'ils avaient une ouverture, l'opportunité de tirer.

Ils n'avaient pas la possibilité de viser sa tête, mais de l'atteindre aux jambes.

— Il est pour moi, marmonna Ava.

D'une main ferme, elle visa et fit feu.

En principe, Ava ne pouvait pas rater sa cible, elle le savait, mais elle prenait quand même un risque.

Un risque énorme.

Surpris, son ravisseur presserait peut-être la détente par réflexe et tuerait Caleb, sans même le vouloir.

Néanmoins, elle tenait là sa seule chance de les sortir tous vivants de là, d'autant que le tueur ne laisserait pas la vie sauve à Caleb, même si Ava se sacrifiait pour lui, elle en était certaine.

Le projectile atteignit l'assassin à la jambe. Il poussa aussitôt un cri de douleur. Il ne s'agissait pas d'une voix d'homme.

Mais d'une femme.

Marnie.

Caleb profita de la situation pour plonger au sol.

Ou plutôt, il tenta de le faire, mais Marnie se laissa tomber avec lui. Elle n'avait pas desserré sa prise d'étranglement et elle posa son arme sur la tête de Caleb.

— Vous voulez qu'il meure ? cria Marnie. Au prochain coup de feu, je le bute ! Et vous deux ensuite !

La douleur et le désespoir teintaient sa voix.

Deux éléments qui pouvaient la pousser à faire n'importe quoi ou presque.

Peut-être souhaitait-elle, en effet, qu'ils meurent tous les quatre ici et maintenant.

Ava s'interdit de regarder Caleb. Elle devait mettre de côté tous les aspects personnels en jeu et s'efforcer de gérer la situation comme n'importe quelle prise d'otage.

Son arme pointée sur Marnie, elle vit cette dernière arracher son masque, un geste qui l'inquiéta plus que tout. La tueuse ne respectait manifestement plus son plan initial. Sans doute comprenait-elle que tout était perdu.

Rien n'était plus dangereux qu'un criminel au désespoir.

— Les choses n'étaient pas censées se dérouler ainsi, cria

Marnie en gémissant. Je devrais être loin maintenant, au volant de la Land Rover.

— Et avec Caleb ? lança Ava.

Elle restait à l'abri derrière l'arbre, mais gardait l'œil ouvert, prête à tirer si une opportunité se présentait. À côté d'elle, Harley faisait sans doute de même.

— Bien sûr, je serais partie avec Caleb. Je n'aurais pas dû m'éterniser dans ce bois. Mais je voulais vous descendre devant Aaron. Où est-il, ce fumier ? Je l'ai tué, au moins ? Dites-moi que je l'ai tué !

Ava hésita. D'un côté, elle avait envie d'encourager Marnie à parler, mais d'un autre côté, si celle-ci découvrait qu'Aaron n'avait été que blessé, elle risquait de recommencer à tirer.

— J'ignore si Aaron est mort ou encore en vie, se contenta-t-elle de répondre. Il perdait beaucoup de sang quand je l'ai quitté.

— Tant mieux, cracha Marnie. J'espère qu'il mourra dans d'horribles souffrances. Mais s'il a encore un souffle de vie dans son corps de pauvre type lorsque je le retrouverai, je lui montrerai des photos des cadavres de son fils et de son ex-amante. Je vais vous descendre tous les deux pour qu'il verse des larmes de sang.

Ava avait compris depuis longtemps que Marnie détestait Aaron au-delà de tout.

— Aaron a tué ma sœur et le paiera de sa vie, continua Marnie.

Sa voix se brisa.

Elle perdait rapidement le contrôle, devina Ava. Ce n'était pas bon signe. Parce qu'il était impossible de négocier avec quelqu'un qui n'avait plus rien à perdre.

Harley restait silencieux, mais s'éloigna discrètement vers l'autre côté de la clairière. Sans doute cherchait-il à la contourner, à surprendre la tueuse par-derrière.

Pour que Marnie n'entende pas Harley bouger, Ava remua du pied des branches mortes et des broussailles. Mais consciente que la ravisseuse ne se laisserait sans doute pas duper longtemps, elle décida plutôt de lui parler, pour détourner son attention.

— Vous avez bien manœuvré, dit-elle. Jusqu'au bout, nous ne

vous avons jamais soupçonnée. Nous avions plusieurs suspects, mais vous n'en faisiez pas partie. Pas un moment, nous ne nous doutions que c'était vous qui aviez assassiné ces femmes.

— J'avais tout planifié depuis des mois, répliqua Marnie en étouffant un autre gémissement de douleur. J'avais travaillé les détails, je voulais être sûre de mon coup. Mais tout a dérapé sur la fin. Si tout avait marché comme prévu, vous devriez être morte à l'heure qu'il est. Aaron arrêté. Et moi, saine et sauve. Bon sang, vous ne m'avez pas ratée. Vous m'avez fait mal. Mais vous allez me le payer. Je me vengerai sur votre fils.

Ses mots eurent sur Ava l'effet d'une gifle. Marnie n'aurait rien pu dire de pire pour la terrifier davantage.

Son fils risquait de mourir. Cette éventualité lui était insupportable.

— Caleb n'a rien fait à Christina, répliqua-t-elle en espérant donner à Harley le temps d'atteindre Marnie. Tout était la faute d'Aaron. C'est lui qui lui fournissait les drogues, n'est-ce pas ?

— Ce salaud a tué mon adorable petite sœur, balbutia Marnie avant d'exploser en sanglots. Quand elle est morte dans mes bras, je me suis juré qu'il me le paierait. Pendant des mois, j'ai dû faire semblant d'être amicale avec lui. Chaque fois que je le voyais, j'avais envie de l'étrangler, de lui arracher les yeux. Mais je voulais qu'il souffre autant que je souffrais. J'ai attendu mon heure et concocté un plan.

— Vous avez décidé de le piéger pour les meurtres, dit Ava. Vous avez fait en sorte qu'il soit suspecté des crimes, accusé à votre place. Vous espériez qu'il finirait sa vie en prison.

— Exactement. J'ai ciblé des femmes qui avaient été enceintes. Je pensais que ce détail convaincrait les enquêteurs qu'Aaron cherchait ainsi à se venger de vous et de votre père. Il aurait ensuite été arrêté, condamné et enfermé dans une prison de très haute sécurité. J'espérais que ses codétenus feraient de sa vie un enfer.

Le plan de Marnie avait fait un enfer de la vie de plusieurs personnes innocentes. Par sa faute, quatre femmes étaient mortes, leurs familles anéanties.

Ava repéra soudain Harley. Il n'était qu'à une dizaine de mètres derrière Marnie et Caleb. Il s'approchait d'eux à pas de loup.

— Vous avez également tué votre expert en explosifs, lança-t-elle en élevant la voix pour couvrir le bruit de Harley.

— Quand je l'avais embauché, nous avions convenu d'un prix pour sa prestation. Mais ensuite, il a prétendu que ses tarifs avaient changé et il a essayé de me soutirer davantage d'argent. Il ne savait pas à qui il avait affaire.

En effet, il l'ignorait. Et cette erreur lui avait coûté cher.

Marnie était capable de tout, ce qui angoissait Ava. La tueuse avait en effet toujours l'arme pointée sur la tête de Caleb.

Comme Harley allait bientôt arriver tout près de Marnie, Ava décida d'une manœuvre qui, elle l'espérait, contribuerait à sauver Caleb.

Elle établit un contact visuel avec lui avant de baisser les yeux vers le sol. Elle attendit en priant pour qu'il comprenne le message.

D'un léger signe de tête, il lui donna son accord.

Le geste de Caleb poussa Marnie à resserrer la prise d'étranglement.

Ava prit une profonde inspiration puis quitta l'arbre derrière lequel elle s'abritait. Une diversion destinée à attirer l'attention de Marnie sur elle.

Comme elle l'espérait, Marnie se tourna vers elle et brandit son arme dans sa direction.

Au moment où Ava retournait derrière l'arbre, Marnie tira.

Tout comme Harley.

Les deux coups de feu partirent à la même seconde. La balle de Marnie rata sa cible et finit sa course sur un tronc de l'arbre.

Celle de Harley atteignit son but et se planta dans la tête de Marnie.

Avec un cri aigu, elle s'effondra sur le sol.

Tuée sur le coup.

17

Harley se focalisait sur Ava. Uniquement sur elle. L'adrénaline le submergeait encore et l'empêchait d'analyser en détail ce qui venait de se passer.

Voilà pourquoi il s'accrochait à l'essentiel.

À elle.

Il ne répondit pas aux textos qu'il recevait. Sans doute des messages émanant des adjoints qui se trouvaient dans les bois. Il s'occuperait plus tard de gérer les informations qui lui parvenaient et les répercussions des derniers événements sur l'enquête.

Mais dans l'immédiat, il regardait le médecin presser un stéthoscope sur le ventre d'Ava. Et priait pour que le bébé aille bien.

Ava était couverte d'égratignures et d'ecchymoses. Leur chasse à l'homme dans les ronces du sous-bois pour rejoindre Caleb avait laissé des traces. Elle ne semblait pas gravement blessée et n'avait cessé de répéter qu'elle n'était jamais tombée sur son ventre. Mais elle n'avait pas protesté quand il lui avait proposé de la conduire aux urgences de Silver Creek pour s'assurer que tout allait *vraiment* bien.

Il sentait ses propres plaies, des peccadilles. Apparemment, Caleb, qui se faisait examiner dans une salle voisine, ne souffrait, lui aussi, que d'écorchures et de contusions.

Aucun d'eux trois n'avait été tué. Ils avaient eu beaucoup de chance.

Marnie n'avait pas connu le même sort.

Sans doute avait-elle cherché ce qui lui était arrivé.

Harley n'avait jamais pris à la légère le fait de prendre une vie. Mais là, la situation l'avait exigé.

Marnie était déterminée à tuer pour venger sa sœur et se moquait comme de l'an quarante d'avoir assassiné des femmes innocentes dans le seul but de nuire à Aaron. Aveuglée par la haine et le désir de vengeance, elle n'avait considéré que sa propre douleur.

— Le cœur du bébé bat bien, annonça le Dr Medina.

Ava et Harley poussèrent un soupir de soulagement.

— Votre ventre n'a pas souffert et l'enfant a été protégé *in utero*, ajouta-t-il. Et malgré vos mésaventures, vos signes vitaux sont bons.

À ces mots, Harley sentit un gros poids s'envoler de sa poitrine. Qu'Ava ait réussi à s'en sortir indemne était un vrai miracle. Enfin, elle s'en sortait indemne *physiquement*. Mais il devinait qu'elle aurait du mal à gérer les dernières heures sur le plan émotionnel. Et il en voulait beaucoup à Marnie d'avoir donné à Ava des cauchemars à vie.

— Comment vous sentez-vous ? demanda le médecin à Ava.

— Bien, répondit-elle par automatisme.

Elle prit une profonde inspiration et ajouta :

— En tout cas, je me sens beaucoup mieux maintenant que l'assassin est mort et que Caleb comme la petite fille que j'attends sont sains et saufs.

Le Dr Medina lui sourit et lui donna une petite tape dans le dos. En revanche, il ne lui demanda pas pourquoi elle se souciait du sort de Caleb. Il avait manifestement entendu parler d'Ava et sans doute savait-il qu'elle était la mère du jeune homme examiné par un interne dans la pièce voisine.

La rumeur avait commencé à se répandre lorsque l'ambulance était arrivée sur les lieux et qu'Ava avait demandé aux membres du SAMU de s'occuper de *son fils*.

Harley n'avait pas tout de suite compris pourquoi elle avait dévoilé le pot aux roses. Il avait cru que, bouleversée par les derniers événements, elle ne savait plus très bien ce qu'elle disait.

— Mon confrère Jenkins examine Caleb dans une des salles voisines, poursuivit Medina. Je suis sûr qu'il aura bientôt terminé et vous pourrez alors lui parler.

Le docteur reporta alors son attention sur Harley.

— Maintenant que nous savons qu'Ava et votre bébé vont bien, aimeriez-vous que je vous ausculte à votre tour ?

Harley secoua la tête.

— Je n'ai mal nulle part, assura-t-il.

Ce n'était pas un mensonge. Il ne ressentait rien d'autre que le léger picotement de ses plaies. Des plaies bénignes, il le savait. Il n'avait aucune envie de perdre du temps à se faire examiner alors qu'il voulait se concentrer sur Ava.

— Comme vous voulez, marmonna le médecin en se levant.

Il donna une autre tape à Ava.

— Rentrez chez vous, reposez-vous, lui dit-il. Et laissez Harley vous chouchouter un peu.

Harley se demanda si des commérages à propos d'eux deux couraient déjà en ville.

Sans doute. Tout le monde avait compris qu'il vivait chez elle depuis qu'il avait été envoyé à Silver Creek pour donner la chasse au tueur. De plus, le Dr Medina avait certainement deviné les liens qui les unissaient. Des liens qui allaient au-delà du bébé qu'elle portait.

Harley prit avec douceur le bras d'Ava pour l'aider à descendre de la table d'examen.

Elle le regarda.

— Tu as reçu de nombreux textos depuis que tu es ici avec moi, non ? demanda-t-elle.

— Ils attendront, lui assura-t-il.

Et alors que le médecin était toujours là, il l'attira à lui et l'embrassa.

Il en avait tellement envie, tellement besoin. Voilà des heures qu'il rêvait de l'étreindre contre lui et de capturer sa bouche. Ce n'était ni le moment ni l'endroit pour une séance de baisers passionnés, mais il voulait qu'elle sache qu'il était là pour elle et le serait toujours, quoi qu'il advienne.

Elle lui adressa un léger sourire avant de reculer. Si une partie de l'inquiétude qui assombrissait son regard s'était estompée, celle-ci n'avait pas totalement disparu. Tant qu'elle ne connaîtrait pas l'état de santé de Caleb, elle ne parviendrait pas à se détendre, comprit-il.

Le docteur leur sourit, leur dit au revoir et sortit de la salle d'examen. Ava et Harley l'imitèrent. Il garda un bras autour de sa taille et non seulement Ava ne s'écarta pas, mais elle se colla plus étroitement contre lui.

Lorsqu'ils gagnèrent la salle d'attente, Harley fut soulagé de constater que seul Theo s'y trouvait, penché sur son smartphone. Il avait craint que des curieux, des chasseurs de ragots ou pire, une meute de journalistes, aient envahi les lieux. Mais heureusement, ils avaient eu la courtoisie de rester à l'écart.

— Tout va bien, Ava ? demanda aussitôt Theo.

Elle hocha la tête et regarda l'autre salle d'examen où se trouvait Caleb. La porte était toujours fermée.

— Je n'ai pas encore de nouvelles de lui, dit Theo. En revanche, je viens d'en avoir d'Aaron. Il est au bloc, mais d'après le chirurgien, sa blessure ne met pas sa vie en danger.

Tant mieux, d'autant que les aveux de Marnie avaient mis Aaron hors de cause. Il n'avait eu aucune implication dans les meurtres.

— Aaron a-t-il dit quelque chose à propos de Marnie ?

Harley savait que l'adjointe Nelline Rucker était montée dans l'ambulance avec Aaron. S'il lui avait confié quelque chose d'important, elle l'aurait rapporté à Theo.

— Nelline a appris à Aaron que Marnie était l'assassin, expliqua Theo. Il était bouleversé de mesurer à quel point elle avait été proche de réussir son coup, de le piéger pour lui faire porter le chapeau des meurtres. En tout cas, il est tellement soulagé qu'elle ait échoué à le perdre qu'il ne nous en veut pas de l'avoir suspecté à tort d'avoir assassiné ces malheureuses.

Harley ne se souciait que modérément des états d'âme d'Aaron. Ils avaient eu de bonnes raisons de le croire coupable. Et il avait sans doute fourni à Christina les drogues qui l'avaient tuée. Il finirait sans doute par payer pour ce crime, peut-être serait-il même condamné à une peine de prison, si le procureur décidait de le poursuivre pour cette affaire.

— Et Quentin ? s'enquit Harley.

Il avait sans doute reçu des textos au sujet de son collègue, mais il ne voulait pas lâcher Ava pour consulter son smartphone.

— Il va bien, lui assura Theo. Une fois les effets du Taser dissipés, il se sentait tellement mieux qu'il a voulu rester sur la scène du crime pour aider les adjoints et les gars de la police scientifique.

Il regarda Ava.

— Il se reproche de ne pas avoir arrêté Marnie lorsqu'elle a ouvert la portière après avoir percuté sa camionnette avec la Land Rover. Le masque que portait Marnie l'a désorienté.

Le masque représentant le visage d'Ava. Quentin n'avait évidemment pas osé tirer. Bien sûr, après une fraction de seconde ou deux, il avait sans doute compris qu'il ne s'agissait pas d'Ava, mais d'un masque. Mais il était alors trop tard. Marnie l'avait frappé avec son pistolet à impulsions électriques pour le neutraliser avant d'emmener Caleb.

— Quentin a-t-il raconté comment il a réussi à sortir de la camionnette et à se cacher dans le champ ? s'enquit Ava.

Harley s'était posé la même question.

— Après avoir retrouvé certaines sensations dans les jambes, il s'est éloigné des véhicules accidentés en rampant. Mais se déplacer lui demandait beaucoup d'efforts et très vite, il s'est effondré. Il n'avait pas la force de poursuivre Marnie et Caleb.

— Je suis surpris que Marnie ne l'ait pas tué, commenta Harley.

— Quentin en était étonné, lui aussi. Le tuer ne faisait sans doute pas partie de son plan, dit Theo. Bien sûr, à en juger par ce que vous m'avez dit, mettre la Land Rover hors d'état de rouler n'en faisait pas partie non plus.

Marnie avait manifestement prévu de s'enfuir avec Caleb au volant de cette voiture et de se servir ensuite de Caleb pour attirer Ava et la tuer. Elle s'était arrangée pour faire venir Aaron sur les lieux afin que ce dernier soit désigné comme coupable. Les apparences auraient joué contre lui et il aurait eu, en effet, toutes les chances d'être suspecté.

Cela dit, les gars de la police scientifique auraient examiné la camionnette de Quentin et compris que le véhicule d'Aaron n'était pas responsable de l'accident. Marnie avait certainement prévu une solution pour régler le problème. Mais ils ne sauraient jamais laquelle puisqu'elle n'avait pas eu la possibilité de mettre à exécution la dernière partie de son plan.

Les portes des urgences s'ouvrirent et tous trois se tournèrent dans cette direction. Harley mit automatiquement la main sur son arme, preuve qu'il luttait toujours contre les effets de l'adrénaline.

Il sentit une autre décharge le traverser quand il vit les deux hommes se précipiter à l'intérieur.

Edgar et Duran.

Super. Comme si Ava avait besoin de s'expliquer avec son père, en plus du reste.

Conscient qu'il lui revenait de la protéger, Harley se prépara donc à affronter le sénateur. Au moins savait-il maintenant que Duran n'était pas un tueur. Il n'en restait pas moins une épine dans le pied d'Ava.

— Ava, dit Edgar dès qu'il l'aperçut.

Il se dirigea droit vers elle et pendant un instant, Harley pensa qu'il allait la prendre dans ses bras. Il s'arrêta devant elle, en se rappelant sans doute que sa fille n'apprécierait pas de telles effusions de sa part.

— Je n'ai pas été blessée, dit-elle tout de suite.

Edgar la parcourut des yeux, peut-être pour s'en assurer. Il remarqua évidemment les multiples coupures et ecchymoses sur ses bras et sur son visage, mais n'émit aucun commentaire à leur sujet.

— Tant mieux, répondit-il avec un soulagement qui semblait sincère. Et Caleb ?

Ava se tendit.

— Je n'en sais rien encore. Il est toujours dans la salle d'examen.

Edgar hocha la tête, mais là encore, n'ajouta rien. Peut-être ne savait-il pas quoi dire et se sentait-il un peu gêné. Il se rappelait sans doute qu'il avait forcé Ava à abandonner Caleb, vingt ans plus tôt.

— J'ai appris que toute cette histoire était liée à Aaron, poursuivit le sénateur.

— Toute cette histoire était liée à Marnie Dunbar, corrigea Ava. Elle a avoué les meurtres, mais elle s'était arrangée pour piéger Aaron.

Harley jeta un coup d'œil à Duran. Il s'attendait à ce qu'il proteste d'avoir été suspecté à tort. Mais l'ami de toujours du sénateur resta silencieux. Peut-être que, comme Aaron, il était surtout soulagé d'être encore en vie et que le danger soit passé.

Bien sûr, tout n'était pas résolu pour autant.

Il restait à régler l'avenir des relations entre Ava et Caleb. Entre elle et son père. Entre elle et lui.

Mais Harley comptait y travailler dès qu'il aurait la possibilité de lui parler en tête à tête.

L'attention d'Edgar se reporta sur le bras de Harley qui enlaçait toujours Ava, et il fronça les sourcils. À la grande surprise de Harley, cependant, cette expression désapprobatrice s'estompa vite.

— Si vous avez contribué à protéger ma fille, soyez-en remercié, dit-il.

Harley fut surpris que le sénateur soit capable de faire preuve de gratitude envers quelqu'un.

Edgar se tut à nouveau, mais il était évident qu'il avait une déclaration à faire. Peut-être cherchait-il le moyen d'arranger les choses entre Ava et lui.

Il dut comprendre qu'il s'agissait d'une cause perdue, cependant, parce qu'il marmonna un « au revoir » et se retourna comme s'il s'apprêtait à partir.

Il n'alla pas loin. Il fit quelques pas et revint vers eux.

— Je suis désolé, lâcha-t-il. J'ai commis beaucoup d'erreurs.

Il jeta un coup d'œil à Harley, peut-être pour que ce dernier comprenne qu'une partie de ses excuses s'adressait à lui.

— J'aimerais voir ma petite-fille quand elle sera née, Ava. Si c'est possible, ajouta-t-il.

Elle prit son temps pour répondre. Un long moment s'écoula.

— D'accord, dit-elle finalement. Mais seulement si tu montres du respect envers Harley. C'est son père.

Edgar hocha la tête et même si Harley pensait qu'il aurait du mal à le respecter, il y vit un bon début.

Ava n'avait pas besoin qu'Edgar fasse partie de sa vie. Leur fille non plus, mais avoir un grand-père était sans doute une chance pour une enfant. De plus, leurs liens contribueraient peut-être à cicatriser certaines vieilles blessures.

— Au revoir, marmonna Edgar qui avait perdu son air méprisant habituel. Prenez soin d'elles, ajouta-t-il à l'intention de Harley.

Edgar et Duran s'apprêtaient de nouveau à s'éloigner quand la porte de la salle d'examen voisine s'ouvrit et Caleb apparut.

Il s'immobilisa lorsqu'il les aperçut et les considéra tour à tour comme pour tenter de deviner s'il interrompait une dispute entre eux. De toute évidence, il n'en vit aucun signe parce qu'il s'avança vers eux.

— Tout va bien ? demanda Ava.

La question s'adressait à la fois à Caleb et au médecin, debout sur le seuil de la salle d'examen.

Ce dernier leva le pouce.

— Je vais bien, répondit Caleb. Et toi ? Et Harley ?

Tout en lui assurant qu'ils allaient, eux aussi, très bien, Ava posa la main sur la mâchoire de Caleb et fit tourner sa tête pour l'examiner elle-même. Comme eux, il était couvert de petites plaies et d'ecchymoses, aux endroits où Marnie l'avait frappé avec le Taser, mais ses blessures ne paraissaient pas très graves. Quelqu'un avait nettoyé le sang de son visage, le sang de Marnie.

— Merci à tous les deux, poursuivit Caleb. Croyez-moi, je remercie le Ciel que vous soyez tous les deux de si bons tireurs.

Harley aussi en était soulagé. Ils avaient réussi à neutraliser Marnie alors qu'ils n'avaient eu que de toutes petites fenêtres de tir.

— Bonsoir, monsieur, dit Caleb à Edgar lorsqu'il reporta enfin son attention sur le vieil homme.

Il adressa également un signe de tête à Duran. L'expression et le ton de Caleb n'étaient teintés d'aucune colère, même s'il savait à présent le rôle qu'Edgar et Duran avaient joué dans son adoption.

— Bonsoir, Caleb, répondit Edgar. J'étais en train de dire à Ava que j'espérais faire la connaissance de ma petite-fille quand elle naîtra.

Il s'interrompit, s'éclaircit la gorge et ajouta :

— Peut-être seras-tu là. Je pourrai alors vous voir tous les deux.

Caleb regarda Ava, sans doute pour avoir son avis, et lorsqu'elle hocha la tête, il sourit.

— Ça me semble bien.

Edgar parut se détendre un peu et tendit la main à Caleb qui la serra. Puis Duran et Edgar s'éloignèrent. Harley entendit Duran marmonner quelque chose à propos de la nécessité pour Edgar de programmer une conférence de presse.

Le smartphone de Caleb bipa pour lui annoncer la réception d'un texto et il jeta un coup d'œil à l'écran.

— C'est Quentin. Il est devant l'hôpital, au volant d'une voiture de patrouille et me propose de me reconduire chez moi. Cela vous ennuie si j'y vais ? demanda-t-il à Theo.

— Pas du tout. Aucun problème. Tu passeras faire ta déclaration demain matin. S'il t'est compliqué de venir au bureau du shérif, j'enverrai Ava et Harley te chercher à Austin.

Caleb sourit à nouveau.

— Super. Appelez-moi et dites-moi ce qui vous convient le mieux, ajouta-t-il à l'intention de Harley et d'Ava.

— Encore une chose, dit-elle alors que Caleb s'apprêtait à partir.

La presse va bientôt apprendre que tu es mon fils. Des journalistes vont sans doute se présenter à ta porte.

Caleb haussa les épaules.

— Je m'en charge, lui assura-t-il.

Puis le jeune homme eut un geste qui émut Harley. Il prit Ava dans ses bras et l'étreignit un bref instant contre lui.

— À demain, ajouta-t-il dans un murmure.

Et son sourire s'élargit lorsqu'elle effleura sa joue d'un baiser.

Apparemment, un autre pan de la vie d'Ava – un énorme pan – allait connaître une heureuse résolution. Bien sûr, ils devraient garder un œil sur Caleb et il était possible que l'adolescent ait besoin d'une thérapie pour surmonter ce qu'il avait traversé.

Dans cette hypothèse, ils feraient en sorte qu'il en ait la possibilité. Ils lui procureraient tout ce qu'il lui faudrait. Caleb n'était peut-être pas son fils biologique, mais il était le frère de sa future fille, ce qui, aux yeux de Harley, faisait de lui quelqu'un de sa famille.

Caleb se dirigea vers la sortie et se retourna pour leur faire signe.

— Je t'aime, lui lança Ava.

Le sourire de Caleb devint éclatant.

— Je t'aime aussi, répondit-il.

Il souriait toujours en sortant.

Des larmes jaillirent aussitôt des yeux d'Ava. Des larmes de joie. Mais elle les essuya rapidement. Elle ne voulait en aucun cas que son patron la voie pleurer.

— Je vais aller parler à Quentin, marmonna Theo. Pour voir avec lui s'il a des nouvelles de la police scientifique.

Theo avait trouvé ce prétexte pour les laisser en tête à tête. Parce que, en réalité, Quentin leur avait déjà envoyé ces informations avant de quitter les bois.

Harley se félicita de la délicatesse de Theo. Il avait vraiment envie de passer du temps seul avec Ava.

Comme les urgences de l'hôpital n'étaient pas exactement un endroit privé, Harley prit Ava par la main et la ramena dans la salle d'examen. Il ferma la porte et la serra contre lui. Elle tomba dans ses bras et il s'arma de courage, au cas où elle éclaterait en sanglots.

Mais elle ne le fit pas.

Lorsqu'elle leva le visage vers lui, ses yeux étaient encore embués de larmes, mais elle semblait déjà se ressaisir.

— Nos vies ont tellement changé au cours des dernières quarante-huit heures, murmura-t-elle.

En effet et Harley espérait qu'il y aurait d'autres changements. Des changements positifs.

Il s'apprêtait à l'embrasser de nouveau, pour amorcer ces changements, quand elle le surprit en le devançant. Elle noua les bras autour de son cou et l'embrassa comme si sa vie en dépendait.

Conscient de ses blessures, Harley s'efforça de se maîtriser et de faire preuve de douceur, mais apparemment, Ava avait d'autres idées en tête. Lorsque leurs langues entamèrent une danse sensuelle, sa bouche était affamée. Et ce baiser, teinté de passion et de promesses, le libéra des tensions qui lui nouaient encore le ventre.

Ils s'embrassèrent comme des fous à en perdre la raison et ne s'interrompirent que pour reprendre leur souffle avant de replonger pour un deuxième baiser.

Et à présent, Harley mourait d'envie de lui faire l'amour.

Il aurait probablement pu choisir un meilleur moment, un meilleur endroit qu'une salle d'examen aux urgences, mais attendre une seconde de plus lui semblait une épreuve infranchissable.

Il voulait tout avec Ava et il avait besoin de le lui dire maintenant, tout de suite. Mieux encore, il avait besoin qu'elle lui dise qu'elle en avait envie aussi.

— Je t'aime, dit-il.

Il resta près d'elle, le front contre le sien.

Elle sourit.

— Tant mieux, répondit-elle. Parce que je t'aime aussi. Quand je me suis rendu compte que je retombais amoureuse, j'étais un peu inquiète. Je me demandais comment tu réagirais en l'apprenant.

— Inquiète ?

Il se recula pour plonger les yeux dans les siens.

Elle hocha la tête.

— Je n'étais pas sûre que tu sois prêt pour un véritable amour.

Il éclata de rire.

— Ava, je n'ai jamais été plus prêt à quoi que ce soit d'autre de toute ma vie.

Il glissa tendrement la main sur son ventre.

Sur leur bébé.

Oh ! oui, il avait très envie de cette nouvelle vie, de ce bébé, de cet amour.

Vous avez aimé ce roman ?

Retrouvez en numérique les justiciers de Silver Creek :

1. Une cible si fragile
2. Le châtiment du passé
3. Un protecteur dans la tourmente
4. Une mère aux abois

JUNO RUSHDAN

Cœurs brûlés

Traduction française de
CHRISTINE BOYER

BLACK ROSE

HARLEQUIN

original :
ƆMING MOUNTAIN INVESTIGATION

Prologue

Ranch Wild Horse, situé entre Laramie et Bison Ridge, dans le Wyoming

Un 3 juillet au soir, il y a quinze ans

Le souffle court, il s'éloigna du ranch en courant le plus vite possible pour s'assurer que personne ne remarquerait sa présence. Une fois au fond des bois, bien à l'abri des regards, il s'arrêta et s'adossa contre un arbre. Sous ses vêtements sombres, il transpirait à grosses gouttes et son cœur battait à tout rompre dans sa poitrine.

L'effort physique et la chaleur de cette nuit estivale n'expliquaient pas à eux seuls l'affolement de son rythme cardiaque. L'excitation et l'impatience comme la crainte que son plan ne fonctionne pas y contribuaient tout autant.

Pourquoi ne voyait-il rien ? Que se passait-il ? La maison principale aurait dû se transformer en brasier, maintenant. Elle était censée brûler comme une boîte d'allumettes.

Avait-il déversé assez de kérosène ? Avait-il le temps d'y retourner pour en rajouter ?

Patience. Attends un peu.

De nouveau, il scruta la nuit. Derrière les deux chalets qui hébergeaient les adolescents assoupis, se dressait sur la colline la belle demeure où vivaient Dave et Mabel Durbin. Tous deux dormaient sans se douter de rien. Et il avait veillé à ce que personne ne puisse leur venir en aide. Il avait condamné les portes des deux cabanes en rondins des gamins inscrits au stage équestre et celles du baraquement, situé plus loin, derrière l'écurie. Les ouvriers agricoles qui travaillaient au ranch y logeaient.

Un brusque coup de vent fouetta les feuilles et fit trembler les branches au-dessus de sa tête. Il aperçut une épaisse fumée noire monter vers le ciel. Son odeur âcre lui chatouilla les narines. Enfin, le feu prenait. Son crépitement se mua vite en ronflements. Les flammes rampèrent le long de la maison, en léchèrent les murs avant de s'y engouffrer.

La sueur lui brûlait les yeux et il releva un instant son masque d'une main gantée pour s'essuyer le visage. Mais par prudence, il le remit vite, *au cas où*.

Le feu flambait avec violence maintenant. Tel un monstre surnaturel rouge et or affamé, il s'amplifiait, dévorait tout sur son passage et se propageait sur le toit. Le spectacle était magnifique, puissant, presque hypnotique dans le ciel noir. Il était sa création. C'était lui qui l'avait allumé, lui avait donné vie et l'avait libéré.

Une rafale, venue du nord, balaya la maison. Emportées par la bourrasque, des étincelles volèrent jusqu'aux arbres voisins. Des braises incandescentes tombèrent des branches sur les toits des deux chalets. Il ne fallut pas longtemps pour que leurs charpentes s'embrasent. Les flammes tourbillonnaient et gonflaient, se faufilaient le long des murs. Les cabanes de rondins brûlaient plus vite qu'il ne l'aurait imaginé. Bien plus vite que la maison principale.

L'incendie des chalets ne faisait pas partie de son plan. Certains des adolescents piégés à l'intérieur étaient innocents. Certes, d'autres étaient plus coupables encore que les Durbin et il avait bien l'intention de les faire souffrir, eux aussi. Mais plus tard, quand ils seraient plus âgés et auraient davantage à perdre que la vie.

Le destin s'en mêlait et faisait en sorte que le châtiment s'abatte plus tôt que prévu sur eux. Très bien, qu'il en soit ainsi. Ils étaient tous condamnables et périraient donc tous par le feu.

Il ne ressentait ni remords ni pitié. Il savourait sa vengeance. Dès demain, le ranch Wild Horse fermerait pour toujours et n'accueillerait plus jamais de stages équestres.

Fasciné, il contempla les flammes à l'œuvre. Il n'avait jamais vécu de moment plus exaltant. Ce qu'il éprouvait était plus intense qu'une victoire sportive, plus fabuleux que le sexe.

Si seulement il avait su à quel point incendier ces bâtiments était excitant, il l'aurait fait plus tôt. Pour Timothy... et pour Birdie.

Il n'entendait pas encore de cris. Les chalets n'étaient pas équipés de détecteurs de fumée. Aucun système d'alarme ne les réveillerait. La fumée les tuerait peut-être dans leur sommeil. Il avait souhaité une autre punition pour eux. Ils méritaient une mort plus douloureuse, le supplice du feu.

Des bruits de pas précipités derrière lui le firent soudain sursauter. Il aperçut deux silhouettes qui se ruaient vers l'incendie.

Non !

Une adolescente surgit la première et s'élança vers le brasier. Ses longs cheveux flottaient derrière elle sous le clair de lune. Elle courait à toutes jambes, manifestement paniquée.

Il la reconnut. Liz faisait partie du stage équestre et figurait également sur sa liste noire. Pourquoi n'était-elle pas dans le chalet des filles avec les autres ?

La réponse jaillit des bois, non loin derrière elle. Sawyer Powell, son petit ami, la talonnait. Il n'avait rien à faire là. Il n'était pas inscrit au camp d'équitation et n'y travaillait pas non plus.

Sawyer était aussi adulé à Laramie que son frère aîné, Holden. Le premier était la star de l'équipe de basket, le second de celle de football. Tous deux étaient aussi doués qu'appréciés au lycée, non seulement par leurs camarades mais aussi par leurs professeurs. Bien sûr, Sawyer avait enfreint les règles en étant ici.

— J'appelle les secours, cria Liz qui composa le 911 tout en courant.

Non, non.

Il n'était pas question que ces deux gamins se mettent en travers de son chemin. Le ranch se trouvait entre deux villes. Les pompiers de l'une d'elles risquaient d'intervenir à temps.

Liz se précipita vers les doubles portes du chalet des filles et les tira.

— Je n'arrive pas à les ouvrir ! Elles sont bloquées !

Il regrettait à présent de ne pas les avoir condamnées avec des chaînes et des cadenas plutôt qu'avec des cordes. Cela dit, elle aurait du mal à défaire les nœuds.

— Casse une fenêtre !

Sawyer saisit une grosse pierre et la lança contre une vitre du chalet des garçons. Il retira à la hâte les morceaux de verre et se faufila à l'intérieur. Liz l'imita pour pénétrer dans celui des filles.

Les poings serrés, il poussa un juron. Liz Kelley et Sawyer Powell allaient tout gâcher. Et en prime, ils apparaîtraient aux yeux du monde comme des héros.

Des adolescents en pyjama jaillirent un à un des chalets en feu à travers les fenêtres brisées et sautèrent dans l'herbe. Tout en toussant à qui mieux mieux, ils s'éloignèrent du sinistre. Certains coururent sur la colline, vers la maison principale, en criant pour prévenir les Durbin.

Liz et Sawyer étaient peut-être en train de ruiner ses plans mais ils ne l'arrêteraient pas.

Lorsqu'il en aurait fini avec elles, toutes les personnes impliquées dans ce qui était arrivé à Timothy brûleraient vives ou regretteraient de n'avoir pas péri dans les flammes. Tous ceux qui s'étaient tus, tous ceux qui avaient préféré détourner le regard, qui s'étaient fait acheter, le paieraient cher.

Très cher.

Il les avait vus. Il connaissait leurs noms. Certains dormaient au ranch, ce soir. D'autres non. Mais tous mourraient. Tôt ou tard, la justice passerait. Ils ne perdaient rien pour attendre. Il mettrait le feu à leur monde, le réduirait en cendres. Un jour, peu importe quand, il parviendrait à ses fins.

Liz émergea de la cabane de rondins en feu avec la dernière adolescente. Toutes deux s'éloignèrent à la hâte tandis que Sawyer sautait par la fenêtre du chalet des garçons. Il s'effondra au sol et avala goulûment de l'air.

Mais Liz se détourna soudain et repartit en courant.

Il la suivit des yeux pour découvrir où elle allait. L'écurie était, elle aussi, la proie des flammes ! Sous les assauts du vent, l'incendie se propageait à une vitesse fulgurante et dévorait la structure en bois, plus légère que les chalets. L'horreur le traversa. Ces animaux sans défense ne méritaient pas, eux, de mourir.

Liz ouvrit les portes et se précipita à l'intérieur. Un instant plus tard, les chevaux en sortirent, un par un. Aurait-elle le temps de les détacher et de les sauver tous ?

Un bref moment, le cœur serré, il envisagea d'aider les malheureuses bêtes. Mais quelqu'un le verrait, à coup sûr. Il aurait des ennuis.

Sawyer se releva et regarda autour de lui.

— Liz ?

— Elle est dans l'écurie ! hurla une fille en désignant le bâtiment ravagé par les flammes.

Sawyer y fonça.

Réveillés par les cris des adolescents, les ouvriers agricoles avaient défoncé la porte de leur baraquement. Une fois dehors, ils passèrent à l'action. Plusieurs d'entre eux coururent vers la maison principale tandis que les autres s'élançaient vers l'écurie en feu.

Les chevaux continuaient à en sortir en trombe. Quand Sawyer y parvint, une jument affolée jaillit du brasier au triple galop et le frôla. Mais Liz n'était nulle part en vue. Et à présent, les flammes étaient partout. Effrayé, Sawyer hésita à entrer.

Avec un bruit de tonnerre, le toit de l'écurie s'effondra, en envoyant des gerbes d'étincelles dans les airs.

Deux hommes s'enveloppèrent dans des couvertures tandis

que leurs camarades leur jetaient des seaux d'eau. Puis ils se ruèrent dans l'écurie.

Pourquoi se soucier de Liz ? Ses chances de survie étaient minces, presque inexistantes.

La sortir vivante relèverait du miracle.

1

Quinze ans plus tard

De nos jours

L'agente du FBI Liz Kelley se frayait un chemin à travers la foule de l'aéroport international de Denver en tirant sa petite valise à roulettes. Elle avait hâte de retourner travailler à Quantico, en Virginie.

Lorsqu'elle entendit son smartphone vibrer, elle le sortit de son sac d'ordinateur. À la vue de l'appelant, elle gémit.

— Bonjour, maman, dit-elle d'une voix faussement enjouée.

— Comment s'est passée ta prise de parole au colloque ?

— Bien, je crois, tout bien considéré.

— Je suis sûre que c'était mieux que bien, chérie, répondit sa mère, toujours optimiste. Et que tu as été fantastique.

Malheureusement, elle s'était surtout montrée nerveuse et avait manqué de naturel. Depuis qu'elle avait survécu à un tragique incendie, à l'adolescence, elle détestait être sous le feu des projecteurs et préférait rester dans l'ombre. Elle portait encore des cicatrices de cette terrible nuit. Être l'unique attention de plus d'une centaine de personnes pendant une heure avait été une véritable épreuve pour elle. Il lui était plus simple d'affronter un poseur de bombes.

— Pas vraiment, maman.

Comme elle arrivait à sa porte d'embarquement, elle s'assit loin des autres passagers, en veillant à rester dos au mur. Par automatisme, elle scruta les alentours à la recherche de menaces potentielles.

Elle ajusta le foulard qui couvrait son cou. Dans son métier, il était facile de cacher, sous des manches longues et des carrés de soie, les cicatrices des nombreuses greffes de peau qu'elle avait subies.

— Mon patron m'y avait envoyée uniquement parce que mon bouquin a bénéficié d'une bonne couverture médiatique, poursuivit-elle. Mais parler en public n'est pas mon fort.

— Cesse de minimiser tes réussites, Liz. Tu as écrit un livre passionnant et tu es l'une des meilleures profileuses du FBI à travailler pour une force d'intervention spéciale.

— Le BAU, le Behavioral Analysis Unit, dit Liz, faisant référence à l'Unité d'analyse comportementale où elle travaillait depuis dix-huit mois, n'est pas une force d'intervention spéciale. Mais un service spécialisé.

Ce département du FBI utilisait les sciences comportementales pour faciliter les enquêtes criminelles. Sa mission était de fournir un soutien opérationnel et d'investigation basée sur le comportement aux services fédéraux, étatiques ou locaux qui enquêtaient sur les crimes violents inhabituels ou répétitifs.

Son palmarès d'élucidation d'affaires difficiles avait impressionné sa hiérarchie, ce qui lui avait permis de décrocher ce poste convoité.

— Quoi qu'il en soit, tu es exceptionnelle et le FBI le reconnaît.

Liz sourit. Sa mère la voyait à travers des lunettes roses.

— Tu sais, il faut être un peu tordue pour pénétrer l'esprit des pires criminels. Un exploit dont il t'est difficile de te vanter auprès de tes amies, j'imagine.

— Détrompe-toi. Elles sont nombreuses à être épatées par tes prouesses comme les copains de ton père, d'ailleurs. J'espère que tu mesures ta chance, ajouta-t-elle avec enthousiasme.

« Liz la chanceuse ». Dans sa ville natale, tout le monde la surnommait ainsi depuis qu'elle avait survécu à l'incendie du ranch de Dave et de Mabel Durbin qui, eux, y avaient laissé leur vie. Pourtant, les regards de pitié des habitants avaient décidé ses parents à quitter Bison Ridge, dans le Wyoming, pour emménager dans le Montana. Ils avaient souhaité ainsi lui offrir un nouveau départ et lui permettre de se rétablir. Elle avait poursuivi sa scolarité par correspondance et avait mis une croix sur les shorts et les débardeurs. Mais au moins n'avait-elle plus à supporter la curiosité de ses amis d'enfance qui débarquaient à toute heure sans y avoir été invités. Elle ne supportait plus de les voir s'attarder trop longtemps sur ses cicatrices, leurs sourires forcés, leurs échanges chuchotés quand ils pensaient qu'elle ne les entendait pas. « Heureusement, son visage a été épargné par les flammes. Il est toujours aussi joli. »

Ses parents avaient vendu la plupart de leurs terres au ranch Shooting Star voisin, propriété des Powell, mais avaient gardé la maison. La belle demeure était dans la famille depuis des générations et ils espéraient que leur fille unique en voudrait un jour.

Mais hantée par trop de souvenirs douloureux, Liz s'était juré de ne plus jamais remettre les pieds dans cet endroit maudit où elle avait tant souffert et tant perdu.

Se retrouver à Denver, dans le Colorado, était déjà trop près des lieux du drame à son goût.

— Oui, maman, je mesure pleinement ma chance.

Et elle avait beaucoup de chance, oui. D'être encore vivante. De mener une carrière brillante grâce à laquelle elle sauvait des gens.

Mais l'enfer qu'elle avait connu cet été-là, à dix-sept ans, lui avait volé sa beauté et la possibilité de mener une vie normale. Et depuis lors, elle éprouvait le besoin obsédant de comprendre l'esprit des criminels comme celui de l'incendiaire qui avait bouleversé à tout jamais son existence.

Son téléphone bipa. Comme elle jetait un coup d'œil à l'écran, elle découvrit que son supérieur, Ross Cho, l'agent spécial en charge de sa sous-section BAU1, spécialisée dans les incendies et les bombardements, cherchait à la joindre.

— Maman, je dois te laisser. Je reçois un double appel. Mon patron veut sans doute que je lui résume le colloque.

— D'accord. Je t'embrasse, chérie.

Liz raccrocha et prit l'autre appel.

— Kelley.

— Où êtes-vous ? lança Cho d'un ton sec.

— À l'aéroport, monsieur. J'ai obtenu une place sur un vol pour revenir plus tôt que prévu en Virginie.

Elle ne voyait pas l'intérêt de rester jusqu'à la fin du symposium, maintenant qu'elle y avait fait sa part.

— Je suis heureux d'avoir réussi à vous joindre avant que vous n'embarquiez. Changement de programme. Nous avons reçu une demande d'assistance urgente émanant d'un bureau d'enquêtes sur les incendies. Apparemment, un incendiaire est à l'œuvre. Il a frappé quatre fois au cours des deux dernières semaines et provoqué la mort de cinq personnes plus une femme hospitalisée dans un état critique. Le dernier incendie s'est produit ce matin, vers 8 heures. Compte tenu de l'évolution de la situation, la survenue d'un autre sinistre dans les prochains jours est hautement probable.

Voilà le genre de missions qui la passionnait. Ce type d'enquêtes était sa raison de vivre.

Elle bondit sur ses pieds, hissa la bandoulière de son sac d'ordinateur sur son épaule et saisit la poignée de sa valise à roulettes. Celle-ci contenait tout ce dont elle avait besoin, y compris sa veste de terrain – un coupe-vent à l'effigie du FBI – et son Glock de service.

— Je vais changer de vol. Où dois-je me rendre ?

— Nous vous avons déjà réservé une voiture de location. Vous y arriverez plus vite par la route. Il vous faudra deux bonnes heures pour atteindre Laramie.

Laramie ?

Un frisson la parcourut et son cœur cessa un instant de battre. Elle eut l'impression que son cerveau se bloquait.

— L'expert en recherche de causes d'incendies sera votre contact, poursuivit Cho. Vous le retrouverez sur les lieux du dernier sinistre. Je vous ai transmis par mail l'adresse avec ses coordonnées. Il s'appelle Powell. Sawyer Powell.

Sawyer, son ex-petit ami ? Il était donc devenu expert en recherche de causes d'incendies ?

Elle ne l'avait pas revu depuis qu'elle avait quitté Bison Ridge. Après son départ, il avait essayé de garder le contact mais poursuivre leur relation après le drame aurait été trop douloureux pour elle. Entendre sa voix au téléphone, lire ses mails lui aurait cruellement rappelé tout de ce qu'elle avait perdu.

Son premier amour.

Très vite, elle repoussa de son esprit les démons ressuscités et s'efforça de se ressaisir.

— Pourquoi moi, monsieur ? Il y a sûrement quelqu'un au bureau de Denver capable de s'en occuper.

— Vous êtes la meilleure en matière d'incendies criminels et d'attentats à la bombe, Kelley. Personne à Denver n'est plus qualifié que vous pour gérer ce genre d'enquêtes. De plus, vous êtes originaire de Laramie. Un petit voyage de retour chez vous tous frais payés ne vous fait donc pas plaisir ?

Non. Elle n'avait *aucune* envie d'y aller.

— Je viens de la ville voisine, de Bison Ridge, précisa-t-elle.

— Quoi qu'il en soit, vous connaissez le terrain et vous êtes plus ou moins de la région, non ? Les étoiles se sont alignées en votre faveur, une vraie chance.

Oui, en matière de chance, elle avait toujours été vernie.

— Sans doute, répondit-elle, la gorge serrée.

— Je pensais que l'idée de vous voir confier cette affaire susciterait plus d'enthousiasme de votre part, dit Cho. En général, vous me suppliez de vous attribuer ce genre de dossiers, mais je vous sens plutôt réticente. Pourquoi ? Y a-t-il un problème ?

Elle ferma les paupières et se rappela le plus important, la raison pour laquelle elle exerçait ce métier. La tragédie qui l'avait frappée l'avait conduite au FBI, pour y devenir profileuse criminelle avec cette spécialisation. La plupart des gens ignoraient l'impact à long terme des incendies criminels. Ceux-ci détruisaient non seulement des biens mais aussi des personnes, des familles, des entreprises.

Si elle avait la possibilité d'empêcher un autre sinistre et d'autres morts, alors elle devait tout faire pour y parvenir. Quoi qu'il lui en coûte à titre personnel.

Elle ouvrit les yeux et se dirigea vers l'enseigne de location de voitures.

— Non, monsieur, dit-elle. Il n'y a aucun problème. Merci beaucoup de me confier cette mission.

— Je préfère ça. Encore un point avant de vous laisser, dit Cho, gardant sans doute le meilleur pour la fin. Cette affaire va faire l'objet d'une couverture médiatique nationale. Powell n'a pas réussi à dissuader le maire d'en parler en direct sur une grande chaîne de télévision.

Elle sentit son ventre se nouer.

— Le maire mesure-t-il le danger d'accorder tant d'attention à un criminel de cet acabit ? demanda-t-elle.

Un tel battage médiatique ne ferait qu'encourager l'incendiaire.

— Powell partage votre avis mais le maire ne l'écoute pas. Les élections approchent. Or des commerces sont incendiés et certains de ses citoyens en meurent. Comme tout bon politicien, il veut maîtriser le storytelling, raconter les événements de façon à se donner le beau rôle.

Il soupira avant de poursuivre :

— Écoutez, vous avez résolu toutes les enquêtes qui vous ont été confiées. J'ai besoin que vous vous surpassiez sur ce coup-là. Vous comprenez ?

L'échec n'était pas une option. Même si elle retournait dans la ville où elle avait vécu la pire tragédie de sa vie, il n'était pas question de laisser le passé interférer dans son travail. Les sentiments n'avaient jamais leur place dans une mission. En particulier dans celle-ci.

— Bien sûr, monsieur. Je comprends parfaitement.

Rien, absolument rien, ne l'empêcherait d'effectuer son travail.

Encore un incendie criminel.

Au fond de lui, Sawyer Powell en était persuadé et à présent, il devait recueillir des indices pour étayer – ou contredire – son intuition. Revêtu de son équipement de protection, il suivait le protocole, en commençant par inspecter les zones les moins endommagées avant de s'intéresser aux plus calcinées pour identifier les causes du sinistre.

Les pompiers qui s'activaient autour de lui rendaient la scène plus chaotique encore. Maintenant qu'ils avaient éteint l'incendie, ils s'efforçaient de sécuriser le bâtiment. Le processus de recherche et d'extinction des dernières poches de feu cachées dans le sol, les plafonds ou les murs, était laborieux mais indispensable. Il suffisait parfois de quelques braises oubliées pour provoquer un nouveau départ de feu.

Idéalement, il préférait examiner les lieux avant le début des travaux de consolidation pour s'assurer qu'aucun indice important ne serait perdu ou détruit. Les soldats du feu n'appréciaient pas beaucoup non plus de l'avoir dans les jambes. Pourtant, pressés par le temps, ils étaient le plus souvent obligés de travailler en tandem.

Sawyer subissait une pression croissante de la part du maire alors que la caserne des pompiers disposait d'un nombre d'hommes limité. Dans une petite ville comme la leur, ils intervenaient essentiellement pour des feux de forêt et voilà pourquoi l'effectif réduit n'avait pas été un problème. Jusqu'à maintenant.

Il fit lentement le tour de la boutique solidaire, l'Emmaüs local, en prenant des notes et des photos pour son rapport. Il procédait comme un archéologue cartographiant des ruines. Une odeur de caoutchouc brûlé et de fils électriques fondus flottait dans l'air. Des cendres humides recouvraient le sol et collaient à ses bottes.

Le feu était un animal prévisible. Il respirait, dévorait, se développait. Plus important encore, il s'exprimait aussi, il racontait son histoire. Sawyer n'avait qu'à le faire parler et à l'interpréter. Un feu ne mentait pas.

Il ramassa un gros morceau de vitre tombé de l'une des fenêtres brisées. Il était orné d'un dessin révélateur qui ressemblait à une toile d'araignée. *Du verre craquelé*, une réaction du verre exposé à des températures extrêmes. Il s'agissait d'un indicateur clé prouvant que l'incendie s'était très vite propagé, alimenté par un accélérant liquide, un hydrocarbure, sans doute, qui avait provoqué l'explosion des vitres.

Il s'enfonça plus profondément dans le bâtiment. En se courbant pour éviter de heurter les câbles qui pendaient du plafond, il arriva au bureau. La victime, qui se trouvait maintenant en soins intensifs avec un pronostic vital engagé, y avait été découverte.

Deux pompiers à l'intérieur avaient déjà ouvert les murs et s'apprêtaient à hisser leur échelle.

— Hé, les gars, arrêtez ! leur cria Sawyer.

Les deux hommes le regardèrent d'un air perplexe. Ils n'étaient pas de la caserne, ils faisaient partie de l'équipe de volontaires qui intervenaient parfois en renfort.

Sawyer connaissait la plupart d'entre eux. Mais pas ces deux-là.

— Que fabriquez-vous ? Je dois examiner cette zone avant que des indices indispensables à l'enquête ne soient détruits.

— Oh ! d'accord, répondit le plus âgé. Le chef nous avait demandé de déblayer le plus gros. Personne n'a envie d'être rappelé sur les lieux à cause d'un nouveau départ de feu.

Sawyer réprima sa colère.

— Arrêtez tout et réfléchissez à ce que vous faites. D'ailleurs, pourquoi ne pas vous accorder une pause jusqu'à ce que j'aie fini ?

— Nous avons été appelés pour permettre aux pompiers de la

caserne de souffler, remarqua l'autre. Nous sommes frais et prêts à aider. Sur quoi voulez-vous que nous travaillions ?

Sawyer s'en fichait tant qu'ils s'écartaient de son chemin.

— Allez demander au chef.

Les deux hommes haussèrent les épaules et s'éloignèrent.

Sawyer promena les yeux autour de lui. Il dégagea des plaques de plâtre arrachées et remarqua le bas des murs noircis. Les flammes montaient naturellement vers le haut mais ce feu-là avait brûlé extrêmement bas.

Près de la porte du bureau, il écarta les restes d'une chaise calcinée en travers du seuil. De curieux dessins en forme de flaques d'eau se trouvaient sur le sol. Il reconnut le type de combustion incomplète produite par un liquide inflammable. L'intensité du feu avait créé ces étranges motifs.

Il avait vu les mêmes figures sur les autres scènes de crime. Les restes d'un objet spécifique y étaient aussi et il passa les cendres au crible jusqu'à ce qu'il découvre ce qu'il cherchait. Les débris d'une minuterie. Il les ramassa.

Il prit des clichés et préleva des échantillons pour les envoyer au laboratoire criminel. L'ennui était qu'il lui faudrait attendre plusieurs semaines pour les résultats.

Comme il levait les yeux vers le plafond, il sourit à la vue d'autres éléments confirmant qu'un hydrocarbure avait bien été utilisé comme accélérant. Du kérosène, sans doute. Il avait brûlé vers le bas, en produisant un trou exactement comme celui qui se trouvait au centre du motif sur le sol. Le mélange d'air et de vapeur hautement volatile produit par l'essence en combustion était monté jusqu'au plafond où il s'était enflammé. Là encore, il le photographia.

En inspectant l'ensemble du bâtiment, Sawyer identifia trois points de départ de feu. L'un dans le bureau, un autre près des issues de secours et un troisième devant la porte principale. Les foyers multiples indépendants et simultanés confirmaient son intuition.

L'incendie avait été intentionnel, criminel, il n'en avait plus aucun doute, à présent. L'incendiaire avait tout organisé pour empêcher la victime de s'échapper et les secours d'entrer.

Il lui avait tendu un piège mortel, comprit Sawyer écœuré.

Comme il sortait de l'édifice, chargé de sa boîte à outils contenant les échantillons et son appareil-photo, il grimaça à la vue de la foule assemblée à proximité. Composée de curieux et de journalistes, elle avait doublé depuis son arrivée.

Sawyer aperçut Ted Rapke, le chef des pompiers, avec les deux gars qui avaient failli, par négligence, détériorer la scène du crime. Il se prépara à la conversation qui allait suivre.

Ted et lui ne s'entendaient déjà pas lorsqu'ils travaillaient côte à côte en tant que pompiers. Mais depuis que Ted avait été promu chef de la caserne tandis que Sawyer devenait le nouvel expert en recherche de causes des incendies, à la place de Gareth, l'ami de Ted, leurs relations n'avaient fait qu'empirer.

Ted se dirigea vers lui.

— J'aimerais que tu évites de t'en prendre à eux. Contrairement à nous, ils sont volontaires. Je ne peux pas me permettre de les perdre alors qu'un incendiaire met la ville à feu et à sang. Et que mes hommes sont épuisés.

Sawyer retira son casque. Il avait hâte d'enlever le reste de son équipement, insupportable sous la chaleur étouffante de ce mois d'août.

— Et il n'est pas question pour moi de les laisser détruire de précieux indices dont nous avons impérativement besoin pour espérer attraper le criminel responsable de ces tragédies.

— Je ne veux pas que tu fasses fuir les volontaires. Ils nous sont indispensables.

— Ce n'était pas mon intention. Les travaux de consolidation sont difficiles, je le sais. Les pompiers impliqués dans l'extinction de l'incendie sont si fatigués qu'ils négligent les dangers, ainsi que les indices. Quant aux volontaires, ils se moquent de la préservation de la scène de crime et m'interdisent dès lors d'effectuer correctement mon travail. Leur seule préoccupation est d'éteindre un feu et d'empêcher qu'il reparte. Peut-être devrais-tu t'en tenir à l'imagerie thermique jusqu'à ce que j'aie enquêté et que tu aies une nouvelle équipe pour sécuriser l'édifice.

Ted croisa les bras et serra les mâchoires.

— Aurais-tu l'audace de chercher à m'apprendre mon métier ?

— Ce n'était qu'une suggestion.

Une suggestion qui les aiderait à être plus efficaces.

— Tu ne manques pas d'air, mon pote, dit Ted. Et à ta place, je baisserais d'un ton. D'autant que le maire Schroeder vient de passer à la télévision et t'a ouvertement traité d'incapable.

Sawyer refusait de parler du maire.

Il entendit alors quelqu'un s'éclaircir la gorge derrière lui.

— Excusez-moi, messieurs, dit une femme dont la voix ne lui était pas inconnue.

Il se retourna. En se retrouvant face à Liz Kelley, il eut presque envie de se pincer. Lorsque l'agent spécial Cho lui avait dit qu'elle venait, son cœur s'était mis à battre la chamade à la simple mention de son nom.

Et maintenant, elle était là, devant lui, avec ses yeux émeraude, ses longs cheveux châtains ondulés et sa silhouette élancée. Ses courbes féminines s'étaient épanouies avec les années. Mais avec quinze ans de plus, elle était toujours aussi belle.

— Ah oui, dit Ted avant de s'éloigner. J'oubliais de mentionner que le FBI avait envoyé quelqu'un pour se charger de *ton travail* puisque tu n'y arrives pas tout seul.

Ignorant Ted et leurs frictions habituelles, Sawyer la dévorait du regard.

— Liz...

Il s'avança pour la prendre dans ses bras mais elle lui tendit la main. Déstabilisé, il ne la saisit pas et gênés, tous deux reculèrent sans se toucher du tout.

— Tu es là depuis longtemps ?

— J'arrive à l'instant. Le chef m'a dit que tu étais à l'intérieur.

— Je suis heureux de te voir. J'aurais, bien sûr, préféré que ce soit dans d'autres circonstances.

Un profond malaise – le même qu'il ressentait depuis que Liz avait mis fin à tout contact – l'envahit. Il aurait voulu réduire la distance entre eux. Des années durant, ils avaient été inséparables. Ils avaient tout partagé, y compris des rêves d'avenir. Leur complicité d'autrefois lui manquait. Liz lui manquait.

Elle ajusta le foulard autour de son cou, le remonta un peu pour dissimuler ses cicatrices.

— Moi aussi.

— Tu travailles au FBI ! Waouh ! Cela te plaît ?

— Beaucoup. C'est bien d'avoir un but.

Elle reporta son attention sur le bâtiment calciné.

— Es-tu sûr qu'il s'agit bien d'un incendie criminel ? demanda-t-elle en revenant aux choses sérieuses.

Il retira ses gants.

— J'en suis sûr et certain. Vu la multiplicité des départs de feu, le verre craquelé et les configurations de flaques causées par un liquide inflammable, du kérosène, je pense, je n'en ai aucun doute.

Il savait qu'elle comprenait son jargon parce qu'il avait lu son livre impressionnant sur l'analyse comportementale des incendiaires et des poseurs de bombes en série.

Elle l'étudia un moment. Doutait-elle de lui ?

— Si tu veux, je peux te procurer un équipement pour que nous allions jeter un œil à l'intérieur, proposa-t-il.

Mais l'idée d'entrer dans un édifice qui avait pris feu quelques heures plus tôt la dérangeait peut-être.

Quelle bêtise de le suggérer, se reprocha-t-il. Mais encore une fois, il ne savait pas comment gérer cette situation.

— Tu préfères peut-être ne pas pénétrer à l'intérieur.

— Ce ne sera pas nécessaire. Tu es l'expert en charge de déterminer la cause. Je suis là pour t'aider à découvrir qui est derrière ces crimes.

Voilà pourquoi elle était enfin revenue à Laramie. Pour que justice soit rendue. Pour arrêter un tueur sadique.

Il comprenait cette motivation et la respectait. Si seulement il savait comment travailler avec elle sur cette enquête et gérer le mal de ventre dont il était la proie chaque fois qu'il pensait à elle.

La chaleur devenait de plus en plus insupportable et il ouvrit sa combinaison.

— Cela ne te dérange pas que je retire ma tenue ? J'étouffe là-dessous.

— Vas-y.

Elle lui prit sa boîte à indices et son casque pour lui faciliter la tâche.

Il enleva son lourd équipement de protection, en ne gardant que son pantalon, ses bottes et son T-shirt bleu marine sur lequel était écrit « Wyoming State Fire Marshal ».

— Que peux-tu me dire sur la dernière victime ? demanda-t-elle.

— Ermenegilda Martinez. Trente et un ans. Mariée, sans enfants, gérante de Compassionate Hearts, la boutique solidaire de la ville. Elle est actuellement en soins intensifs. Son pronostic vital est engagé.

— Cette boutique n'ouvre pas avant 9 heures. Pourquoi y était-elle si tôt, ce matin ? En as-tu une idée ?

Il secoua la tête.

— Aucune. J'espère que son mari pourra nous éclairer sur ce point.

— As-tu trouvé un lien entre les victimes ?

— Pas encore.

Un échec qui le rongeait et l'empêchait de dormir la nuit.

— Je n'ai pas encore eu la possibilité de me plonger dans le dossier parce que je suis venue en voiture dès que j'ai été assignée à cette mission. J'aimerais passer en revue tous les détails avec toi.

Sa nuque le picotait et il avait l'impression que quelqu'un l'observait. Il scruta la foule de curieux.

Bien sûr, il était épié. Tout comme les autres pompiers qui

travaillaient à éteindre l'incendie. Il connaissait la plupart des gens de la région, au moins de vue. Beaucoup étaient des amis. Laramie et Bison Ridge avaient un lycée commun. Il avait été scolarisé avec presque tous les habitants de son âge, qui avaient grandi ici, et avait pratiqué du sport avec au moins la moitié des autres.

Aucun des visages de ceux qui s'étaient rassemblés ne lui était totalement inconnu.

Pourtant, il ne pouvait se débarrasser de ce picotement d'avertissement inquiétant.

— Allons dans mon bureau, suggéra-t-il, loin des regards indiscrets. Nous reverrons tout là-bas.

— Très bien.

— Où es-tu garée ?

— Assez loin, dit-elle. Il n'y avait pas de place par ici.

— Mon camion est tout près, dit-il avec un geste vers le bout de la rue. Je vais te conduire à ta voiture et tu pourras me suivre.

Ils passèrent devant les camions de pompiers et contournèrent les barrières métalliques qui tenaient à distance la foule amassée. Les incendies et les meurtres en série étaient inhabituels dans cette petite ville tranquille et suscitaient donc beaucoup d'intérêt macabre.

Une femme sortit du groupe de spectateurs et se précipita vers eux. En la reconnaissant, Sawyer serra les dents et regretta de ne pas avoir filé plus vite.

— Excusez-moi, monsieur Powell, cria-t-elle en lui tendant un micro. Je suis Erica Egan de *Laramie Gazette*.

— Je sais qui vous êtes.

Une menace.

Il accéléra le pas et Liz le suivit.

Egan se rapprocha, son bras effleura le sien comme par inadvertance.

— J'ai déjà essayé de vous coincer, il y a quelques jours, pour vous interroger au sujet des incendies.

— Je suis au courant.

Elle avait la réputation de faire ami-ami avec les hommes dans l'espoir d'obtenir une exclusivité. Peu lui importait qu'ils soient mariés. Sawyer n'était pas du genre à croire aux ragots salaces, susceptibles de ruiner la carrière de quelqu'un, mais il n'aimait pas les articles d'Egan. Du pur sensationnalisme.

— Souhaitez-vous commenter ce que le maire Schroeder a dit sur vous et sur les incendies dans le *Morning Buzz* ? Est-ce la raison pour laquelle le FBI a été appelé à la rescousse ?

Il jeta un coup d'œil à la veste de Liz, à l'effigie du FBI.

— Je n'ai pas regardé l'interview du maire parce que j'étais trop occupé à travailler.

Son camion n'était pas très loin. Très bientôt, il pourrait sauter à l'intérieur et éviter de répondre à d'autres questions.

Egan agita son micro devant son visage.

— Je vais vous rapporter ses propos, dit-elle. Le maire a dit, je cite : « L'expert en recherche de causes des incendies criminels Sawyer Powell est un... »

— Attendez. Pouvez-vous vous taire un instant ? lança soudain Liz à la journaliste.

Elle posa une main sur le bras de Sawyer pour le forcer à ralentir.

— Tu entends ce que j'entends ?

Il tendit l'oreille et perçut alors un bruit métallique, un léger cliquetis. Émanait-il de son véhicule ?

— Une bombe se trouve sous ton camion ! hurla Liz. Couchez-vous !

La minute d'après, le véhicule explosa. La puissance de la déflagration secoua Sawyer jusqu'au plus profond de lui-même.

2

La détonation fut assourdissante, le blast les souleva en l'air avant de les projeter à terre. Comme le camion retombait avec violence sur le sol, des morceaux de carrosserie s'abattirent sur eux et sur les véhicules alentour. Par réflexe, Sawyer enroula les bras autour de Liz et de la journaliste.

Lorsqu'ils atterrirent durement sur le bitume, une vive douleur traversa le dos de Liz. À moitié sonnée, elle sentit le souffle de Sawyer caresser sa joue et sa gorge se serra.

Mais très vite, elle s'efforça de recouvrer ses esprits, de se repérer, de bouger.

Lève-toi. Lève-toi !

Mais alors qu'elle repoussait Sawyer et commençait à se redresser, une deuxième explosion arracha l'une des portières du camion et l'envoya valser. Elle passa à deux doigts de sa tête. Des flammes jaillirent par les vitres. Sawyer revint sur elle, pour la protéger de son corps, alors que des éclats de ferraille volaient autour d'eux.

Une odeur âcre de caoutchouc fondu et de kérosène la prit à la gorge. Ses oreilles bourdonnaient. Ses yeux piquaient.

Avec une profonde inspiration, elle s'ordonna de sortir de sa sidération.

Sawyer roula sur le dos avec un gémissement. Allongée face contre terre, les mains sur la tête, la journaliste tremblait de peur.

— Ça va ? lui demanda Liz. Avez-vous été blessée ?

— Non. Je ne crois pas. Mais est-il prudent de bouger ?

— Oui. Je pense qu'il n'y a plus de danger.

Liz reporta son attention sur Sawyer.

Il se mit sur son séant avec une grimace de douleur. Comme elle l'examinait rapidement, elle remarqua une longue entaille sur sa cuisse et une autre sur son côté. Son bras gauche était rouge, il avait été brûlé.

— Tu es blessé.

Si seulement il avait gardé son équipement ou n'avait pas essayé de les protéger, la journaliste et elle, du blast et de la chute des débris. Consciente que la situation aurait pu être mille fois pire, elle lui caressa la joue, soulagée.

Erica Egan se redressa.

— Mon Dieu ! Je... je n'arrive pas à croire ce qui vient de se passer.

Liz non plus. Quelqu'un avait essayé de tuer Sawyer et y avait presque réussi.

Il passa le doigt sur la déchirure de son pantalon.

— La coupure est nette, grommela-t-il avant de se tourner vers son camion qui n'était plus qu'un tas de ferraille fumant.

— On ne peut pas en dire autant de ton abdomen, répondit Liz, en l'étudiant de plus près.

Un éclat de métal était incrusté dans sa chair.

— Je vais chercher un urgentiste, ajouta-t-elle.

— Non, je m'en charge, intervint la journaliste qui se relevait lentement en époussetant ses vêtements. C'est le moins que je puisse faire.

Un léger tremblement altérait sa voix.

— Vous m'avez sauvé la vie tous les deux, ajouta-t-elle.

Sawyer gardait les yeux rivés sur l'épave de son camion. Son beau visage était blême.

— Il s'en est fallu d'un cheveu. Si nous avions été un peu plus près, nous aurions été tués.

Liz souleva avec douceur sa chemise pour examiner la blessure.

— Elle saigne beaucoup.

Mais elle n'osait pas exercer de pression sur la plaie à cause du morceau de métal qui en sortait.

— Je me dépêche, dit Egan en s'éloignant à grands pas.

Liz observa Sawyer avec attention.

— As-tu contrarié quelqu'un dernièrement ?

— Au point de donner à ce quelqu'un l'envie de me tuer ? Non, je ne vois pas, dit-il en secouant la tête.

— Alors, notre suspect – quel qu'il soit – était à la manœuvre.

— Mais pourquoi ?

Plusieurs explications possibles traversèrent Liz.

— L'enquête prend peut-être une tournure qui lui déplaît. Peut-être es-tu plus près de l'identifier que tu ne le crois. Mais la vraie question est : pourquoi ne sommes-nous pas morts ?

Il détourna son regard des flammes pour le poser sur elle.

— Comment cela ?

— Cette bombe a manifestement été placée là dans l'intention de te tuer.

— L'objectif était peut-être de m'effrayer.

— Peut-être, dit-elle.

Mais elle en doutait.

— Elle était suffisamment grosse pour déclencher une deuxième explosion, dit-elle en réfléchissant à haute voix. Un engin explosif de ce genre est destiné à tuer, pas à effrayer.

— Alors pourquoi n'a-t-il pas attendu que nous soyons dans le véhicule pour le faire exploser ?

Plusieurs hypothèses lui vinrent à l'esprit.

— Je n'ai aucune certitude mais s'attaquer à un agent du FBI entraîne des conséquences plus graves que de tuer un expert en recherche de causes d'incendies, dit-elle. Sans vouloir t'offenser, c'est la différence entre un crime fédéral et un crime d'État. Sans parler du fait qu'il s'attirerait les foudres du FBI au grand complet s'il faisait exploser l'une des leurs. Mon équipe fondrait illico sur Laramie comme les quatre cavaliers de l'Apocalypse, déterminée à faire périr le coupable. Toute personne intelligente éviterait de se retrouver dans ce genre de situation.

Liz espérait que sa présence était la raison pour laquelle le camion avait explosé avant qu'ils n'y montent. Si leur survie avait une autre explication, alors l'affaire était plus grave qu'elle ne le craignait.

L'ambulance s'arrêta devant eux. Sawyer essaya d'emporter la boîte remplie d'indices avec lui mais Liz la lui prit des mains. Elle y veillerait elle-même.

Dès que les ambulanciers eurent chargé Sawyer allongé sur un brancard, à l'arrière de leur véhicule, elle courut vers sa voiture de location et prit la direction des urgences de l'hôpital de Laramie. En y arrivant, elle montra son badge à une infirmière qui lui indiqua aussitôt la salle d'examen où il se trouvait.

Sawyer était étendu sur un lit, la tête soutenue par des oreillers. Elle avait gardé des photos de lui mais sur toutes, il était adolescent. Il était devenu un homme très séduisant et le revoir après toutes ces années la remplit de joie. Quand il posa ses yeux myosotis sur elle avec un petit sourire en coin, elle sentit son cœur s'affoler dans sa poitrine. Elle contempla son beau visage avec ravissement. Ses cheveux blonds étaient toujours aussi bouclés. Ses boucles lui avaient toujours donné envie d'y passer les doigts. Sa mâchoire, plus carrée que dans ses souvenirs, était couverte d'une barbe de trois jours.

Comme elle entrait dans la salle, l'infirmière s'en allait.

— Un médecin va passer l'examiner sous peu, dit-elle.

Elle partit en tirant le rideau derrière elle pour leur offrir un peu d'intimité.

— Mon héroïne est de retour, dit-il.

— Je n'ai rien d'une héroïne, protesta-t-elle.

— Tu plaisantes. Tu es à Laramie depuis moins d'une heure et tu m'as déjà sauvé la vie.

— Je ne peux pas m'attribuer le mérite d'être une dissuasion.

Mais indéniablement, par sa seule présence, elle avait empêché le coupable de tuer Sawyer. Le type avait déclenché sa bombe un peu plus tôt, ce qui avait provoqué ce cliquetis, un bruit qu'ils n'auraient pas entendu avant d'être dans le camion si l'intention avait été de les tuer. De toute évidence, le poseur de bombe ne se souciait pas de prendre des vies. Peut-être en tirait-il même du plaisir. Mais la peur de commettre un crime fédéral et d'en subir les conséquences était-elle vraiment la raison pour laquelle ils n'étaient pas morts ? La réponse les aiderait peut-être à identifier le tueur.

— Comment te sens-tu ? demanda Liz en s'avançant vers lui.

— Je suis en vie, donc je ne vais pas me plaindre.

Elle ne lui aurait pas reproché de le faire. Mais le Sawyer qu'elle connaissait n'avait jamais été du genre à pleurnicher sur son sort. En revanche, il avait toujours été le premier à faire un compliment. Il ne laissait jamais tomber personne, surtout pas un ami en difficulté. Il était gentil, sûr de lui, fort. Au lycée, il aimait le basket, les mathématiques et elle. Il avait prévu de suivre une formation en ingénierie financière, à l'université, pour devenir analyste quantitatif en finance de marché. Un métier très éloigné de celui qu'il exerçait aujourd'hui.

— Comment as-tu fini expert en recherche de causes des incendies ? demanda-t-elle. Tu te destinais à la finance, non ?

Ses yeux myosotis s'assombrirent.

— De la même manière sans doute que tu t'es retrouvée au FBI, répondit-il.

Son rêve de devenir conservatrice de musée semblait appartenir à une vie antérieure. Ou avoir été celui d'une autre.

La tragédie de cet été-là avait changé à jamais le cours de leur existence.

— J'ai longtemps été pompier, dit-il. Jusqu'au jour où j'ai pris conscience que j'étais plus doué pour entrer dans le bâtiment, une fois l'incendie éteint, reconstituer les pièces du puzzle et comprendre pourquoi il avait eu lieu.

Sawyer avait toujours été beau gosse mais son esprit analytique lui avait toujours paru plus attirant encore. Qu'il l'utilise pour aider à arrêter les criminels au lieu de mettre au point des modèles mathématiques pour rentabiliser les entreprises lui sembla bien.

— Y a-t-il quelqu'un à prévenir que tu es aux urgences ? Ta femme ? Ta petite amie ?

Quelque part, elle souhaitait qu'il ait trouvé le bonheur avec une autre. Mais d'un autre côté, elle espérait qu'il serait resté célibataire. Une réaction illogique puisque c'était elle qui avait rompu. Ce qu'il faisait de sa vie, le métier qu'il avait choisi d'exercer, qui il aimait, tout cela ne devrait pas avoir d'importance pour elle. Mais dans son cœur, elle était toujours liée à lui. Qu'elle soit en train de courir, de se préparer à dîner ou de se glisser seule dans son grand lit, Sawyer était toujours là. Il la hantait.

— Non. Pas même une copine pour se plaindre quand je fais des heures supplémentaires, répondit-il à son grand soulagement. Je ne me suis jamais lancé dans une relation sérieuse et le plus souvent, je me sens seul avec quelqu'un.

Quelque chose dans sa voix l'attrista et elle se reprocha son égoïsme. Il méritait d'avoir la vie heureuse qu'elle n'aurait jamais.

— Je suis surprise. Tu voulais te marier à vingt-cinq ans et avoir au moins deux enfants.

Il planta les yeux sur elle et serra les mâchoires.

— Après tout ce temps, tu ne comprends toujours pas. C'était la vie que je voulais avec *toi*.

Ses mots lui transpercèrent le cœur avec la précision d'un scalpel mais elle n'osa pas laisser transparaître ses sentiments, des sentiments longtemps enfouis.

Le rideau s'ouvrit, détournant au bon moment leur attention.

— Bonjour, dit une femme en blouse blanche, une tablette à la main. Je suis la Dr Moreno. J'ai entendu dire que votre journée avait mal commencé, ajouta-t-elle en souriant à Sawyer.

— Vous n'imaginez pas à quel point, fit-il.

— Je vais y jeter un œil, dit-elle en enfilant des gants en latex.

— Je vous laisse, dit Liz.

Mais Sawyer posa la main sur son bras.

— Je préférerais que tu restes.

La Dr Moreno saisit une paire de ciseaux et la mit sur un plateau.

— Il aura besoin d'un dérivatif dans un instant.

— Alors, il n'y a personne de mieux que toi, Liz, dit-il.

La médecin soigna d'abord sa cuisse, nettoya la plaie et y appliqua un pansement. Elle étala ensuite de la pommade sur la brûlure de son bras. Puis elle passa à son abdomen et coupa son T-shirt, révélant son torse nu.

Liz sentit son visage s'empourprer. Il avait changé au cours des quinze dernières années mais bizarrement peut-être, il avait embelli avec l'âge. Les petites rides au coin de ses paupières ne faisaient que mettre en valeur ses yeux magnifiques. Il avait pris de l'épaisseur. Transporter quarante kilos de matériel et d'équipement pour intervenir sur des incendies l'avait transformé. Son corps d'adolescent avait laissé place à la silhouette solide et musclée d'un pompier devenu enquêteur expert.

Il ne luttait plus contre les flammes mais tant qu'ils n'auraient pas arrêté celui qui avait dissimulé une bombe sous son camion, il serait en danger.

— La prochaine étape va vous faire mal, le prévint la docteure.

Elle troqua les ciseaux contre des pinces. Elle appuya légèrement la peau autour de la plaie, puis saisit l'éclat de métal. Lorsqu'elle entreprit de l'extraire, Sawyer grimaça.

— Parlez-lui.

Liz lui prit la main. Elle chercha quelque chose à dire, n'importe quoi, pour lui faire oublier la douleur, et sortit la première pensée qui lui traversa l'esprit.

— Tu te souviens de la fois où nous étions allés nager et que tu m'avais fait la surprise de venir avec un pique-nique ?

Le panier contenait tous ses plats préférés.

— Et j'avais eu la bonne idée d'étendre la couverture sur un nid de guêpes qui n'avaient pas apprécié cette violation de domicile. Comment aurais-je pu oublier ?

Il se mordit les lèvres quand la docteure lui posa les points de suture.

Liz lui pressa la paume contre sa joue.

— Mais avant qu'elles ne nous piquent, la journée avait été parfaite. Ensoleillée, chaude mais agrémentée d'une petite brise. Nous avions nagé dans le lac pendant des heures.

Il avait même apporté un lecteur MP3. Ils avaient dansé et s'étaient embrassés. Ils croyaient alors qu'ils passeraient leur vie ensemble. À s'embrasser, à danser, à rire, à se serrer l'un contre l'autre.

— Et, autre belle surprise, tu avais réservé ce jour-là des billets pour un ballet à Cheyenne. *Le Lac des cygnes*.

Sawyer avait été un élève brillant et un véritable athlète mais il appréciait aussi la musique classique et la peinture – des intérêts qu'ils partageaient.

Il était doté de toutes les qualités dont elle rêvait pour l'homme de sa vie.

— Rien n'aurait pu embellir davantage cette journée. À part les guêpes, elle avait été parfaite, répéta-t-elle avec conviction.

Elle n'avait plus mis de maillot de bain depuis lors...

— Cette journée était magnifique, répliqua-t-il en mêlant ses doigts aux siens, parce que nous étions ensemble. Et pour rien d'autre.

La sincérité qui teintait sa voix provoqua un petit pincement dans sa poitrine.

— Voilà, c'est fini, annonça la docteure en retirant ses gants.

Liz enleva sa main de la sienne. Ressasser de bons souvenirs avec lui était une erreur. Chaque fois qu'elle pensait à Sawyer, à ce qu'elle avait partagé avec lui, elle s'attendrissait.

Cela la rendait faible.

— La plaie devrait cicatriser en deux à quatre semaines, dit la Dr Moreno. Aucune artère n'a été touchée mais je suis contente que vous n'ayez pas pris le risque de retirer vous-même l'éclat de métal. Les points de suture disparaîtront d'eux-mêmes avec le temps. Je vais vous prescrire un antibiotique et des antalgiques puis vous pourrez rentrer chez vous. Avez-vous des questions ?

— Aucune. Merci de m'avoir soigné.

Avec un signe de tête, elle écarta le rideau et disparut.

Sawyer tendit la main vers Liz.

— Liz.

Mais elle s'éloigna du lit. Ils devaient se concentrer sur la recherche d'un tueur, pas sur leur passé.

— Profitons de ce que nous sommes ici à l'hôpital, pour monter aux soins intensifs, dit-elle. Prendre des nouvelles de Mme Martinez. Parler avec son mari. Ensuite, nous passerons en revue tout ce qui concerne l'affaire.

— Bien sûr. Revenons à l'enquête, tu as raison. Mais nous devrions aussi trouver le temps de parler. De nous. De clarifier la situation.

— Il n'y a pas de *nous*, répliqua-t-elle, presque par réflexe.

— Tu t'en es assurée en ne répondant à aucun de mes e-mails ni à aucun de mes appels téléphoniques. J'ai compris pourquoi tu avais quitté le Wyoming mais je n'aurais jamais imaginé que tu me quitterais aussi.

Les liens qui les unissaient alors avaient été les plus forts qu'elle ait jamais eus, à part ceux qui la reliaient à ses parents, mais elle avait agi pour leur bien à tous deux.

— Je suis allé dans le Montana pour te voir, un jour, dit-il.

Elle sentit son cœur se serrer. Elle ne voulait pas rouvrir de vieilles blessures.

— J'avais roulé toute la nuit sans dormir. Étais-tu chez toi, ce jour-là quand j'ai frappé à la porte ? J'ai besoin de savoir.

Bien sûr qu'elle était là. Après le déménagement, il lui avait fallu un an pour s'aventurer hors de la maison. Son père avait chassé Sawyer sans même lui demander son avis. Cela avait été aussi bien puisqu'elle s'était cachée dans le placard.

Comme une lâche.

— J'étais certain que tu étais là, poursuivit-il, alors je suis resté dehors, à t'appeler.

L'entendre crier son nom à tue-tête, la voix brisée de douleur, l'avait anéantie. Rien que de s'en souvenir, elle en avait les larmes aux yeux.

— Je voulais te rappeler tout ce que tu représentais pour moi mais ton père a téléphoné à la police.

Il n'était pas nécessaire de le lui rappeler. Ils avaient grandi ensemble, leurs propriétés familiales étant mitoyennes. Depuis leurs treize ans et leur premier baiser, ils faisaient des projets.

Lorsqu'il était venu, elle s'était cachée, accablée de chagrin. Elle ne parvenait pas encore à faire son deuil, à accepter la fin de son monde, à renoncer à la vie qu'ils n'auraient jamais ensemble. Rien ne serait plus jamais comme avant, elle le savait.

Elle avait voulu que Sawyer avance, continue de vivre, sans culpabiliser, sans se sentir obligé de rester avec elle, la « grande brûlée qui avait survécu ». De plus elle avait eu besoin de quelque chose qu'il ne pouvait lui donner. De guérir par elle-même. De se construire une nouvelle existence. De faire ce qui lui semblait impossible : réimaginer son avenir sans lui.

Cette décision avait été la plus difficile qu'elle ait jamais prise, mais elle avait pensé qu'une rupture nette valait mieux.

— Tu étais chez toi ? demanda-t-il. Réponds seulement à cette question.

Elle n'avait jamais menti à Sawyer. Pas une seule fois. Et elle ne commencerait pas maintenant.

Elle déglutit dans l'espoir de chasser la culpabilité qui lui bloquait la gorge.

— Je ne suis pas revenue dans le Wyoming pour des raisons personnelles, dit-elle en se limitant à la seule vérité dont ils devaient discuter en ce moment.

Les émotions pouvaient brouiller leurs perceptions, mener à des erreurs, qui mettraient des vies en danger. Après l'explosion de son camion, une seule certitude s'imposait : l'échec pourrait les tuer. Elle se raidit, remplie de détermination.

— Je suis venue ici pour résoudre cette enquête. C'est tout ce qui compte pour l'instant.

La gorge serrée, Sawyer entra dans l'ascenseur de l'hôpital à côté de Liz. Comment avait-elle pu croire qu'il était fiancé ou mieux, marié, avec une autre ? Depuis quinze ans, son cœur était perdu dans les limbes, coincé dans l'incertitude.

Mais elle l'ignorait. Elle l'avait quitté sans un regard en arrière et se moquait bien de l'impact de ses choix sur lui.

Tant de fois, il avait rêvé d'avoir la possibilité de lui parler en face-à-face. Il avait listé les questions qu'il lui poserait, imaginé ses réponses. Il s'était souvent demandé s'il parviendrait un jour à tourner la page. Il n'avait jamais pensé qu'ils se retrouveraient tous les deux à travailler sur une enquête ni qu'elle utiliserait cette affaire comme excuse pour éviter d'avoir avec lui la conversation qu'il avait si longtemps attendue.

Pourtant, il s'accrochait à trois petits mots : *pour l'instant*.

Il en déduisit qu'elle serait éventuellement d'accord pour discuter de ce qui s'était passé entre eux. Mais plus tard.

La douleur qu'il gardait en lui depuis quinze ans – qui le tenait prisonnier du passé, incapable d'aller de l'avant – allait donc suppurer un peu plus longtemps encore.

Les portes s'ouvrirent à l'étage des soins intensifs. Il sortit de la cabine avec pour seule préoccupation en tête son travail.

Ils se dirigèrent vers la réception.

— Bonjour. Je suis l'expert en incendies Powell, dit-il en montrant son badge à l'infirmière. Et voici l'agente Kelley. Nous aimerions avoir des nouvelles de Mme Martinez.

Le visage de l'infirmière se ferma.

— Son état est stationnaire. Elle est sous assistance respiratoire mais l'étendue et la gravité de ses blessures rendent sa survie très improbable. Le médecin estime qu'elle en a pour soixante-douze heures au maximum.

— Pouvez-vous nous prévenir s'il y a du changement ? s'enquit Liz en lui tendant une carte de visite. Dans quelle chambre se trouve-t-elle ?

— La numéro trois, répondit-elle en la désignant du doigt. Son mari est avec elle. Une seule personne à la fois est autorisée à entrer.

— Merci.

C'était la partie la plus pénible du travail.

Les pompiers devaient, eux aussi, rendre ce genre de visites. Annoncer à quelqu'un la mort d'un proche au cours d'un incendie, le prévenir que le corps du disparu était méconnaissable. Ou lui poser des questions, sonder sa vie, alors qu'il avait besoin de gérer ses émotions. C'était toujours douloureux pour lui.

Ils remontèrent le couloir et s'arrêtèrent devant la grande baie vitrée qui donnait aux infirmières la possibilité de garder en permanence un œil sur la patiente. M. Martinez était assis à côté du lit, la main posée sur celle de sa femme, enveloppée de bandages, comme son visage et la majeure partie de son corps.

Ses blessures étaient graves et étendues, son état bien pire que celui dans lequel Liz avait été, quinze plus tôt. Sawyer avait, lui aussi, été à son chevet. Il y était souvent resté jusqu'aux petites heures du matin pour permettre à ses parents de rentrer se reposer, de prendre une douche et de se restaurer.

Aussi proche qu'il ait été de Liz, aussi fort qu'ait été leur amour, il ne prétendait pas mesurer l'ampleur du chagrin que devait ressentir M. Martinez.

Ils devaient arrêter le criminel responsable de ces horreurs avant que d'autres vies ne soient détruites, pensa-t-il avec colère.

Il surprit des ombres dans les yeux de Liz et un frisson la parcourir mais très vite, elle se ressaisit. Quiconque ne l'aurait pas regardée attentivement serait passé à côté. Mais voir la dernière victime en soins intensifs, se battant pour sa vie, devait être difficile pour elle, raviver de terribles souvenirs.

S'élancer dans des bâtiments en feu pour sauver des adolescents et des chevaux avait demandé une forme singulière d'altruisme et de courage. Pour toute récompense, elle s'était retrouvée coincée sous une poutre tombée dans l'écurie, au milieu des flammes qui avaient fait fondre sa chair. Sa guérison avait été lente, douloureuse et incomplète.

Après avoir subi l'inimaginable, elle avait choisi une carrière axée sur les incendies criminels et les attentats à la bombe. Elle était confrontée en permanence à ce qu'elle avait vécu de pire.

Elle était remarquable.

Elle l'avait toujours été.

— Tout va bien ? demanda-t-il.

Elle arborait un visage calme mais sa raideur trahissait son émotion.

— Ça va.

Le ton sec de sa voix confirma ce qu'il soupçonnait. Elle n'allait pas bien mais refusait de le reconnaître.

M. Martinez leva le nez et les aperçut. Le pauvre homme essuya les larmes de ses yeux et s'approcha d'eux d'un air las.

Ils le retrouvèrent sur le seuil de la chambre.

— Je suis l'agent spécial Kelley et voici l'expert en recherche de causes des incendies, Powell. Pouvons-nous vous parler un instant de votre femme ?

Martinez hocha la tête et les rejoignit dans le couloir.

— Savez-vous qui a fait ça ? demanda-t-il.

— C'est ce que nous essayons de découvrir, répondit Sawyer.

Liz sortit un petit calepin de sa poche.

— À quelle heure ouvre le magasin Compassionate Hearts ?

— À 10 heures. Tous les jours.

— Avez-vous une idée de la raison pour laquelle elle s'y trouvait deux heures plus tôt ? demanda Liz.

Il renifla.

— Pour rattraper son retard avec la paperasserie. Souvent,

elle s'en occupait le soir, tard, mais je m'inquiétais pour elle. Je pensais que se rendre tôt le matin là-bas serait moins risqué.

— En général, c'est le cas, dit Liz en prenant des notes. Quelqu'un savait qu'elle avait l'habitude d'arriver tôt ?

Le mari haussa les épaules.

— Certains membres du personnel, peut-être.

Sawyer songea aux trois départs de feu et une théorie germa dans son esprit.

— Quand votre femme arrivait avant l'ouverture du magasin, verrouillait-elle la porte derrière elle ou la laissait-elle ouverte ?

— Je ne peux pas le jurer mais je crois qu'elle la verrouillait. Doris Neff venait tous les matins. Elle vous dira.

— Savez-vous pour quelle raison quelqu'un aurait voulu incendier la boutique solidaire ou s'en prendre à votre femme ? demanda Liz. Prenez le temps d'y réfléchir.

M. Martinez secoua la tête.

— Tous les bénéfices de ce magasin sont reversés à des associations de vétérans handicapés et d'enfants pauvres. La plupart des personnes qui y travaillent sont bénévoles. Quant à ma femme, elle est la plus adorable des créatures. Personne n'aurait de raison de faire du mal à Aleida.

Sawyer échangea un regard perplexe avec Liz avant de reporter son attention sur M. Martinez.

— Nous pensions qu'elle s'appelait Ermenegilda.

— C'est vrai. Ermenegilda est un vieux prénom de famille mais il est un peu long. Voilà pourquoi tout le monde l'appelle par son deuxième prénom. Aleida.

Liz se tendit.

— Par hasard, votre femme est-elle Aleida Flores ?

— Oui, Flores est son nom de jeune fille. La connaissez-vous ?

Une étrange expression traversa le visage de Liz mais disparut vite, remplacée par un masque de pierre.

— Je suis originaire de Bison Ridge. Je connaissais beaucoup de gens là-bas ainsi qu'à Laramie. Merci de nous avoir accordé un peu de votre temps. Si un détail vous revenait, appelez-moi, ajouta-t-elle en lui tendant une carte de visite. Ou l'enquêteur expert en incendies Powell.

— La caserne des pompiers peut me joindre à tout moment, si vous composez leur numéro, précisa Sawyer. Nous vous laissons rejoindre votre femme.

Ils quittèrent l'unité de soins intensifs. Dans l'ascenseur, Sawyer attendit qu'ils soient seuls pour demander :

— Comment connais-tu Aleida Flores ?

Ce n'était probablement rien, comme elle l'avait dit. Comme lui, elle connaissait beaucoup de personnes dans la région. Mais son expression l'inquiétait.

— Je l'ai rencontrée au stage équestre de Wild Horse, dit-elle dans un murmure. Aleida était présente cette nuit-là.

Tout en lui se figea. Le silence tomba comme un rideau, devenant assourdissant.

— Elle faisait partie des filles que tu as sauvées ? finit-il par balbutier.

Sans le regarder, Liz hocha la tête. L'étrange expression revint sur son visage. Elle pensait sans doute à la même chose que lui.

Aleida avait échappé in extremis à un incendie criminel, quinze ans plus tôt, pour se retrouver à présent dans un état critique avec peu de chances de survie à cause d'un autre incendie criminel.

Des coïncidences se produisaient tous les jours mais celle-là ne lui plaisait pas.

3

Liz s'efforçait de lutter contre les émotions dont elle était la proie. Voir Mme Martinez sur son lit de douleur avait été plus dur qu'elle ne l'avait anticipé. L'espace d'un instant, elle s'était retrouvée piégée dans l'écurie en feu. Elle s'était remémoré sa panique d'alors, les chevaux affolés, les ronflements terrifiants du brasier, l'effroi qui l'avait saisie lorsqu'elle avait vu la poutre tomber. Clouée au sol, dans l'incapacité de fuir les flammes qui lapaient son corps et la fumée qui obstruait ses poumons, elle avait compris qu'elle allait mourir, brûlée vive.

Depuis la tragédie, elle faisait souvent de terribles cauchemars mais c'était la première fois depuis plus de dix ans qu'elle ressentait cette terreur alors qu'elle était éveillée.

Elle se remémora son propre séjour en soins intensifs, la cacophonie des machines auxquelles elle était reliée, les chuchotements échangés près de son lit par des gens qui croyaient qu'elle ne les entendait pas. Les sanglots de sa mère dans les bras de son père.

« Notre petite fille était parfaite. Maintenant, j'arrive à peine la regarder. »

Elle serra les poings. Malgré les années, ses souffrances intérieures restaient à vif.

Parvenue au rez-de-chaussée, la cabine d'ascenseur sonna et ses portes s'ouvrirent. Liz repoussa l'horreur de sa tragédie personnelle tout au fond de son esprit alors qu'ils quittaient le service.

Mais le choc d'apprendre qu'Aleida, la dernière fille qu'elle avait sortie du chalet en feu, était Mme Martinez ne s'était pas dissipé.

Comment le destin avait-il pu être aussi cruel ? Mais s'agissait-il vraiment d'une coïncidence ? Ou y avait-il autre chose en jeu ?

Un proverbe prétendait que vous deveniez responsable de ceux dont vous aviez sauvé la vie. Que ce soit vrai ou non, Liz était plus déterminée que jamais à trouver le monstre qui allumait ces incendies.

Ils atteignaient les portes du parking lorsque Erica Egan se leva d'une chaise et se dirigea droit vers eux. Décidément, cette femme ne renonçait jamais.

La ténacité de la journaliste était à la fois exaspérante et admirable.

— Encore vous ? lança Sawyer en secouant la tête avec dégoût.

Les portes s'ouvrirent à leur approche et Egan les suivit.

— J'exerce mon métier, comme vous.

— Vous me prenez du temps dont j'ai besoin pour enquêter.

Mais d'un air déterminé, la journaliste brandit son magnétophone.

— Donnez-moi quelque chose pour me permettre d'écrire un article.

Sawyer la fusilla du regard mais elle continua :

— J'ai besoin d'éléments pour travailler. N'importe quoi. Allez ! En off, si vous préférez.

— J'ai une déclaration à faire, intervint Liz en s'avançant vers le micro. L'expert en recherche de causes d'incendies, Sawyer Powell, effectue un travail remarquable et se rapproche de la vérité chaque jour. Voilà pourquoi le criminel – je rappelle que 90 % des incendiaires sont des hommes âgés de quinze à trente ans – l'a ciblé aujourd'hui en plaçant une bombe sous son camion. L'engin explosif a failli lui coûter la vie, ainsi que la vôtre et la mienne.

— S'il fait un si bon travail, répliqua la journaliste, pourquoi le FBI prend-il le relais de l'enquête ?

Liz croisa les bras.

— Je ne suis pas ici pour prendre le relais. Mais seulement pour lui apporter de l'aide. Pour une affaire aussi complexe, une équipe entière d'analyse comportementale est en général diligentée sur place. Là, un enquêteur expert sur les incendies travaillait seul depuis des semaines. Plutôt que d'être critiqué, Sawyer Powell devrait être félicité d'avoir eu la sagesse et l'humilité de faire appel au FBI.

La journaliste esquissa un sourire.

— Ce sera tout pour l'instant, intervint Sawyer. Egan, si vous voulez faire partie de la solution et non du problème, cessez de glorifier cet incendiaire dans vos papiers. C'est un assassin. Votre tendance au sensationnalisme dans vos articles sur les incendies ne fait que l'encourager à continuer. Au lieu de vous étendre sur ce fumier, intéressez-vous plutôt aux innocentes victimes et aux ravages qu'il a créés dans leur vie. Il est allé jusqu'à détruire une boutique solidaire. Ce type est un monstre. Présentez-le comme tel si vous souhaitez davantage de coopération de ma part.

— Appelez-moi Erica, dit-elle en lui souriant, adoucie.

Egan était une beauté classique. Avec ses cheveux blond platine, ses yeux bleus, sa silhouette svelte, elle avait tout pour séduire un homme.

— Mon style d'écriture plaît aux lecteurs de la *Gazette* et voilà pourquoi j'ai été embauchée, dit-elle. Je suis prête à prendre vos remarques en considération mais en échange, je veux une exclusivité. De vous. Pourquoi ne pas en discuter autour d'un verre ? Je vous invite.

Liz eut l'impression de s'immiscer dans un échange qui ne la concernait pas. Elle se sentait soudain de trop. Qui était-elle pour empêcher Sawyer de prendre un peu de bon temps s'il en avait envie ?

— Sawyer, je te laisse, je t'attendrai chez...

— Non, Liz. C'est Mme Egan qui s'en va. Je n'ai aucune envie de prendre un verre avec vous, ajouta-t-il à l'adresse de cette dernière. Mais si vous tenez compte de mes critiques dans vos prochains articles, nous vous accorderons une interview quand tout sera terminé.

— L'enquête risque de prendre des semaines, protesta Erica. Que diriez-vous d'une discussion autour d'un café tous les matins ?

Liz écoutait cette négociation en soupirant.

Sawyer remarqua sans doute son irritation.

— Une fois par semaine ? répliqua-t-il.

— Vous ne vous attendez donc pas à attraper ce type de sitôt, rétorqua Egan avec un sourire. Tous les deux jours ? Les lieux seront déterminés par moi.

—Très bien, dit Sawyer avec lassitude.

Une lueur de triomphe brilla dans les yeux de la journaliste.

— Au fait, dit-elle, en se tournant vers Liz, quel est votre nom, sans indiscrétion ? J'en ai besoin pour mon article.

— Je suis l'agente spéciale Liz Kelley.

— L'auteure du livre ?

— Je suis surprise que vous en ayez entendu parler.

— Vous êtes célèbre ici. Désolée de ne pas vous avoir reconnue tout de suite.

Laramie et Bison Ridge parlaient-ils encore de cet été tragique ? De la fille chanceuse qui avait survécu ?

Sawyer lui saisit l'épaule.

— Ce n'est pas ce que tu crois, dit-il d'une voix apaisante. La librairie Sage avait en stock plusieurs exemplaires dédicacés. Ta mère avait même fait faire un immense poster avec ta photo. Elle est restée sur la vitrine pendant des mois.

Liz se souvint que sa mère lui avait demandé de signer plusieurs de ses livres, afin d'en avoir toujours un à offrir sous la main. Liz n'y avait pas cru mais n'avait pas non plus insisté pour connaître la vérité. Avec sa mère, il valait parfois mieux ne pas poser de questions.

Le regard de la journaliste se posa sur la main de Sawyer sur l'épaule de Liz.

— Qu'y a-t-il entre vous deux ? s'enquit-elle.

Sawyer retira sa main alors que Liz s'écartait de lui.

Si seulement ils pouvaient cesser de se toucher.

— Nous sommes de vieux amis. Nous étions voisins autrefois, bafouilla Liz, désarçonnée.

Être déstabilisée n'était pourtant pas son style. Jamais. Et elle n'avait aucune envie que le passé soit déterré et étalé dans les pages de la *Gazette*.

— Maintenant, si vous voulez bien nous excuser, nous avons du travail, intervint Sawyer pour couper court à cet échange.

Il prit Liz par le bras et s'éloigna.

Elle jeta un coup d'œil par-dessus son épaule. Egan les observait, manifestement contente.

— Je ne reconnais pas cette Erica Egan. Est-elle du coin ?

— Elle a emménagé à Laramie, il y a quelques années.

Liz espérait qu'Egan n'aurait pas l'idée de faire un papier à propos d'eux deux.

— Voilà ma voiture, dit-elle en montrant la berline.

— Merci pour ta déclaration, poursuivit-il. Tu n'étais pas obligée de dire tout ça sur moi.

— Je pensais chaque mot.

Cela dit, elle aurait dû réfléchir un peu au lieu de s'exprimer de façon impulsive. Heureusement, ses propos se traduiraient par quelques lignes dans un journal local. Pas par dix minutes de commentaires sur une grande chaîne d'information nationale.

— Sur la route, j'ai entendu à la radio ce que le maire avait dit sur toi. Je ne sais pas pourquoi Bill Schroeder essaie de te faire passer pour un imbécile mais je ne l'ai pas supporté.

Elle connaissait assez bien Bill. Ils avaient à peu près le même âge, lui ayant deux ans de plus, et le côté prétentieux de Bill la dérangeait depuis toujours. Il était un tyran à l'époque et l'était resté. Seulement, cette fois, il utilisait sa position de maire pour s'attaquer à un homme qui essayait d'effectuer son travail.

— Ses électeurs risquent de lui reprocher son inaction, si je n'attrape pas ce type.

— Si *nous* ne l'attrapons pas. Tu n'es pas seul dans cette histoire. Plus maintenant. Nous allons coincer cet incendiaire. Ensemble.

Liz repensa à Aleida en soins intensifs et se promit que justice lui serait rendue.

— Je me réjouis de notre collaboration. Lorsque j'étais pompier, je travaillais en équipe. Être expert en recherche de causes d'incendies est un métier un peu solitaire.

Il lui sourit, ses yeux myosotis scintillèrent et elle se sentit fondre comme quand elle avait dix-sept ans.

Ressaisis-toi, Liz.

Elle pressa son porte-clés pour déverrouiller les portières.

— Allons-y.

— Tu veux dîner chez Delgado pour parler de l'enquête ? demanda-t-il.

Dîner chez Delgado avec lui comme autrefois ? Non, pensa-t-elle. L'endroit était trop familier, trop de souvenirs y étaient attachés. Ils n'avaient pas besoin de davantage de nostalgie.

— Je meurs de faim mais faisons-nous plutôt livrer un repas à ton bureau, dit-elle. Nous y serons plus tranquilles pour discuter.

Elle tira sur la poignée, ouvrit la portière.

Il posa la main dessus pour l'empêcher de monter dans la voiture.

— Tu pensais vraiment ce que tu as dit à propos de notre collaboration ?

— Bien sûr.

— Bien, mais il va alors falloir nous faire confiance. Nous allons désormais assurer mutuellement nos arrières. Ma vie sera entre tes mains et vice versa. Jusqu'à ce que ce type soit derrière les barreaux, nous allons devoir nous appuyer l'un sur l'autre. T'en sens-tu capable ?

Elle n'était plus la gamine de dix-sept ans pétrifiée qui se cachait dans un placard parce qu'elle ne savait pas se débrouiller seule après avoir tant perdu.

— Je suis capable de tout gérer.

— Même avec moi ?

Il soutint son regard, une lueur de défi dans les yeux.

Il n'avait aucune intention de laisser le passé derrière eux. Il insisterait pour obtenir des réponses, pour avoir la discussion qu'il n'avait pas eue dans le Montana il y a toutes ces années. Celle qu'elle lui devait.

Liz avait cru que revivre le traumatisme de l'incendie serait la partie la plus difficile de son retour. Au lieu de quoi, le beau blond aux yeux myosotis, d'un mètre quatre-vingt-dix et de cent kilos d'entêtement pur, se révélait plus compliqué que le reste. Il était temps pour elle de passer en mode « limitation des dégâts » avant qu'il ne passe à l'offensive.

Elle se rapprocha de lui. Elle n'avait plus besoin de reculer, de détourner le regard ou d'agir comme une adolescente timide, effrayée par le moindre contact.

Leur familiarité pouvait être une force. Ils avaient autrefois été tellement proches, tellement en phase, qu'ils finissaient les phrases de l'autre. Ils n'avaient plus qu'à trouver un nouveau rythme en veillant à le garder sous contrôle.

— Même avec toi, dit-elle. Je te propose un marché. Après avoir attrapé ce type, nous discuterons.

Renoncer à son idée initiale de quitter la ville une fois sa mission terminée ne lui était pas facile mais c'était sans doute le seul moyen de l'apaiser.

— Nous parlerons vraiment jusqu'à ce que tu sois satisfait, précisa-t-elle. D'accord ?

Se penchant vers elle, Sawyer rapprocha dangereusement son visage du sien, en provoquant chez elle un autre type de frisson.

— Me satisfaire ne sera pas facile, dit-il, un petit sourire coquin aux lèvres.

Voilà que ces stupides papillons revenaient danser dans son ventre. Elle savait par expérience quel amant passionné, généreux et infatigable il avait été à l'adolescence. Dans ses bras, elle avait toujours fondu de plaisir. Elle ne pouvait qu'imaginer à quel point l'expérience et la patience l'avaient amélioré.

Non qu'elle ait eu d'autres amants pour comparer. Elle ne portait même pas de T-shirt pour courir, optant plutôt pour un haut à manches longues. L'idée de se déshabiller intégralement devant un homme était impensable. Imaginer son regard horrifié lui était insupportable.

Mais Sawyer était le seul homme à lui donner des papillons dans le ventre. Et d'un simple sourire.

Elle ne put s'empêcher de se remémorer la saveur de ses baisers.

Elle essaya de garder un visage imperturbable. Elle ne voulait pas qu'il sente à quel point sa proximité, ses mots ou son sourire l'affectaient.

— Comme je l'ai dit, je suis capable de tout gérer.

— On verra, dit-il. En attendant, allons attraper un tueur.

4

Sawyer fit entrer Liz dans son bureau, à la caserne des pompiers, et ferma la porte.

— Mets-toi à l'aise. Fais comme chez toi.

— As-tu trouvé un lien entre les victimes ? lança-t-elle en s'asseyant sur le canapé au fond de la pièce.

— Aucun, jusqu'à présent.

Et cela l'empêchait de dormir. Il passait ses nuits à se demander pourquoi elles avaient été ciblées.

— Il serait bien que quelqu'un photographie la foule lors d'autres incendies jusqu'à la fin de cette enquête.

Elle retira sa veste mais garda son carré de soie qui, remarqua-t-il, était assorti à son pantalon.

Portait-elle toujours un foulard en présence de tiers ? Ou était-elle assez à l'aise avec quelqu'un d'autre pour l'enlever ?

Si c'était le cas, il rêvait d'être cette personne.

— Tu penses que notre suspect revient contempler son œuvre ? demanda-t-il en s'asseyant à son bureau.

— C'est plus que probable. À en juger par ce qui restait du bâtiment de Compassionate Hearts, il adore les incendies violents, destructeurs. Plus d'un tiers des incendiaires reviennent sur les lieux de leurs crimes. Ils sont animés d'un sentiment de toute-puissance. Ils cherchent à mesurer leur pouvoir, leur capacité à tout maîtriser. Il ne s'agit pas seulement pour eux de regarder les pompiers combattre les flammes. La vue des dégâts qu'ils ont causés leur procure des émotions intenses.

Sawyer n'avait pas imaginé quelqu'un prendre le risque d'éveiller les soupçons en traînant des heures devant un sinistre, surtout dans une petite ville. Mais la bombe posée sous son camion comme la violence de l'incendie qui avait ravagé la boutique solidaire donnaient raison à Liz.

— Le bureau où a été retrouvée Aleida Martinez a été très vite cerné par les flammes, dit-il. La pièce n'avait pas de fenêtre qui lui aurait permis de s'échapper. Et le gars avait allumé deux foyers supplémentaires pour s'assurer que tout le bâtiment serait intégralement réduit en cendres.

— Si tu connais quelqu'un parmi les forces de l'ordre qui pourrait se charger de prendre des photos, ce serait utile.

— En fait, oui. Mon frère Holden est l'adjoint en chef du bureau du shérif.

Son téléphone portable vibra. Il le sortit de sa poche.

— Quand on parle du loup… Un instant, dit-il en prenant l'appel. J'étais justement en train de parler de toi, Holden.

— Et moi, je viens de voir ton camion, répondit son frère. Ou plutôt ce qu'il en reste. Je t'en prie, dis-moi que tu es en un seul morceau. Cela m'ennuierait d'annoncer le pire aux parents.

— Pas d'inquiétude de ce côté-là.

Sawyer se retourna face au mur et baissa la voix.

— Tu ne devineras jamais qui est dans mon bureau ?

— Je déteste le suspense.

— Liz.

Un long silence tomba.

— *Ta* Liz ? s'enquit finalement Holden.

Voilà longtemps qu'il n'avait pas entendu quelqu'un la désigner ainsi. Ce qui ne changeait rien au fait qu'il ne cesserait jamais de penser à elle en ces termes.

— Je t'entends, dit-elle d'une voix chantante.

Sawyer grimaça.

— Écoute, vieux, j'ai besoin d'un service.

Il expliqua à son frère la nécessité qu'un adjoint prenne discrètement des photos de la foule lors de futurs incendies.

— Je m'en occupe dès que nous aurons fini de recueillir les rares indices qui restent ici. En tout cas, je suis soulagé que tu sois sain et sauf, vieux. Vraiment. À ce soir. Grace voudra peut-être t'examiner.

Connaissant Grace, la femme de Holden, Sawyer était sûr et certain qu'elle le ferait. Grace était infirmière, d'une beauté à tomber par terre et dotée d'une âme très douce. Son frère était fou d'elle.

— J'ai des points de suture sur le côté, une légère brûlure au bras et une entaille à la cuisse, reconnut Sawyer. Le savoir lui simplifiera la tâche. À plus tard. Et merci encore.

Ils raccrochèrent et il reporta son attention sur Liz.

Elle lui lança un sourire ironique.

— Tu es devenu expert en recherche des causes d'incendies et Holden adjoint au bureau du shérif ? C'est incroyable, dit-elle en secouant la tête.

— En fait, tous mes frères ont fini dans les forces de l'ordre.

Liz le dévisagea d'un air incrédule.

— Tous ? Waouh. Et Matt ?

Matt Granger était son cousin germain du côté de sa mère. Après que la tante de Sawyer avait ruiné sa famille avec des dettes de jeu et s'était enfuie avec un autre homme, Matt et son père étaient venus vivre au ranch Powell. Matt, qui avait sept ans, à l'époque, y avait été élevé comme un frère plutôt que comme un cousin et son père était à présent chef d'exploitation du ranch, chargé du bétail.

— Dès que Matt a eu dix-huit ans, il s'est enrôlé dans l'armée, dans les opérations secrètes. Puis il est revenu et crois-le ou non, il est devenu policier. Il a récemment été promu chef de la police du campus de l'université.

— Ton grand-père maternel était lui-même policier, non ?

— Shérif. Comme son père avant lui. Ma mère avait prévu de

rejoindre le FBI après avoir obtenu son diplôme. Mon père était prêt à quitter le Wyoming pour la suivre partout où elle irait, mais mon grand-père est alors tombé malade, les obligeant à changer leurs plans. Mon père a dû reprendre le Shooting Star. Puis ma mère est tombée enceinte de Monty.

— Je l'ignorais. Travailler dans les forces de l'ordre est sans doute dans les gènes de la famille mais je pensais que l'un d'entre vous aurait repris le ranch familial. J'aurais parié sur Monty, ajouta-t-elle. Ton père doit être fier de vous mais je suis sûre que, quelque part, il est aussi un peu déçu qu'aucun de vous n'ait eu envie de reprendre le flambeau.

Le cœur de Sawyer se serra. Son père avait quatre fils qui adoraient le ranch et aimaient y travailler mais ils avaient tous été appelés à d'autres fonctions.

— Mon père n'est pas ravi de nos choix, c'est vrai, mais il prétend comprendre. Et à mon avis, il espère secrètement que l'un de nous abandonnera son badge et prendra la direction du ranch... un jour.

Il ouvrit un tiroir et en sortit un T-shirt de travail neuf. Alors qu'il se changeait, le regard de Liz glissa sur son corps. Elle rougit avant de détourner la tête.

Il réprima un sourire, heureux de savoir qu'il avait encore la capacité de la faire rougir. Il devrait s'en contenter pour le moment.

— Parle-moi des autres incendies, dit-elle.

Bien que Liz en ait reçu une copie numérique, il saisit une épaisse chemise cartonnée et vint s'asseoir à côté d'elle sur le canapé. Il posa le dossier sur la table basse devant elle et l'ouvrit.

— Le premier ciblait un restaurant. Aucune victime à déplorer mais le propriétaire est dévasté. Il venait de dépenser une fortune pour rénover l'établissement. Il a été ruiné financièrement puisque l'assurance ne couvrait pas les incendies criminels. L'incendiaire avait provoqué une fuite de gaz, l'avait laissé se répandre dans la salle. Il avait installé au préalable un dispositif pour déclencher l'explosion qui a provoqué l'embrasement. Il n'en restait pas grand-chose mais lorsque j'ai inspecté les lieux, j'ai découvert des restes d'une minuterie.

— Une minuterie ?

Elle parcourut le dossier.

— J'ai trouvé le même dispositif au Compassionate Hearts et dans d'autres incendies, poursuivit-il. En particulier dans celui d'un chalet en périphérie de Bison Ridge – je couvre aussi cette ville. Quatre amis y séjournaient pour un week-end de chasse. Et dans celui d'un salon de manucure. L'engin avait explosé après la fermeture lorsque la gérante faisait l'inventaire au sous-sol.

— Notre gars aime le feu mais l'allume à distance. Il ne veut pas risquer de se brûler. La minuterie prouve aussi son désir de contrôler. Et sa patience. Il se sert chaque fois du même accélérant ?

— Je crois, oui. Du kérosène.

— Avec quoi l'a-t-il enflammé ? demanda-t-elle en levant les yeux vers lui.

— En me basant sur la vitesse de l'embrasement et l'intensité de la combustion au point d'origine, quelque chose de vraiment chaud. Peut-être une fusée de détresse.

— Comme celles utilisées sur la route, en cas d'urgence ?

— C'est possible, oui. Il est assez facile de s'en procurer. Je crois que la minuterie a été chaque fois installée de manière à la faire exploser. Mais je ne saurai avec certitude s'il s'est servi d'une fusée de détresse et si le kérosène était bien l'accélérant qu'après avoir reçu les résultats du laboratoire. Ils sont en retard comme d'habitude. Il leur faudra sans doute six à huit semaines pour nous les envoyer.

Elle haussa les sourcils de surprise.

— Cela fait long.

— Bienvenue dans mon monde.

Le laboratoire criminel traitait les analyses médico-légales pour tout l'État. Attendre deux mois pour les obtenir était la norme.

— Laisse-moi alors te présenter le mien.

Elle sortit son smartphone et composa un numéro.

— Salut Ernie, c'est Kelley. L'agent Cho m'a envoyée à Laramie, dans le Wyoming, pour couvrir le…

Elle s'interrompit pour écouter son correspondant.

— Tu en as entendu parler aux infos ? Très bien. Oui, c'est ça. Tu as raison, j'ai eu de la chance, dit-elle avec une petite grimace. Écoute, nous avons besoin d'aide pour traiter au plus vite les indices recueillis sur les incendies. Plus tôt nous aurons les résultats d'analyses, mieux cela vaudra. Formidable, ajouta-t-elle en levant le pouce vers Sawyer. Merci, je te revaudrai ça.

Elle raccrocha.

— Dès qu'il les aura reçus à Quantico, il se fait fort de nous apporter des réponses en moins de quarante-huit heures.

— Impressionnant. Ça doit être sympa d'avoir des amis en haut lieu.

— Nous devrons nous rendre à Cheyenne et récupérer les éléments que tu as déjà confiés à la DCI, la Division of Criminal Investigation, dit-elle.

Elle faisait référence à la Division des Enquêtes Criminelles où se trouvait le laboratoire criminel.

— Pas besoin. Je demanderai à Logan de les envoyer à ton contact. Logan est agent de la DCI. Et il habite toujours au ranch, comme moi.

— Holden est chef adjoint. Logan travaille à la DCI. Et Monty ?

— Il est policier.

— Et vous vivez tous au ranch ? demanda-t-elle avec un sourire taquin.

— J'en ai bien peur, dit-il.

Son sourire s'élargit.

— Mais pourquoi ? Vous êtes tous riches.

— Nos parents, Holly et Buck Powell, sont riches, nuance, répondit-il. Mes frères, Matt et moi ne gagnons que les modestes traitements des fonctionnaires.

Ils ne s'en plaignaient pas. Leurs parents avaient construit à Monty sa propre maison sur la propriété parce qu'il devait se marier. Finalement, les fiançailles avaient été rompues mais le chalet était toujours là et Monty l'habitait. Holden et sa femme avaient quitté l'appartement au-dessus du garage pour s'installer dans leur propre maison qu'ils avaient fait bâtir sur le domaine familial, non loin de celle de Monty. Sawyer avait pris l'appartement du garage tandis que Logan était resté dans une aile séparée de la demeure de leurs parents. Quant à Matt, il avait construit son propre logement, ne voulant pas rester dans la maison principale ni se faire entretenir par sa tante et son oncle.

— En plus, les parents aiment nous avoir à proximité. Cela leur permet d'avoir facilement de l'aide au ranch. Et à propos de logement, où comptes-tu t'installer pendant ton séjour ici ?

— Chez moi. Ma mère a une vieille amie qui s'occupe de l'endroit depuis notre départ. Je l'ai appelée en arrivant. La clé m'attend sous le paillasson.

Comme il se tournait vers elle, son genou effleura le sien et un long frisson le parcourut aussitôt. S'abstenir d'évoquer le passé était déjà difficile mais il lui était impossible d'ignorer les sentiments qui montaient en lui chaque fois qu'il la regardait. Des sentiments qui lui rappelaient ce qu'ils avaient partagé autrefois. À une époque, le simple fait de poser la main sur elle suffisait à apaiser toutes ses contrariétés, toutes ses souffrances, tous ses soucis.

Leur puissante alchimie ne s'était pas dissipée mais ce qu'il espérait d'elle à présent n'était pas sexuel, ou plutôt n'était pas uniquement sexuel. Il aspirait à retrouver la complicité et l'intimité qu'il n'avait connues qu'avec elle. Il rêvait de la tenir dans ses bras pendant qu'elle s'endormait, de l'écouter respirer, de sentir son cœur battre contre sa poitrine.

Il n'était pas certain qu'elle en ait envie, elle aussi, mais au moins ne s'était-elle pas écartée de lui, cette fois. Un signe encourageant.

— Si tu te sens seule là-bas, dit-il en posant la main sur son genou, n'oublie pas que je vis tout près.

Leurs propriétés étaient mitoyennes. À cheval, il pouvait la rejoindre en quelques instants, ce qui était encore trop loin à son goût.

— Ou tu peux rester au ranch de ma famille si tu préfères, poursuivit-il. Il y a plein de chambres avec un lit confortable, un bon petit déjeuner et un café fort garantis.

Un sourire se dessina sur ses lèvres, comme si elle se retenait de s'esclaffer.

Que ne donnerait-il pas pour l'entendre rire à nouveau.

— Je m'en sortirai, dit-elle. Je suis habituée à la solitude.

— Ce n'est pas parce qu'on est habitué à quelque chose qu'on l'aime. Ou qu'on est tenu de le supporter. Surtout quand je suis là. Si tu étais au ranch, il me serait plus facile de parler. Du travail, de l'enquête, précisa-t-il. Uniquement.

Il ne voulait pas qu'elle redresse des barrières entre eux alors qu'il venait de l'amener à les abaisser.

— Je n'insisterai pas sur le reste, promit-il.

Elle hésita, son expression se durcit.

— Tu serais plus en sécurité au ranch, ajouta-t-il. Tu penses que la bombe a explosé plus tôt que prévu parce que tu étais là et que le criminel ne voulait pas tuer un agent fédéral. Mais si tu te trompais ? Et si le détonateur avait simplement mal fonctionné ? Ou si notre homme avait souhaité épargner la journaliste ? Egan lui a donné une large couverture médiatique dont il se délecte, j'en suis sûr. Et il y a beaucoup d'autres hypothèses.

Chacune d'entre elles rendait la théorie de Liz moins probable.

— S'il a placé une bombe sous mon camion à cause de mon enquête, conclut-il, tu seras autant que moi une cible à l'avenir.

— Je sais me défendre.

Lui aussi en était capable contre un agresseur qu'il pouvait voir et combattre. Il n'avait aucune chance contre une voiture piégée.

— Tu n'as jamais été la cible de quelqu'un comme lui, dit-il.

— Détrompe-toi. Avant d'être affectée à l'Unité d'analyse comportementale à Quantico, j'ai travaillé sous couverture. J'étais chargée d'infiltrer un groupe extrémiste, d'identifier celui qui fabriquait les bombes. Certaines personnes qui réalisent des engins explosifs portent des marques de leur travail. Le FBI pensait que j'étais la candidate idéale pour cette mission. Mes supérieurs avaient raison. J'ai réussi à l'attirer. Mes cicatrices le fascinaient. Ce type était un malade, complètement tordu, mais quand je l'ai attrapé, son arrestation a fait la une des journaux. Mon nom, mon visage étaient partout. L'horreur. Seul point positif à cette publicité : j'ai pu ensuite publier le livre sur lequel que je travaillais. La plupart des gens l'ignorent mais je m'en étais sortie par miracle. Il avait vraiment failli m'avoir. En fin de compte, tout s'était joué entre lui et moi, mais je ne l'avais pas laissé gagner.

Sawyer n'était pas *la plupart des gens*. S'il ne bénéficiait pas des ressources du FBI, il se tenait au courant de ce qui se passait dans la vie de Liz. Il était conscient de ce qu'elle avait traversé.

— C'est différent, dit-il. Ici, tu n'auras pas d'autres agents pour surveiller tes arrières.

Et si ce type découvrait où elle vivait et mettait le feu à la

maison pendant son sommeil ? Ou posait une bombe dans sa voiture de location ?

Cette terrible éventualité le fit bouillir. Il voulait trouver le coupable et l'éliminer avant qu'il n'ait l'occasion de la blesser. Il avait pris un éclat de carrosserie dans le côté mais au moment de l'explosion, la portière de son camion avait failli arracher la tête de Liz. Ils avaient tous les deux de la chance d'être encore en vie.

La nature de son travail au FBI l'exposait au danger, il le comprenait mais il ferait tout pour la protéger et l'empêcher de souffrir.

— Ta maison est très isolée, lui rappela-t-il.

Il était son voisin le plus proche mais il ne la voyait pas de sa fenêtre, loin de là.

Bison Ridge était une petite ville nichée au sein d'un vaste paysage de montagnes avec un shérif, une supérette et une poignée de ranchs.

— Tout peut t'arriver là-bas. Le ranch Shooting Star est plus sûr.

Personne n'y entrait sans y avoir été invité. Et si un intrus s'aventurait sur la propriété, tous les membres de sa famille étaient d'excellents tireurs. Sans parler des vingt cow-boys armés qui logeaient dans le baraquement et du système d'alarme performant dont ils bénéficiaient.

Liz regarda la main de Sawyer sur son genou avant d'y poser la sienne et de la serrer. Quand elle entrouvrit les lèvres, il devina qu'elle allait protester. C'était une battante mais il avait une riposte toute prête.

Un coup à la porte l'empêcha de parler.

Ils s'écartèrent.

— Entrez, dit-il.

La porte s'entrouvrit et Gareth McCreary passa la tête dans l'embrasure. Chef adjoint des pompiers, il était chargé de gérer les opérations quotidiennes. Il remplaçait Ted, le chef, en cas de besoin. À la vue de Liz, il hésita.

— Désolé de vous interrompre. As-tu un instant, Sawyer ?

Contrairement à Ted, Gareth était pondéré et plutôt sympathique. Sawyer n'avait jamais eu de problème avec lui, même lorsqu'ils avaient tous deux brigué le poste d'expert en recherche de causes d'incendies.

— Bien sûr.

— Heureux de voir que tu vas bien après que la bombe a mis en pièces ton camion, dit Gareth en entrant, les bras chargés de matériel de protection. Nous t'avons rapporté tes affaires, dit-il en les posant sur une chaise.

— Merci. J'apprécie.

Il avait complètement oublié son équipement lorsque l'ambulance était arrivée et que Liz lui avait proposé de s'occuper des indices.

— Faisais-tu partie de l'équipe d'aujourd'hui ?

En général, les chefs adjoints travaillaient à des horaires différents de ceux du chef.

— Non. Mais quand j'ai entendu parler de l'incendie, je suis allé voir ce qui se passait. Ted est parti tôt pour préparer la fête donnée pour ses fiançailles. Je le remplace.

— Super.

Comme Gareth s'attardait, Sawyer demanda :

— Autre chose ?

— J'ai entendu dire que les relations s'étaient envenimées entre Ted et toi...

Sawyer secoua la tête.

— Pas de mon fait.

Levant les mains en signe de reddition, Gareth garda une expression neutre.

— Avec cette série d'incendies et de meurtres, il devient urgent de nous rappeler que nous sommes tous dans le même camp. Ted est d'accord. Voilà en signe de sa bonne volonté, dit-il en lui jetant quelque chose.

Sawyer attrapa au vol les clés d'un des SUV de la caserne.

— Je croyais que le budget ne me permettait pas d'utiliser un véhicule de service.

— Tu as besoin de te déplacer pour effectuer ton travail, dit Gareth. Jusqu'à ce que tu aies terminé cette enquête, nous traiterons tout incendie comme s'il s'agissait d'un incendie criminel. De plus, ajouta-t-il en faisant signe à quelqu'un d'autre d'entrer, je pense que tu connais Josh.

Joshua Burfield entra et les salua d'un geste.

— En effet, dit Sawyer qui se leva pour serrer la main du volontaire.

— J'ai demandé à Josh de tenir les autres pompiers volontaires au courant de tes besoins, dit Gareth. Pour s'assurer qu'il n'y aurait plus d'erreurs de communication. Plus vite tu attraperas le malade qui allume ces feux, mieux ça vaudra pour tout le monde. Y compris nous.

— Dis bien aux volontaires que j'apprécie leurs efforts.

Leur aide était essentielle au sein d'une crise comme celle-ci.

— J'espère qu'ils ne me gardent pas rancune de ce malentendu, ajouta-t-il.

Joshua haussa les épaules.

— Nous sommes là pour te faciliter la tâche. Pas pour la compliquer.

— Une dernière chose et nous vous laissons travailler, dit Gareth. Le dîner est prêt dans la cuisine. Je me suis porté volontaire pour cuisiner. J'ai mis au menu des spaghettis et des boulettes de viande. Une recette que je tiens de ma mère. N'hésitez pas à vous servir. Vous m'en direz des nouvelles.

— Merci beaucoup, dit Liz. C'est très gentil de votre part.

— Malheureusement, nous avons déjà commandé chez Delgado, dit Sawyer en se rasseyant sur le canapé.

— Si tu changes d'avis, tu sais où est la cuisine, dit Gareth avant de partir avec Josh et de fermer la porte derrière eux.

— C'est une première, dit Sawyer d'un air sidéré. J'ai été l'un d'eux pendant plus de dix ans, je travaille dans le même bâtiment et personne ne m'avait jamais fait sentir que j'étais le bienvenu à aucun repas. Maintenant, je reçois, coup sur coup, une invitation à dîner et les clés d'un véhicule du service…

Un autre coup à la porte. Cette fois, un livreur leur apportait leur dîner.

Sawyer lui donna un pourboire et ils commencèrent à se restaurer.

— Je ne me rendais pas compte à quel point j'avais faim, dit-elle.

Il mordit dans son hamburger avec appétit.

— Idem pour moi.

— Ni à quel point les sandwichs de Delgado me manquaient.

Il espérait qu'elle se rendrait compte qu'il y avait d'autres choses et d'autres personnes qui lui manquaient aussi.

— Qu'est-ce que Ted a contre toi ? demanda-t-elle.

— Il pense… en fait, ils pensent tous… que j'ai eu le poste au détriment de Gareth parce que je suis un Powell.

Ce n'était un secret pour personne que ses parents avaient des amis haut placés et assez d'influence pour lui donner l'avantage si Gareth et lui étaient aussi qualifiés l'un que l'autre pour un poste. Mais, peu de gens le savaient, ses parents n'auraient jamais pistonné leurs enfants ainsi. Eux-mêmes avaient réussi à la force du poignet et leur avaient inculqué l'importance du mérite. Ils les aidaient en les logeant et en les nourrissant gratuitement, afin de les garder près d'eux, mais en échange Sawyer et ses frères travaillaient au ranch.

Liz lui tapota la jambe.

— Ils te connaissent mal, dit-elle. Jamais tu n'accepterais un traitement de faveur ou un poste que tu n'aurais pas gagné par toi-même, grâce à tes propres capacités, dit-elle avec une telle assurance qu'il en fut touché au cœur.

Elle avait été plus que sa petite amie. Plus que son amante. Elle avait été sa meilleure amie. La seule personne en dehors de sa famille à vraiment le connaître, à le soutenir et à croire en lui envers et contre tout. Il n'avait partagé cette complicité avec personne d'autre. Avec elle, il s'était senti aimé inconditionnellement. Il avait eu le sentiment d'être au cœur de sa vie.

— Prends cette invitation et ce véhicule comme un rameau d'olivier qu'ils te tendent, ajouta-t-elle.

Elle posa le sandwich, s'essuya les mains et s'empara du dossier.

— Lizzie, rester seule chez toi ne me semble vraiment pas...

— S'il a utilisé une minuterie et une fusée de détresse, où les a-t-il cachées ? demanda-t-elle en l'interrompant.

— Il avait sans doute placé un bidon rempli de kérosène, la minuterie et la fusée de détresse dans quelque chose d'anodin, comme un carton. À Compassionate Hearts, j'ai trouvé des indices de foyers d'incendie sous une chaise dans le bureau et à deux autres endroits. Il les avait sans doute posés la veille au soir, à la fermeture du restaurant, du salon de manucure et de la boutique solidaire. Les employés étaient fatigués, impatients de rentrer chez eux et n'ont sans doute pas fait attention à ces cartons. Il lui a été encore plus facile de le faire dans le chalet des chasseurs.

Elle feuilleta les pages.

— Où était l'appareil dans le salon de manucure ?

— Au sous-sol. Près de la cage d'escalier. Le feu bloquait la seule voie de sortie.

— Il s'était certainement assuré aussi que la prothésiste ongulaire et Aleida étaient au bon endroit au moment de l'explosion. S'il les espionnait, il n'aurait pas pu les voir de la rue puisqu'elles étaient dans des pièces sans fenêtre. Il n'aurait pas eu la certitude qu'elles étaient là où il les voulait.

— À moins qu'il ne les ait appelées, répliqua Sawyer. Il y avait une ligne téléphonique au sous-sol de l'onglerie et dans le bureau de la boutique solidaire. Elles répondent, il les fait parler, les garde en ligne jusqu'à ce que la minuterie se déclenche. Je vais demander les relevés téléphoniques. Peut-être le type a-t-il été assez stupide pour ne pas utiliser d'appareil jetable.

Elle parcourut d'autres pages et se raidit.

— Qu'y a-t-il ? demanda-t-il.

Elle était livide.

— Ce n'est pas possible, murmura-t-elle, les yeux rivés sur la page. Regarde.

Elle désigna les quatre victimes de l'incendie du chalet.

— Reconnais-tu les noms ? Ces trois-là ?

Sawyer jeta un coup d'œil aux photos et aux noms qui les accompagnaient mais ils ne lui disaient rien. Il connaissait la plupart des victimes. Il était allé plusieurs fois à Compassionate Hearts et avait souvent échangé quelques mots avec Mme Martinez en passant. Il avait déjeuné au restaurant avant que l'établissement ne soit rénové et incendié. Sa mère s'était souvent fait faire les ongles au salon. Il avait côtoyé les chasseurs au lycée, même s'il ne leur avait jamais parlé. Mais cela n'expliquait pas pourquoi ils avaient été attaqués.

Ils ne fréquentaient pas les mêmes clubs ni les mêmes banques. Quatre d'entre eux vivaient à Laramie, les deux autres à Bison Ridge.

— Qu'est-ce que je ne vois pas ? demanda-t-il.

— Les chasseurs, Flynn Hartley, Scott Unger, Randy Tillman,

la technicienne du salon de manucure, Courtney O'Hare, et Aleida Martinez… étaient tous inscrits au stage équestre, tous présents au ranch, la nuit de l'incendie.

Sawyer lui prit le dossier et l'examina. Il n'avait pas participé au stage d'équitation et ne connaissait pas ceux qui y étaient inscrits. Si l'incendie lui avait laissé des cicatrices indélébiles à l'intérieur, il n'avait pas mémorisé la liste des adolescents qui avaient échappé aux flammes.

— Et le quatrième chasseur, Al Goldberg, et le restaurateur, Chuck Parrot ? Étaient-ils là aussi ?

Liz réfléchit un instant, ferma les yeux et secoua la tête.

— Non. Ils n'y étaient pas.

Il chercha la description du sinistre qui avait coûté la vie à la technicienne des ongles.

— Et le propriétaire du salon ? Reconnais-tu son nom ?

— Non.

— Et si le meurtrier avait confondu la technicienne avec le propriétaire et l'avait tuée par erreur ? Ce n'est peut-être pas ce que tu penses.

Il l'espérait comme un fou.

Elle inspira profondément et planta les yeux dans les siens.

— Cinq des sept personnes ciblées se trouvaient au ranch Wild Horse, cette nuit-là. C'est toi qui es doué en maths. Statistiquement, qualifierais-tu ce fait de coïncidence ? Ou avons-nous affaire à autre chose ? Le lien pourrait-il être l'incendie ?

— Il est possible que Goldberg soit une exception. Le résultat d'une erreur humaine. Le meurtrier ne se souciait pas de savoir si Goldberg était au mauvais endroit au mauvais moment. Il était peut-être un dommage collatéral acceptable pour tuer les autres. Mais pourquoi le restaurant Parrot ?

— Peut-être notre gars a-t-il incendié le restaurant pour dissimuler son véritable mobile. Les incendiaires le font tout le temps. Quant à Goldberg, tu as peut-être raison. Il peut être un cas particulier, une exception. Il se trouvait au mauvais endroit au mauvais moment.

Ils devaient veiller à ne pas fausser les données pour les faire correspondre à un modèle émotionnel. L'incendie d'il y a quinze ans avait changé la trajectoire de leur vie, bouleversé leur monde. Le nuage qui planait encore au-dessus de leurs têtes risquait de modifier le regard avec lequel elle considérait les faits.

— Nous ne pouvons pas tirer de conclusions hâtives et voir des liens qui n'existent pas. Il y en a peut-être un autre entre eux, un lien que nous ne discernons pas encore.

Liz hocha la tête mais son expression restait dubitative.

Quel que soit le lien, ils devaient l'établir et en être certains. Et vite.

5

Il regarda sa montre. 22 h 35.

Il est temps de faire passer le message.

Il sortit son téléphone jetable et composa le numéro.

À la troisième sonnerie, Neil Steward décrocha.

— Allô ?

— Tu mérites ce qui va t'arriver.

Neil ne répondit pas tout de suite.

— Et que va-t-il m'arriver ?

— Un feu d'artifice.

— Bob, c'est toi ? Tu me fais une blague ?

— Ce n'est pas Bob. Tu mérites le feu d'artifice et bien plus encore. Pour ton fils, c'est une autre histoire.

Les autorités découvriraient le corps de son fils de vingt-trois ans dans le salon de tatouage Cowboy Way où il travaillait. Il venait de lui trancher la gorge. Puis il avait réglé le dispositif pour allumer l'incendie à distance.

— Mike était innocent mais les fils paient pour les péchés de leurs pères...

— Qui est à l'appareil ?

Il déclencha la minuterie et compta à rebours dans sa tête.

— La Vengeance. Tu es coupable de ce qui est arrivé à Timothy. Tu n'as rien fait pour l'empêcher. Et par la suite, au lieu de dénoncer son meurtrier, tu as gardé le silence, et vendu ton âme. Voilà pourquoi je t'ai pris ton enfant et ta boutique.

Pour apprendre à Neil ce que signifiait tout perdre.

— Je... je... je ne sais pas de quoi vous parlez ni ce que vous voulez mais s'il arrive malheur à mon fils, la police sera prévenue. Vous m'entendez ?

S'il avait dit la vérité à la police, il y a des années, Mike serait encore en vie aujourd'hui. Mais Neil n'aurait pas été payé en échange de son silence. Il n'aurait pas eu les moyens d'ouvrir son salon de tatouage. Neil était un menteur et un lâche. Il accordait plus de valeur à l'argent qu'à la justice. Et lorsque les autorités l'interrogeraient ce soir, il y avait fort à parier qu'il mente encore, y compris à propos de cet appel téléphonique.

— Écoute-moi, Neil. Tu brûleras en enfer. *Trois.* Inutile d'appeler les flics. *Deux.* Ce sont eux qui te contacteront sous peu. *Un.* Ils vont bientôt retrouver le cadavre de ton fils.

L'incendie avait commencé. Dommage qu'il ne puisse pas aller le voir tout de suite.

Attends un peu. Patience.

Au bout du fil, Neil l'insulta mais ses jurons ne lui ramèneraient pas Mike.

Il raccrocha.

Neil essaierait d'abord d'appeler son fils, puis il se rendrait à sa boutique.

D'un instant à l'autre, un passant dans la rue sentirait l'odeur de la fumée ou remarquerait les flammes et composerait le 911. Les pompiers seraient sur les lieux dans moins de dix minutes ainsi qu'une grande foule de curieux.

Il verrait alors le Cowboy Way brûler.

Mais combien de temps te faudra-t-il pour arriver, Liz ?

Liz se gara devant la maison familiale. Devant *chez elle*. Elle considérait toujours ainsi la vieille demeure, même si elle n'avait aucune intention de s'y installer pour de bon.

Sawyer était derrière elle, au volant de la voiture de service.

Elle avait décliné son offre de rester au ranch Shooting Star mais il avait tenu à l'escorter pour s'assurer qu'elle arriverait chez elle saine et sauve.

Elle sauta de la voiture.

— Tu vois. Tu n'avais pas à t'inquiéter.

— Avant de l'affirmer, inspectons les lieux pour vérifier qu'il n'y a pas d'engins explosifs à l'intérieur. D'accord ?

Elle ne protesta pas parce qu'elle avait prévu de fouiller la maison.

Il tendit la main vers ses sacs mais elle le devança.

— Tu es blessé. Et je suis plus que capable de porter mes affaires toute seule. Je le fais tout le temps.

Mais il lui reprit les sacs d'autorité et ferma le coffre.

— D'abord, je vais bien. Ensuite, tu es partie depuis si longtemps que tu as oublié comment se comporte un cow-boy digne de ce nom.

La galanterie n'était pas morte dans le Mountain West. Encore quelque chose qui lui manquait.

Elle gravit la volée de marches du porche, trouva la clé sous le paillasson et déverrouilla la porte.

Le téléphone de Sawyer retentit alors qu'ils entraient.

— Allô ?

Il se tut en écoutant son correspondant, les traits crispés.

— C'est une blague ? Nous arrivons. Il y a un autre incendie, annonça-t-il en raccrochant.

— Déjà ? Nous avions extrapolé qu'il n'y en aurait pas d'autre avant un jour ou deux. Et là, en moins de vingt-quatre heures... C'est trop tôt.

— Je m'inquiète surtout pour les pompiers.

L'équipe était épuisée après avoir combattu le sinistre à Compassionate Hearts. Non seulement des civils innocents étaient tués, mais vu le rythme effréné de ces attaques, les soldats du feu risquaient encore plus leur vie.

— Où a lieu l'incendie ? s'enquit-elle en refermant la porte.

— À Laramie. Dans le centre-ville.

À une demi-heure de là.

— Je conduis, dit-il en se dirigeant vers le SUV.

Réprimant un sourire, il regarda Liz Kelley sortir du SUV rouge des pompiers et marcher à côté de Sawyer, les yeux rivés sur l'incendie qui dévorait le salon de tatouage Cowboy Way.

Magnifique.

Il avait envie de contempler les flammes et de se délecter du visage ravagé de Neil Steward mais il ne quittait pas Liz des yeux. Elle portait sa veste à l'effigie du FBI comme une armure. Et son foulard qui cachait sa peau meurtrie. Elle couvrait ses cicatrices alors qu'elle aurait dû les exposer avec fierté. Elle était une survivante.

Son besoin de les dissimuler prouvait qu'elle s'accrochait toujours à celle qu'elle avait été autrefois – une jolie poupée fade, tout juste bonne à écarter les jambes pour Sawyer – au lieu d'accepter ce que le feu avait fait d'elle. L'incendie l'avait transformée, métamorphosée, en quelqu'un d'autre.

Elle ne méritait pas d'être en vie. Il la lui reprendrait.

Si Liz était ici, il ne s'agissait pas d'un hasard.

La Providence l'avait amenée à Laramie. Vulcain, le dieu du Feu, l'avait fait venir… pour lui.

Au début, quand il l'avait aperçue devant le tas fumant de ce qui restait de Compassionate Hearts, il avait eu un choc. Mais sa surprise s'était vite muée en joie anticipée.

Des années auparavant, Liz était partie, avait quitté la région. Le feu lui avait tout pris en la laissant marquée et effrayée. Elle avait fui la vie elle-même. Un châtiment plus douloureux pour elle – et plus doux pour lui – qu'une simple mort. Mais elle était de retour, ressuscitée en agent du FBI, comme un phénix qui renaît de ses cendres. Elle était revenue au bon moment.

Elle était en bonne place sur sa liste avec les autres qui allaient payer.

Il avait espéré l'éliminer avec Sawyer Powell d'un seul coup avec le camion piégé, grâce au détonateur à distance qu'il tenait à la main.

Mais la journaliste, qui couvrait son travail avec tant de panache, était là et aurait été tuée. Voilà pourquoi il avait déclenché l'engin explosif plus tôt que prévu. Il avait vu avec ravissement la boule de feu réduire le véhicule en tas de ferraille. La deuxième explosion avait été plus efficace que la première, la portière du camion avait presque décapité Liz et les éclats avaient blessé Sawyer.

En tout cas, l'explosion lui avait beaucoup appris. La façon dont Sawyer avait essayé de protéger Liz, la douceur avec laquelle elle lui avait caressé le visage, l'inquiétude dans ses yeux. Elle avait couru vers sa voiture, sans doute pour se précipiter à l'hôpital… Tout cela était révélateur. L'amour brûlait encore entre eux. Comme au bon vieux temps.

Il avait envie de se débarrasser de Sawyer mais tout serait différent avec Liz. Il jouerait avec elle, la briserait. Il tuerait quelqu'un qu'elle aimait pour qu'elle souffre… avant de l'éliminer à son tour.

Il n'était pas stupide et n'avait pas envie que le FBI vienne s'en mêler. Il attendrait qu'elle quitte le Wyoming pour en finir avec elle. Après tout, il était patient. Il valait mieux la tuer en Virginie. Sa mort ne serait pas reliée aux autres.

Tenir sa promesse en vaudrait la peine et à la fin, il obtiendrait enfin ce qu'il espérait depuis longtemps. Ce dont il avait besoin plus que tout au monde.

En regardant Liz, il savait exactement comment s'amuser avec elle tout en attendant son heure pour la tuer.

Il se demandait si elle sentait la chaleur de sa flamme si proche, si elle devinait ce qui allait lui arriver…

6

Liz et Sawyer s'approchèrent de Gareth qui sortait du salon de tatouage.

— Reconnais-tu l'œuvre de notre incendiaire ? s'enquit Sawyer.

— Il semble que oui.

— Que s'est-il passé ?

— Le commerçant d'à côté a senti de la fumée et contacté les secours vers 22 h 40. Nous sommes arrivés sur les lieux dix minutes plus tard. Une fois à l'intérieur, j'ai immédiatement vu les similitudes avec les autres incendies. Et je t'ai appelé. Après avoir raccroché, j'ai entendu Neil Steward, le propriétaire du salon, crier que son fils était à l'intérieur.

Gareth fit un geste vers le pauvre homme, visiblement horrifié et résigné, et sa femme qui sanglotait.

Le cœur de Liz se serra de pitié à la vue du couple.

— Deux de mes gars sont entrés pour le chercher, poursuivit Gareth. Ils ont inspecté le rez-de-chaussée où ils font les tatouages mais il n'était pas là.

— Ont-ils fouillé le sous-sol ou le bureau ? demanda Sawyer.

— Le bureau est à l'étage. Il n'a pas encore été possible d'y accéder. Deux autres dispositifs ont explosé près d'un tas de matériaux inflammables qui se trouvaient dans l'atelier.

Une sourde terreur envahit Liz.

— Est-il déjà arrivé que des engins explosent pendant que vous étiez à l'intérieur ?

Gareth secoua la tête.

— Non. C'est la première fois. Ils étaient dissimulés dans des boîtes en carton, il était impossible de remarquer leur présence.

Sawyer soupira.

— Ce type va de plus en plus loin. Et met délibérément en danger la vie des pompiers.

— En tout cas, dit Gareth, il fait tout pour nous ralentir, nous empêcher d'intervenir à temps.

— Il y a quand même quelque chose d'étrange, marmonna Sawyer en regardant le brasier. Pour les autres incendies, il cherchait à réduire les bâtiments en cendres. Le feu s'étendait vite et ravageait tout sur son passage. Pourquoi a-t-il agi différemment avec celui-ci ? En plaçant d'autres dispositifs destinés à s'embraser plus tard, il a voulu prendre son temps. Pour quelle raison ?

Liz considéra les visages tourmentés des Steward. Ils avaient les yeux rivés sur ce qui restait de leur commerce.

— Peut-être ne ciblait-il pas les pompiers, dit-elle. Rien n'est pire pour des parents que d'assister à l'incendie qui a pris leur gagne-pain en attendant d'apprendre si leur enfant est vivant ou mort.

Elle scruta la foule. L'incendiaire était là, à contempler son œuvre, à savourer la douleur et la dévastation qu'il avait causées. Il n'aurait manqué le spectacle pour rien au monde.

Elle remarqua une femme avec de longs cheveux qui prenait discrètement des photos des curieux attroupés.

— Qui est-ce ? demanda-t-elle à Sawyer.

Il suivit son regard.

— L'adjointe Ashley Russo. En civile.

— Très bien. Nous aurons une photo de notre homme. Il est là. J'en suis sûre.

— L'un des Steward était-il dans l'incendie du ranch Wild Horse, Neil, Evelyn ou Mike ? lui chuchota-t-il à l'oreille.

— Non.

Elle connaissait les noms de tous ceux qui avaient été enfermés dans les chalets ou dans le baraquement en feu et qui s'étaient efforcés de sauver les Durbin et elle, cette nuit-là.

Quel était le lien entre les Steward et les autres victimes ?

Deux pompiers sortaient du salon de tatouage.

— Nous aimerions leur parler, dit Sawyer à Gareth.

— Venez avec moi. C'est Anderson et Johnson, le nouveau. Hé ! cria Gareth en se dirigeant vers eux. Anderson, Johnson, par ici !

Les deux pompiers se retournèrent et se dirigèrent péniblement vers eux. Ils étaient en tenue d'intervention, leurs masques à oxygène autour du cou. L'un d'eux était une femme, ce qui surprit Liz. Pourtant, au cours de sa carrière, elle avait rencontré plus d'une femme pompier. Mais elle ne s'attendait pas à en trouver une ici, à Laramie.

— Anderson, Johnson, dit Sawyer en s'approchant d'eux. Voici l'agente Liz Kelley. Alors ? Avez-vous trouvé Mike Steward ?

— Nous pensions avoir une chance de le sauver, dit Anderson, d'une voix rauque de fumée. Le feu n'avait pas encore touché le premier étage. Mais quand nous avons réussi à l'atteindre, Mike était déjà mort.

— À cause de l'inhalation de fumée ?

Johnson secoua la tête.

— Il avait la gorge tranchée. J'ai cru que j'allais vomir. Je n'avais jamais rien vu de pareil.

— Moi non plus, balbutia Anderson, horrifiée. Pensez-vous que le feu a été allumé pour dissimuler le meurtre ?

— Il voulait qu'on retrouve le corps comme ça, répondit Liz en croisant les bras. Sinon, il aurait installé un dispositif à l'étage et aurait aspergé le cadavre de kérosène pour cacher la blessure jusqu'à ce que le médecin légiste l'examine.

— Dites-moi ce que vous avez vu en entrant, dit Sawyer.

— Pas grand-chose au début, répondit Anderson en ouvrant sa veste. La fumée était trop épaisse. Noire.

— Le feu était en hauteur, ajouta Johnson. Dans certaines zones, le plafond ressemblait à ceux des derniers incendies.

— Il a encore utilisé un hydrocarbure.

— Oui, le même accélérant, du kérosène, confirma Anderson. Nous avons d'abord inspecté le sous-sol puisque le corps de la prothésiste ongulaire était dans celui de sa boutique. Mais là, il n'y avait personne. Alors nous sommes montés au premier et l'avons trouvé, ajouta-t-elle en retirant ses gants.

Johnson ferma les paupières.

— J'ai failli glisser dans le sang. Il y en avait tellement.

— Cela devait être pénible à voir, dit Liz en essayant de le réconforter d'un sourire. On ne s'y habitue jamais vraiment.

Anderson se tourna vers Sawyer.

— Je peux te parler, un instant ?

Ils s'éloignèrent de quelques pas.

— Ça va, Tessa ?

En le voyant poser une main réconfortante sur l'épaule de la jeune femme, Liz ressentit une morsure au cœur, une réaction idiote au demeurant.

— J'ai connu mieux.

Même avec le visage noirci de suie, la dénommée Tessa était très mignonne.

— À la fin de mon service, j'aurai vraiment besoin de me défouler, de décompresser. Ça te dit de venir t'amuser un peu chez moi, demain soir ?

Sawyer esquissa un sourire en coin.

À l'idée qu'il passe du bon temps avec la jolie pompière, une vague de jalousie ravagea Liz, si forte qu'elle s'en étonna.

Ressaisis-toi. Si elle vivait comme une nonne depuis quinze ans, un beau gosse sexy comme Sawyer n'avait aucune raison de vivre, lui, comme un moine. Les filles lui couraient après depuis le lycée. Il aurait pu choisir n'importe laquelle mais il était tombé amoureux d'elle. Elle avait vraiment eu beaucoup de chance qu'il ait jeté son dévolu sur elle, à l'époque, avant l'incendie.

Sawyer s'amusait sans doute beaucoup. Tant mieux pour lui. Et de toute façon, cela ne la regardait pas.

Tandis que Sawyer répondait à Tessa trop bas pour que Liz l'entende, elle se tourna vers Gareth.

— Quelqu'un a-t-il interrogé les gens ?

— Oui, le frère de Sawyer, Holden. Il doit être par là, ajouta Gareth en promenant les yeux autour de lui.

— Je vais le trouver.

Mais il lui attrapa le bras pour l'empêcher de s'éloigner.

— On était dans le même lycée, toi et moi.

Elle se tendit. Depuis son retour, elle avait croisé beaucoup de gens qu'elle avait connus dans sa jeunesse. Elle devina que Gareth allait être le premier à lui parler de l'incendie.

— Nous ne fréquentions pas les mêmes cercles, répondit-elle. Mais j'ai entendu dire que Ted et toi étiez toujours les meilleurs amis du monde.

C'était étrange comme des personnes auxquelles elle n'avait pas pensé depuis des lustres lui revenaient maintenant en mémoire.

Le sourire de Gareth se crispa.

— Ted peut paraître un peu agressif. Mais c'est un bon gars.

— Si tu le dis...

— Quoi qu'il en soit, ce qui t'est arrivé était horrible. C'est sympa de te revoir, en si grande forme.

Elle ne savait jamais comment répondre à ce genre de commentaires. Elle avait hâte de le laisser.

— Oui. Merci.

— Tu es devenue une super agente au FBI. C'est génial. J'ai acheté ton livre comme la plupart de mes collègues. Accepterais-tu de me le dédicacer avant ton départ ?

Sawyer quitta Tessa Anderson et se dirigea vers eux.

— Bien sûr. Excuse-moi, ajouta Liz en tournant le dos à Gareth pour rejoindre Sawyer. On dirait que tu as un rencard torride demain soir, lui lança-t-elle.

À peine les mots quittaient-ils sa bouche qu'elle regretta de les avoir prononcés.

De quoi je me mêle ?

Il s'arrêta et la dévisagea.

— Ça te dérange ? rétorqua-t-il, son regard perçant le sien.

Elle n'aurait pas dû être dérangée, mais c'était le cas

— Tu es libre de faire ce que tu veux de ton temps libre. Tout le monde a besoin de se détendre. Tu le mérites.

— Et toi aussi, non ?

— Pour me détendre, je vais courir. Ça me fait du bien.

— Tout va bien pour toi alors. Travailler pour le FBI te convient. Vivre en Virginie aussi. Tu aimes ta solitude. Rester seule dans cette vieille maison de Bison Ridge, quels que soient les risques, te plaît. Tu préfères courir que de transpirer avec quelqu'un. Mais es-tu parfois heureuse, Lizzie ?

Elle se sentit blêmir. Pourquoi l'attaquait-il ainsi ? Et comment osait-il l'analyser et décortiquer ainsi sa vie ?

— J'ai eu tort de faire ce commentaire sur ton rendez-vous galant. Ce ne sont pas mes affaires. Je ne te jugeais pas.

En soupirant, il baissa la tête.

— Je suis content que tu l'aies dit. C'est le seul moyen pour moi de savoir que tu t'intéresses encore un peu à moi. Et non, ajouta-t-il en la regardant en face. Je n'ai pas l'intention d'aller la retrouver. Tessa prétend vouloir s'amuser mais ce qu'elle cherche vraiment, c'est un mari.

— Tu ferais un excellent mari. Tu es du genre à te poser. Et vous avez visiblement des atomes crochus.

Il serra les mâchoires.

— Aucun mariage ne devrait être basé sur le sexe. Même si ce dernier est fabuleux.

Non seulement il s'amusait avec Tessa mais le sexe avec elle était fabuleux. Elle aurait préféré l'ignorer.

— Je ne suis pas l'homme qu'il lui faut et elle n'est pas la femme qu'il me faut, conclut-il. Mais tu t'en moques bien, n'est-ce pas ?

Elle surprit un mouvement du coin de l'œil et comprit que cette conversation n'était plus privée.

Elle se retourna et fit face à Holden Powell.

— Désolé de te déranger, dit-il à Sawyer. J'ai à te parler. Salut, Liz. Ça fait des siècles que je ne t'ai pas vue, dit-il

Il la prit dans ses bras, la souleva de terre pour une étreinte aussi chaleureuse qu'inattendue. Après un long moment, il l'embrassa sur la joue et la reposa. Elle avait perdu l'habitude des marques d'affection, celles du grand cow-boy en particulier.

Elle remonta son foulard qui avait glissé le long de son cou.

Elle risqua un œil vers Sawyer mais il ne la regardait même pas. Aurait-elle voulu qu'il le fasse ?

Elle ne savait plus ce qu'elle voulait, à part résoudre cette affaire.

— Où en es-tu ? demanda Holden à son frère.

— Je dois entrer dans le salon de tatouage, dit-il.

Liz et Holden sur les talons, il retourna au SUV de patrouille. Il sortit ses bottes du coffre et s'assit sur le hayon pour les enfiler. Il semblait furieux et s'y prenait mal.

Liz le regarda faire. Qu'il se préoccupe de leur relation au lieu de se concentrer sur l'enquête était précisément ce qu'elle voulait éviter. Quel que soit le nombre d'affaires qu'elle avait résolues, elle doutait toujours d'elle-même. Elle n'avait pas besoin que des émotions viennent compliquer encore la situation.

— Voilà pourquoi je voulais que nous restions sur un terrain professionnel et ne pas en faire une question personnelle. Tu peux laisser tomber ?

Avec un petit rire plein de colère, il attrapa sa trousse.

— C'est toi qui m'as parlé de mon soi-disant rendez-vous galant, s'exclama-t-il. Tu en as fait une affaire personnelle. Mais bien sûr, je vais laisser tomber. Je vais ranger mes sentiments dans un coffre verrouillé, avec les autres, jusqu'à ce que tu m'autorises à en soulever le couvercle.

Holden siffla doucement.

Elle voulut répondre mais il avait raison. Sur tout. Elle s'était sentie jalouse alors qu'elle n'en avait pas le droit et avait ouvert une énorme boîte de Pandore en abordant ce sujet.

Elle poussa un long soupir.

Holden posa une main sur l'épaule de son frère.

— Es-tu sûr de vouloir y aller alors que tu es blessé ? Tu as des points de suture.

— Le médecin m'a autorisé à effectuer mon travail, maman.

Sawyer alluma une lampe de poche et entra dans ce qui restait du salon de tatouage, sa trousse à la main.

— Tu l'as énervé, Liz, dit Holden. Au fond, il est seulement heureux que tu sois revenue.

— Je vois ça.

Elle leva les yeux vers lui. Holden était un peu plus petit que Sawyer. Quand il était adolescent, il était costaud. Mais depuis lors, il avait maigri, ce qui lui allait bien. Il était rasé de près, contrairement à Sawyer qui portait une barbe de deux jours.

Holden la dévisagea d'un air bienveillant.

— Tu es partie trop longtemps.

— Ou pas assez longtemps.

— Il a toujours juré que tu reviendrais. Et te voilà. Voir un vœu se réaliser après quinze ans d'attente, cela fait beaucoup à digérer. Et travailler sur l'enquête la plus difficile de sa carrière aux côtés de l'amour de sa vie n'arrange rien.

Mais elle n'était pas revenue pour lui. Un pincement de culpabilité lui mordit la poitrine.

Mets-toi au travail.

Il était temps de se concentrer sur la tâche à accomplir.

— Qu'as-tu appris de la foule ?

— Pas grand-chose. Les horaires du salon étaient variables. D'après le propriétaire du magasin voisin, Mike travaillait essentiellement sur rendez-vous. Celui qui a fait ça avait peut-être pris rendez-vous pour l'amener ici au moment où il le voulait. Personne n'a rien vu ou entendu de suspect à part la fumée. Tu devrais parler à Neil Steward. Il affirme avoir reçu un appel téléphonique étrange, peu avant le sinistre. Quelqu'un l'a menacé de s'en prendre à Mike. Mais il va être difficile d'en tirer davantage pour le moment. Il serait peut-être préférable de l'interroger demain.

Gareth était en train d'apprendre aux Steward la mort de leur fils. Neil fondit en larmes, sa femme explosa en sanglots. Le couple avait besoin de faire son deuil.

— Oui. Tu pourras leur demander de venir ?

— Bien sûr, Liz. Le bureau du shérif te convient ?

Elle hocha la tête.

— J'aimerais également parcourir avec toi les photos que l'adjoint Russo a prises. Voir si quelqu'un se démarque pour une raison quelconque...

— Nous nous en occuperons.

— Adjoint en chef ! Madame FBI !

Un homme se frayait un chemin à travers la foule et se glissa sous le cordon tendu par la police. Il tenait une bouteille de whisky à la main. Il en but une rasade.

— Il est grand temps que vous mettiez un terme à ces incendies à répétition !

Liz le connaissait mais ne parvenait pas à se remémorer son nom.

— Chuck, dit Holden en s'approchant de lui. Il est interdit de déambuler en état d'ivresse dans les rues.

— J'ai tout perdu. Mon restaurant. Ma maison que j'avais mise en garantie pour les prêts. Ma femme est partie aussi vivre chez sa mère dans le Nebraska. Et vous voulez me verbaliser parce que je cherche à noyer mon chagrin ? Vous feriez mieux de mettre un terme à ces incendies criminels.

— Monsieur Parrot, je suis l'agente Liz Kelley.

— Tout le monde sait qui vous êtes. La fille qui a survécu.

Il avala une autre gorgée d'alcool jusqu'à ce que Holden lui arrache la bouteille des mains. Chuck le regarda avec fureur.

— Quand allez-vous vous décider à arrêter Kade Carver ?

— Qu'a-t-il à voir avec ça ?

— Tout. C'est à cause de lui que tout a brûlé.

— Qui est Kade Carver ? demanda Liz à Holden.

— Un riche promoteur.

— Plutôt un destructeur de commerces, dit Parrot, la langue

pâteuse. Il a décidé de racheter tout le quartier pour y construire une résidence de maisons haut de gamme. En plein centre-ville. Et comme par hasard, tous les commerces qu'il cible ont été incendiés. Mon restaurant, le salon de manucure et à présent, le salon de tatouage de Neil. Maintenant que tout a été réduit en cendres, il achètera tout pour une bouchée de pain.

Liz regarda Holden.

— Encore un nom à ajouter à la liste des personnes que je dois interroger demain. Nous allons nous en occuper, ajouta-t-elle pour Parrot.

— Il est grand temps, répondit ce dernier qui trébucha et s'éloigna d'un pas lourd.

— Prépare-toi, Carver sera accompagné d'un avocat. La journée promet d'être épuisante. J'effectue le travail de deux personnes puisque je suis responsable du bureau du shérif pendant que mon beau-frère est en vacances avec sa fiancée.

— Et à ce sujet, félicitations pour ton mariage, dit Liz. Je suis heureuse que tu aies enfin trouvé quelqu'un pour te supporter, dit-elle. Mais attends, le shérif est ton beau-frère ?

— Oui. Je suis tombé amoureux de Grace de manière aussi rapide qu'inattendue. Au départ, son frère n'était pas ravi mais il a changé d'avis depuis le mariage. Maintenant, il ne rate aucun des dîners de famille. Au fait, où loges-tu ?

— Chez moi, à Bison Ridge.

Holden fronça les sourcils.

— Après la voiture piégée, est-il sage de rester seule là-bas ?

— Ne t'y mets pas, toi aussi ! Si j'étais un homme, me poserais-tu cette question ?

— Peut-être. Je t'ai toujours considérée comme une sœur et vu ce qui a failli arriver à Sawyer, cela m'ennuie qu'un membre de la famille reste dans un endroit isolé.

— J'apprécie ton inquiétude, mais ça ira.

Après tout, elle était entraînée et armée.

En souriant, Holden secoua la tête.

— Tu es toujours aussi têtue. C'est agréable de voir que certaines personnes ne changent pas. Tu devrais te reposer un peu.

Elle aurait bien voulu. Elle était debout depuis 3 heures du matin. Sa présentation au colloque l'avait rendue nerveuse et empêchée de dormir.

— Je dois attendre Sawyer, nous sommes venus ensemble.

— La route va être longue avec M. Grincheux.

— C'est vrai.

Mais il y avait plus important.

— Viens. Je vais t'aider à interroger la foule.

7

Le cliquetis mécanique d'un rechargement de carabine réveilla Sawyer en sursaut. Il aurait identifié ce bruit caractéristique n'importe où. Il saisit son arme et sortit en vitesse de son sac de couchage.

— Qui que vous soyez, cria Liz de l'extérieur, sortez lentement de cette tente, les mains en l'air. Ou je tire.

Reconnaître sa voix calma son rythme cardiaque. Troquant son pistolet contre son stetson, il mit son chapeau de cow-boy et se glissa hors de la tente en caleçon, un grand sourire aux lèvres.

— Bonjour à toi aussi.

Les yeux écarquillés, elle baissa son fusil. L'irritation se lisait sur son visage. Elle portait un jean, un débardeur et une chemise ouverte qu'elle avait sans doute enfilés à la hâte.

— Quand tu m'as déposée hier soir, tu ne parlais plus du prétendu danger à passer la nuit seule dans cette maison, dit-elle. Et je pensais que tu avais laissé tomber le sujet.

En réalité, il avait compris sur le chemin du retour qu'il était inutile de discuter. Elle avait décidé d'être têtue, lui aussi.

— Manifestement, tu ne me connais plus très bien, Liz. Maintenant que tu fais partie de l'enquête, tu pourrais devenir, toi aussi, une cible. Être toute seule ici est risqué.

— Et voilà pourquoi tu as décidé de planter ta tente dans les fourrés derrière la maison et de m'espionner. Je te rappelle que je suis agente du FBI. Tu croyais vraiment que je ne remarquerais pas ta présence ?

— Je ne t'espionnais pas. Je te protégeais, nuance. Et tu n'avais pas aperçu ma tente avant le lever du soleil. Tu n'as regardé par la fenêtre qu'en te confectionnant un café.

— Comment le sais-tu ?

Il voyait la tasse fumante qu'elle avait laissée sur la balustrade du porche.

— Je te connais par cœur.

Il s'étira en bâillant avant de lui décocher un grand sourire.

Elle posa le poing sur la hanche.

— J'ai très envie de faire disparaître ce sourire.

— N'hésite pas à te faire plaisir. J'adore que tu me touches, même pour me gifler, répliqua-t-il en retirant son chapeau.

Elle le fusilla du regard.

— Tu es incorrigible, dit-elle. Et tu t'es introduit sur une propriété privée sans autorisation, ce qui constitue une violation de domicile.

— Excuse-moi de te faire remarquer que c'est toi qui es sur mes terres. À cet endroit, je suis chez moi. Ton domaine se termine le long de cette rangée d'arbres, où le mien commence. Tu te trouves sur la propriété des Powell.

Avec un soupir, elle secoua la tête.

— J'avais oublié les limites des terrains que mes parents vous ont vendus. Ma parcelle est sans doute assez petite pour que j'y mette une haute clôture afin d'empêcher les rôdeurs de venir m'espionner.

— Je t'encourage fortement à en faire installer une, oui. Un tel investissement signifierait que tu as l'intention de rester.

Et rien ne pourrait lui faire plus plaisir.

Sans répondre, elle tourna les talons pour retourner chez elle, le fusil sur l'épaule.

— Puis-je avoir une tasse de café ? Et prendre une douche ? cria-t-il en la poursuivant.

Elle s'arrêta et le regarda.

— Tu te moques de moi ?

— Ça m'éviterait de devoir repasser au ranch. Il serait plus rationnel et surtout, plus efficace, de me préparer ici.

Elle avait toujours été très pointilleuse en matière d'efficacité. Une chance.

Liz réfléchit un moment avant de lui faire signe de la suivre.

Bingo. Un sourire aux lèvres, il rentra dans sa tente, enfila ses bottes, s'empara de son arme et d'un petit sac de sport contenant l'essentiel, puis se dépêcha de la rattraper.

Dans la cuisine, tandis qu'elle posait sa carabine sur la grande table en bois, il promena les yeux autour de lui. L'endroit lui rappelait des souvenirs, de très bons souvenirs pour la plupart. Des dîners joyeux avec ses parents. Ou lui se glissant en catimini jusqu'à sa chambre. Mais les derniers moments qu'il avait passés dans cette maison avaient été déchirants.

— Tes parents l'avaient oublié ici ? dit-il en désignant le fusil.

— Non, la voisine me l'avait laissé avec un réfrigérateur plein.

Elle prit un mug dans le placard et le remplit de café noir.

— Tu le prends toujours avec deux sucres ?

— J'aimerais bien mais plus maintenant, dit-il en se tapotant le ventre. J'essaie de me débarrasser de mes poignées d'amour.

— Ton régime porte ses fruits, dit-elle en regardant son torse.

Alors qu'elle lui tendait la tasse, leurs doigts se frôlèrent et il laissa les siens s'attarder.

— Pourquoi tes parents ont-ils gardé cette maison ? demanda-t-il. Ils ne viennent jamais ici.

— Elle est dans la famille depuis toujours. Ils espèrent que je reviendrai y vivre un jour. Que mes enfants en hériteront. Je n'arrête pas de leur répéter que je ne me marierai jamais et n'aurai pas d'enfants, mais ils continuent de rêver.

Son regard tomba sur sa gorge. Le côté droit était d'une teinte plus claire que le reste avec des cicatrices visibles qui disparaissaient sous sa chemise. Il promena ensuite les yeux sur ses cheveux soyeux qui reflétaient la lumière du soleil, sur son décolleté, sa taille fine, ses longues jambes fuselées qu'elle enroulait autrefois autour de ses hanches.

Elle voulut prendre un foulard sur la table mais il lui saisit le poignet avant qu'elle ne puisse l'attraper.

— Tu n'as pas besoin de te cacher de moi.

Elle se tendit.

— Je déteste quand les gens me fixent.

— Je ne te fixais pas, dit-il avec sincérité. Je t'admirais.

C'était la vérité.

Elle émit un petit rire incrédule et leva les yeux au ciel.

— Ne te crois pas obligé de dire ce genre de choses.

Elle essaya de s'éloigner mais il resserra les doigts. Avec douceur. Elle pouvait se libérer de son emprise si elle le désirait. Et même, le frapper.

— Pourquoi ne te marierais-tu pas ou n'aurais-tu pas d'enfants ? demanda-t-il. Tu ferais une excellente épouse et une mère incroyable. Tu as toujours voulu fonder une famille.

Elle recula avec une grimace mais pas assez loin pour rompre le contact.

— Arrête ! Tu sais très bien pourquoi.

— Non, je ne le sais pas, dit-il en se rapprochant.

— Nous étions d'accord pour ne pas parler de ça. De nous.

— Je ne parle pas de nous mais de toi. Je te demande de tes nouvelles, dit-il, d'une voix douce. Quand as-tu laissé quelqu'un te prendre dans ses bras et te serrer contre lui pour la dernière fois ?

Il savait que Liz n'avait pas de vie amoureuse ni de vie amicale, qu'elle ne sortait pas avec des amis ou collègues après le travail. Elle ne rendait pas souvent visite à ses parents. Elle avait choisi d'être seule et de consacrer son existence à son métier.

Elle hésita et il vit dans les profondeurs de ses yeux émeraude que cela remontait à bien trop longtemps, à des années.

Il en souffrait pour elle. Lui au moins avait trouvé le moyen d'apaiser sa douleur, de combler un peu sa solitude, en recherchant un réconfort temporaire auprès d'autres femmes. Cela dit, ces aventures éphémères n'étaient qu'un rappel de ce qui lui manquait vraiment. Il revenait toujours à la case départ, à se torturer pour tenter de comprendre pourquoi la seule personne qu'il désirait ne voulait plus de lui. Liz.

— Il y a quelques heures, balbutia-t-elle.

Il se mit à rire alors qu'il avait eu du mal à ne pas serrer les poings quand son frère l'avait prise dans ses bras. Holden avait un an de plus que lui et ils avaient toujours été rivaux. Il s'en était fait une raison. Mais le voir étreindre *sa* Liz en premier l'avait irrité au plus haut point.

— Holden ne compte pas.

— Bien sûr qu'il compte. Bon, ne devrais-tu pas te préparer pour que nous puissions y aller ? Nous avons du travail.

Cette enquête était importante. Aucun doute là-dessus. Des vies étaient en jeu. À tout moment, un autre incendie pouvait être allumé quelque part, un autre meurtre commis.

Mais il commençait à prendre conscience qu'elle ne se contentait pas de se noyer dans le travail. Elle se servait de son métier, de l'enquête, comme d'un dérivatif, comme d'un bon prétexte, pour fuir une réalité dérangeante. Elle avait peut-être survécu à l'incendie mais depuis quinze ans, elle avait renoncé à vivre, à vivre pleinement.

Et au fond, s'il était sincère avec lui-même, lui aussi.

— Je pense que nous avons tous les deux besoin d'autre chose, d'abord.

Il la prit dans ses bras pour la serrer contre lui. Elle se raidit et il craignit d'abord qu'elle ne le repousse mais elle ne le fit pas. Au début, elle était si tendue qu'il avait l'impression d'étreindre une statue. Puis, lentement, elle se détendit contre lui. Il glissa sa tête au creux de son épaule, bien calée. Le nez dans son cou, elle posa une main sur son torse et l'autre en bas de son dos. C'était un début.

Sentir sa peau contre la sienne réchauffa son cœur, libéra les tensions qui nouaient son ventre et pesaient sur sa poitrine. Il rêvait d'abattre les murs qu'elle avait construits autour d'elle pour se protéger. Et qui la maintenaient isolée. Il avait envie de l'envelopper de lumière, d'amour et de tendresse. De tout ce qu'elle se refusait et qu'elle méritait.

Il resserra son étreinte, pressa les lèvres sur le sommet de sa tête. Il s'enivra de l'odeur de ses cheveux, la respira. Il adorait son parfum. Un parfum excitant. Sensuel.

Il la sentit s'adoucir, fondre contre lui et à ce contact, chaque cellule de son corps se souvint de la passion et du plaisir qu'ils avaient connus autrefois dans les bras l'un de l'autre. Du bout des doigts, il commença à dessiner d'un geste apaisant des cercles sur son dos par-dessus sa chemise.

Mais comme ses mains dérivaient, glissaient sur sa taille puis sur ses hanches, sa tendresse se mua soudain en désir. Il ne chercha pas à dissimuler son érection. Il s'imprégnait de la douceur de ses courbes.

— Liz...

Elle soupira contre son torse.

Ce petit bruit, qui faisait écho à la vulnérabilité qu'elle osait enfin montrer, ne fit qu'attiser le feu qui brûlait dans ses veines. Liz était tout ce qu'il aimait, tout ce qu'il n'avait jamais cessé de désirer. Dieu sait combien de fois il avait essayé de la sortir de sa tête, de l'oublier. Il n'y était jamais parvenu.

Il l'avait dans la peau.

Elle leva le menton, leurs regards se croisèrent, et elle frissonna contre lui.

— Tu sens bon, murmura-t-il.

Que je me sens bien avec toi dans mes bras. Oh ! tellement bien.

Tous deux avaient changé. Leurs vies avaient changé. L'un et l'autre avaient essayé d'aller de l'avant. Mais il était indéniable qu'ils avaient évolué dans la même direction. Tous deux se battaient pour la justice. Tous deux s'y consacraient, corps et âme, au point de sacrifier le reste.

Et s'ils avaient vécu loin l'un de l'autre durant des années, le désir et la tendresse entre eux étaient toujours là, intacts. Et malgré leurs efforts pour les effacer, leurs souvenirs nourrissaient encore les liens qui les unissaient l'un à l'autre. Il n'avait rien oublié. La saveur de sa bouche. L'odeur de sa peau. La moiteur de son ventre quand il était en elle. Et tout le reste, les mille détails qui faisaient d'elle une femme unique, l'amour de sa vie.

— Et toi, tu sens le loup, répondit-elle. Tu as besoin d'une douche.

En riant, il prit son visage entre les mains, caressa sa joue.

— Il faisait chaud sous la tente.

Ils avaient plus d'une fois dormi à la belle étoile, autrefois. La sueur qui brillait sur leur peau tandis qu'ils se blottissaient l'un contre l'autre n'était pas due alors à la seule chaleur estivale.

Il avait, à l'époque, la certitude que sa vie durant, il la serrerait dans ses bras, partagerait ses jours, ses joies, ses rêves et ses peines.

S'il avait su...

Il passa un pouce sur ses lèvres et elle les entrouvrit, ses yeux émeraude brûlant d'un désir incertain. Sans réfléchir, il baissa la tête et captura sa bouche. Il en mourait d'envie depuis qu'il l'avait revue devant Compassionate Hearts. Il l'embrassa, doucement, tendrement. Quand elle se figea, son cœur cessa un instant de battre de peur. Mais elle noua les bras autour de son cou, se hissa sur la pointe des pieds et lui rendit son baiser d'un air affamé. Lorsque leurs langues entamèrent une danse sensuelle, tout devint très vite passionné, exigeant. Elle se cambra contre lui en gémissant et d'un seul coup, il oublia la façon dont elle s'était éloignée, lui avait tourné le dos, mettant une croix sur leurs projets d'avenir. Il oublia la dévastation, le chagrin dans lequel elle l'avait plongé en le quittant et qui n'avait fait que s'aggraver avec le temps. Il oublia le vide qui l'habitait loin d'elle, ses souffrances.

Elle glissa les mains dans ses cheveux, se frotta contre lui.

Sa réaction l'enivra. Comme elle lui avait manqué !

En proie à un désir impérieux, il approfondit leur baiser, la plaqua contre lui, aventura une main sous sa chemise, sur ses seins.

Mais soudain, elle se raidit et le repoussa.

— Je ne peux pas.

— Liz, balbutia-t-il, le cœur serré.

Le désespoir le frappa en plein ventre.

— Je t'en prie. Je suis...

— Je ne peux pas, répéta-t-elle, les larmes aux yeux mais les poings serrés.

Elle était prête à se battre – contre lui.

Mais il ne savait pas du tout comment combattre quoi que ce soit. Pendant des années, il avait pensé qu'elle avait besoin de temps. Besoin de cicatriser. Besoin de reprendre confiance en elle. Besoin de se rappeler à quel point elle était forte. De se remémorer tout ce qu'elle avait fait.

— Tu ne peux pas quoi ? demanda-t-il. Supporter d'être touchée ? D'être vue ? D'être aimée ?

— Je ne peux rien de tout ça.

Redressant les épaules, elle effaça toute émotion de son visage, se ferma.

— Il n'y a pas de place dans ma vie pour le divertissement, ajouta-t-elle.

Anéanti, il sentit son ventre se nouer. C'était donc ainsi qu'elle le considérait, l'image qu'elle avait de leurs relations, du destin qui les réunissait à nouveau ?

Il ne s'agissait donc à ses yeux que d'un *divertissement* ?

— Autrefois, nous deux, c'était tout pour moi, dit-il. Cela n'a jamais été un divertissement.

— C'était *avant*. Il n'est pas possible de revenir en arrière.

Ses mots le glacèrent comme une pluie de grêlons.

Elle le rejetait.

Elle saisit son arme dans son holster, glissa son couteau dans son fourreau, enfila sa veste de treillis et noua son foulard.

— Je te retrouve au bureau du shérif. Je ne veux pas arriver en retard aux interrogatoires.

Elle sortit en trombe. La porte-moustiquaire claqua derrière elle.

Elle se servait de l'enquête comme excuse pour fuir.

Une fois de plus, elle le laissait seul.

Pendant des années, il avait avancé, lutté contre ses propres démons en devenant pompier puis expert en recherche de causes d'incendies. Comme si éteindre des feux, sauver des gens, arrêter des incendiaires, pouvait compenser son échec. Il avait été incapable de la protéger, il y a quinze ans. Il n'avait pas eu le courage d'entrer derrière elle dans l'écurie ravagée par les flammes. S'il l'avait fait, s'il y était allé, la poutre ne serait pas tombée sur elle et elle n'aurait pas été brûlée. Et tout serait différent, à présent.

Depuis quinze ans, il refusait de s'attacher à quelqu'un d'autre parce que aucune autre femme n'était Liz. *Sa* Liz.

Il avait attendu l'occasion de la revoir pour lui montrer à quel point il tenait encore à elle. Que l'accident n'avait rien changé pour lui, que ses cicatrices n'avaient aucune importance.

Et il avait tout gâché.

Il avait cru que tout serait simple. Facile. Comme autrefois. Qu'il suffirait d'un baiser pour tout changer. Quel idiot. Il avait réagi par instinct. L'avoir dans ses bras dans cette cuisine comme si souvent dans le passé l'avait ébranlé. Il avait été incapable de garder ses distances avec elle, il n'avait pas réfléchi. Le besoin de la toucher, de la caresser, l'avait emporté.

Il n'avait pensé à rien d'autre. Pas même aux conséquences.

Le regret lui tordait le ventre, le rendait malade. Il était allé trop fort, trop loin, trop vite et elle s'était enfuie.

Une fois de plus.

Et cette fois, elle était plus que jamais hors d'atteinte, et il n'avait aucune idée de ce qu'il devait faire à part retourner travailler.

8

Dans la voiture, tout en conduisant, Liz ne cessait de trembler. Elle avait passé un accord avec Sawyer, posé ses limites et il les avait dépassées. Non, il les avait effacées, niées. Pire encore, elle l'avait laissé faire. Bien sûr, il avait joué de sa beauté, de son charme. Debout dans sa cuisine, vêtu uniquement d'un caleçon, d'un stetson et de ses bottes de cow-boy, il était sexy en diable. Aucune femme n'aurait été capable de résister. Pas même une agente du FBI endurcie comme elle.

Franchir la ligne jaune sur une impulsion avait été une erreur, même si elle s'était sentie infiniment bien dans ses bras. Quand il l'avait empêchée d'attraper son foulard et avait posé sur elle ses yeux magnifiques, des milliers de papillons s'étaient mis à danser dans son ventre, comme autrefois. Il lui avait suffi d'un regard, d'une caresse, pour abattre les défenses qu'elle avait eu tant de mal à construire. Lorsqu'il l'avait enlacée, que son souffle chaud avait effleuré sa peau, que son odeur – un mélange de pin et de savon – l'avait enivrée, elle avait été submergée par un tsunami d'émotions aussi intenses que délicieuses.

À ce moment-là, il lui aurait été impossible de rester de marbre, de continuer à prétendre qu'elle était très bien toute seule, d'ignorer la douleur lancinante qui torturait son âme depuis qu'elle avait mis fin à leur relation.

Puis il l'avait embrassée, en la faisant fondre comme neige au soleil. D'un simple baiser, il avait réveillé un désir qui dormait au fond d'elle depuis si longtemps.

Elle avait eu l'impression de rentrer à la maison, et en même temps de se lancer dans une nouvelle aventure à laquelle elle aspirait depuis des années, sans en avoir conscience.

Elle n'avait plus été capable de respirer, encore moins de réfléchir. Il n'y avait plus que lui et le besoin impérieux d'être caressée, aimée et d'oublier le reste, ses cicatrices.

Elle était partie très loin de Laramie, s'était noyée dans le travail mais dans ses bras, elle avait compris qu'elle l'aimait toujours. Et qu'elle avait envie de lui plus que tout au monde.

Mais quand il avait posé la main sur ses hanches, elle s'était rappelé pourquoi elle avait quitté le Wyoming, pourquoi elle l'avait quitté.

Sawyer était beau comme un dieu. Il méritait une femme qui lui soit égale en tout point.

Il n'imaginait pas à quoi elle ressemblait, nue. En l'embrassant, il s'était souvenu de la fille qu'elle avait été autrefois. Peut-être pas aussi parfaite que lui, mais attirante. Séduisante.

Maintenant, son corps ressemblait à un patchwork de greffons. Certaines zones étaient lisses, d'autres boursoufflées, d'autres encore marbrées. Elle ressemblait à la créature de Frankenstein. Nue, elle était repoussante.

Elle était capable de traquer des terroristes, d'infiltrer un groupe extrémiste sous couverture, de maîtriser un suspect deux fois plus grand qu'elle. Mais se déshabiller devant lui était au-dessus de ses forces. Voir de la pitié ou pire, de la répulsion dans ses yeux la briserait à jamais sans aucun moyen pour elle de s'en remettre.

Elle se gara devant le bureau du shérif et prit le temps de se ressaisir.

Sois adulte. Seule l'enquête compte. Comporte-toi avec lui comme avec n'importe quel collègue. Pas comme avec un ancien amant qui te manque à en crever.

Elle avait besoin de quelques instants de plus. Fermant les

paupières, elle coupa court à ses émotions comme elle avait appris à le faire.

Après avoir noué son foulard autour de son cou et boutonné sa chemise, elle se dirigea vers l'entrée du bâtiment. Elle s'approcha d'un adjoint à la réception et lui montra son badge.

— Agente Kelley, je suis ici pour voir le chef adjoint Powell.

— Il n'est pas encore arrivé mais l'adjointe Russo vous attend dans le bureau du shérif. Nous avons reçu des instructions pour vous laisser, vous et l'expert en recherche de causes d'incendies, vous y installer. Allez-y.

— Merci.

Liz remonta le couloir et frappa à la porte.

L'adjointe Russo, en uniforme, se leva de derrière le bureau et lui tendit la main.

— Enchantée de vous rencontrer. Je suis Ashley Russo.

— Agente Kelley.

— Nous avons laissé un message à M. Carver, hier soir. Il a appelé tôt ce matin pour prévenir qu'il passerait nous voir avec son avocat, dans l'après-midi, en se rendant sur un chantier.

Il avait fait appel à un avocat mais au moins ne faisait-il pas traîner les choses. D'instinct, Liz devinait qu'il aurait un alibi solide. Ce genre de type en avait toujours un.

— Et M. et Mme Steward ?

— Ils ont dit qu'ils viendraient mais sans préciser d'heure.

Une réaction tout à fait compréhensible. L'horreur de ce qu'ils avaient subi était inimaginable. Aucun parent ne devrait endurer une telle tragédie.

— C'est vous qui avez pris des photos de la foule hier soir. Avez-vous eu l'occasion d'y jeter un œil ? demanda Liz.

— Je suis arrivée à 7 heures pour m'y mettre. Je les ai enregistrées sur l'ordinateur et agrandies, pour me concentrer sur les visages, et je vous les ai imprimées. J'ai commencé à mettre des noms sur quelques-uns. Mais il en reste encore beaucoup à identifier.

Super-performante. Liz aimait ce genre de collaboratrice.

— Par chance, pourriez-vous continuer à nous aider, ce matin ?

— Bien sûr. L'adjoint Powell m'en a déjà donné l'ordre. Il ne devrait plus tarder, ajouta-t-elle en lui offrant une chaise.

Liz s'assit et parcourut rapidement les photos pour s'orienter. Russo lui montra les portraits agrandis et améliorés de plusieurs personnes. Certains étaient ornés de post-it avec des noms écrits au feutre. Elle observa les différentes expressions, en cherchant celles qui se démarquaient. Un visage impassible ou au contraire, agité ou excité ou encore heureux, était souvent révélateur.

— Sur quoi travaillons-nous ? lança une voix familière depuis la porte.

Sawyer entra avec son chapeau de cow-boy, son T-shirt et son jean, une tenue qui mettait en valeur sa silhouette athlétique. Liz sentit sa tension artérielle monter en flèche en voyant à quel point il était beau. Son arme et son badge accrochés à sa ceinture lui rappelèrent qu'il n'était pas seulement expert en incendies mais aussi agent des forces de l'ordre.

Quand leurs regards se croisèrent, elle vit dans le sien une profonde tristesse. Son air hanté et désolé la stupéfia.

— À mettre des noms sur les visages des curieux assemblés hier soir devant le Cowboy Way, répondit-elle.

— Et vous avez trouvé quelque chose d'intéressant ? demanda Holden qui talonnait son frère.

— Pas encore. Russo et moi aurions besoin d'aide pour identifier tous ces gens. Ce serait plus rapide.

— Je vais vous donner un coup de main, dit Holden.

Son smartphone vibra et il y jeta un œil.

— Je reçois un texto de Logan, dit-il. Il est sur le point d'embarquer sur un vol pour Quantico afin de leur apporter les indices. Son patron a insisté pour préserver la chaîne de conservation. Afin de ne pas risquer de problèmes devant un tribunal.

— Super, dit-elle. Enfin une bonne nouvelle. Ernie va commencer aujourd'hui et mettre le turbo.

Comme Sawyer s'approchait du bureau, elle remarqua qu'il

portait un plateau chargé de deux gobelets et de deux sandwichs de chez Delgado. Il posa l'un des cafés devant elle.

— Il est meilleur que la lavasse servie ici. Nous restaurer correctement va nous aider à travailler.

Pourquoi était-il si gentil ? Son charme était irrésistible.

L'odeur des sandwichs la fit saliver.

— Et moi, je n'ai droit à rien ? demanda Holden avec un sourire taquin. J'aurais bien aimé un petit sandwich...

— Tu prends tous tes repas chez toi depuis que tu es marié.

Sawyer sirotait son café, sans la quitter des yeux. Il cherchait manifestement à la mettre mal à l'aise. Mais elle ne tomba pas dans le piège. Elle ne laissait jamais un collègue la déstabiliser.

Holden haussa les épaules.

— Peut-être mais le geste aurait été sympa.

— Je n'ai pas faim, prends le mien, dit-elle en soutenant le regard de Sawyer. Merci pour le café.

Les mâchoires serrées, Sawyer prit les deux sandwichs et les jeta dans la corbeille.

—Tu ne veux pas te restaurer. Très bien. Aucun de nous ne se nourrira.

— Pourquoi gaspilles-tu de la nourriture ? protesta son frère. Tu sais ce que dirait notre mère ?

Holden alla repêcher les sandwichs.

— Ashley, as-tu faim ?

— En fait, oui. Comme je suis arrivée très tôt, j'ai sauté le petit déjeuner. J'en veux bien un, répondit l'adjointe.

Et Liz regretta de ne pas le lui avoir proposé tout de suite.

Holden le lui tendit.

— Tiens. Je prendrai l'autre pour ma pause-déjeuner.

Son regard passa de Liz à son frère. Il sentait visiblement les tensions dans l'air.

— Que se passe-t-il entre vous deux, ce matin ?

— Rien, répondit-elle, impassible.

— Là-dessus, nous sommes d'accord, grommela Sawyer.

Elle était reconnaissante qu'il n'en dise pas davantage. Il fut un temps où les deux frères s'envoyaient tout à la figure, quel que soit le sujet et sans limites. La présence de Russo les retenait, sans doute.

Liz se remémora l'expression de Sawyer et se souvint soudain qu'un animal blessé était toujours plus agressif, plus dangereux.

Il n'avait aucune raison d'être en colère. Elle lui avait seulement demandé d'attendre la fin de l'enquête pour parler d'eux. Certes, elle avait commis l'imprudence de l'embrasser. Ce baiser lui avait fait prendre conscience avec une cruelle lucidité de tout ce qui lui avait manqué, ces quinze dernières années. Elle avait adoré l'embrasser, elle aurait aimé continuer encore et encore. Et depuis lors, elle était tourmentée par l'envie de recommencer.

Pas question de réitérer cette erreur. Merci beaucoup.

— Pourquoi ne prendrions-nous pas chacun une pile de photos ? suggéra Holden. Si vous n'arrivez pas à l'identifier, posez-la au milieu du bureau, et quelqu'un d'autre s'en chargera.

Ils s'assirent et se mirent au travail. Russo dévora le sandwich avec appétit et avant qu'elle l'ait fini, Holden avait commencé le sien. Manifestement, ils se régalaient et Liz se demanda si elle avait fait le bon choix.

L'adjointe Russo a davantage besoin de se restaurer que moi.

Après plusieurs heures, ils avaient mis un nom sur la plupart des portraits et discutaient des parcours des différents individus lorsque ceux-ci leur semblaient pertinents. Mais soudain, elle tomba sur un visage qui la glaça.

Celui d'un grand brun d'une trentaine d'années. Il souriait comme un enfant, le matin de Noël. La lueur dans ses grands yeux brillants la fit tiquer.

Elle leva la photo.

— Qui est-ce ?

Holden regarda le cliché.

— Je connais ce type, j'ai son nom sur le bout de la langue. Il a été libéré il y a trois ou quatre mois.

— Je parie que c'est un incendiaire, dit-elle.

Russo se glissa derrière l'ordinateur et pianota sur le clavier.

— Je suis dessus. Voilà. Je l'ai. Isaac Quincy. Condamné pour incendie volontaire. Libéré il y a trois mois.

— Puis-je jeter un œil ? demanda Liz.

Elle parcourut la page affichée.

— D'après son casier judiciaire, il a multiplié les séjours en prison depuis l'âge de seize ans. Chaque arrestation était due à un incendie criminel. Il se servait d'essence, de kérosène ou de liquide à briquet comme accélérant.

Elle passa en revue chaque arrestation.

— Ses incendies deviennent de plus en plus graves et lourds de conséquences. Il y a quelques mois, il a incendié la maison de son enfance pendant que ses parents étaient en vacances. Il était chargé de la garder en leur absence. Ses parents ont déclaré qu'il était un bon garçon mais avait du mal à maîtriser ses pulsions. Ils ont refusé de porter plainte. La dernière fois, il a mis le feu à une benne à ordures alors qu'un sans-abri dormait à l'intérieur. Quincy a affirmé qu'il ignorait que quelqu'un s'y trouvait. La victime a été brûlée au deuxième degré.

— Penses-tu qu'il pourrait être notre homme ? s'enquit Sawyer.

— C'est possible. Il a le profil mais les derniers incendies allumés à Laramie semblaient très...

— ... personnels, dit Sawyer, en finissant sa phrase. Il ne se contentait pas d'allumer un incendie. Il a fait exploser le restaurant et transformé Compassionate Hearts en brasier.

Elle hocha la tête.

— Ce n'était pas l'œuvre d'un simple pyromane. Mais la récente sortie de prison de Quincy coïncide avec une série d'incendies criminels. Il ne faut donc pas l'écarter trop vite.

— Peut-être a-t-il été embauché par Kade Carver pour réduire le quartier en cendres, lança Holden. Carver n'est pas du genre à se salir les mains lui-même. J'ai parlé à d'autres commerçants du voisinage. Ils hésitaient à vendre mais à cause des sinistres qui se multiplient, ils ont décidé d'accepter l'offre de Carver.

— Adjointe Russo, pourriez-vous creuser la question ? demanda Liz. Cherchez un lien possible entre Quincy et Carver. Si vous trouvez un fil, même ténu, nous le tirerons et verrons où il mène.

— Bien sûr, je m'en occupe, dit Russo qui quitta le bureau.

— Nous devrions mettre en place une hot-line pour permettre au public de nous communiquer des renseignements, dit Liz.

Holden fronça les sourcils. L'idée ne lui plaisait manifestement pas.

— Il faudra du monde pour trier les appels. Beaucoup de mauvais plaisantins vont s'en donner à cœur joie. Cela en vaut-il la peine ?

Sawyer se rassit dans son fauteuil et se tourna vers Liz.

— Tu crois vraiment qu'une hot-line nous mettrait sur une piste ?

— Non, je n'en suis pas sûre du tout.

— Alors pourquoi s'embêter ? s'enquit Holden.

— En général, les incendiaires en série aiment manipuler les autorités. Ils adorent se justifier, s'expliquer.

— Bref, tu espères qu'il appellera, dit Sawyer.

— Exactement. Par ailleurs, nous devrions téléphoner au médecin légiste pour lui demander l'heure approximative de décès de Mike Steward.

— Mieux vaut aller le voir, dit Sawyer. Roger Norris n'aime pas parler au téléphone. C'est à dix minutes de marche, ajouta-t-il en se levant.

L'air frais lui ferait du bien et elle avait besoin de se dégourdir les jambes.

— Allons-y.

Aucun d'eux ne prononça un mot en chemin. Sawyer semblait résigné et elle apprécia sa réserve. Peut-être avait-il compris le message et allait-il se concentrer sur son travail.

Une intuition, cependant, lui soufflait de ne pas nourrir de faux espoirs.

Le légiste, Roger Norris, portait des lunettes rectangulaires et une blouse blanche. Il était concentré sur l'un de ses nombreux écrans tout en mangeant une banane.

L'estomac de Liz gargouilla et elle regretta de ne pas avoir pris le sandwich au lieu de le refuser par colère. Ou par principe. Une réaction absurde. Puisqu'elle avait accepté le café, pourquoi avoir refusé le reste ?

Cela n'avait aucun sens mais Sawyer l'avait énervée.

Le Dr Norris hocha la tête quand ils entrèrent dans son bureau.

— Sawyer Powell… et Liz Kelley, si je ne m'abuse. J'ai lu vos déclarations élogieuses sur l'expert en recherche des causes d'incendies dans la *Gazette*.

C'était gentil de la part d'Egan de les avoir publiées. Liz espérait que ses commentaires influenceraient l'opinion à propos de Sawyer.

— Que pouvez-vous nous dire sur Mike Steward ? demanda-t-elle.

— Oh ! beaucoup de choses intéressantes. Son dernier repas était composé d'un hamburger, de frites et d'un Coca. D'après son crâne fracturé, il a été assommé avant que sa gorge ne soit tranchée. J'ai estimé l'heure du décès entre 16 h 30 et 17 h 30.

Un intervalle étroit, ce serait utile.

— C'était la partie intéressante ? s'enquit Sawyer.

— Pas du tout. J'y arrive. J'ai gardé le meilleur pour la fin.

Norris fit apparaître une photo sur son écran, l'image d'une petite note dactylographiée.

— J'ai trouvé un papier roulé en boule dans la bouche de la victime, à l'arrière de sa gorge. Il y était écrit : LE FILS PAIE POUR LES CRIMES DE SON PÈRE.

— Des empreintes ? demanda Sawyer.

Norris secoua la tête.

— Aucune. Le tueur a fait preuve de prudence.

— Notre gars veut communiquer, dit Liz. Nous devons persuader Holden d'ouvrir une permanence téléphonique.

— Considère le sujet comme réglé, répondit Sawyer.

Il lui jeta un coup d'œil.

— La seule question est : quels crimes Neil Steward a-t-il commis ?

9

Le silence gênant qui tombait systématiquement entre Liz et lui dès lors qu'ils ne discutaient pas de l'enquête déstabilisait Sawyer. Apparemment, il était facile pour elle de refouler ses émotions afin de rester concentrée sur son travail. Lui, en revanche, n'y parvenait pas.

Quand ils revinrent au bureau du shérif, Holden accepta la hot-line sans discuter dès qu'il apprit l'existence du message découvert dans la bouche de Mike Steward. Elle fut opérationnelle en moins d'une heure.

— La *Gazette* et la radio locale vont annoncer l'ouverture de cette permanence téléphonique, dit Holden. Tout le monde sera au courant. Nous ferons le tri. Je ne vous dérangerai que pour vous communiquer des informations utiles ou si le tueur appelle.

— Merci, dit Sawyer à son frère tout en regardant Liz.

Ce qui ne semblait pas du tout la perturber.

— Carver et son avocat sont là, dit-elle en voyant par la baie vitrée deux hommes en costume entrer dans le bâtiment.

Holden jeta un coup d'œil par-dessus son épaule.

— En effet.

— Je peux conduire l'interrogatoire seule, si tu veux, dit-elle en se levant.

— C'est mon enquête, protesta Sawyer. Mais sens-toi libre d'y assister. Si tu te sens capable de le supporter.

— Je ne vois pas pourquoi je ne le supporterais pas. Il n'y a rien de personnel pour moi dans ce dossier.

Il eut l'impression qu'elle remuait le couteau dans la plaie.

— Je l'ai bien compris. Allons leur parler dans la salle d'interrogatoire numéro un.

— J'aimerais plutôt l'interroger ici, dans le bureau, dit-elle avec un sourire professionnel.

— Pourquoi ?

— Carter sera, du coup, moins sur la défensive. S'il n'est pas sur ses gardes, il laissera peut-être échapper quelque chose d'intéressant.

— Ça me va, dit Sawyer.

— Je vais le chercher, dit Holden.

— Si ça ne t'ennuie pas, je préfère m'en charger, dit-elle en se dirigeant vers la porte. Crois-moi, je suis douée pour mettre les suspects à l'aise.

En regardant Liz s'éloigner dans le couloir, Sawyer aurait tout donné pour que son cœur brisé cicatrise enfin, que la douleur s'estompe. Au lieu de quoi, la blessure s'était infectée et suppurait.

Holden se tourna vers lui.

— Pourquoi Liz se comporte-t-elle comme un automate ? Sa voix est monocorde, ses yeux vides. Et tu as jeté vos sandwichs tout à l'heure. Avoue. Que s'est-il passé entre vous ?

Sawyer la regarda saluer Carver et son avocat avec un sourire artificiel.

— Je l'ai embrassée, ce matin.

— Eh bien, c'est formidable, non ?

— À en juger par son attitude avec moi, tu le crois vraiment ?

Holden croisa les bras.

— Désolé. Voilà quinze ans que tu attends son retour. Qu'as-tu prévu ?

Liz dit quelque chose qui fit sourire Carver.

— Il n'y a rien de prévu. Elle passe son temps à m'éviter et à prendre ses distances avec moi. Elle ne veut plus de moi.

Leur amour d'autrefois n'avait peut-être été qu'une passade et appartenait définitivement au passé.

Puis il la revit collée à lui dans la cuisine. La manière dont elle l'avait étreint en soupirant comme si elle en voulait davantage, la passion avec laquelle elle lui avait rendu ses baisers. Sans retenue. Pleine de désir.

— Ce n'est peut-être pas de toi qu'elle ne veut pas, dit Holden. Peut-être ne veut-elle pas souffrir.

— Mais je ne lui ferais jamais de mal.

— Peut-être n'en est-elle pas convaincue.

Sawyer jeta un coup d'œil dans le couloir. Il remarqua que Liz réajustait son foulard pendant qu'elle demandait à un adjoint d'apporter des cafés pour Carver et son avocat.

Ce qu'elle lui avait dit dans la cuisine lui revint en mémoire. Qu'elle ne se marierait jamais, n'aurait pas d'enfants et qu'il savait pourquoi.

Son cœur se serra à l'idée qu'elle renonce à la vie qu'elle aurait aimé vivre à cause de ses cicatrices. Celles-ci n'avaient jamais eu d'importance pour lui mais elles comptaient toujours pour elle. Il ne comprenait pas totalement pourquoi.

Holden posa une main sur l'épaule de Sawyer.

— La nature humaine nous pousse à tenir à distance ce qui risque de nous blesser. Mais pas toi. Toi, tu ne lâches jamais l'affaire. Quelles que soient tes souffrances, tu t'accroches. Ta Liz est de retour. Tu ne vas pas laisser tomber, renoncer à elle maintenant. Cesse de geindre comme un chiot perdu. Bats-toi. Rappelle-toi qui tu es.

— Et je suis qui ?

— Un coyote, dit Holden, faisant référence à leur mascotte du lycée.

Son frère hurla assez bas pour qu'eux seuls l'entendent avant de traverser le couloir jusqu'à son bureau et de fermer la porte.

Les mots de son frère lui avaient remonté le moral. Holden était doué pour ça. En quinze ans, Sawyer n'avait jamais perdu espoir.

Aujourd'hui, non seulement il avait serré Liz dans ses bras mais il l'avait embrassée. C'était un progrès.

Seul un lâche ou un imbécile jetterait l'éponge maintenant. Sawyer n'était ni l'un ni l'autre.

Liz fit entrer les deux hommes dans le bureau. Ils s'assirent en face de lui et Liz prit place à côté de lui.

— Nous tenons à vous dire, commença-t-elle, à quel point nous apprécions que vous ayez pris un moment pour venir ici malgré votre emploi du temps chargé.

Carver avala une gorgée de café et reposa sa tasse.

— Je vous en prie. Je suis heureux de vous aider. Mais je ne vois pas bien comment.

— Nous avons appris que vous souhaitiez acheter toutes les boutiques situées entre Second et Third Street, de Kern Avenue à Sycamore Road, dit Sawyer.

— En effet. Je veux construire une résidence de maisons haut de gamme dans le centre-ville. Cela fait partie d'un plan d'urbanisme que j'ai coordonné avec le maire.

— Êtes-vous très impliqué dans vos affaires ? demanda Sawyer. Au courant des détails ?

Kade Carver hocha la tête en souriant.

— Absolument. Ma réussite repose sur ma parfaite connaissance des dossiers. Le diable se cache souvent dans les détails. Je connais le nom de chacun de mes locataires, par exemple.

— Certains commerçants ont-ils refusé de vendre ?

— Quelques-uns.

— Chuck Parrot avait beaucoup investi pour rénover son restaurant, intervint Liz d'un ton léger. Avait-il envie de vous céder son établissement ?

Carver se racla la gorge, les yeux plissés.

— Il s'était surendetté pour financer ces travaux. Il avait du mal à rembourser et voilà pourquoi mon offre l'intéressait.

— Et le salon de manucure ? reprit Sawyer.

— Avant l'incendie, nous étions en négociation pour un prix que nous estimions tous les deux équitable.

— Et M. Steward, le propriétaire du salon de tatouage, souhaitait-il vous vendre sa boutique ? demanda Liz.

— Je ne comprends pas bien à quoi riment toutes ces questions. De quoi m'accusez-vous exactement ?

Liz secoua la tête en souriant.

— Personne ne vous accuse de quoi que ce soit. Pouvez-vous répondre ?

Son avocat se pencha et lui chuchota à l'oreille.

— Non, les Steward n'étaient pas vendeurs, dit Carver. Au départ. Mais comme tout bon négociateur, j'ai cherché la raison de leur refus et je leur ai trouvé une solution. Je leur ai promis de leur dénicher un lieu de remplacement approprié. Neil a accepté de me céder son local si le nouveau site que je lui proposais lui plaisait. Sinon, pas d'accord.

— Les récents incendies ont fait baisser la valeur des commerces que vous convoitez dans le quartier, non ?

Carter se déplaça sur son siège, l'air un peu mal à l'aise, mais son avocat l'empêcha de répondre.

— Mon client n'a pas encore eu la possibilité d'étudier l'impact des incendies sur la valeur des biens.

— J'espère que vous ne pensez pas que j'ai incendié ces commerces, dit Carver. Je suis peut-être un homme d'affaires impitoyable mais je ne suis pas un tueur. Et pourquoi aurais-je mis le feu à un chalet ? Ou à Compassionate Hearts ? Hein ?

— Pour semer le trouble dans l'enquête, répondit Sawyer. Pour détourner les soupçons. Pour faire diversion.

Carver gonfla le torse, ses joues rougirent.

— J'étais chez moi hier soir. Avec ma femme.

Liz hocha la tête.

— Bien sûr. Et elle le confirmera, j'en suis persuadée.

— En effet. Et quand le chalet a brûlé et que ces malheureux chasseurs ont été assassinés, continua Carver, je n'étais même pas dans la région. Mais en Floride. Avec mon épouse.

— L'éventualité que vous ayez aspergé d'essence l'un de ces endroits avant d'y lancer une allumette ne nous a jamais effleurés, assura Liz.

— Je l'espère, répondit Carter avec un sourire suffisant.

Se penchant en avant, Sawyer lança :

— Mais il est possible que vous ayez payé quelqu'un pour faire le sale boulot à votre place. Vous êtes le seul à profiter financièrement de ces incendies. M. Parrot est convaincu que vous êtes derrière ces sinistres.

— Chuck Parrot est un ivrogne et un menteur, riposta Carver.

— Cet interrogatoire est terminé, intervint l'avocat.

Il se leva et, d'un geste, invita Carver à l'imiter.

— Nous avons coopéré et répondu à vos questions. À moins que vous n'accusiez mon client d'un crime, il n'a rien à ajouter. Bonne fin de journée.

— Le maire Schroeder entendra parler de cet interrogatoire, renchérit Carver en agitant un doigt menaçant dans leur direction. Vous êtes incapables d'effectuer correctement votre travail et vous essayez de faire porter la responsabilité de votre incompétence sur un honnête homme d'affaires. C'est honteux.

L'avocat fit signe à son client de se dépêcher.

Mais alors qu'ils sortaient du bureau, ils virent Neil Steward entrer dans le bâtiment.

Steward s'avança vers eux en brandissant le poing.

— Si vous êtes derrière tout ça, comme Chuck l'affirme, Carver, si mon fils est mort à cause de vous, je vous tuerai. Vous m'entendez ? Je vous tuerai !

L'adjoint à la réception se leva d'un bond pour s'interposer.

— Merci d'avoir menacé mon client dans une salle pleine de témoins et d'adjoints du shérif, monsieur Steward. S'il lui arrivait malheur, ils sauront qui arrêter.

L'avocat entraîna Kade Carver vers la sortie.

— Qu'en penses-tu ? demanda Sawyer à Liz.

Il voyait les rouages de son cerveau se mettre en branle.

— Quand des êtres chers sont utilisés comme alibis, il est toujours plus difficile de parvenir à la vérité. Mais, il faut le dire, beaucoup de gens tuent par intérêt.

— Et beaucoup d'autres pour moins que cela.

Elle hocha la tête.

— Malheureusement, c'est vrai. Le restaurant a été le premier incendie. Puis le salon de manucure. Le chalet et la boutique solidaire n'étaient peut-être que des diversions.

Neil Steward se dirigeait vers eux.

— Je déteste interroger un parent en deuil, murmura-t-elle.

— Moi aussi.

C'était la partie la plus difficile du travail.

— Je n'y avais jamais vraiment réfléchi auparavant mais les experts en recherche de causes d'incendies sont également amenés à le faire.

Ils se levèrent lorsque Neil Steward entra dans le bureau. La quarantaine, costaud, il avait une barbe de montagnard et les bras couverts de tatouages.

— Je suis l'agente Kelley et voici l'expert en incendies Powell. Nous sommes désolés de ce qui vous arrive et nous vous présentons nos plus sincères condoléances, dit Liz en lui serrant la main. Veuillez vous asseoir. Votre femme va-t-elle se joindre à nous ?

Le malheureux se laissa tomber sur une chaise.

— Elle était trop désemparée pour sortir du lit.

Ils venaient de perdre leur unique enfant.

— Pouvons-nous vous offrir un café ? proposa-t-elle.

— Non, merci.

— Nous avons appris que vous aviez reçu un appel téléphonique menaçant avant l'incendie.

— En effet. Un type bizarre. Il prétendait que je méritais ce qui allait arriver. Il parlait de feux d'artifice. J'ai d'abord cru à une blague d'un copain mais ensuite il a dit qu'il allait me prendre mon fils et mon commerce.

Sawyer échangea un regard avec Liz.

— A-t-il dit pourquoi ? Avez-vous contrarié quelqu'un ?

— Non, non, il ne m'a pas donné de raison, répondit Neil après y avoir réfléchi. Je pensais avoir affaire à un cinglé. Il semblait furieux. Voilà longtemps que je ne cherche d'ennuis à personne. Ma femme vous le confirmera.

— Nous permettez-vous de jeter un œil sur votre téléphone ?

Il le déverrouilla et le lui tendit.

Elle parcourut l'historique.

— Celui-là ? À 22 h 35 ?

— Ouais. C'est celui-là.

— Il émanait d'un téléphone jetable, dit Liz qui nota le numéro ainsi que la durée de l'appel. Avez-vous reconnu la voix ?

— Non.

— Le type n'a rien dit d'autre ? Parce qu'une minute et quarante-cinq secondes de communication, c'est long.

Neil y réfléchit encore en se grattant la barbe.

— Non. Il... euh... l'a répété plusieurs fois.

Il mentait, Sawyer en était certain.

— Il vous a dit qu'il allait prendre votre fils et votre boutique parce que vous le méritiez mais ne vous a donné aucune raison ? insista-t-il d'un ton dubitatif.

— Non.

— Les mots « le fils paie pour les crimes de son père » vous disent quelque chose ?

Neil déglutit avec peine.

— Non, dit-il dans un murmure douloureux. Pourquoi ?

Il mentait, c'était évident. Pourquoi ne pas dire tout ce qu'il savait pour les aider à identifier ce tueur ? Que cachait-il ?

— Quand avez-vous parlé pour la dernière fois à votre fils ? reprit Liz.

— Dans l'après-midi, regardez, dit-il en montrant son téléphone.

Le nom de Mike apparaissait peu après 16 heures.

Cela confirma l'heure estimée du décès que le médecin légiste leur avait donnée, entre 16 h 30 et 17 h 30.

— De quoi avez-vous discuté tous les deux ?

— De pas grand-chose. Quelqu'un l'avait appelé plus tôt pour prendre rendez-vous pour ce soir-là. Mike prévoyait d'être à la boutique pendant cinq à six heures. Le gars voulait un tatouage vraiment complexe représentant Vulcain, le dieu de...

— Le dieu du Feu.

Le pauvre homme blêmit.

— Le malade qui a tué mon fils et a incendié ma boutique avait pris rendez-vous ? s'exclama-t-il, horrifié.

Sawyer se leva et contourna le bureau pour s'asseoir à côté de lui. Lorsque Neil releva la tête, les larmes aux yeux, il posa une main réconfortante sur son bras.

— Nous avons cru comprendre que le seul moyen de s'assurer que Mike serait le tatoueur disponible à une heure précise était de prendre rendez-vous.

Neil laissa tomber la tête dans ses mains et sanglota.

— L'assassin aurait obligé Mike à lui faire le tatouage avant de le tuer ? Si c'est le cas, vous le trouverez en cherchant ce tatouage spécifique.

— Non. Je ne crois pas qu'il se soit fait tatouer par Mike, dit Liz. Le tueur n'a pas dû s'attarder plus que nécessaire.

Il n'y avait pas de caméras de vidéosurveillance à l'avant du salon de tatouage.

— Aviez-vous des caméras à l'intérieur du magasin ? demanda Sawyer. Avec une sauvegarde téléchargée sur un serveur en ligne ?

— Pour quoi faire ? Nous n'avons pas d'argent liquide. Nous n'acceptons que les cartes de crédit. Nous n'avons jamais eu de problème. Jusqu'à maintenant.

— Mike vivait avec vous ? demanda-t-elle.

Neil secoua la tête, en larmes.

— Vous appelait-il habituellement quand il avait fini sa journée ? Peut-être après avoir fermé ?

— Non, il avait vingt-trois ans. Nous lui parlions une fois par jour. Parfois tous les deux jours.

— Avez-vous accepté de vendre votre salon de tatouage à Kade Carver dans les bonnes conditions ? s'enquit Sawyer.

— J'étais prêt à y réfléchir, dit Neil. S'il trouvait un nouveau local qui me plaisait. L'offre était plutôt alléchante. Evelyn, ma femme, voulait que je l'accepte. Mike s'en fichait de toute façon.

Sawyer lui jeta un coup d'œil pour voir si elle avait d'autres questions. Elle secoua la tête.

— Si davantage de détails sur l'appel téléphonique vous revenaient, n'hésitez pas à nous contacter, dit-elle en lui tendant sa carte.

— Attrapez celui qui a fait ça, dit Neil qui se leva et sortit du bureau.

Sawyer se tourna vers elle.

— Il n'a pas tout dit à propos de l'appel téléphonique.

— J'en suis également certaine. Je ne comprends pas. Leur échange pourrait être la clé pour nous permettre d'identifier le tueur mais pour une raison étrange, il en a gardé pour lui l'essentiel.

L'adjointe Russo se dirigeait vers eux.

— J'ai trouvé un lien entre Kade Carver et Isaac Quincy. Kade possède une résidence d'appartements. Quatre bâtiments qui abritent cent logements au total. Quincy est l'un de ses locataires.

— Bon travail, dit Liz avec un sourire sincère.

— Carver prétend connaître les noms de tous ses locataires. Il sait certainement aussi que Quincy a un casier judiciaire et il est assez facile de découvrir qu'il aime jouer avec le feu, dit Sawyer. Il est souvent compliqué pour un criminel condamné de se réinsérer dans la société, de trouver un emploi. Carver lui a peut-être proposé de l'argent ou un logement gratuit.

— Il n'y a qu'une seule façon de le savoir, dit Liz en se levant. Vous avez son adresse ?

Russo tendit un morceau de papier à Sawyer.

— Nous y allons séparément ou ensemble, Liz ?

— Je ne savais pas que tu me laissais le choix.

Il attrapa son chapeau de cow-boy sur la table et le mit.

— Tu as toujours décidé de tout pour nous deux, Liz.

Il regretta aussitôt ses paroles. Les mots lui avaient échappé et il n'y avait pas moyen de les retirer.

Le visage de Liz se vida de toute expression et la distance entre eux grandit sans qu'aucun d'eux n'ait bougé.

Après avoir soutenu son regard, sans répondre pendant un long moment, elle sortit dans le couloir.

Le rythme saccadé de ses pas était tout à fait professionnel. Pas de balancement séduisant de ses hanches, pas de grâce. Une foulée formidable qu'il adorait.

Il se dépêcha de la rattraper.

— Une seule voiture, dit-elle sans le regarder. C'est plus efficace.

Elle avait du cran et bon sang, qu'il l'aimait !

10

Pendant le trajet en voiture, ils restèrent silencieux, chacun ruminant dans son coin. Quand ils arrivèrent devant l'appartement de Quincy au troisième étage de l'immeuble, Liz laissa Sawyer prendre la direction des opérations.

Il s'approcha de la porte et cogna. Fort.

— Isaac Quincy ? Je suis l'expert en incendies accompagné d'une agente du FBI. Ouvrez.

Ils perçurent des bruits de pas précipités à l'intérieur suivis de martèlements métalliques.

— Il s'enfuit par l'escalier de secours !

L'arme au poing, Sawyer frappa le battant d'un coup de pied, brisa le cadre et se précipita à l'intérieur.

Liz le suivit.

La fenêtre du salon était grande ouverte. Sawyer traversa la pièce en courant jusqu'au balcon et aperçut Quincy qui dévalait l'escalier extérieur.

L'homme leva la tête, les regarda d'un air paniqué avant de reprendre sa descente à toute vitesse. L'escalier de secours permettait d'accéder à un immeuble mitoyen plus petit. Quincy sauta par-dessus la rambarde, atterrit sur le toit voisin et fila en courant.

— Quincy, arrêtez-vous ! cria Liz.

Sawyer franchit à son tour la balustrade avec la souplesse d'un gymnaste mais quand ses pieds touchèrent le sol, il agrippa son côté blessé en gémissant. Mais très vite, il se redressa et se lança à la poursuite du fuyard, Liz sur les talons.

— Sawyer ! Tes points de suture ! hurla-t-elle.

Elle ne voulait pas que sa blessure se rouvre.

Quincy trébucha, tomba sur les genoux.

Et Sawyer s'arrêta et leva son arme.

— Arrêtez-vous, Quincy. Ou je tire.

L'homme repartit en courant.

Liz allongea la foulée, bondit sur le toit suivant, atterrit en roulade avant de se relever d'un coup de reins.

— Arrêtez ! hurla-t-elle.

Il ne le fit pas.

Elle accéléra et se jeta sur lui. Tous deux basculèrent sur le gravier. Sans ménagement, elle le força à se mettre sur le ventre, lui attrapa les bras derrière le dos et lui passa les menottes.

— Maintenant, nous allons discuter au bureau du shérif.

Tout en étudiant le suspect à travers le miroir sans tain de la salle d'observation, Liz réfléchissait à la manière dont elle allait l'interroger.

Sawyer se tenait derrière elle. Elle sentait son regard sur elle, brûlant comme un rayon laser.

Il s'approcha d'elle.

— Tu m'as impressionné. Tu sautes souvent des toits ?

— Pas tous les jours. Comment va ta blessure ?

— Un peu douloureuse mais ça va, dit-il avec un sourire.

Son regard irrésistible ou l'adrénaline qui courait toujours dans ses veines lui donnait envie de lui caresser la joue.

Mais elle se ressaisit.

— Y a-t-il des fumeurs parmi les adjoints ? J'aimerais leur emprunter un briquet.

— Je vais te trouver ça.

Il revint bientôt avec un Zippo qu'il lui lança.

— Merci, dit-elle en l'attrapant au vol.

Elle le glissa dans la poche de sa veste à l'effigie du FBI et se tourna vers Sawyer.

— Allons l'interroger.

Il lui ouvrit la porte.

Elle entra la première, s'assit à la table métallique en face de Quincy. Brun, pâle et maigre, le jeune homme la dévisagea d'un air méfiant.

Sawyer tira une chaise à côté de la sienne.

Quincy se redressa et commença à s'agiter.

Liz s'éclaircit la gorge.

— Nous voulons vous parler de la récente série d'incendies.

— Je n'en ai allumé aucun, répliqua-t-il en se tordant les mains. Je jure que je suis innocent.

— Bien sûr, dit Sawyer. Et voilà pourquoi vous vous êtes enfui sur le toit en nous forçant à vous poursuivre.

Des gouttes de sueur perlaient sur le front de Quincy. Il était nerveux mais paraissait surtout en colère.

— J'en ai seulement assez d'être accusé chaque fois que quelqu'un craque une allumette dans cette ville.

— Vous êtes un pyromane plusieurs fois condamné, lui rappela Liz. Nous sommes donc tenus de vous interroger quand des incendies se produisent.

Quincy posa ses coudes sur la table, l'air indigné.

— J'ai payé pour mes fautes. J'ai suivi un traitement en prison, je suis guéri. Demandez à mon thérapeute désigné par le tribunal.

— Ah oui ? s'enquit Liz. Allumer un feu ne vous amuse donc plus du tout ?

— Exactement, répondit-il avec un sourire suffisant.

Elle fouilla dans sa poche et en sortit lentement le Zippo.

Elle vit le regard de Quincy changer tandis qu'elle jouait avec le briquet, le faisait tourner dans sa main en l'ouvrant et en le refermant dans un bruit sec. Elle attendit quelques instants avant de faire jaillir la flamme.

Quincy essaya de détourner les yeux, une fois, deux fois, et échoua.

Liz claqua le couvercle du briquet et vit la déception se dessiner sur son visage.

— Vous en voulez encore ?

Elle connaissait déjà la réponse.

Il hocha la tête comme un junkie en manque.

Tenant le Zippo au niveau des yeux de Quincy, elle frappa la roue en silex, promena la flamme devant lui.

— Parlez-moi de l'incendie de Cowboy Way.

Quincy s'humecta les lèvres et sourit.

— Il était magnifique, d'une beauté renversante, jusqu'à l'arrivée des pompiers.

Sawyer croisa les bras.

— Vous reconnaissez que vous étiez là ?

— Eh bien, j'étais à la supérette, à deux pas. J'ai senti la fumée. Je l'ai suivie et j'ai trouvé le spectacle formidable. Donc, oui, je l'ai regardé. Comme la moitié de la ville. Allez-vous arrêter tous les curieux présents ?

Sawyer secoua la tête.

— Pas tous. Seulement le pyromane avec un casier judiciaire.

— Qu'avez-vous pensé des autres incendies ? reprit Liz en agitant la flamme. Ils étaient beaux aussi ?

Quincy soupira, le regard rivé au briquet.

— Je ne les ai pas vus. Les nuits où le restaurant et le salon de manucure ont brûlé, je travaillais. Je n'étais pas à Bison Ridge.

— Et l'incendie de Compassionate Hearts ? Je suis sûre que vous ne l'avez pas raté celui-là.

— J'aurais adoré l'admirer. D'après ce que j'en ai entendu dire aux infos, il était magnifique. Mais à la fin de mon travail, je suis allé directement me coucher. L'incendie s'est produit pendant que je dormais.

— Quel emploi occupez-vous ? demanda-t-elle en éteignant le Zippo.

— J'effectue des travaux routiers. De nuit. Nous repavons la route 130.

Il lui donna le nom et les coordonnées de son chef d'équipe.

— Kade Carver vous a-t-il déjà demandé de travailler pour lui ? lança Sawyer. En échange d'argent ou d'un loyer gratuit ?

Quincy fronça les sourcils.

— M. Carver ? Non.

— Avez-vous déjà mis le feu quelque part à la demande de quelqu'un d'autre ? s'enquit Liz en glissant le briquet dans sa poche. Pour de l'argent ?

— Ce n'est pas pour de l'argent que j'allume des incendies.

— Répondez à la question, s'il vous plaît.

— Jamais.

— C'est difficile à croire, intervint Sawyer, vu la façon dont vous avez regardé cette flamme. Comme un homme prêt à allumer un feu pour n'importe quelle raison. Ou sans aucune raison.

— Vous ne me connaissez pas, vous ne comprenez rien. Vous, les flics, vous êtes tous pareils. J'exige un avocat. Ou je m'en vais tout de suite.

— Vous êtes libre de partir.

Liz fit un geste vers la porte et Isaac Quincy se précipita hors de la pièce.

— Qu'as-tu fait ? protesta Sawyer avec un soupir. Nous n'avons même pas vérifié son alibi.

— Il a admis avoir assisté à l'incendie de Cowboy Way sans savoir que nous avions déjà la preuve qu'il y était. Quincy en a parlé comme s'il admirait le travail de quelqu'un d'autre. Pas le sien.

Elle se déplaça sur la chaise pour lui faire face.

— Il est naturel pour lui de suivre les incendies dans l'actualité, de se souvenir quand ils se sont produits. Son alibi sera confirmé.

— Ne me dis pas que tu le crois guéri.

— Pas du tout. Tôt ou tard, il allumera un autre feu. Ce n'est qu'une question de temps. Quand il le fera, ce ne sera pas pour quelqu'un d'autre et encore moins pour de l'argent.

Ils marchèrent ensemble dans le couloir pour regagner le bureau.

— Certains incendiaires se font payer, dit-il.

— C'est vrai. Mais Isaac Quincy n'est pas un incendiaire mais un pyromane. Les incendiaires sont animés par des motivations rationnelles. Ils allument des incendies pour des raisons criminelles, par vengeance ou pour en tirer un profit commercial. Les pyromanes souffrent d'une pathologie comportementale. Mettre le feu leur donne une véritable jouissance. Le passage à l'acte leur procure un soulagement. Ils sont fascinés par le feu mais aussi par son attirail. Mais surtout, ils allument des incendies par plaisir. Pas pour l'argent, ni pour se venger, ni pour attirer l'attention.

— Bon, je suppose que je vais devoir relire ce chapitre de ton livre. Mais si tu es si sûre que Quincy est un pyromane et pas notre gars, pourquoi l'avons-nous amené pour l'interroger ?

— Je m'en doutais mais je n'en ai eu la certitude qu'au moment où j'ai vu sa réaction devant la flamme dans la salle d'interrogatoire. Qu'il tente de s'enfuir ne l'a pas aidé non plus. Plus j'y pense, plus je suis certaine que celui qui est derrière ces sinistres n'est pas pyromane. Les incendies sont bien trop personnels. La gorge tranchée de Mike Steward le prouve amplement. Appeler Neil, le pousser à venir voir son fils périr dans l'incendie de sa boutique... Ce sadisme trahit l'incendiaire.

— Il agit par vengeance. Le fils paie pour les crimes du père.

— La plupart des incendiaires cherchent à se venger.

— Si seulement nous savions pourquoi Neil Steward *méritait* son châtiment, dit-il en mimant avec les doigts des guillemets pour le verbe.

— Je me demande si, dans l'esprit de notre criminel, les autres méritaient aussi ce qui leur est arrivé. Chuck Parrot a-t-il dit s'il avait reçu un appel avant l'incendie ?

— Quand je l'ai interrogé, il était obnubilé par le fait qu'il était ruiné. Il n'a pas fait allusion à un coup de fil et je n'ai pas su le demander à ce moment-là.

Elle aperçut quelqu'un qui entrait dans le bureau du shérif.

— Ne te retourne pas, dit-elle.

Sawyer fit exactement ce qu'elle lui demandait de ne pas faire et jura en reconnaissant leur visiteur.

— Bill Schroeder.

Comme l'adjointe Russo se précipitait vers le maire, Liz attrapa Sawyer par le bras et le tira en arrière.

— Laisse-moi lui parler.

Il posa les yeux sur l'endroit où elle le touchait.

— Tu crois que je vais le laisser déverser des seaux de haine sur moi sans rien dire ?

Elle le lâcha.

— Tu es en colère contre moi, je le sais...

— Je ne suis pas en colère, Liz. Je suis blessé. Perdu. Parce que tu ne veux pas me parler. J'ai passé quinze ans dans le brouillard sans un mot d'explication, sans un signe de ta part. Et maintenant, tu es revenue, nous sommes là, dans la même pièce, ensemble, et je n'arrive toujours pas à obtenir de réponses.

La douleur qu'elle vit dans ses yeux déchira le cœur de Liz. Si elle s'était sentie capable d'avoir la conversation la plus difficile de sa vie tout en enquêtant sur cette affaire avec lui sans perdre la concentration, elle le ferait.

Mais elle avait des limites.

— Dès que la situation se sera calmée, nous aurons cet échange.

Elle regarda Russo et Schroeder qui discutaient toujours.

— Nous aurions pu être tués par cette voiture piégée, dit-il, en l'obligeant à reporter son attention sur lui. La situation ne se calmera jamais. Il y aura toujours un nouveau problème.

L'air furieux, Bill Schroeder se dirigea vers le bureau.

— Pour l'instant, ce problème est le maire. Mais je peux faire quelque chose pour toi, dit-elle avec un soupir. Te protéger. Laisse-moi faire.

Lorsque cette enquête serait terminée, Sawyer continuerait à vivre dans cette ville. S'en prendre au maire ne lui faciliterait pas la vie.

À contrecœur, Sawyer s'enfonça dans son siège et posa ses bottes sur le coin de son bureau tandis que Bill Schroeder entrait comme une tornade et claquait la porte.

— De quel droit accusez-vous un honnête citoyen, au-dessus de tout soupçon, comme Kade Carver, d'incendies criminels et de meurtres ? demanda-t-il en fixant Sawyer comme si Liz n'existait pas.

Tout en retirant sa veste à l'effigie du FBI, elle fit un pas vers lui.

— Liz Kelley. Je ne sais pas si tu te souviens de moi.

Ils avaient fréquenté les mêmes écoles mais Bill était plus âgé qu'eux de quelques années. Il avait également, à l'adolescence, participé aux stages équestres d'été du ranch Wild Horse mais avant l'incendie.

Enfin, il croisa son regard. Son air renfrogné s'adoucit.

— Je me souviens de toi, Liz. J'ai également entendu parler de ton petit livre. Tu es censée être une experte en la matière. Je ne devrais donc pas avoir à te dire que Kade Carver ne peut être le coupable.

— M. Carver n'a été ni accusé ni inculpé de quoi que ce soit, dit-elle. Simplement interrogé dans le cadre de cette enquête.

— Quand j'ai été informé que le FBI acceptait de prêter main-forte aux enquêteurs, j'ai d'abord été soulagé. Mais maintenant je comprends mieux pourquoi rien n'avance dans le bon sens, poursuivit Bill avec un ricanement. Es-tu revenue pour travailler ou pour renouer avec ton ancien petit ami ?

Sawyer laissa échapper un soupir mais sans prononcer un mot, il sortit son smartphone sur lequel il commença à pianoter.

— Je suis ici à titre strictement professionnel, répondit Liz. Et l'expert en incendies, après avoir pourtant été blessé par une tentative d'assassinat destinée à entraver son travail, ne ménage pas ses efforts pour que justice soit rendue.

Bill leva les yeux au ciel.

— Épargne-moi ce couplet. Garde-le pour la presse. Apparemment, Erica Egan apprécie ce genre de beaux discours. Au fait, j'ai lu son excellent article dans la *Gazette*. Elle sait vraiment toucher les cordes sensibles, dit-il, sarcastique. Mais votre incompétence mutuelle dépasse les limites de l'entendement. J'apprends que vous aviez arrêté un pyromane multirécidiviste et que vous l'avez relâché !

— Parce qu'il n'a pas allumé ces incendies. Veux-tu que nous arrêtions toute personne qui correspond au profil, qu'elle soit innocente ou coupable ?

— Non ! J'exige que vous arrêtiez le coupable et vite ! Plus cette enquête s'éternise, plus ma réputation en pâtit, dit Bill en lissant les revers de son costume. Les élections approchent. Mon adversaire mène une campagne prônant la fermeté contre la criminalité. Je dois me montrer plus dur. Tu comprends ?

Elle réprima un soupir. Il ne se souciait que de lui-même et de sa réélection. Certaines personnes ne changeraient jamais.

Comme Sawyer, le maire était issu d'une famille fortunée, avec l'influence et le pouvoir liés à l'argent. La famille de Bill avait réussi grâce à la ferme Schroeder. Ils étaient les principaux producteurs et distributeurs de biens agricoles de la région. Ils possédaient aussi une usine d'engrais. La famille de Sawyer avait fait fortune grâce au ranch Shooting Star, l'un des plus grands du Mountain West. La viande de leurs troupeaux était réputée.

Les similitudes entre les deux familles s'arrêtaient là.

— En tout cas, ce qui complique notre tâche, Bill, c'est que tu passes en permanence à la télévision pour parler de l'incendiaire, en lui accordant toute l'attention qu'il désire. Moins de douze heures après ton apparition imprudente sur une grande chaîne d'information, il a incendié le Cowboy Way et tué Mike Steward.

— Comment oses-tu m'accuser d'avoir aggravé la situation ? dit Bill, la voix tranchante comme une lame de rasoir. Comme si l'exercice de mon droit au premier amendement l'avait en quelque sorte encouragé à frapper à nouveau. Fais attention à tes paroles, Liz. Un mot de moi et tu perds ton badge. Tu en es consciente ?

Bill traversa la pièce, s'approcha d'elle d'un air menaçant.

— Il me suffit d'appeler mon père pour que tu sois virée,

poursuivit-il. Il joue régulièrement au golf avec le gouverneur, qui connaît très bien le procureur général. Le patron de ton patron, précisa-t-il.

Sawyer éclata de rire.

— Tu sors la carte de ton papa tout-puissant ? Tu es vraiment pathétique !

Il était resté silencieux jusque-là. Bien sûr, cela ne pouvait pas durer.

Bill se tourna vers Sawyer, le fusilla du regard.

Mais Liz se plaça devant le maire en redirigeant sa colère contre elle.

— Je t'encourage vivement à limiter désormais tes réponses à la presse à propos de cette affaire par un « aucun commentaire ». Laisse les professionnels qui travaillent sur cette enquête parler aux médias. Par ailleurs, mon patron est l'agent spécial Ross Cho, ajouta-t-elle en griffonnant son numéro au dos d'une de ses cartes. Appelle-le, il te tiendra le même discours. Et surtout, essaie de me faire virer. Bonne chance.

Son patron connaissait sa valeur et ses compétences. Personne au FBI n'allait la remercier parce qu'un homme-enfant prétentieux faisait une crise de nerfs.

— On verra si tu es intouchable, Liz la chanceuse, répliqua Bill. Quant à ton amant, s'il ne résout pas cette affaire très vite en mettant quelqu'un derrière les barreaux ou six pieds sous terre, je convoquerai le conseil municipal pour le faire renvoyer. Ce n'est pas une menace mais une promesse.

Sur ces mots, Bill sortit en laissant la porte ouverte et elle poussa un soupir exaspéré.

— Comment a-t-il été élu ? demanda-t-elle à Sawyer.

— Grâce à l'argent de son père. De plus, il cache sa vraie personnalité et joue les hommes civilisés et affables en public.

— J'avais oublié à quel point il pouvait être odieux.

Sawyer posa les pieds sur le sol et s'approcha d'elle d'un pas nonchalant.

— Moi pas, dit-il en brandissant son smartphone pour lui montrer ce qu'il avait fait.

— Tu as enregistré la conversation ?

— Bien sûr, dit-il.

Comme il l'avait espéré, elle éclata de rire.

— Merci d'avoir détourné sa colère de moi, reprit-il. Tu m'as épaté.

Se battre pour Sawyer, le soutenir et le défendre, n'était rien. Elle ferait n'importe quoi pour lui. Elle était même prête à se sacrifier pour qu'il soit heureux.

Puis elle se souvint d'une réflexion de Bill.

— As-tu vu la *Gazette* d'aujourd'hui ?

Sawyer se dirigea vers la table, y prit un exemplaire du journal et le parcourut rapidement. Lorsqu'elle essaya d'y jeter un œil, il le replia pour l'en empêcher.

— Tu n'as pas envie de lire cet article.

La terreur glissa le long de sa colonne vertébrale.

— Donne-moi l'essentiel.

— Egan a creusé et déterré le passé. L'incendie. Nous. Tout.

Elle grimaça. Cette ville regorgeait déjà de fouineurs qui s'intéressaient aux affaires des autres pour en faire des potins. Maintenant, son passé douloureux allait être ressassé, décortiqué par tous. Ce n'était pas nouveau.

Sawyer posa une main sur son dos. Elle fut presque tentée d'accepter le réconfort qu'il lui offrait. Presque. Mais elle s'aperçut soudain que tout le monde dans l'open space les regardait.

Ajustant son foulard, elle s'éloigna, en tournant le dos aux adjoints ébahis.

— Remettons-nous au travail, dit-il en jetant le journal à la poubelle.

Il avait raison. Elle aurait dû le dire en premier.

— Nous avons besoin d'une piste. Nous passons à côté de quelque chose. Mais de quoi ?

Assise derrière le bureau, elle fit apparaître sur l'écran de l'ordinateur les photos que Russo avait prises, non pas leurs versions agrandies qui se concentraient sur les visages des individus, mais les originaux. Elle les étudia, l'une après l'autre.

Un profond malaise noua son estomac. Elle aurait dû le voir plus tôt.

— Qu'y a-t-il ? demanda-t-il.

— Il y a une possibilité que nous devons envisager, dit-elle. Ou en tout cas, sur laquelle nous devons enquêter pour écarter cette hypothèse.

Il fronça les sourcils.

— Je sens que je ne vais pas aimer la suite...

— Certains pyromanes sont des pompiers.

— Non.

— Écoute-moi. C'est un phénomène connu et un problème de longue date. Parfois, ils souffrent du syndrome du héros, mais je ne pense pas que ce soit le cas ici. Il est clair qu'il s'agit d'une vengeance personnelle.

— Mes gars n'ont rien à voir avec ces incendies, dit-il en secouant la tête. Je les connais. Je me suis entraîné avec eux. J'ai combattu des incendies avec eux. Non.

— Les pyromanes commencent jeunes. Généralement à l'adolescence. S'il n'a jamais été attrapé et condamné, notre criminel a pu passer inaperçu. Il est compétent. Il sait quelle quantité d'accélérant utiliser, où le répandre, quelle minuterie prendre, comment piéger une voiture. Il lui serait facile de se cacher dans la caserne, dit-elle. Nous cherchons quelqu'un avec une capacité réduite à s'autoréguler. Il boit peut-être un peu trop. Ses relations amicales et amoureuses sont rares, peu satisfaisantes. Il a divorcé. Ou n'a jamais été marié. Homme blanc. Seize à trente-cinq ans.

— La moitié des soldats du feu ont le profil. La plupart sont divorcés ou célibataires. Bon sang, je corresponds à ce profil.

— S'il y a parmi eux un pompier voulant jouer les justiciers, qui utilise l'incendie criminel pour tuer ses victimes...

— Tu exagères. Hier, tu pensais que cette série d'incendies et de meurtres était peut-être liée à ce qui s'était passé au stage équestre.

Elle prit une profonde inspiration, elle détestait le malaise qui la submergeait à l'idée d'avoir commis une erreur en voyant un lien avec le stage d'équitation.

— Nous avons une heure de décès. Interrogeons-les pour voir où ils étaient à ce moment-là, proposa-t-elle.

Comme tous les incendies avaient commencé à l'aide d'une minuterie, ils n'avaient aucun moyen de déterminer avec précision quand les dispositifs avaient été placés. La mort de Mike Steward, aussi horrible et insensée soit-elle, était peut-être donc leur seul moyen d'identifier le tueur.

— Vérifie les alibis. Enquête sur ceux qui n'en ont pas. Considère-les comme des suspects en espérant que tu parviendras à tous les innocenter à la fin.

Le visage sombre, il se passa les mains dans les cheveux, en imaginant la situation.

— Je refuse d'en imaginer un coupable.

— As-tu une meilleure idée ? demanda-t-elle.

— Parlons à nouveau à Chuck Parrot pour voir si quelqu'un l'a appelé avant l'incendie.

— Cela prendra cinq minutes. Interroger tous les pompiers de ta caserne ainsi que les volontaires nous demandera des heures. Peut-être des jours. Et encore ! Avec l'aide des adjoints que Holden acceptera de mettre à notre disposition. Nous devons commencer ce soir. Nous les interrogerons à la caserne pour réduire les désagréments et l'impact. Chuck Parrot peut passer par là. Qu'en dis-tu ?

Il gémit.

— Ils m'ont offert un rameau d'olivier et je m'apprête à le jeter au feu…

11

Dans son bureau à la caserne des pompiers, Sawyer s'efforçait de se préparer à l'épreuve qui l'attendait. Interroger les siens n'était pas simple pour lui. Il avait l'impression de s'apprêter à les traiter comme des criminels en puissance.

Gareth et Liz étaient assis en face de lui. À en juger par son expression, la situation déplaisait également à Gareth mais il avait accepté de les laisser questionner ses hommes.

Comme Liz s'emparait de son stylo et de son calepin, l'alarme retentit dans le bâtiment.

— Et moi qui espérais passer une journée sans incendie...

Gareth bondit sur ses pieds et se précipita vers la porte.

— Je vais voir de quoi il s'agit.

Il revint un instant plus tard tout en enfilant à la hâte son équipement.

— Ce n'est pas un incendie mais un grave accident sur l'Interstate-80 impliquant un camion-citerne et trois voitures. Les interrogatoires de l'équipe devront attendre. Mais une personne de repos aujourd'hui s'est présentée. Vous ne serez pas venus pour rien.

En sortant du bureau, il fit signe à ladite personne d'entrer.

Tessa s'avança en se pavanant, un sourire aux lèvres. Sa micro-robe moulante mettait en valeur sa silhouette élancée, ses longues jambes fuselées et ses courbes féminines. Elle portait des bottes de cow-boy. Très maquillée, elle avait choisi un rouge audacieux pour ses lèvres. Ses cheveux blonds bouclés cascadaient sur ses épaules nues. Et son parfum puissant les enveloppa.

Elle était belle femme et très sexy mais son cœur ne battait que pour Liz.

— Gareth m'a dit que tu voulais parler à tout le monde, Sawyer, dit Tessa en rejetant ses cheveux par-dessus son épaule.

Liz se tendit.

— Nous devons en effet vous interroger. Asseyez-vous, je vous en prie. Nous essaierons de faire vite.

Tessa prit place et croisa ses longues jambes.

— Tu étais de service, hier ? demanda Sawyer.

Elle balançait la jambe en souriant et tambourinait de ses ongles peints sur les accoudoirs.

— Oui.

— As-tu, pour une raison ou pour une autre, quitté la caserne pendant ton service ? poursuivit-il en veillant à ne regarder que ses yeux.

— Deux fois. La première, le matin, pour intervenir sur l'incendie qui a ravagé Compassionate Hearts et plus tard dans la nuit pour éteindre celui du Cowboy Way.

— Vous étiez donc à la caserne entre 16 h 30 et 17 h 30. Quelqu'un peut-il le confirmer ? s'enquit Liz, penchée sur son bloc-notes.

Elle serrait si fort son stylo que ses jointures en blanchissaient.

— Oui. Nous nous sommes réveillés d'une sieste vers 15 heures. Puis nous avons tapé le carton jusqu'au dîner.

— Avec qui avez-vous joué aux cartes ?

Tessa lui fournit les noms.

— Merci. Ce sera tout pour le moment.

— Quand je suis arrivée, dit Tessa, j'ai appris que j'étais la seule à venir ce soir, dit-elle.

Et Sawyer se demanda si son amie Bridget, qui passait les appels, s'était assurée qu'aucun autre membre du personnel en repos ne se présenterait.

Il jeta un coup d'œil à sa montre. Il était presque 21 heures.

— Nous allons nous arrêter là.

Ils reprendraient les interrogatoires demain matin.

Quand ils se levèrent tous les trois, Tessa se glissa à côté de lui et posa une main sur son bras.

— Sawyer, puis-je te dire un mot en privé ?

Il se tourna vers Liz. Elle gardait un visage impénétrable mais il surprit un éclair de jalousie dans ses yeux. Ou était-ce son imagination qui lui faisait prendre ses désirs pour des réalités ?

— Prends ton temps, dit-elle d'une voix chaleureuse, presque encourageante. Je rentre.

Elle attrapa ses affaires en vitesse et se dirigea vers la porte.

— À demain, dit-elle en la fermant derrière elle en toute hâte.

Il serra les dents. Ils s'étaient rendus à la caserne séparément pour éviter d'avoir à revenir récupérer son véhicule plus tard. Mais il n'avait pas envie qu'elle se fasse des idées à propos de Tessa. Plus important encore, il ne voulait pas qu'elle soit seule chez elle.

— On s'assied un instant ? proposa Tessa avec un geste vers le canapé.

Cela commençait toujours comme ça. Puis elle grimperait sur ses genoux et baisserait sa braguette. Il la connaissait par cœur.

— Je reste debout. De quoi souhaitais-tu me parler ?

— Cuisiner tout le monde va irriter les autres, je préfère te prévenir, dit-elle prudemment.

— Ces interrogatoires vont peut-être créer un peu de tension pendant quelques jours mais une fois que nous aurons attrapé ce type, les gars reconnaîtront que cela en valait la peine.

Elle se rapprocha, l'effleurant de ses seins.

— Pourquoi as-tu refusé de me rejoindre, ce soir ? Nous sommes tous les deux célibataires. Un moment de plaisir en ta compagnie me ferait du bien, dit-elle en nouant les bras autour de son cou. Viens passer la nuit chez moi. Ou nous pourrions faire l'amour ici puisque tout le monde est parti.

Beaucoup d'hommes auraient pris ce qu'elle offrait sans tergiverser davantage. Sawyer ne faisait pas partie du lot.

Il retira ses bras de son cou et s'écarta.

— Tessa, nous allons cesser de nous voir.

Ils n'avaient pas couché ensemble depuis un moment. Lorsqu'elle lui avait demandé s'il voulait un jour se marier et avoir des enfants avant de lui avouer qu'elle aimerait sortir avec lui pour dîner en amoureux, des sonnettes d'alarme s'étaient déclenchées dans sa tête. Il avait espéré éviter la conversation redoutée : *Ce n'est pas toi le problème, tout est ma faute...*

— Je t'ai fait peur, non ? répondit-elle. J'espérais qu'en te laissant un peu de temps, beaucoup d'espace, tu reviendrais vers moi, que je te manquerais.

Elle ne lui avait pas manqué, ce qui était révélateur. Mais il ne voulait pas non plus la blesser.

Elle lui sourit d'un air aguicheur.

— Tu sais, je ne cherche rien de sérieux pour le moment, assura-t-elle. J'aimerais seulement partager un peu de bon temps. Sans engagement.

Elle lui mentait et se mentait peut-être aussi à elle-même.

Les mains dans ses poches, il recula encore un peu.

— Ce n'est pas ce que je veux.

— Dis-moi ce que tu veux, sois sincère.

— En vérité, j'aspire à une relation sérieuse, à m'engager.

Elle comprit enfin.

— Mais pas avec moi...

Il prit son chapeau et l'enfonça sur son crâne.

— La femme que j'aime est de retour. Je ne peux pas la perdre à nouveau.

— Liz ?

Il hocha la tête.

— J'aurais dû le deviner, dit-elle. Tu n'arrêtais pas de la regarder pendant que nous parlions.

— Tu vas rencontrer celui qui te rendra heureuse, dit-il. Il aura de la chance d'être avec toi.

Tessa soupira.

— Merci de ton honnêteté. Je connais plein de gars qui auraient passé un bon moment avec moi sur ce canapé avant de courir rejoindre celle qu'ils aiment vraiment.

— Je ne suis pas ce genre de gars.

Et Tessa méritait mieux.

— Je dois y aller, ajouta-t-il.

— Pour la rattraper ?

— Oui.

Confronter Liz au sujet du passé et obtenir les réponses qu'il méritait était une chose. Savoir enfin avec certitude si elle était toujours attirée par lui, si elle l'aimait encore et le voulait dans sa vie en était une autre. L'idée qu'elle craigne d'être blessée - par lui - lui brisait le cœur. Et si c'était le cas, alors il avait besoin d'une approche différente.

Liz finit de se brosser les dents et enfila son pyjama. Alors qu'elle éteignait la lumière, elle ne pouvait s'empêcher de penser à Tessa, à sa silhouette svelte et sexy et à la robe qu'elle portait, qui laissait très, très peu de place à l'imagination.

Non que Sawyer ait besoin d'imaginer quoi que ce soit. Il connaissait par cœur le corps de Tessa Anderson et était sans doute en train de passer un bon moment avec elle.

Tant mieux pour lui.

Elle sentit de l'acide lui brûler les veines. Il lui fallait résoudre cette enquête au plus vite et retourner en Virginie.

En entendant une voiture s'arrêter dans l'allée, elle saisit son arme, sauta du lit et se glissa jusqu'à la fenêtre. Elle tira le rideau sur le côté et jeta un œil dehors.

Elle reconnut le SUV rouge des pompiers avec perplexité. Elle consulta l'heure. Elle n'était rentrée que depuis vingt minutes. Il avait dû décliner l'invitation de Tessa. Cela n'avait sûrement pas été simple, vu la robe, les cheveux, les bottes de cow-boy.

Tiraillée entre soulagement et regret, elle culpabilisait. Sawyer méritait d'être heureux. Il n'avait pas à se priver d'un moment de plaisir parce qu'elle était en ville. Bientôt, elle s'en irait.

Il sortit du véhicule mais au lieu de se diriger vers les arbres, vers sa tente, il alla tout droit vers sa porte d'entrée.

Son pouls s'accéléra.

Comme s'il sentait qu'elle le regardait, il leva les yeux vers sa fenêtre. Puis disparut sous le porche.

La sonnette retentit mais, la gorge serrée, elle ne bougea pas. Il sonna à nouveau. Et encore.

Que voulait-il ? Il était tard, elle était épuisée, les lumières étaient éteintes et la maison silencieuse. Tout indiquait qu'elle n'avait pas envie d'être dérangée, non ?

Il tambourina à la porte.

Peut-être y avait-il eu un autre incendie ou un meurtre et plutôt que d'appeler, il avait préféré venir le lui dire en personne. Elle posa son arme sur la table de nuit, attrapa sa veste de pyjama à manches longues, la boutonna et descendit l'escalier. Alors qu'elle arrivait au rez-de-chaussée, les coups redoublaient.

Elle lui ouvrit et bâilla comme s'il l'avait tirée du sommeil.

— Qu'est-ce qui ne pouvait pas attendre demain matin ?

— J'avais une question.

Il franchit le seuil et se dirigea vers elle.

Liz s'écarta mais il continua d'avancer vers elle. Elle recula jusqu'au mur, ne pouvant aller plus loin. Sans un mot, il plaça les mains derrière elle, de chaque côté de sa tête. Il se pencha et sa bouche s'écrasa violemment sur la sienne. Le souffle coupé, elle ne se défendit pas, ne le repoussa pas.

Il l'embrassait avec une telle passion qu'elle ne put s'empêcher de lui rendre ses baisers, de glisser les doigts dans ses cheveux, de l'étreindre avec force. Quand elle émit un gémissement de plaisir, il recula et l'observa avec attention, comme pour l'évaluer.

— Que regardes-tu ? demanda-t-elle d'une voix tremblante.

— J'ai ma réponse, dit Sawyer avec un clin d'œil avant de

tourner les talons et de se diriger vers la porte. Bonne nuit, ajouta-t-il en partant.

Avait-il posé une question ?

Le lendemain matin, Liz coupa la sonnerie de son réveil pour la quatrième fois et resta au lit, un comportement qui ne lui ressemblait pas. D'habitude, elle avait hâte de se lever, de s'habiller et de partir courir. Mais là, elle se sentait physiquement, mentalement et émotionnellement exténuée.

Entre l'incendiaire-meurtrier en liberté et Sawyer qui l'épuisait, elle avait bien mérité un moment de repos supplémentaire.

La veille, après qu'il l'avait embrassée, elle avait eu beaucoup de mal à s'endormir.

Elle mourait d'envie d'être encore embrassée, touchée, caressée. Elle en rêvait toujours.

Elle considéra son bras nu, du côté le plus abîmé, et passa les doigts sur les différentes nuances et textures de sa peau.

Lorsqu'elle était en formation au FBI, elle avait essayé de nouer une relation amoureuse avec un collègue agent. Ils s'étaient rencontrés à Quantico, étaient devenus amis, avaient flirté. Si elle lui avait raconté qu'elle avait survécu à un incendie, elle avait minimisé l'importance des conséquences et omis d'évoquer ses cicatrices. Pourquoi entrer dans des détails ? Un soir, peu après la remise des diplômes, il l'avait invitée à sortir avec lui. Quand il l'avait reconduite chez elle, elle lui avait proposé de monter. Après quelques verres, elle avait oublié sa peur, jeté toute prudence aux oubliettes, et ils avaient commencé à s'embrasser. Mais lorsqu'il lui avait retiré sa chemise, la lueur de désir dans ses yeux s'était muée en dégoût.

Le moment de gêne avait paru durer une éternité. Elle avait tâtonné pour éteindre la lumière comme si cela pouvait faire une différence. Il avait balbutié une excuse vaseuse pour s'éclipser au plus vite.

Fin de l'histoire.

Même si elle s'était construit une vie qui lui plaisait, certaines blessures ne guériraient sans doute jamais. En considérant son bras, elle était douloureusement consciente de la différence entre *savoir* quelque chose et le *voir*. Le *toucher*.

Broyée par une insupportable douleur intérieure, elle sentit les larmes brûler ses paupières. Les doigts glacés de la solitude se refermaient autour d'elle.

Je vais bien. Tout va bien.

Une sonnerie la tira de ses pensées. Elle jeta un coup d'œil à son smartphone et grimaça. Y avait-il eu un autre incendie ? D'autres victimes ?

Cessant de s'apitoyer sur elle-même, elle répondit au téléphone.

— Agente Kelley.

— Bonjour, ici l'infirmière Tipton de l'hôpital de Laramie. Mme Martinez n'a pas survécu à ses blessures. Elle est morte pendant la nuit.

Liz se redressa, repoussa les couvertures et se leva.

— Merci de m'avoir prévenue.

Le poids d'une autre mort insensée pesait non seulement sur ses épaules mais aussi sur son cœur. Ils devaient à tout prix identifier ce type avant qu'il ne fasse davantage de mal.

Elle se précipita sous la douche. Elle ne se donna pas la peine de se sécher les cheveux mais les brossa vigoureusement. Elle s'habilla d'un pantalon, d'une chemise à manches longues et d'un foulard gris à pois bleus.

Dans la cuisine, elle prépara du café tout en regardant par la fenêtre la tente dans laquelle Sawyer avait de nouveau dormi. Elle lui envoya un texto à propos d'Aleida et leur confectionna un rapide petit déjeuner. Elle était en train de brouiller des œufs et de couper des légumes, dos à la porte, lorsqu'elle l'entendit entrer. La porte-moustiquaire claqua derrière lui.

— Je suis désolé, dit-il. Pour Aleida.

Sans se retourner, elle hocha la tête.

Il resta un instant immobile, puis monta à l'étage prendre une douche. Elle laissa quelques burritos sur la table et sortit prendre son café sous le porche.

Elle s'installa dans l'un des vieux fauteuils à bascule et promena les yeux autour d'elle.

Son père avait élevé du bétail sur cette terre comme son père, son grand-père et son arrière-grand-père avant lui. Leur propriété – avant qu'ils n'en vendent la majeure partie aux Powell – s'étendait du plateau de Break Land jusqu'à Big Horn Ridge. Elle aimait les montagnes enneigées, les collines couvertes de pins, les grands espaces, l'air pur. Le spectacle de la nature l'aidait à relativiser les événements. Mais n'effaçait pas le sentiment de vide qui la rongeait et qui n'avait rien à voir avec l'enquête. Ni la douleur qui y était attachée.

Pas une seule fois dans sa carrière elle n'avait laissé des sujets personnels interférer avec son travail. Ce qui prouvait qu'elle était une bonne agente, elle en était persuadée. Pourtant, chaque fois qu'elle regardait Sawyer, elle remettait en question cette certitude. Elle continuait à penser qu'elle était une bonne agente. Mais peut-être lui avait-il été facile de séparer la sphère privée du domaine professionnel parce que, jusqu'ici, elle n'avait jamais rien eu de plus important dans la vie que son métier.

Et elle prenait conscience qu'il y avait maintenant Sawyer. Elle tenait à lui. Profondément.

La porte-moustiquaire grinça lorsqu'il sortit sous le porche.

— Je suis prêt si tu l'es.

Elle le suivit jusqu'à son véhicule. Sawyer se restaura tout en conduisant. Elle regarda le paysage défiler par la vitre.

Lorsqu'ils s'arrêtèrent devant la caserne des pompiers, il coupa le moteur, lui prit la main et mêla leurs doigts. Elle n'eut conscience du froid intérieur qui l'habitait que lorsque sa chaleur la pénétra.

Un petit coup sur la vitre côté conducteur attira leur attention et il la lâcha. Ils découvrirent Erica Egan, vêtue d'un débardeur moulant au décolleté vertigineux. Un sourire éblouissant sur les lèvres, elle tenait un plateau avec trois gobelets de café.

— Il est temps pour vous de me parler, dit-elle.

Ils sortirent tous les deux de la voiture.

— Après votre dernier article, j'ai décidé de ne plus faire de déclaration, dit-il en se dirigeant vers la porte de la caserne.

Le short kaki d'Egan et ses talons mettaient en valeur ses longues jambes fuselées. La journaliste passa devant eux et se jeta devant la porte pour leur bloquer le passage.

— Nous avions un accord.

Le regard de Liz balaya Erica, ses bras nus, ses jambes lisses – son sex-appeal naturel. Elle se demanda pourquoi elle n'avait jamais apprécié la courbe de son propre cou quand elle était plus jeune ni la douceur de sa peau, pourquoi elle avait pris pour acquis le charme de ses taches de rousseur.

— Vous avez évoqué des événements douloureux qui auraient dû rester dans le passé et hors de la *Gazette*, dit Sawyer en croisant les bras. Des événements qui n'ont aucun rapport avec cette affaire.

— Je ne suis pas d'accord, protesta la journaliste. Vous avez eu une histoire tous les deux et j'ai senti un lien entre vous, qui pourrait affecter la manière dont vous gérez l'enquête.

— Vous avez surtout compris qu'il était inutile de vous approcher de moi pour tenter d'obtenir des informations.

Il tendit la main vers la poignée de la porte.

La journaliste la bloqua.

— Je vous ai présentés tous les deux sous un jour positif et j'ai cité l'intégralité de la déclaration élogieuse de l'agente Kelley à votre sujet.

Erica tendit un café à Liz. Elle l'accepta, même si elle ne comptait pas le boire. Sa paranoïa l'empêchait de consommer de la nourriture et des boissons provenant d'inconnus. Mais prendre le breuvage était un geste de bonne volonté.

— Et comme vous me l'aviez demandé, poursuivit Erica, je me suis interdit toute description trop réaliste de l'incendie.

J'ai dépeint l'incendiaire comme un monstre et j'ai évoqué non seulement le chagrin de deux parents mais aussi l'impact terrible de cette tragédie sur toute la communauté.

— Tu as lu l'article, Sawyer, dit Liz. Est-ce vrai ?

— Et je n'ai rien écrit d'autre sur l'incendie d'il y a quinze ans, à part décrire Liz comme une survivante. Vous êtes d'accord, n'est-ce pas ? ajouta-t-elle en lui tendant un gobelet avec un sourire.

Il accepta l'offrande de paix.

— J'ai appris que vous alliez interroger les pompiers parce que vous soupçonniez peut-être l'un d'eux, poursuivit-elle. Pouvez-vous confirmer ou infirmer cette information ?

Comment l'avait-elle découvert si rapidement ? Sawyer avait dû appeler Gareth, qui avait à son tour prévenu Ted, hier soir pour organiser les entretiens avec les soldats du feu. Mais la nouvelle s'était répandue bien plus vite que prévu.

— Qui vous l'a dit ? demanda Sawyer.

— J'ai entendu quelques pompiers se plaindre de ces interrogatoires au bar, hier soir. Mais je ne peux pas révéler mes sources.

— Il nous faut examiner toutes les possibilités, répondit Liz. Il s'agit d'interrogatoires de routine. Nous remercions les pompiers pour leur coopération et les services inestimables qu'ils rendent à la communauté.

— Passez une bonne journée, madame Egan, dit Sawyer qui ouvrit la porte, en laissant Liz entrer la première. Holden et ses adjoints seront bientôt là, ajouta-t-il pour elle. La journée va être longue, probablement épuisante. Es-tu prête à affronter le scepticisme des soldats du feu, leur hostilité ?

Elle avait déjà été confrontée à cette situation auparavant et savait qu'elle obtiendrait des réponses au vitriol.

— Que je sois prête ou non n'a pas d'importance. Nous avons un travail à accomplir. Le reste est secondaire.

12

— J'hallucine ! s'exclama Ted Rapke, assis dans le bureau de Sawyer, le visage crispé de colère. Tu crois vraiment qu'il s'agit de l'un de nous ?

— Non, je ne le pense pas. Mais cet interrogatoire est nécessaire.

Sawyer avait mal à la tête à force de le répéter depuis des heures aux pompiers qui défilaient l'un après l'autre.

Liz se pencha en avant.

— S'il vous plaît, répondez à la question. Où étiez-vous hier entre 16 h 30 et 17 h 30 ?

Ted soupira.

— J'ai quitté mon service tôt. Vers 15 heures, 15 h 30. J'ai retrouvé ma fiancée, Cathy, et j'ai passé le reste de la journée avec elle.

— Je suis sûre qu'elle le confirmera, dit Liz avec un sourire pincé. Pourquoi étiez-vous parti tôt ?

— Nous nous sommes récemment fiancés et préparons une petite fête pour l'occasion. Lui dire que tout ce qu'elle veut pour la réception me convient très bien ne lui suffisait pas. Sa mère étant en ville actuellement, elle tenait à passer en revue les détails avec elle et moi. Gareth a accepté de me remplacer.

— Votre relation avec cette jeune femme est-elle difficile ? demanda-t-elle.

Ted se tourna vers Sawyer, puis de nouveau vers Liz.

— Quel rapport avec le reste ?

Sawyer serra les dents. Il détestait voir ses gars interrogés de cette façon.

— Liz a besoin de dresser un profil complet de chacun.

— Non, nos relations ne sont pas difficiles mais j'ai déjà été marié deux fois auparavant. J'aimerais que celle-ci soit la bonne.

Liz ouvrit une bouteille d'eau et en but une gorgée.

— À quelle heure l'avez-vous retrouvée et où ?

— Vers 16 heures. Chez elle.

— Cela suffit là, non ? lança Sawyer, irrité.

Liz croisa les jambes.

— Bien sûr. Nous contacterons votre fiancée mais ce sera tout pour l'instant.

— Vous savez que pour être embauchés, tous les pompiers ont subi une vérification de leurs antécédents. Nous risquons notre vie tous les jours pour sauver des gens. C'est bien gentil de nous interroger pendant notre journée de repos mais essayez de ne pas mettre les volontaires à trop rude épreuve. Leur nombre diminue chaque année, ajouta-t-il d'un air dégoûté.

— Une dernière question, dit Liz. Vous connaissez tous les pompiers, qu'ils soient professionnels ou volontaires, non ?

— Oui, en effet.

— Certains font-ils du zèle ? Avez-vous remarqué quelqu'un qui se propose toujours pour faire des heures supplémentaires, qui arrive le premier à la caserne et qui est le dernier à partir, qui adore son métier...

Le visage de Ted se durcit.

— Vous devriez avoir honte, Liz. Maintenant, vous ciblez quelqu'un de passionné, qui effectue son travail à fond. C'est une blague ? Quel genre d'enquête menez-vous ?

— Malheureusement, il ne s'agit pas d'une mauvaise plaisanterie. Plus d'une centaine d'incendiaires condamnés chaque année sont également pompiers. Rien qu'en Amérique du Nord. Et encore, ce nombre ne concerne que ceux qui ont été démasqués, arrêtés. Si cet incendiaire est un pompier, alors il se montre très sérieux, consciencieux, plus que dévoué dans son travail. Cette abnégation cache souvent un besoin de reconnaissance personnelle. Les incendiaires en série estiment souvent avoir de bonnes raisons de l'être.

Avec un soupir dédaigneux, Ted sortit du bureau.

Sawyer se leva d'un bond et le suivit.

— Attends, dit-il. Ces interrogatoires ne me plaisent pas plus qu'à toi. L'objectif est d'éliminer tous les gars de la caserne de la liste des suspects. Reconnais que si ce criminel se cache dans nos rangs, nous ne pouvons pas l'accepter. Nous sommes fiers de notre intégrité. Si l'un des nôtres est un incendiaire et un meurtrier, il est de notre devoir de l'identifier et de l'arrêter.

Ses mots firent réfléchir Ted. Sa colère se dégonfla et lentement, il hocha la tête.

— Tu as raison mais cette hypothèse me semble invraisemblable.

Une porte s'ouvrit. Holden et Joshua Burfield sortirent d'une salle d'interrogatoire et se serrèrent la main.

Ted s'éloigna pour rejoindre Josh.

— Tu as le temps de prendre un café sur le pouce avant que j'aille expliquer à ma future belle-mère pourquoi nous nous faisons cuisiner ?

— Bien sûr, allons chercher Gareth, dit Josh. As-tu fixé une date pour la fête de tes fiançailles ?

Sawyer doutait d'y être invité.

Ted secoua la tête avec lassitude.

— Pas encore. Nous ne sommes pas d'accord sur le choix de la salle. Je ne veux pas dépenser autant d'argent pour des fiançailles que pour un mariage.

Holden suivit Sawyer dans son bureau et ferma la porte.

— Comment ça se passe ? demanda Liz.

— Jusqu'à présent, la plupart des gars que nous avons interrogés avaient des alibis. Un tiers était ici, en service. Les autres avec leurs proches : petite amie, fiancée, frère, mère. Je vais demander à l'un de mes adjoints de tout vérifier.

— Nous avons aussi une liste, dit Liz. En haut de la nôtre se trouve Ted Rapke. Il faut absolument que sa fiancée confirme l'heure à laquelle ils se sont retrouvés.

Sawyer se hérissa. Ted pouvait être pénible et rancunier. Cela ne faisait pas de lui un meurtrier ni un incendiaire.

— J'ai aussi deux gars sur lesquels je dois creuser en profondeur, dit Holden. Leurs alibis sont minces.

— Qui ? demanda Sawyer

— Gareth McCreary. Il n'était pas de service à l'heure du meurtre parce qu'il se préparait à remplacer Ted. Il prétend être allé à la supérette du coin acheter de quoi dîner, avoir payé en espèces et il ne retrouve pas le ticket de caisse. Il affirme être arrivé à la caserne à 17 heures. Quelqu'un d'autre m'a dit qu'il n'y était pas avant 17 h 30. Nous allons consulter les images des caméras de surveillance pour savoir quand, exactement, il était à la supérette.

— La supérette n'est qu'à trois pâtés de maisons de Cowboy Way.

— Et l'autre personne ? lança Liz.

— Johnson, le nouveau.

Sawyer se rappela l'avoir vu près de l'incendie.

— Mais il était de service.

— Il l'était mais il avait quitté la caserne plus tôt dans la journée pour faire une course à la pharmacie et chez Divine Treats.

Sawyer passa la main sur sa barbe de trois jours. Il avait besoin de se raser.

— La pâtisserie est à deux pas du salon de tatouage.

Liz étira son cou et ajusta son foulard.

— Vers quelle heure ?

— Il était absent de 17 à 18 heures. Il sera facile d'établir exactement l'heure à laquelle il est allé à la pharmacie. Ce sera plus compliqué avec Divine Treats. Il n'y a pas de caméras à l'intérieur ni au carrefour. Nous vérifierons auprès des commerçants de la rue.

— Ça me paraît bien, dit Liz. Si nous ne parvenons pas à disculper McCreary et le nouveau, ils accepteront peut-être de passer un test polygraphique, au détecteur de mensonge.

— Très bien. Encore une chose. Josh Burfield n'a pas réussi à convaincre tous les volontaires de venir pour être interrogés. Deux l'ont très mal pris. L'un d'eux a immédiatement démissionné. Je leur parlerai demain.

Holden bâilla. Sawyer aussi était épuisé.

— Il se fait tard. Je vais laisser mes adjoints rentrer chez eux mais rester quelques heures de plus pour vous aider à interroger la prochaine équipe. Ils arrivent. Mieux vaut avancer au maximum, ce soir.

Son téléphone portable vibra et il prit l'appel.

— Adjoint en chef Powell.

Pendant qu'il écoutait, son regard glissa vers lui puis vers Liz.

— OK. Attends un instant. Je te mets sur haut-parleur. Russo pense que nous devrions écouter un message reçu sur la hot-line, leur dit-il. Vas-y, nous écoutons, Ashley.

— L'appel a été passé il y a quelques heures mais nous venons seulement de le traiter parce que nous avons été inondés de coups de fil émanant de plaisantins. Voilà le message :

Vous me prenez pour un monstre mais vous avez tort. Je suis tout sauf un monstre.

La voix était grave et sinistre. Modifiée électroniquement.

Je suis la Vengeance. Ils récoltent ce qu'ils ont semé. Demandez-leur comment ils ont monté leur entreprise, où ils avaient obtenu l'argent pour la financer au départ. Et ils mentiront. Demandez-leur ce qu'ils cachent. Et ils mentiront. J'ai pris un fils qui a payé pour les crimes de son père. Vous a-t-il parlé de notre conversation ? Vous a-t-il dit pourquoi je l'ai châtié ? Ou a-t-il menti ? Lui et les autres porteront les conséquences de leurs mensonges leur vie durant. Le feu était mon arme. Ma colère et ma haine, mes carburants.

— Voilà, reprit Russo. Nous essayons de retracer l'appel.

Sawyer déglutit avec difficulté.

— Je pensais que je serais soulagé si notre homme laissait un message, dit-il. Qu'il se trahirait et nous donnerait alors des indices, un moyen de l'arrêter.

— Pouvez-vous le repasser ? demanda Liz.

La deuxième fois qu'ils l'écoutèrent, elle prit des notes.

— Russo, nous allons interroger Parrot aujourd'hui, dit Sawyer. Peux-tu contacter Neil Steward et lui demander où il avait trouvé l'argent pour ouvrir son salon de tatouage ? Pareil pour le mari d'Aleida Martinez. Ils nous donneront peut-être des éléments.

— Je m'en occupe.

Holden raccrocha après l'avoir remerciée.

— Il ne nous a peut-être pas laissé d'indices, dit Liz, mais il nous a donné un moyen de l'identifier. Il nous faut à tout prix tirer les vers du nez à Steward, découvrir ce qu'il cache.

— Parrot sera peut-être plus communicatif, dit Sawyer.

Il espérait le meilleur mais s'attendait à d'autres mensonges. Neil avait perdu son fils et son magasin mais continuait pourtant à se taire, à protéger son secret.

Un adjoint passa la tête dans le bureau.

— J'ai un autre pompier venu pour être interrogé.

— Je m'en charge, dit Holden en se dirigeant vers la porte.

— Merci, Holden, dit Sawyer, soulagé. On dirait presque que notre gars en a fini. Il parle au passé.

— Peut-être. Voilà deux jours qu'il n'y a pas eu de nouvel incendie. Ni d'attentat à la voiture piégée. Ni de meurtres.

Elle relut ses notes.

— Mais une partie du message est au présent. *Je suis la vengeance. Ils récoltent ce qu'ils ont semé.* Il fait attention à la façon dont il formule ses phrases. Il s'amuse avec nous.

— J'espère qu'il en a fini et n'a pas l'intention de punir d'autres personnes. Mais il veut que nous découvrions sur quoi Steward et Parrot mentent. Peut-être cela fait-il partie de son plan. S'ils ont commis un acte illégal, il nous laisse terminer sa mission.

— Tous les incendiaires manipulent les forces de l'ordre tout en leur rappelant qu'ils mènent la danse. Même s'il en a fini avec sa vengeance, nous ne le laisserons pas s'en tirer avec un meurtre et des incendies criminels.

Elle se pinça l'arête du nez et ferma les paupières.

— Et si tu avais raison... et si nous perdions notre temps avec ces interrogatoires ? dit-elle soudain. Qu'est-ce que j'ai raté ?

— Je n'ai jamais dit qu'ils étaient une perte de temps. Je n'arrive simplement pas à croire que quelqu'un que je connais, en qui j'ai confiance et avec qui j'ai travaillé des années durant, soit notre incendiaire. Ton instinct s'est déjà trompé sur d'autres affaires ?

— Non, mais... mon retour ici me perturbe.

Il ne voulait pas la perturber. Il voulait qu'elle puisse se reposer sur lui quand elle en avait besoin, être là pour elle.

Sawyer prit sa main et dès qu'il toucha sa peau, un délicieux frisson le parcourut. Il lui frotta l'intérieur du poignet, une caresse anodine. Ou peut-être prudente. Comme elle ne réagit pas, il commença à penser que s'il l'épuisait petit à petit, elle finirait par cesser de fuir. Par lui parler.

— Qu'as-tu prévu pour ce soir ? demanda-t-elle.

— Que veux-tu dire ?

— Où as-tu l'intention de dormir ? J'espère que c'est chez toi dans ton lit et pas sous la tente. Tu as besoin d'une bonne nuit de sommeil.

— Je suis touché que tu t'en soucies.

— Si tu es fatigué, tu ne seras pas à ton meilleur niveau pour enquêter.

— Je vois. Tu ne te soucies que de mes performances professionnelles.

— Ce n'est pas ce que je voulais dire.

Sawyer écarta tendrement les cheveux de son visage, caressa sa joue jusqu'à son menton et s'y attarda. C'était le problème avec Liz. Elle lui donnait toujours envie de la toucher. Elle l'attirait toujours à elle, sans même essayer.

— Peux-tu clarifier ta pensée ?

Un silence chargé s'épanouit entre eux. Comme elle le regardait de ses yeux émeraude, il ne rêvait que de réussir à effacer ses doutes... à propos d'elle et de lui.

— Je ne souhaite pas réitérer le passé, reconnut-il. Je sais que tu ne le peux pas mais sache que je n'ai jamais cessé de t'aimer.

Elle entrouvrit les lèvres, écarquilla les yeux.

Un coup sec sur la porte ouverte les fit sursauter. Ils s'écartèrent l'un de l'autre en vitesse.

Chuck Parrot entra.

— La *Gazette* a manifestement raison à propos de vous deux.

Liz se tendit.

— Que voulez-vous dire ? demanda-t-elle.

Parrot ricana. Ses cheveux roux clairsemés étaient mal peignés. Il se laissa lourdement tomber sur une chaise comme s'il était ivre ou n'avait pas arrêté de boire depuis des jours.

— Erica Egan a écrit que vous étiez amants autrefois, que la tragédie vous avait séparés et que cette enquête vous avait permis de vous retrouver.

La journaliste avait échangé un sujet sensationnel contre un autre.

— Egan ne se soucie que de faire la une avec ses articles.

— Cela ne veut pas dire qu'elle a tort, répliqua Chuck en sortant une flasque de sa poche arrière.

— Tu devras attendre, dit Sawyer, que nous ayons fini de t'interroger pour recommencer à boire.

Chuck s'affaissa sur son siège mais garda sa flasque. Il la posa sur son ventre rond.

— Eh bien, dépêche-toi que je puisse retourner noyer mon chagrin.

Sawyer jeta un coup d'œil à Liz pour voir comment elle comptait gérer la situation. Elle étudiait intensément Parrot comme un puzzle qu'elle voulait reconstituer.

Il en vint donc au fait.

— As-tu reçu un appel téléphonique menaçant peu de temps avant que ton restaurant ne brûle ?

Parrot se redressa, ses yeux devinrent soudain alertes.

— Pardon ?

Sawyer attendit un instant et répéta :

— Peu avant l'incendie, quelqu'un t'a-t-il appelé et menacé ?

Chuck hésita.

— Non, répondit-il enfin. Personne ne m'a téléphoné. Pourquoi cette question ?

— Parce que quelqu'un a appelé Neil Steward juste avant que le Cowboy Way ne soit incendié, dit Sawyer. Il a menacé de lui enlever son fils et sa boutique.

— L'homme lui a-t-il dit pourquoi il allait faire ça ?

— Je n'ai jamais dit que son correspondant était un homme.

Chuck ouvrit la flasque et but une gorgée.

— Je l'ai simplement supposé.

— Je vous connais, je vous ai déjà rencontré quelque part, non ? lança soudain Liz. Votre visage, votre voix, me disent quelque chose.

— Je ne pense pas. J'ai un visage que les gens pensent toujours reconnaître.

Pourtant, avec ses cheveux roux, ses taches de rousseur et son teint pâle, il n'avait pas un visage passe-partout. Chuck avait quarante-deux ans, même s'il paraissait plus âgé, donc Liz ne l'avait pas rencontré au cours de sa scolarité.

— Cela me reviendra. En attendant, puis-je consulter votre téléphone ? demanda-t-elle.

Chuck se leva et se dirigea vers la porte.

— Non. Je suis une victime dans cette histoire. Pas un suspect.

— Alors, parlez-nous de ce coup de fil.

— Je n'en ai pas reçu.

— CP ! cria Liz. C'est ainsi que tout le monde vous surnommait au ranch Wild Horse.

Il ne répondit rien mais devint blanc comme un linge.

— Il m'a fallu un certain temps pour vous remettre. Vous avez vieilli, pris du poids, perdu des cheveux. Mais vous y travailliez, la première année où j'étais là-bas. Comme ouvrier agricole. En revanche, vous n'y étiez pas l'été suivant quand l'incendie qui a tué les Durbin s'est produit, n'est-ce pas ?

— Et alors ? répliqua-t-il en haussant les épaules.

— Pourquoi avoir nié que nous nous connaissions ?

— Je n'ai pas fait le rapprochement. Je ne me souviens pas de tous les gamins qui sont passés par là. Est-ce un crime ?

Il mentait mal. Chuck Parrot avait déjà reconnu avoir lu l'article dans la *Gazette*. L'incendie du ranch Wild Horse y était mentionné. Même s'il ne se souvenait pas de Liz, il était conscient du lien entre elle et lui.

Liz sourit de ce sourire professionnel que Sawyer lui avait déjà vu.

— Neil travaillait là-bas à peu près à la même époque que vous, non ?

Chuck porta la flasque à sa bouche, but une autre gorgée. Sans doute pour gagner du temps.

— Vous le lui demanderez, je l'ai oublié.

— Où avez-vous trouvé l'argent pour ouvrir votre restaurant ? demanda-t-elle.

Chuck fronça les sourcils et se balança sur ses talons.

— Quelle importance ?

— Où ? insista-t-elle.

Il se frotta la nuque.

— Un prêt de la banque.

Demandez et ils mentiront. Pourquoi ?

— Quelle banque a accordé un prêt à cinq chiffres à un ouvrier agricole pour ouvrir un restaurant sans aucune garantie ?

Sawyer adorait regarder Liz travailler. Elle était sexy lorsqu'elle s'approchait, jetait des questions de plus en plus précises pour obtenir la vérité. Sans parler du fait que la voir traquer un suspect était étrangement excitant.

— Vous ne me connaissez pas, vous ne savez pas ce que j'avais utilisé comme garantie, répliqua Chuck sur la défensive. Franchement, ce ne sont pas vos affaires. Ce qui devrait l'être, c'est de trouver le malade qui m'a tout pris. Sur ce, je vous laisse travailler et je m'en vais.

En secouant la tête, elle le suivit jusqu'à la porte, où elle le regarda partir.

— Combien veux-tu parier que Neil a travaillé là-bas aussi ?

— Les Durbin avaient embauché de nombreux ouvriers agricoles au fil des ans, et ils étaient les seuls à cent lieues à la ronde à accueillir des adolescents en stage équestre.

— Tu penses toujours qu'il n'y a rien, concernant le ranch Wild Horse - je ne parle pas de l'incendie -, qui serait le lien ?

— Je ne dis pas ça.

Il se faisait l'avocat du diable. Statistiquement, il était difficile de croire à une coïncidence.

— Nous devons examiner la situation sous tous les angles. Tester la théorie.

— Je me demande s'il existe encore des archives du ranch.

— L'incendie a détruit la maison principale et les chalets. Depuis lors, la propriété a été vendue. Tout a été rasé. Les Durbin n'avaient pas d'enfants avec qui nous pourrions parler. Mais tu as sans doute raison : il y a quelque chose là-dedans.

Il s'approcha d'elle.

— Chuck te connaît mais l'a nié parce qu'il ne voulait pas que nous l'associions au ranch. Il a également nié avoir reçu un appel téléphonique menaçant et menti sur la manière dont il a obtenu des fonds pour le restaurant. Pour une raison incompréhensible, Chuck et Neil cachent le même secret. Si nous parvenons à découvrir quoi, nous toucherons au but.

— Mais cela devra attendre, dit-elle avec un geste vers le couloir.

L'équipe de pompiers suivante arrivait pour être interrogée.

13

Appeler la hot-line lui avait plu. Exprimer ses griefs, expliquer la raison de sa vengeance, lui avait fait du bien. Maintenant, d'autres s'interrogeraient sur les actes répréhensibles commis par ceux qu'il avait frappés. En revanche, l'ingérence grandissante de Liz dans cette affaire l'ennuyait. Il avait espéré la faire souffrir, tuer Sawyer sous ses yeux avant de la faire disparaître plus tard, en Virginie.

Mais manifestement, elle était plus futée qu'il ne l'avait supposé. Elle et Sawyer posaient les bonnes questions aux bonnes personnes. Ils tournaient autour de lui comme des requins qui sentent le sang, se rapprochaient.

Ils avaient même réussi à corrompre la charmante Erica Egan. Dans la *Gazette*, elle vantait désormais les efforts de Kelley et Powell pour faire avancer l'enquête. Elle encourageait les lecteurs à aider les amants maudits. À présent, ses articles lui donnaient envie de vomir. Egan avait cessé de décrire en détail son magnifique travail. Au lieu de quoi, elle qualifiait ses cibles – des fumiers qui avaient vendu leur âme au diable – de *victimes innocentes*. Et elle le traitait, lui, de monstre !

Alors qu'il ne cherchait qu'à rendre la justice.

Il devenait urgent de sortir Liz Kelley et Sawyer Powell du jeu. Ensuite, la journaliste reviendrait à son ancien style, il en était certain. Grâce à lui, la *Gazette* se vendait bien et il n'était pas question de laisser ces deux fouineurs ruiner ses efforts. Il avait prévu de finir en apothéose. Personne ne s'attendait au clou du spectacle qui conclurait sa vengeance, personne n'avait jamais rien vu de tel dans la région.

Il lui fallait provoquer davantage de souffrances et d'incendies. Moins il lésinerait sur les moyens, plus le résultat serait grandiose, à la hauteur de ses espérances. Au bout du compte, il obtiendrait ce qu'il voulait. Et toute la patience dont il avait fait preuve, tous les risques qu'il avait pris, tout le sang versé, en vaudraient la peine.

Mais d'abord, il devait écarter Liz et Sawyer de son chemin. Il avait eu tort de les sous-estimer.

Il regarda les amants maudits monter dans le SUV rouge qu'ils avaient malheureusement garé dans le champ d'une caméra de surveillance. Il n'avait pas pu s'en approcher. Ce contretemps l'avait forcé à improviser.

Il n'aurait pas la possibilité de s'occuper de ces deux-là lui-même, ce soir. Au cas où les événements tourneraient mal, il avait besoin d'un alibi en béton. Cette fois, il allait être obligé de demander de l'aide... à quelqu'un en qui il avait confiance.

Liz et Sawyer étaient très loin de se douter de ce qui les attendait et de la façon dont leur nuit se terminerait.

Sawyer lui avait dit qu'il l'aimait toujours. Liz ne savait pas si c'était possible. Ou sain. Ou souhaitable pour lui.

Mais elle ne cessait d'y penser tandis qu'ils roulaient vers Bison Ridge. Elle espérait qu'il ne remettrait pas le sujet sur le tapis, ce soir. Tous deux avaient besoin de dormir un peu. Ils en parleraient demain.

Elle jeta un coup d'œil à son smartphone. La batterie était presque vide. Elle avait laissé son chargeur dans la voiture de location.

Dès que Sawyer s'arrêta derrière celle-ci, garée devant la maison, et coupa le contact du SUV, elle sauta à terre.

— Je ne sais pas pour toi, mais je suis épuisée, dit-elle. Bonne nuit.

— Ne devions-nous pas parler ? lui rappela-t-il d'une voix sombre.

— Demain, d'accord ? répondit-elle en se dirigeant vers son véhicule de location. Je suis crevée.

Elle n'était pas en mesure de gérer Sawyer. Pas ce soir. Il avait toujours été capable de voir à travers le masque derrière lequel elle dissimulait ses émotions. Il avait toujours su mettre son âme à nu. Elle ne voulait surtout pas qu'il devine sa faiblesse.

Il posa une main sur son épaule.

— Je t'ai dit que je t'aimais. J'ai droit à une réponse, Lizzie, dit-il d'un ton adouci.

— Merci.

— Merci ? répéta-t-il en secouant la tête. Dis-moi que tu ne m'aimes pas. Dis-moi que tu ne me désires pas. Ou dis-moi que tu m'aimes. Mais ne me remercie pas.

Elle le regarda, en s'efforçant de lui cacher son agonie.

— Je n'ai pas envie que tu dormes sous la tente, ce soir. Appelle Tessa. Donne-lui une chance. Vous êtes peut-être plus compatibles que tu ne le penses.

Il releva la pointe de son chapeau de cow-boy du doigt.

— Tu continues de décider de tout à ma place. Comme si ce que je voulais, moi, comptait pour du beurre. Tu t'es trop habituée à éviter tout ce qui risquait de te faire éprouver quoi que ce soit. Tu n'as pas de petit ami, pas de mari, pas d'amis, pas de chien ni de chat. Et ta famille ? Tu ne les vois plus. Tu n'as que ce badge et une arme de service alors que tu mérites tellement mieux pour combler les vides de ta vie.

— Et toi ? Où sont ta petite amie, ta femme et tes enfants ? riposta-t-elle, en omettant la partie amis et famille puisqu'ils étaient là pour lui. Qui es-tu pour me juger ?

— Je remarque que tu ne réponds pas sur la façon dont tu as toujours pris unilatéralement des décisions qui affectent nos deux vies. J'en ai assez de te laisser systématiquement m'écarter de l'équation. Tu veux savoir pourquoi ? Je vais te le dire. Je ne suis pas un chiot qui va pleurnicher dans un coin et lèche ses blessures. Je suis un coyote.

Il se mit à hurler.

Que fabriquait-il ? Avait-il perdu la tête ?

Liz rougit, ce qui prouvait qu'il avait réussi à la toucher, à lui faire ressentir une émotion.

— S'il te plaît, cesse de crier comme un animal.

Au lieu d'obéir, il hurla plus fort, laissant sortir sa frustration et sa détresse.

— Tu n'as pas le droit de faire des suppositions infondées sur ma vie, dit-elle en élevant la voix. J'ai un super boulot. Je suis fière de travailler au FBI. D'avoir un but. J'ai construit une vie très valable et je vais parfaitement b...

— Quoi ? Tu prétends aller parfaitement *bien* ?

Il avait dû toucher une corde sensible parce qu'elle plissa les yeux, les lèvres crispées, et ouvrit la portière de sa voiture de location sans répondre.

— J'apprécie ton inquiétude mais rentre chez toi, dit-elle avec lassitude. Cette journée a été épuisante, nous ne sommes plus très loin du point de rupture. Tu as besoin de dormir. Moi aussi.

Rentre chez toi.

Il aurait dû céder, faire ce qu'elle lui demandait et la laisser tranquille. Mais un instinct en lui exigeait qu'il reste. Le point de rupture lui donnait une chance, la seule sans doute, de tenter une percée.

Elle claqua la portière de sa voiture après y avoir récupéré un chargeur de téléphone et se dirigea vers sa maison.

Mais il lui saisit les bras, pour la forcer à lui faire face. Son cœur battait la chamade.

— Tout ce que j'ai vécu d'heureux dans ma vie est lié à toi, Liz.

Ses yeux brillaient de larmes mais elle secoua la tête.

— Alors il est temps de te créer des souvenirs avec une autre.

— Tu penses parfois à nous ?

— J'essaie de ne pas le faire, répondit-elle d'une voix brisée.

— Je pense à toi tous les jours.

Oui, il avait eu d'autres amantes mais elles n'avaient fait que souligner à quel point Liz lui manquait. Quand il se retrouvait seul avec ses souvenirs, ses regrets le torturaient.

— Je t'aime depuis si longtemps que je ne me souviens pas de ce que c'est que de ne pas t'aimer.

Il y a quinze ans, il l'avait laissée s'enfuir, le quitter, mais cette fois, il se battrait pour elle et ne renoncerait pas.

Un grondement de moteur le poussa à se retourner. Une moto noire dévalait la rue à toute allure, bien au-dessus des limites de vitesse. En la voyant foncer vers eux, une alarme se déclencha dans la tête de Sawyer. Entièrement vêtu de noir, le motard portait un casque qui lui couvrait le visage. Alors que l'engin ralentissait en s'approchant, Sawyer aperçut une arme qui brillait au clair de lune.

Une vague de peur le submergea.

— Couche-toi !

L'instinct prit le dessus. Il saisit Liz par le bras, la fit tomber au sol avant de la protéger de son propre corps.

Lorsqu'un coup de feu claqua, la vitre de la portière, côté conducteur, explosa et une pluie d'éclats de verre s'abattit sur eux. Un autre projectile creva un pneu.

Comme Sawyer sortait son arme, une troisième balle fusa à quelques centimètres de sa tête, si près qu'il en sentit la chaleur mordante.

Dans un rugissement de moteur, la moto s'éloigna. Ses pneus crissèrent sur le bitume en laissant une odeur de caoutchouc brûlé dans l'air.

Sawyer resta allongé sur elle, son corps recouvrant entièrement le sien, un bras enroulé autour de sa tête, le visage enfoui dans ses cheveux. Il attendait un autre coup de feu qui ne vint jamais. Le motard était parti. Pour l'instant.

Il tendit l'oreille au cas où l'engin opérerait un demi-tour et reviendrait. À moins que le tireur ne se soit arrêté un peu plus loin sur la route et n'ait décidé de revenir à pied.

Il aurait été hasardeux, pour ne pas dire stupide, de la part de leur agresseur de descendre de sa moto ou de leur donner une chance de noter la plaque d'immatriculation. Mais le type avait tiré sur une agente du FBI devant chez elle, alors comment espérer qu'il se montrerait prudent ?

L'épaule de Sawyer avait pris le plus gros de la chute lorsqu'ils étaient tombés.

Il se redressa à moitié.

— As-tu été touchée ? Blessée ?

— Non, mais tu m'écrases. J'étouffe. Cela compte ?

— Je vais le poursuivre.

Il était fou de colère. Cette histoire allait trop loin. Liz aurait pu être blessée. Ou pire, tuée.

Avant qu'il puisse se relever, elle lui attrapa le bras.

— Tu as été touché. Tu saignes.

— Ce n'est qu'une égratignure. Il s'enfuit.

Pourtant, elle le retint, l'inquiétude assombrissait ses yeux.

— Il est déjà parti. Il arrive au carrefour. Nous ignorons la direction qu'il va prendre et la moto lui donne des options tout-terrain. Ne nous séparons pas, cela vaut mieux.

Avait-il vraiment fallu qu'elle se retrouve au cœur d'une fusillade pour entendre raison ?

— Rentrons dans la maison et je vais nettoyer ta plaie, dit-elle en rangeant son arme.

— Tu ne restes pas ici.

— Je suis chez moi. Je ne laisserai personne me chasser de chez moi.

— C'est dangereux. D'abord la voiture piégée. Maintenant une fusillade. On va au ranch, dit-il d'un ton sans réplique.

Il ferait tout pour la garder en sécurité.

— Je ne pense pas pouvoir faire face à ta famille, gérer les embrassades et les questions...

— Je vis dans l'appartement au-dessus du garage. Personne n'a besoin de savoir que tu es là. Tu y seras plus tranquille que dans une chambre d'amis dans la maison principale. Je te laisserai le lit et prendrai le canapé. D'accord ?

Il se préparait à une âpre discussion mais quels que soient ses arguments, elle ne resterait pas. Il devait s'assurer qu'elle serait protégée.

À contrecœur, elle hocha la tête. Elle considéra sa blessure à la tête et noua les bras autour de lui pour le serrer avec force.

— Je suis heureuse que tu sois en vie.

Lui aussi était heureux qu'ils soient tous les deux en vie.

14

Liz était encore sous le choc. Quelqu'un leur avait tiré dessus et s'était enfui sans laisser de trace. Comme ils n'avaient pas eu le temps de relever la plaque d'immatriculation, ils n'avaient rien, aucun indice, pour avancer.

Les shérifs de Laramie et de Bison Ridge ainsi que la police de Wayward Bluffs avaient envoyé des patrouilles à la recherche d'un homme casqué, vêtu de noir, sur une moto noire. Ni elle ni Sawyer n'avaient saisi la marque de l'engin qui aurait permis de réduire le champ des investigations.

Sawyer s'arrêta devant le portail orné de l'étoile filante de son ranch familial. Il composa le code et les hautes grilles en fer forgé s'ouvrirent. Quand ils remontèrent la longue allée bordée d'arbres, une vague de souvenirs, tous beaux et chaleureux mais un peu difficiles à affronter, assaillit Liz.

Le ranch des Powell semblait sortir d'un conte de fées ou d'un film et elle avait longtemps cru qu'elle y vivrait un jour.

— Tu es sûre que personne ne saura que je suis ici ?

— Avec les heures que je passe sur l'enquête, personne ne viendra frapper à ma porte. Fais-moi confiance.

Elle lui faisait confiance. Elle l'avait toujours fait.

Ils passèrent devant l'immense maison principale avec ses dix chambres et ses dix salles de bains. Buck et Holly Powell aimaient leur progéniture et voulaient la garder près d'eux. Ils avaient construit leur demeure dans l'espoir d'y organiser des mariages, des fêtes. Ils avaient prévu assez d'espace pour y accueillir la famille élargie, des petits-enfants et des amis. Ils formaient une tribu aimante et soudée. Buck et Holly espéraient que cette propriété resterait dans le clan pendant des générations.

Liz avait longtemps imaginé que Sawyer et elle s'y marieraient, y élèveraient leurs enfants aux côtés de leurs cousins.

Il s'arrêta à côté du garage, près de l'escalier extérieur qui menait chez lui. De la maison, personne ne pourrait la voir sortir du véhicule, constata-t-elle avec soulagement. Elle attrapa son sac d'ordinateur, il prit sa valise et tous deux gravirent les marches à la hâte. Il ouvrit la porte et la fit entrer.

Puis il la verrouilla et posa la chaîne.

— Petite précaution supplémentaire, dit-il. Ma mère a une clé. Quant à mon père, il ne vient jamais…

Buck Powell préférait que ses enfants se manifestent quand ils avaient besoin de lui alors que Holly était une maman ourse qui s'inquiétait toujours pour ses petits.

— Je vais mettre ton sac dans la chambre, dit-il en se dirigeant vers la pièce du fond.

À l'autre bout du spacieux appartement se trouvait une cuisine équipée de l'essentiel, dont un îlot assez grand pour y prendre les repas. Le salon était chaleureux avec son plancher en bois, son grand tapis coloré et son canapé en cuir. La pièce était confortable et bien rangée.

Comme elle la traversait à sa suite, elle tomba en arrêt devant un cadre accroché au mur – un poster d'elle posant avec un exemplaire de son livre. Le découvrir là lui parut surréaliste.

— Les femmes que tu as amenées ici ont dû adorer voir cette photo.

— En effet, elles m'ont toutes dit que c'était ce qu'elles préféraient chez moi.

Elle en doutait. Elles préféraient sûrement le lit avec Sawyer nu dedans.

Il s'approcha, regarda le poster encadré avant de se tourner vers elle.

— Aucune femme n'est venue ici.

— Pourquoi ?

— C'est trop personnel. Le ranch, c'est la famille... Les inviter ici signifierait que je suis intéressé par un avenir avec elles.

Sa réflexion suscita une myriade de questions dans l'esprit de Liz mais les poser ne mènerait qu'à des ennuis. Aussi les garda-t-elle pour elle.

Elle le suivit dans la chambre. Le grand lit était fait. Une ribambelle de coussins, assortis aux rideaux, l'ornait. L'appartement semblait sortir d'un magazine. Sa mère avait dû se charger de le décorer.

— Cela t'ennuie si je prends une douche ? demanda-t-elle.

— Tu me laisses utiliser la tienne. La mienne est évidemment à ta disposition, dit-il avec un sourire fatigué mais chaleureux.

Elle regarda le bandage sur son front, pensa aux points de suture sur son flanc et eut envie de l'étreindre. Elle s'obligea à détourner la tête et à ouvrir sa valise. Elle en sortit sa trousse de toilette et se précipita dans la salle de bains avant d'agir sur un coup de tête qu'elle regretterait.

— Merci.

Elle ferma la porte. Toute en pierre, en bois et en verre, la pièce d'eau était très belle. Dans la journée, les grandes lucarnes devaient l'inonder de lumière naturelle. Elle entra dans la douche et se lava rapidement.

En sortant de la cabine, elle se rendit compte que dans sa précipitation, elle avait oublié d'apporter son pyjama. Il n'était pas question de sortir enroulée d'une simple serviette.

Derrière la porte, Sawyer l'attendait pour lui parler. Elle devrait répondre à ses questions.

Elle attrapa son peignoir bleu marine sur le crochet et l'enfila. Tout en nouant la ceinture, elle enfouit le nez dans le col et respira son odeur. Elle se souvint brutalement de ce qui l'attendait en Virginie. Un studio désert, un grand lit froid...

Elle prit une profonde inspiration et sortit de la salle de bains.

Assis sur le lit, il leva la tête et son regard pénétrant se riva au sien.

La gorge serrée, elle enfonça les mains dans les poches du peignoir, en faisant mine d'être décontractée.

— J'espère que ça ne te dérange pas que je le mette.

— Pas du tout, dit-il en s'approchant. Il te va très bien, ajouta-t-il avec un sourire coquin qui accéléra son rythme cardiaque.

Elle détourna les yeux et aperçut un exemplaire de son livre sur la table de nuit. Elle repensa soudain au poster d'elle encadré dans le salon et à une réflexion de Sawyer.

— Dis-moi quelque chose...

— Oui. Quoi ?

— Comment savais-tu que ma mère avait fait faire ces posters ? Et que je n'ai aucune vie sociale ni d'amoureux ?

Elle ne vivait, en effet, que pour son travail mais elle ne le lui avait pas dit.

Le sourire de Sawyer s'envola. Gêné, il passa une main dans ses cheveux.

— Ta mère et moi sommes restés en contact.

La colère la souleva.

Sa mère et Sawyer parlaient d'elle dans son dos !

— Depuis quinze ans ? Et tu me l'avais caché.

— Quand je suis venu dans le Montana dans l'espoir de te parler, ta mère a vu le shérif de Missoula me conduire au poste. Elle m'a fait libérer, s'est assurée qu'aucune charge ne serait retenue contre moi et m'a invité à déjeuner dans un restaurant. Nous avons discuté pendant des heures. Elle ne voulait pas que je refasse un coup pareil. J'ai accepté à condition qu'elle me donne régulièrement de tes nouvelles.

Bien qu'elle n'ait pas rendu visite à ses parents et ne les ait pas invités à venir la voir depuis des mois, des années – elle était bien trop occupée par son travail –, Liz avait continué à raconter sa vie à sa mère. Une erreur, apparemment, puisque cette dernière rapportait ses confidences à Sawyer.

— À quelle fréquence ?

— Nous nous appelons trois ou quatre fois par semaine.

Sa réponse la stupéfia. Sa mère et elle se téléphonaient moins souvent.

— De quoi parlez-vous ?

Pas seulement d'elle, elle en était certaine. Il ne se passait rien dans sa vie.

— De patchwork, de bridge, de chasse, de mon travail, de mes parents, de mes frères… Tes parents sont même venus au mariage de Holden.

Ses parents avaient été invités. Pas elle. Elle n'y serait pas allée. Pourtant, la morsure de la trahison la blessa.

— Tu n'avais pas le droit !

— Lizzie, ce n'est pas parce que tu avais coupé les ponts avec moi que j'étais prêt à tout arrêter. Tu… tu étais tout pour moi.

Son cœur se serra. Lui aussi avait été tout pour elle. La seule personne au monde à qui elle parlait de tout, de ses rêves, de ses joies, de ses difficultés. Quand ils étaient ensemble, tout semblait possible parce qu'il était à elle et qu'elle était à lui. L'incendie avait détruit leur avenir, l'avait réduit en cendres. Mais renoncer à Sawyer avait été une autre sorte de dévastation.

— Je pensais qu'il serait plus facile de rompre tout contact.

— Plus facile pour toi peut-être. Mais pas pour moi. Je t'aimais, Liz. De tout mon être. J'avais toujours envie de l'avenir que nous avions prévu. D'aller à l'université avec toi. De t'épouser. L'accident n'a rien changé pour moi. Je voulais toujours vivre avec toi.

— Nous étions des gamins immatures avec des projets absurdes. Un amour de lycée n'est pas censé être ton seul amour.

Et pourtant, Sawyer avait été son premier et aussi son unique amour.

— Ah oui ? Qui a dit ça ? Va l'expliquer à mes parents.

Les Powell formaient un couple idéal. Ils étaient tombés amoureux au lycée, étaient mariés depuis quarante ans, avaient eu quatre enfants. Et étaient toujours tendres et aimants l'un envers l'autre. Une référence impossible à égaler.

— J'étais à tes côtés tous les jours lorsque tu te rétablissais à l'hôpital. J'ai vu ta douleur, ton combat, tes difficultés. J'ai essayé de t'aider à te rétablir mais tu as lentement commencé à m'exclure jusqu'à ce que tu déménages et que tu coupes tout contact.

Un sursaut de tristesse la traversa.

— Je te rendais service. Je voulais être la seule à souffrir.

— Tu m'as privé de mon choix. Tu as pris unilatéralement une décision pour nous deux, répliqua-t-il d'une voix rauque.

— Tu étais censé tourner la page, tomber amoureux d'une jolie fille et vivre la vie que tu méritais. Avec une autre.

Sawyer grimaça.

— Comment aurais-je pu tourner la page ? protesta-t-il. Comment aurais-je pu tomber amoureux d'une autre alors que chaque fois que j'avais une autre dans les bras, je la comparais à toi ? Et qu'aucune n'était jamais à ta hauteur ?

Il baissa la tête et poussa un long soupir.

— Étais-tu là ce jour-là dans le Montana ? Quand je suis venu te voir ? Étais-tu chez toi ? M'as-tu entendu t'appeler ?

Elle sentit son cœur se serrer.

— Oui.

— Pourquoi n'es-tu pas sortie pour me parler ?

Elle sentit les larmes brûler ses paupières.

— Parce que être loin de toi m'était insupportable. Je serais tombée dans tes bras et je ne t'aurais jamais laissé partir.

— J'en rêvais ! J'en crevais. Pourquoi ne l'as-tu pas fait ?

— J'étais brisée, perdue. Tout ce que j'avais vécu de bon, de beau et de fort était lié à toi.

Se servir de lui pour réparer ce qui était brisé en elle n'aurait pas été juste, n'aurait pas été sain. Ni pour lui ni pour elle.

— Je t'ai laissé partir pour que nous puissions être tous les deux libres de nos choix, de nos avenirs. Même si cela me tuait de le faire. J'ai dû cicatriser toute seule, me reconstruire, trouver un moyen de sortir de ma nuit et de revenir à la lumière, réapprendre à vivre, seule. Finalement, j'y suis parvenue et cela m'a conduite au FBI.

Le FBI lui avait permis de redonner un sens à sa vie.

— Alors pourquoi me fuis-tu encore ? demanda-t-il d'un air désemparé.

— Tu n'as jamais vu mes cicatrices, les greffes de peau. À quoi je ressemble.

Le visage de Sawyer se crispa de douleur.

— Parce que tu ne m'en as jamais donné la possibilité.

— La possibilité de quoi ? De me rejeter ? De rester avec moi par devoir ? Par loyauté ? Ou pire, par pitié ?

L'incendie avait meurtri son corps à jamais. Espérer qu'il continuerait malgré tout à l'aimer, à la désirer, la terrifiait. Elle craignait tant d'être douloureusement déçue.

— Pourquoi faire traîner l'inévitable ? Tôt ou tard, tu aurais fatalement voulu passer à autre chose et tu m'aurais larguée.

— Tu étais tellement sûre que j'aurais rompu que tu as préféré prendre les devants, me quitter en premier. Alors que tu aurais dû savoir au plus profond de ton cœur, être certaine, que rien, jamais, ne nous empêcherait, toi et moi, d'être ensemble.

— L'incendie m'a abîmée. Je ne ressemble plus à la fille dont tu étais tombé amoureux.

Le seul moyen de le lui faire comprendre était de lui montrer. Tout en dénouant la ceinture, elle se retourna, fit glisser le peignoir sur ses épaules pour lui dévoiler son dos avant de relever ses cheveux.

— Personne n'a envie de regarder ma peau boursouflée, marbrée, recousue de partout, dit-elle. Encore moins de la toucher. Et surtout pas... un amant.

Elle tremblait. Se mettre ainsi à nu, exposer ses cicatrices et son chagrin, était la pire des épreuves.

Son cœur battait si fort qu'il lui faisait mal jusqu'à ce que Sawyer s'approche d'elle par-derrière, l'entoure de ses bras, la serre contre lui avec force. Elle faillit s'écarter mais elle était fatiguée de fuir la seule personne à laquelle elle avait envie de s'accrocher.

Il pressa les lèvres contre sa nuque.

— Tu n'es pas abîmée.

Au fil des années, elle avait imaginé ce que ce serait de le revoir, de l'étreindre, d'être dans ses bras. Là, c'était la réalité. Pas un souvenir. Ni un fantasme qu'elle avait eu mille fois.

— Tu es une guerrière qui s'est toujours battue contre le pire du pire.

Avec douceur, il promena la bouche dans son dos.

— Tu es brillante, courageuse et belle. Davantage encore maintenant. Tu es tout simplement magnifique, avec tes cicatrices et le reste. Et tu es toujours la femme la plus sexy que je connaisse.

Elle ferma les yeux et se délecta de son contact, de sa chaleur, de son odeur, de la sincérité de sa voix, de la façon dont il l'acceptait telle qu'elle était.

Quand il effleura son épaule de ses lèvres et glissa une main sous le peignoir, elle sentit sa chaleur la pénétrer au-delà des cicatrices et de ses muscles, jusque dans ses os. Avec Sawyer, elle était exposée. Vulnérable.

Et cela l'effrayait.

Mais il fit alors quelque chose d'encore plus terrifiant.

Il laissa tomber le peignoir sur le sol et la retourna. Quand son regard parcourut son corps nu, elle n'y vit briller que de l'amour. De l'admiration.

Sans la quitter des yeux, il passa les doigts dans ses cheveux.

— Je t'aime, chérie. Tellement, dit-il en déposant le plus doux des baisers sur ses lèvres.

Elle souriait, pleurait et tremblait en même temps.

— Je t'aime aussi.

Un sourire dévastateur apparut sur le visage de Sawyer et il écrasa sa bouche contre la sienne. Elle lui rendit ses baisers avec passion.

Quand leurs langues entamèrent une danse sensuelle, les années de séparation s'évanouirent comme si elles n'avaient jamais existé, comme s'ils avaient toujours été ensemble et le resteraient toujours.

Elle caressa le renflement de son pantalon, déboucla son ceinturon, glissa la main dans son caleçon. Il était magnifique. Tout en lui était sexy et fort.

— Veux-tu que je prenne une douche ? demanda-t-il en enlevant ses bottes, son jean.

Après quinze ans, on n'était pas à cinq minutes près.

Mais elle l'était.

— Non. J'ai envie de toi tout de suite. Nous nous doucherons après. Ensemble.

Ils s'écroulèrent en riant sur le lit. Avec délice, elle le sentit se placer entre ses cuisses, ses mains reprenant possession de son corps tandis qu'elle s'enivrait de la sensation de sa peau, de ses muscles et de sa force.

Elle se détendit et fondit de plaisir anticipé.

Saisie d'une brusque inquiétude, elle balbutia :

— Ça fait longtemps pour moi. Je n'ai pas fait l'amour depuis… toi.

Il la regarda et sourit.

— On va y aller doucement. Je vais commencer par embrasser chaque centimètre de ton corps.

Il pressa les lèvres contre son cou, sa gorge, la faisant frissonner.

Elle avait l'impression d'un rêve devenu réalité mais elle n'avait pas envie de ralentir le mouvement. Elle voulait tout, tout de suite. Avec lui.

— Gardons la lenteur pour demain matin.

Il l'embrassa à nouveau, d'une bouche chaude et exigeante tandis que sa main s'aventurait entre ses cuisses. Lorsqu'il commença à la caresser, un désir la souleva, trop puissant pour être nié. Un tsunami d'amour, de joie et de faim l'emporta.

Elle avait longtemps cru que le fait d'avoir besoin de lui la rendait faible. Mais maintenant, elle comprenait que leur amour les rendait plus forts, invincibles.

Le désir dévora le reste. Il n'y avait plus ni gêne, ni pudeur, ni retenue entre eux. Seulement de l'amour.

Elle avait fui pendant quinze ans ce moment. Mais son corps lové contre celui de Sawyer, elle se sentait à sa place, chez elle, depuis toujours.

Ils étaient faits l'un pour l'autre.

15

Manqués ?

Comment son frère avait-il pu les manquer ?

Lui n'aimait pas les armes à feu parce que avec elles, le résultat n'était jamais certain. Comment savoir si sa cible était encore en vie ? Si la blessure avait bien été mortelle ?

De plus, les armes à feu étaient trop bruyantes à son goût, sans parler du désordre qu'elles causaient. Contrairement aux incendies, son arme de prédilection.

Son frère pensait que Sawyer ou Liz avaient *peut-être* été blessés mais il était sûr qu'ils étaient, en tout cas, toujours vivants.

Et si Liz appelait d'autres agents du FBI à la rescousse pour l'aider dans l'enquête ? Il serait dans de beaux draps !

Et maintenant, le bureau du shérif allait employer les grands moyens pour résoudre cette affaire. Les adjoints menaient déjà des interrogatoires en masse. Cette fusillade à moto ne ferait qu'alimenter leur détermination à aboutir.

Et puis, il y avait Sawyer. Son instinct protecteur allait être démultiplié. Plus rien ne l'arrêterait, à présent.

Heureusement, son frère avait au moins eu la présence d'esprit de retirer les plaques d'immatriculation de la moto et avait échappé aux barrages routiers mis en place par les autorités. Aucun risque qu'ils découvrent qui ils étaient.

Mais au lieu de pouvoir faire durer le suspense, comme il l'aurait souhaité, il était sous pression, maintenant, et avait besoin d'accélérer le mouvement. D'une manière ou d'une autre, il devait finir d'éliminer tous les noms sur sa liste et vite. À commencer par Neil Steward et Chuck Parrot. Il allait se charger d'eux tout de suite, sans attendre.

Les deux hommes ne bénéficiaient d'aucune protection particulière. Aucun d'eux n'avait fourni aux autorités assez d'éléments pour en justifier une. Ils avaient préféré cacher leur précieux secret. Leurs mensonges les tueraient, ce n'était que justice.

Liz et Sawyer pensaient qu'il en avait terminé. Quelle erreur.

Pour que tout fonctionne comme prévu, il devait faire en sorte que Steward et Parrot soient morts avant le lever du soleil.

Sawyer se réveilla quand la lumière du jour inonda la chambre. Liz était blottie contre lui. Tout était parfait.

Elle était parfaite. Pour lui. Il regrettait seulement qu'ils aient perdu autant de temps pour se retrouver mais il avait enfin compris pourquoi. Elle avait eu besoin de cicatriser et de se reconstruire seule, sans lui. Il mesurait à quel point elle avait souffert. À quel point elle s'était sacrifiée pour lui.

Cette nuit, alors qu'il la serrait contre lui, elle lui avait parlé de la réaction de son collègue en la découvrant nue, qui l'avait fait douter qu'un homme puisse la trouver désirable. Ce type n'était qu'un imbécile pour ne pas avoir vu qu'elle était magnifique. Tant pis pour lui et tant mieux pour Sawyer.

Maintenant, Liz savait qu'il la désirait toujours. Qu'il ne se sentait ni piégé ni obligé de rien mais qu'il n'aimait toujours qu'elle.

Le cœur ouvert, ils avaient choisi d'être ensemble.

Liz se pelotonna plus près, glissa une jambe entre ses cuisses, posa les lèvres dans son cou.

— Bonjour, murmura-t-elle d'une voix rauque et sexy.

— Comment te sens-tu ?

— Bien, incroyablement bien, répondit-elle. Et toi ?

Il lui caressa le visage.

— Avec toi revenue dans ma vie, tout va plus que bien.

Le sexe n'avait jamais été un problème pour lui mais Liz était la seule femme avec qui il avait été vraiment intime, avec qui il avait partagé ses secrets les plus profonds, son vrai moi.

— Je ne te laisserai plus jamais tomber, promit-elle.

Si elle le quittait de nouveau, il n'y survivrait pas.

— Tu as intérêt. Le sexe a toujours été fabuleux entre nous mais hier, j'ai eu l'impression que nous étions passés à un niveau supérieur.

Elle se souleva sur son avant-bras pour le regarder.

— Tu n'as que ce mot à la bouche. Tu l'employais déjà à propos de Tessa.

— Non, je ne l'ai jamais dit à son sujet. Je parlais de généralités qui pourraient s'appliquer à n'importe quelle relation.

Il lui embrassa les cheveux.

— L'alchimie et la compatibilité sexuelle sont deux phénomènes différents. Nous avons les deux. Le mariage ne devrait pas être basé sur le seul plaisir sexuel, même s'il est fantastique. Mon père me l'avait expliqué quand je lui avais confié que j'avais l'intention de t'épouser.

Elle fronça les sourcils.

— Je ne sais pas si je dois être flattée que tu fasses référence à nous quand tu dis « fabuleux » ou effrayée que ton père en sache autant sur notre vie sexuelle.

Il rigola.

— Je voulais t'épouser dès la fin du lycée. Il pensait que nous étions trop jeunes et croyait que je confondais le plaisir avec l'amour. C'est là que j'ai eu l'idée de te passer la bague au doigt après l'université. Bref, tu dois te sentir flattée.

Quelqu'un frappa fort à la porte d'entrée et Liz se tendit. Elle vit la poignée tourner. Le quelqu'un essayait d'entrer.

Heureusement que Sawyer avait mis le verrou.

Elle releva le drap, se couvrit la poitrine.

— Tu avais dit que personne ne viendrait ici.

— Sawyer !

La voix de Holden était pressante.

— Ouvre-moi.

— Une minute, répondit-il avant de se tourner vers Liz. Désolé. J'avais oublié que Holden et Monty passent devant le garage en sortant du ranch. Il a dû voir ma voiture.

Il se leva d'un bond et enfila son jean en vitesse. Se penchant sur le lit, il l'embrassa rapidement.

Après avoir fermé la chambre, il se précipita vers l'entrée et ouvrit la porte mais resta devant pour empêcher son frère de franchir le seuil.

— Que se passe-t-il ?

— J'allais sortir et j'étais sur le point de t'appeler quand j'ai repéré ton SUV. Je pensais que tu campais chez Liz. Que fais-tu ici ? T'a-t-elle chassé de chez elle, lassée de tes jérémiades de chiot ? Et que t'es-tu fait à la tête ? ajouta-t-il en lui ébouriffant les cheveux.

Après que Liz avait signalé la fusillade, le shérif de Bison Ridge était venu prendre leur déposition. Sawyer avait demandé aux agents de Laramie de ne pas avertir son frère. Il préférait s'expliquer directement avec lui.

— Pourquoi voulais-tu m'appeler ? demanda-t-il.

— Vas-tu me laisser entrer ? dit Holden en s'avançant.

Mais comme Sawyer ne bougeait pas, il plissa les yeux.

— Elle est là ? demanda-t-il à voix basse.

Soulagé que son frère soit discret pour une fois dans sa vie, Sawyer hocha la tête.

Holden poussa alors un hurlement, qui le plongea dans un profond embarras, et lui tapota l'épaule.

— Bien joué, Coyote. Salut, Liz !

Sawyer gémit. Il aurait dû s'en douter.

— Bonjour, Holden, répondit-elle depuis la chambre.

— Je vous donne une minute pour vous habiller, puis j'entre. J'ai besoin de vous parler, à tous les deux.

— Ne dis pas à maman que Liz est là, recommanda Sawyer.

— Pourquoi ? Elle adorerait la voir.

Sawyer poussa un profond soupir.

— S'il te plaît. Si ce n'est pas pour moi, fais-le pour Liz.

Holden haussa les épaules.

— Va t'habiller, Coyote.

Sawyer ferma la porte et retourna dans la chambre. Liz était déjà dans la salle de bains, en train de se brosser les dents. Après s'être rapidement peigné les cheveux, elle enfila des vêtements. Pendant ce temps, il alla préparer du café.

Elle entra dans le salon, vêtue d'un pantalon et d'une chemise boutonnée, sans foulard. Il fut heureux de voir qu'elle ne ressentait pas le besoin de se cacher devant Holden.

Sawyer laissa entrer son frère.

Holden embrassa Liz sur la joue.

— Nous aussi avons du nouveau, dit Sawyer en sortant trois tasses du placard et en les posant sur la table de la cuisine. Qui commence ?

— Eh bien, si tes nouvelles ont à voir avec cette vilaine coupure sur ta tête et les barrages routiers installés la nuit dernière autour de Bison Ridge, alors c'est toi.

Sawyer versa le café et raconta à son frère ce qui s'était passé, la veille au soir. Il avait alors compris la nécessité de mettre Liz hors de danger en l'amenant au ranch.

— Je suis content que vous alliez tous les deux bien, dit Holden avec un regard sombre. Vous auriez dû venir vous installer au ranch Shooting Star depuis le début.

Il regarda Liz.

— Suis-je censé cacher ta présence aux parents ? En tout cas, il n'est pas question que je cache quoi que ce soit à Grace. Ma femme et moi n'avons aucun secret l'un pour l'autre. Et à ce sujet, Grace va vouloir faire ta connaissance, Liz. Je te promets que tu l'aimeras.

Elle inspira profondément.

— Je rencontrerai toute la famille avant de retourner en Virginie, promis, dit-elle en lui tapotant le bras.

Sawyer sentit sa poitrine se serrer. Il ne savait pas encore comment leur relation allait évoluer, se concrétiser, mais il n'avait pas l'intention de vivre aussi loin d'elle.

Holden lui jeta un coup d'œil. Sans doute devinait-il ce à quoi il pensait.

— Quant à moi, je suis passé vous annoncer que Neil Steward et Chuck Parrot sont morts.

— Quoi ? s'écria Liz. Comment ?

— Une voiture piégée pour Neil. Dans les mêmes conditions que pour ton camion, Sawyer. Pour Parrot, le mode opératoire était différent. Sa maison a brûlé avec lui à l'intérieur.

Une horrible façon de mourir.

— Pourquoi n'ai-je pas été prévenu ? demanda Sawyer.

— Qu'il s'agisse d'un incendie criminel ne faisait aucun doute. Parrot a dû s'endormir ivre sur son canapé. La fenêtre de sa porte arrière était cassée. Voilà comment notre criminel est entré. Il a renversé du kérosène autour du canapé et, à en juger par la gravité des brûlures, sur le corps de Parrot aussi. Puis il y a mis le feu.

— C'est terrible, dit Sawyer. Sont-ils sûrs que du kérosène a été utilisé ?

— Le type a laissé un bidon en plastique de cinq litres sous le porche arrière. Nous y avons cherché des empreintes digitales mais sans succès.

Liz tenait sa tasse de café à deux mains.

— Russo a-t-elle réussi à obtenir des aveux de Neil Steward avant qu'il ne soit assassiné ? Ou du mari d'Aleida, M. Martinez ?

— Neil n'avait rien de nouveau à nous apprendre. Il prétend avoir obtenu un prêt bancaire.

— Comme Parrot, dit Sawyer.

— Quant à Martinez, Aleida lui a dit que l'argent qui lui avait permis d'ouvrir une boutique de Compassionate Hearts provenait de sa famille. Il a dit à Russo qu'Aleida était déterminée à le redonner à la communauté et à apporter son aide. Comme une femme en mission.

— En mission de rédemption, peut-être.

Sawyer jeta un coup d'œil à Liz. Elle avait un regard lointain, songeur.

— À quoi penses-tu ?

— Holden ne cache rien à sa femme, dit-elle en les regardant tour à tour. Voilà pourquoi nous devons parler à Evelyn Steward. Elle a été mariée à Neil pendant vingt-quatre ans. Elle doit savoir ce qui s'est passé et si c'est le cas, Neil étant mort, elle n'a plus aucune raison de protéger son secret.

Ils trouvèrent Evelyn Steward alors qu'elle sortait de l'entreprise des pompes funèbres, les yeux rougis.

— Merci de votre soutien et de vos conseils, dit-elle en serrant la main du gérant. De vous être occupé de tout.

— Nous sommes là pour cela, madame.

Liz n'était jamais à l'aise lors des funérailles. Elle reconnaissait la nécessité de ce rituel pour permettre à la famille de tourner la page et de faire son deuil. Mais la musique, les fleurs, les témoignages des proches au cours de la cérémonie et surtout les pleurs la perturbaient.

Liz et Sawyer s'approchèrent d'elle.

— Madame Steward, je suis l'agente Kelley du FBI et voici Sawyer Powell, l'expert en incendies. Nous vous présentons nos plus sincères condoléances. Nous savons que vous traversez une terrible épreuve mais nous aimerions vous dire un mot.

La malheureuse hocha la tête en se tordant les mains.

Sawyer la conduisit à l'écart pour leur permettre d'échanger en privé.

— Madame Steward, nous souhaiterions vous parler de Neil.

Evelyn s'effondra sur un banc et fondit en larmes. Fouillant dans son sac d'une main tremblante, elle en sortit un mouchoir.

— D'abord Mikey. Et maintenant Neil. Je dois organiser un double enterrement, balbutia-t-elle en sanglotant.

Liz s'assit à côté d'elle et posa une main réconfortante sur son épaule. Elle n'avait aucune idée de ce que devait ressentir quelqu'un sur le point d'enterrer un fils et un mari en même temps.

Elle attendit qu'Evelyn retrouve son calme.

— Neil vous avait-il parlé de l'appel téléphonique qu'il avait reçu la nuit où le Cowboy Way a brûlé ?

— La nuit où Mikey...

Tout en se tamponnant les yeux, elle hocha la tête.

— Qu'avait dit l'agresseur à Neil ? demanda Sawyer.

— Euh... que Neil méritait ce qui allait arriver... Des feux d'artifice. Qu'il allait lui prendre la boutique et notre fils, ajouta-t-elle en se mouchant.

Liz se pencha vers elle.

— Avait-il dit à Neil pourquoi il devait subir ce châtiment ?

Comme Evelyn hésitait à répondre, elle poursuivit :

— Si vous gardez le secret de Neil et que vous ne nous dites pas ce qu'il cachait, nous ne parviendrons pas à traduire en justice l'homme qui a tué votre mari et votre fils.

— J'avais dit la même chose à Neil, dit-elle en pleurant. Et voilà pourquoi il ne m'avait pas laissée l'accompagner au bureau du shérif. Il craignait que je laisse échapper des éléments compromettants. Par accident ou volontairement.

Liz échangea un regard avec Sawyer.

— Quels éléments compromettants ?

— Neil a été puni à cause de Timothy, parce que le type le rendait responsable de ce qui lui était arrivé. En tout cas, c'est ce qu'il lui avait dit au téléphone.

— Qui est Timothy ? demanda Sawyer.

— Je ne sais pas.

L'impatience saisit Liz mais elle se rappela ce que cette pauvre femme traversait.

— Votre mari a dû vous le dire. Je suis sûre que vous l'aviez interrogé.

Elle secoua la tête.

— Pas tout de suite. Nous étions trop occupés à essayer de trouver Mike, alors qu'il était déjà... mort. Mais plus tard, oui. Nous nous sommes disputés, à ce sujet. Une dispute horrible. Il a dit qu'il ne pouvait pas m'en parler. Pour me protéger. De poursuites judiciaires. Au cas où j'irais trouver les autorités.

— Pourquoi craignait-il des poursuites judiciaires ? s'enquit Liz. Avait-il peur que vous soyez impliquée dans un crime et que nous puissions vous arrêter ?

La malheureuse pleurait à chaudes larmes, à présent.

— Neil n'avait pas le droit de parler de cette histoire parce qu'il avait signé un accord de confidentialité.

— Expliquez-nous, dit Liz dans l'espoir d'obtenir des éclaircissements.

— Il y a seize ans, Neil a quitté l'emploi qu'il occupait au ranch Wild Horse sans crier gare. C'était très soudain. Il s'était passé quelque chose. Quelque chose de terrible. Je l'avais deviné mais il n'en a jamais soufflé mot. Parce qu'il avait signé un accord de confidentialité.

Elle se tordait les mains.

— Il craignait que j'en parle à ma mère. Ou à ma sœur. Ou à Kim, ma meilleure amie. C'est vrai, j'ai du mal à garder un secret. Mon mari, qui me connaissait bien, n'a jamais partagé les détails avec moi. Mais j'avais vu l'argent. Cinquante mille dollars. Je n'avais jamais vu autant de billets de ma vie. Il avait alors décidé de se reconvertir, d'abandonner le travail au ranch pour faire ce qu'il aimait. Le dessin et l'encre. Il rêvait depuis toujours d'être tatoueur. C'est ainsi que nous avons pu ouvrir le Cowboy Way.

Les larmes lui montèrent aux yeux.

— Nous n'avons jamais évoqué l'origine de l'argent ni la raison pour laquelle il lui avait été donné. Jusqu'à ce qu'il reçoive cet appel téléphonique. Il m'a dit qu'il ne pouvait pas parler de Timothy à cause de l'accord de confidentialité. C'est là que j'ai compris que cet argent était lié à ce qui s'était passé à l'époque. Je lui ai crié dessus, en exigeant de savoir s'il avait blessé ou tué ce Timothy.

J'avais besoin de comprendre ce qui nous arrivait et pourquoi. Il m'a juré que ce n'était pas lui qui avait tué le gamin.

Qui l'avait tué ?

— Le drame s'était produit pendant l'été, il y a seize ans quand Neil avait démissionné et était rentré chez vous avec l'argent, dit Liz.

Evelyn hocha la tête.

— Aux alentours du 4 juillet. Je me revois assise dehors avec lui devant une bière, en m'éventant avec ces billets de banque pendant que nous regardions le feu d'artifice.

Le feu d'artifice.

Liz passa au crible ses souvenirs, en essayant de se rappeler un dénommé Timothy qu'elle aurait croisé chez les Durbin. Un des gamins inscrits au stage équestre, peut-être, ou un ouvrier du ranch.

Puis, tout lui revint.

— Merci, madame Steward. Vous m'avez été très utile.

Elle se leva et commença à s'éloigner mais Evelyn la saisit par le bras, le visage ruisselant de larmes.

— Je vous en prie, retrouvez le misérable qui a fait ça, murmura-t-elle avant de la lâcher.

Liz se redressa.

— Comptez sur nous, dit-elle en lui tendant l'une de ses cartes de visite. Si vous avez besoin de moi, appelez-moi.

— Pouvez-vous faire libérer leurs corps pour me permettre de les enterrer ? demanda-t-elle d'une voix brisée.

— Nous ferons tout notre possible.

Liz s'éloigna avec Sawyer à ses côtés et ils se dirigèrent vers le parking.

— Je l'ai vu dans tes yeux, dit Sawyer. Qu'y a-t-il ?

— Je me souviens d'un des jeunes inscrits au stage équestre, cet été-là. Un nouveau comme moi. Timothy. Mais il n'était pas mort…

16

— J'ai consulté les dossiers d'il y a seize ans, autour du 4 juillet, dit Holden en posant une épaisse chemise cartonnée sur le bureau. J'ai trouvé un rapport d'incident. Il n'y avait pas eu d'appel au 911 mais le shérif Jim Ames avait été appelé au ranch pour la mort d'un enfant. Timothy Smith.

Le choc envahit le visage de Liz.

— Je ne comprends pas, dit-elle. Nous étions un petit groupe à monter à cheval. Avant d'aller très loin, je me suis aperçue que mon cheval avait perdu un fer. L'un des ouvriers agricoles, CP, m'a ordonné de rentrer. Quand les autres sont revenus, ils étaient silencieux, semblaient mal à l'aise. Quelqu'un m'a dit que Timothy était tombé et s'était cassé la jambe. Je me souviens que le shérif est arrivé et, un peu plus tard, une ambulance.

— Regarde, dit Sawyer en parcourant le dossier. Il est fait état d'une blessure mortelle causée par une fusée de feu d'artifice. La mort avait été jugée accidentelle.

— Et aucun journal n'en avait parlé ? demanda-t-elle. C'est bizarre, non ?

Holden soupira.

— Cela m'étonnait aussi et j'ai vérifié. Il n'y avait rien à ce sujet dans la presse locale.

— Quoi qu'il se soit passé, l'affaire a été étouffée, conclut Liz. Les Durbin avaient acheté le silence des autres.

Sawyer jeta un coup d'œil à la liste des adolescents et des

ouvriers agricoles qui avaient été interrogés, à l'époque. Albert Goldberg, Chuck Parrot, Courtney O'Hare, Ermenegilda Martinez, Flynn Hartley, Neil Steward, Randy Tillman, Scott Unger. Mais à la vue du dernier nom, il serra les mâchoires.

— Je ne pense pas que ce soient les Durbin qui avaient payé, dit-il en tapotant le nom de William Schroeder. Mais le père de Bill.

Liz fronça les sourcils.

— Je ne comprends pas. Puisque le shérif était venu au ranch, comment y aurait-il eu dissimulation de crime ? Comment qui que ce soit aurait-il pu acheter le silence des témoins ?

Une profonde ride creusa le front de Holden.

— Tu n'es pas au courant de tout ce qui s'est passé depuis quinze ans. Le shérif Ames a été accusé de corruption. Tu te souviens de Dean et Lucas Delgado, des copains du lycée ?

— Oui, bien sûr.

— Ils ont tué Ames. C'est une longue histoire mais ils travaillent à la CIA, maintenant, ajouta-t-il devant son air surpris.

— En effet, je n'ai rien su de cette affaire.

— Holden a traversé une période difficile à cause des retombées du scandale concernant Ames, poursuivit Sawyer.

— Inutile d'en parler, protesta son frère.

— Pourquoi difficile ? demanda-t-elle.

— Quand il a été prouvé que Ames était corrompu, j'étais alors adjoint du shérif, *son* adjoint. Et je ne m'étais rendu compte de rien alors qu'il magouillait sous mon nez. Aux yeux des gens, j'étais donc soit corrompu jusqu'à la moelle, moi aussi, soit incompétent.

— Je suis désolée, dit Liz en lui prenant la main.

— Et à l'époque, dit Sawyer, les Durbin et les Schroeder étaient très proches. Dave a sans doute appelé le père de Bill pour lui demander comment il voulait gérer la situation. De là, l'un d'eux a contacté le shérif, qui a accepté d'étouffer l'affaire en échange d'un prix raisonnable.

— Si le père de Bill avait orchestré les paiements et les accords de confidentialité, alors Bill devait être responsable de la mort de

Timothy, dit Liz. Cela fait de lui non seulement une cible mais la plus importante, aux yeux de notre incendiaire.

Holden se dirigea vers la porte.

— Je vais envoyer un adjoint protéger notre maire.

Prenant la chemise cartonnée, Liz se laissa tomber sur sa chaise pour la feuilleter.

— Sais-tu si Roger Norris occupait déjà les fonctions de médecin légiste, à cette époque ? demanda-t-elle à Sawyer.

— Non, il n'est ici que depuis quatre ou cinq ans. Tu aimerais que je lui montre le dossier et lui demande si, à son avis, le décès était accidentel ou non ?

— Exactement.

Elle se pencha et lui donna un bref baiser avant de reporter son attention sur les documents. Bien qu'elle ait noué un foulard autour de son cou, elle semblait plus légère, plus détendue, mais pas moins concentrée. Il aimait la voir ainsi.

Sawyer appela Roger mais tomba sur sa messagerie vocale. Il réprima un soupir et laissa un message.

— Un détail me chiffonne dans le rapport du shérif, dit-elle. Il a écrit qu'il avait pris dix déclarations. Or il n'y en a que neuf. Elles sont toutes bien formulées et très similaires. J'ai l'impression de lire un scénario.

— Ames a peut-être commis une erreur, dit-il en s'étirant. Ou peut-être avait-il pris dix dépositions mais par la suite, l'une des personnes a refusé d'être payée en échange de son silence et ils ont trouvé un autre moyen de la faire taire.

— Ne pas s'assurer qu'il n'y avait pas d'erreurs de comptage est une négligence inimaginable dans ce contexte, dit-elle.

— Il était le shérif, avait des amis puissants. Son arrogance le rendait sans doute imprudent.

— Si notre incendiaire se venge d'un crime qui a eu lieu il y a seize ans, pourquoi le fait-il maintenant ? demanda-t-elle. Pourquoi pas l'année dernière ? Pourquoi pas il y a onze ans ?

Sawyer sentit un frisson glacé lui parcourir l'échine alors qu'une pensée lui traversait l'esprit.

— Et s'il avait essayé avant ? Il y a quinze ans.

Elle se raidit.

— Tu as raison. L'incendie du ranch qui a tué les Durbin s'est produit un an, presque jour pour jour, après la mort de Timothy. Le coupable n'a jamais été identifié. Il n'y avait aucun suspect. Mais pourquoi attendre quinze ans pour s'en prendre à tous les autres ?

— Ils ont tous plus à perdre maintenant qu'à l'époque.

Elle y réfléchit et hocha lentement la tête.

— Nous devrions parler à la mère de Timothy, Louise Smith. Son père est mort il y a vingt ans.

— Alors allons-y.

— J'aimerais l'interroger de visu mais Mme Smith vit à Big Piney, à quatre heures de route, dit-il en décrochant le téléphone. Quel est son numéro de portable ?

Elle le lui dicta et il composa le numéro. Il mit l'appareil sur haut-parleur.

— Louise Smith ? demanda-t-il quand elle décrocha.

— Oui, oui, c'est bien moi.

— Bonjour madame. Je m'appelle Sawyer Powell. Je suis expert en recherche des causes d'incendies à la caserne de Laramie et je suis ici avec l'agente spéciale Liz Kelley.

— Vous appelez à propos des récents incendies ? Si c'est le cas, je n'ai aucun élément à vous communiquer susceptible de vous aider.

Liz répondit par une question :

— Madame Smith, pourquoi pensez-vous que nous vous appelons à propos des récents incendies de Laramie ?

— Parce que tout le monde ne parle que de ça.

— À Big Piney ?

Mme Smith se mit à rire.

— Mais non, bien sûr que non. Je suis actuellement à Laramie chez ma mère. En fait, la maison appartient à ma fille maintenant. Ma mère la lui avait léguée.

— Pourrions-nous passer maintenant pour vous parler ? s'enquit Liz. Nous avons quelques questions à vous poser sur votre fils, Timothy. Sur sa mort.

— D'accord, si vous voulez.

— Merci. Nous partons maintenant. À tout de suite.

Sawyer se déconnecta et attrapa son chapeau.

Liz prit le verre de limonade que Mme Smith lui tendait. Âgée d'une cinquantaine d'années, cette dernière avait un sourire chaleureux.

— Merci.

Elle en offrit un à Sawyer.

— Je vous ai préparé des sandwichs aux tomates biologiques. Vous m'en direz des nouvelles.

Les tomates biologiques cultivées à haute altitude à Big Piney, à la ferme des Wyomatoes, lui manquaient depuis qu'elle vivait en Virginie. Très juteuses, elles avaient une saveur particulière à nulle autre pareille.

Sawyer en prit un et mordit dedans avec gourmandise.

— Délicieux, dit-il avec un gémissement de plaisir.

Liz posa son verre et ouvrit son calepin.

— Comme nous vous l'avons dit au téléphone, nous voulions vous parler de la mort de Timothy. Que vous avait-on dit à ce sujet ?

— Le shérif était venu nous voir. Il nous avait dit, à moi et à ma fille Birdie, qu'il y avait eu un accident au ranch, au cours du stage équestre. Que les adolescents s'étaient amusés avec des fusées de feux d'artifice et que Timothy s'était blessé avec l'une d'elles. Et n'avait pas survécu à sa blessure.

— Aviez-vous une raison de douter de la véracité de cette histoire ? demanda Liz.

— Aucune. Les adolescents se comportent parfois de manière

stupide sans mesurer le danger, je le sais bien. Mais Birdie n'y avait pas cru. Pour elle, Timothy était harcelé, maltraité par des camarades du stage d'équitation et en était mort.

— Birdie était-elle au ranch Wild Horse avec lui ?

Louise secoua la tête.

— Malheureusement, non. J'aurais aimé qu'elle l'y accompagne. Nous vivions tous à Big Piney, à l'époque. Chaque été, les enfants venaient ici chez ma mère. Une année, elle a pensé qu'il valait mieux l'envoyer au ranch, l'inscrire au stage équestre. Timothy était un garçon fragile. Il était très intelligent mais s'entendait mieux avec les animaux, avec les chevaux en particulier, qu'avec les gens. Bref, elle estimait que ce stage serait un bon compromis et lui permettrait de monter à cheval tout en étant avec d'autres jeunes. Birdie n'avait aucune envie d'y aller, elle avait décidé de passer du temps avec ses amis à la place. Ma mère avait un peu forcé Timothy à s'inscrire à ce stage d'équitation. Birdie m'a dit qu'il l'appelait presque tous les soirs pour se plaindre d'être harcelé. Ma mère lui disait qu'il devait s'endurcir, tenir le coup. Quant à moi, j'étais déchirée. Fréquenter des garçons me semblait une bonne idée pour lui puisque son père était parti.

Elle soupira.

— Birdie croit toujours qu'il a été tué. Elle ne s'en est jamais remise. Elle se reproche de ne pas l'avoir accompagné.

Sawyer s'essuya la bouche avec une serviette.

— Nous aimerions lui parler. Est-elle ici ?

— C'est son jour de repos. Elle fait de la course à pied et de la natation à haute dose dans l'espoir de perdre cinq kilos avant son mariage. Je n'arrête pas de lui dire que ses rondeurs plaisent à son fiancé.

Liz lui décocha un sourire poli.

— Ce sera tout pour l'instant. Merci pour votre temps, dit Liz qui se leva et lui serra la main.

Sawyer fit de même avant de prendre un autre sandwich.

— Je vous raccompagne, dit Louise.

— Quand votre fille rentrera, dites-lui que nous aimerions lui parler, dit Liz en lui tendant sa carte. De visu. Nous travaillons au bureau du shérif.

Sawyer s'arrêta un instant pour regarder des photos encadrées sur le mur.

— Je pensais que vous seriez à la caserne, dit Mme Smith. N'avez-vous pas décidé d'interroger tous les pompiers pour les écarter de la liste des suspects ?

Pour quelqu'un qui vivait loin, Louise Smith était très au courant de ce qui se passait en ville.

— Madame Smith, est-ce votre fille ? s'enquit Sawyer en désignant le portrait d'une femme portant la tenue des diplômés.

— Oui, la photo a été prise le jour où elle a décroché son diplôme à l'université. Un grand jour, nous étions fiers d'elle.

— Madame, si vous me permettez de poser la question, pourquoi l'appelez-vous Birdie ? demanda Sawyer.

— Quand les enfants étaient petits, Catherine était délicate et légère comme un oiseau. Je l'appelle Birdie depuis ses deux ans.

— Veuillez transmettre notre message à votre fille, dit-il, le visage impassible. Nous devons y aller.

Il prit Liz par le bras et l'entraîna jusqu'à la voiture.

— Qu'y a-t-il ? On dirait que tu as vu un fantôme.

Il ouvrit la portière.

— Birdie. Catherine Smith… est la fiancée de Ted Rapke.

17

Même si l'idée de cuisiner l'un de ses anciens collègues dérangeait Sawyer, ils devaient absolument interroger Ted. Ses liens avec Catherine Smith étaient trop incriminants.

— Il est venu avec un avocat, dit Liz, comme s'il s'agissait d'un aveu de culpabilité.

Debout à côté d'elle dans la salle d'observation, il lui jeta un coup d'œil.

— Seul un imbécile serait venu seul. C'est la deuxième fois que nous le convoquons au bureau du shérif à la suite d'une série d'incendies et de meurtres. Il se doute que cette fois, il ne s'agit plus d'un interrogatoire de routine destiné à l'exclure de la liste des suspects.

— Pourquoi es-tu si prompt à le défendre ?

— Je ne suis pas prêt à le condamner. Il connaît Catherine depuis peu. Il n'a pas allumé cet incendie il y a quinze ans.

— Catherine a noué des amitiés à Laramie depuis des années, répliqua Liz. Il est possible qu'elle l'ait connu à l'époque, qu'ils se soient perdus de vue et retrouvés depuis peu. La ville est petite. Catherine passait tous ses étés ici. Il est également possible que la personne qui avait incendié le ranch Wild Horse ne soit pas celle qui se venge aujourd'hui. Catherine séduit peut-être les hommes pour les charger des basses besognes. Toutes les éventualités doivent être examinées.

Comme Sawyer poussait un soupir de frustration, elle posa la main sur son torse.

— Nous devons découvrir la vérité et tu dois te préparer à ce que celle-ci ne te plaise pas, ajouta-t-elle.

Il hocha la tête.

— Seules la vérité et la justice comptent pour moi.

La porte s'ouvrit et Holden entra. Ils l'attendaient pour commencer l'interrogatoire parce qu'il voulait l'écouter.

— Le maire Schroeder est introuvable, leur annonça-t-il. Son personnel ne l'a pas vu depuis ce matin. Il se rendait alors à un rendez-vous. Il était censé visiter avec Kade Carver un site situé entre Laramie et Cheyenne avec l'idée d'y bâtir un parc d'attractions. Ses adjoints ont tenté en vain de le joindre sur son portable. D'autres sont partis à sa recherche. Ils ont fini par retrouver son véhicule à une quinzaine de kilomètres de la ville. Son téléphone était à l'intérieur sur le plancher, côté conducteur.

Cet horrible cauchemar allait crescendo. Quelle était la suite ? Comment tout allait-il se terminer ?

Liz fronça les sourcils.

— À quelle heure a-t-il été vu pour la dernière fois ? demanda-t-elle à Holden.

— À 10 heures à la mairie. Il devait retrouver Carver à 10 h 30. Les recherches continuent. Bon, allez interroger Ted, maintenant.

Sawyer n'avait jamais eu à mener une enquête qui le touchait de si près. Celle-ci concernait trop de proches, trop d'éléments personnels, ce qui le perturbait. Plus tôt ils identifieraient le coupable, mieux cela vaudrait.

Ils entrèrent dans la salle d'interrogatoire et s'assirent en face de Ted et de son avocat.

— Pourquoi suis-je ici ? demanda Ted.

Il portait un jean et un T-shirt vert. Ses cheveux bruns semblaient plus courts, comme s'il les avait coupés depuis leur dernier entretien.

— Y a-t-il eu un autre incendie ?

Sans répondre à ses questions, Liz lança :

— Pouvez-vous nous dire où vous étiez ce matin entre 10 heures et 10 h 30 ?

— En train de courir, répondit Ted avant de jurer. Seul. Je n'ai personne qui puisse le confirmer. J'ai dormi chez moi et j'ai décidé de faire un jogging sur l'un des sentiers de randonnée de la chaîne de montagnes Elkhorn.

— Combien de temps êtes-vous resté là-bas ?

— J'ai parcouru un kilomètre et demi. Peut-être de 9 h 30 à 10 h 30.

Sans personne pour corroborer ses dires et sa fiancée comme seul alibi pour le meurtre de Mike Steward, ils devaient explorer le mobile.

— Quand avez-vous fait la connaissance de Catherine Smith ?

Il fronça les sourcils.

— Encore ? Pourquoi continuez-vous à me parler de ma fiancée ? En quoi mes relations amoureuses concernent-elles cette enquête ?

Liz croisa les mains sur la table.

— Veuillez répondre à la question.

Son avocat hocha la tête et Ted grommela :

— Il y a un an, au Delgado. Elle inspectait l'établissement et j'ai entamé la conversation. J'ai commencé à flirter avec elle.

— Mais était-ce la première fois que vous la rencontriez ?

— Euh, non. Je l'avais croisée plusieurs fois au fil des ans. L'été surtout, au centre sportif. Nous y allions pour jouer au basket, au foot, nager ou faire l'andouille. Je la connais de vue depuis toujours. Pourquoi ?

Liz jeta un coup d'œil à Sawyer avant de reporter son attention sur Ted.

— Les incendies et les meurtres avaient pour but de venger la mort de Timothy Smith. Le frère de Catherine.

Les yeux écarquillés, Ted regarda Liz et Sawyer d'un air incrédule qui semblait sincère.

— Vous en êtes sûrs ? Vous avez une preuve tangible que la mort de Tim est la raison de tous ces meurtres ?

— Oui, répondit Sawyer en hochant la tête.

— Et vous pensez que c'est moi ?

— Vous êtes sur la liste des suspects, répondit Liz.

— Que t'a dit Catherine à propos de son frère ? reprit Sawyer.

— Seulement qu'il était mort, il y a des années. Qu'il avait été tué et que son meurtrier n'avait jamais été inquiété. Le sujet était manifestement douloureux pour elle, donc je n'ai jamais insisté pour avoir les détails.

— Semblait-elle en colère en évoquant le drame ?

— Non, dit Ted d'un ton catégorique. Les faits se sont produits il y a longtemps. La mort de son frère la bouleverse toujours mais pas au point de la transformer en tueuse.

— Quand vous êtes-vous fiancés ? demanda Liz.

— Il y a trois semaines environ.

— Les incendies et les meurtres ont commencé tout de suite après vos fiançailles avec Catherine Smith.

La remarque de Liz flotta dans l'air comme une mauvaise odeur. Elle ne posa pas de question derrière, se contentant de regarder Ted.

Le chef des pompiers redressa les épaules.

— Qu'insinuez-vous exactement ? Que j'aurais incendié ces commerces et tué ces gens pour... quoi ? Pour offrir une sorte de cadeau tordu à ma future épouse ?

Il émit un grognement indigné.

— Je ne suis pas un tueur et je ne tuerais jamais pour une femme. J'aime Cathy et je ferais presque tout pour elle. *Presque.* Je suis souvent à court d'idées dans ce domaine. Demandez à mes ex. Voilà pourquoi je suis sur le point de me marier pour la troisième fois.

— Répondez aux questions sans développer, lui conseilla son avocat. Ne donnez rien de plus. Vous comprenez ?

Ted hocha la tête.

— Admettons que ce ne soit pas toi, dit Sawyer en se rasseyant. Alors le tueur est quelqu'un que tu connais. Quelqu'un que Catherine connaît. Quelqu'un qui la connaissait il y a seize ans. Quelqu'un qui partage sa douleur et sa colère à propos de la mort de son frère. Quelqu'un qui s'y connaît en matière de feu. Compassionate Hearts a été délibérément transformé en brasier. Le restaurant a très vite été réduit en cendres. L'incendie du chalet était plus contrôlé. Comme celui du Cowboy Way. Aide-nous à te disculper pour que nous puissions nous concentrer sur le véritable tueur.

Alors que Ted y réfléchissait, son visage se crispa soudain et il détourna le regard. Sawyer comprit qu'il avait quelqu'un en tête.

— Ted, dit Liz d'une voix douce, dites-nous ce que vous savez.

— Tu penses à quelqu'un, renchérit Sawyer. À qui ?

— Vous voulez que je vous donne un nom et que je livre quelqu'un en pâture en me fondant sur… quoi ? De vagues soupçons ? Je m'y refuse.

Le smartphone de Liz vibra. Elle jeta un coup d'œil à l'écran.

— Seriez-vous prêt à nous laisser prendre vos empreintes digitales et à passer un polygraphe ?

L'avocat chuchota à l'oreille de Ted pour lui expliquer sans doute ses options et les conséquences de chacune.

Il hocha la tête.

— D'accord, prenez mes empreintes digitales, mon ADN, passez-moi au détecteur de mensonge, dit-il. Aucun problème.

Liz fit un geste vers le couloir. Sawyer sortit avec elle, et Holden les rejoignit.

Elle prit l'appel.

— Kelley.

Elle écouta un moment.

— Laisse-moi te rappeler dans deux minutes, Ernie. Il a des résultats pour nous, dit-elle en raccrochant.

Dans le bureau, Liz composa le numéro de son collègue et le mit sur haut-parleur.

— Je suis avec l'inspecteur des incendies Sawyer Powell et l'adjoint en chef Holden Powell.

— Ça doit être sympa d'être un Powell à Laramie, dit Ernie d'un ton léger. Entrons dans le vif du sujet, en commençant par la voiture piégée. Du nitrate d'ammonium a été utilisé ainsi qu'une minuterie rudimentaire, assez simple, avec un détonateur à distance. Petit, assez compact. C'est là que le facteur compétence entre en jeu. Le bouchon du réservoir avait été retiré pour y insérer le dispositif. Passons aux incendies. L'intuition de l'expert Powell était bonne. L'accélérant était en effet du kérosène. Le dispositif se composait d'un récipient en plastique, contenant l'hydrocarbure avec une minuterie similaire mais modifiée pour provoquer une explosion puis l'embrasement. Et j'ai retrouvé à chaque fois les débris d'une torche d'égouttement forestière. Ce qui me semble curieux mais explique, en tout cas, pourquoi ces incendies ont été si violents.

— Une torche d'égouttement ? C'est quoi ? s'enquit Liz.

— Une torche d'égouttement se compose d'un réservoir de carburant fixé à une buse, répondit Sawyer. Du carburant s'écoule de la buse et passe devant un allumeur, ce qui permet à des gouttes de carburant enflammées de heurter le sol. Ces gouttelettes allument un feu dans la zone où elles sont déposées. Elles servent surtout aux pompiers des divisions forestières.

Elle fronça les sourcils.

— Je ne comprends pas. Les pompiers allument des feux pour éteindre les feux de forêt ?

— Aussi contre-intuitif que cela puisse paraître, oui. Les pompiers déclenchent souvent délibérément des contre-feux. Le principe est d'allumer un feu dans une zone menacée par les flammes. Le contre-feu brûle la végétation vers laquelle le feu se dirigeait et l'éteint donc en le privant de combustible et de comburant. La meilleure défense est une bonne attaque.

— C'est tout ce que j'ai pour vous, dit Ernie.

— Merci. Nous apprécions vraiment ton aide. Et je t'invite à déjeuner à mon retour.

— Je mérite un déjeuner tous les jours pendant une semaine.

— Ça marche, dit Liz avant de raccrocher. Nous devons parler à nouveau à Ted.

Sawyer ouvrit la voie vers la salle d'interrogatoire. Ni lui ni Liz ne prirent la peine de s'asseoir.

Posant les mains sur la table, il se pencha pour regarder Ted droit dans les yeux.

— Les analyses médico-légales sont revenues. Des torches d'égouttement ont chaque fois été utilisées pour déclencher les incendies. Le doute n'est plus permis. Un pompier était à la manœuvre. Forcément. Quelqu'un qui travaille pour la division forestière.

Ted serra les mâchoires. Il était livide.

— Donnez-nous un nom, exigea Liz. Le temps presse. Le maire a disparu. Ce type accuse Bill Schroeder de la mort de Timothy.

Ted ferma les paupières et baissa la tête comme si la vérité lui était insupportable.

— Je n'ai jamais imaginé que ça puisse être lui. Je le jure. Le coupable était sous mon nez depuis le début et je ne l'ai jamais soupçonné, je n'ai rien vu.

Il jura et frappa du poing sur la table.

— Joshua Burfield. C'est le meilleur ami de Cathy. Je me suis souvent demandé s'il s'était passé quelque chose entre eux, s'ils étaient sortis ensemble ou quoi, mais elle jurait que non. Qu'ils étaient seulement amis. Mais ils ont un lien étrange. Je le pense amoureux d'elle. Josh travaille comme pompier forestier volontaire depuis l'âge de dix-huit ans. L'un de mes meilleurs éléments – passionné, dévoué. Je ne l'aurais jamais cru capable de ça, dit Ted, les yeux remplis de colère.

— Tu as bien fait de nous en parler.

Sawyer lui tapota l'épaule, puis se précipita derrière Liz dans le couloir.

— Quel était l'alibi de Burfield pour la nuit du meurtre de Mike Steward ? demanda-t-il à Holden.

— Son frère, Caleb, a confirmé qu'ils étaient ensemble.

Liz secoua la tête.

— Et voilà pourquoi quand un alibi est un proche, je n'en tiens pas compte. Nous devons les retrouver, son frère et lui, et les interroger tous les deux.

Holden courait déjà dans le couloir.

— Je lance tout de suite un avis de recherche, dit-il par-dessus son épaule.

— Nous avons également besoin de mandats de perquisition pour leurs deux logements, dit Liz. Et vite.

Holden eut un petit rire sombre.

— Nous n'en avons besoin que d'un seul. Burfield et son frère habitent ensemble. Ne t'inquiète pas, ce sera rapide. Le maire a disparu. Le juge va se remuer.

18

Depuis son poste d'observation habituel, il espionnait Birdie qui terminait ses longueurs à la piscine du centre sportif. Sa façon de glisser dans l'eau le ravissait. Ses mouvements longs, souples, étaient magnifiques. Il aurait passé des heures à la regarder nager. Ou faire n'importe quoi d'autre, d'ailleurs. Courir. Manger. Dormir...

Il l'adorait.

Et aujourd'hui, il allait enfin gagner son cœur, la reprendre à Ted Rapke qui la lui avait volée.

Elle sortit du bassin, gracieuse comme un cygne. Des gouttelettes scintillaient sur sa peau. Elle s'enroula dans sa serviette, enfila des tongs et se rendit au vestiaire.

Il descendit de son perchoir pour l'attendre. Coiffé de son stetson, des lunettes de soleil sur le nez, il s'adossa contre son camion. Son cadeau pour elle était bien attaché sur le plateau et dissimulé sous le couvercle d'aluminium, pour que ce soit une surprise. Il imaginait sa joie et sa gratitude quand elle mesurerait le mal qu'il s'était donné pour lui faire plaisir.

Le nid d'amour où il l'emmenait était prêt. Il avait mis du champagne au frais. Après avoir allumé quelques bougies, il lui avouerait tout. Submergée d'émotion, elle éprouverait pour lui une reconnaissance infinie et prendrait enfin conscience qu'elle l'aimait. Plus que quiconque. Plus que Ted.

Personne n'était allé aussi loin pour elle.

« Personne ne m'aime autant que toi. » Voilà ce qu'elle lui dirait.

Puis ils feraient l'amour. Ce serait comme la première fois. La seule fois, en réalité. Après qu'il avait incendié le ranch Wild Horse.

Mais à présent, ils allaient vivre une véritable histoire d'amour. Une idylle digne des contes de fées. Ils en parleraient un jour à leurs enfants, en omettant, bien sûr, quelques détails compromettants.

Les portes du centre s'ouvrirent et Birdie apparut. Il sourit, le cœur battant, et lui fit signe de la main.

Quand elle l'aperçut, il vit la surprise se peindre sur son visage, suivie d'un sourire éclatant.

— Salut, Josh, que fais-tu ici ? demanda-t-elle en s'approchant. Tu vas nager ?

— Je suis venu te chercher.

— Moi ? Comment savais-tu que j'étais au centre sportif ?

— Je savais que tu étais en congé aujourd'hui.

Comme il repoussait tendrement une mèche humide de son front, elle s'écarta. Elle avait souvent cette réaction, ces derniers temps.

— Et j'ai deviné que tu serais là, poursuivit-il. Comme si nous étions reliés de l'intérieur.

En réalité, il ne s'agissait pas de télépathie. Il savait toujours où elle était, ce qu'elle faisait, avec qui elle était, grâce au logiciel espion qu'il avait téléchargé sur son smartphone.

Elle était sa came. Son amour. Son univers, sa vie.

Il ouvrit la portière côté passager de son camion.

— Monte. J'ai une surprise pour toi.

Elle jeta un coup d'œil autour d'elle, comme si elle cherchait quelqu'un.

— Quel genre de surprise ?

— Crois-moi, tu vas l'adorer.

— Et ma voiture ? protesta-t-elle en désignant sa jeep.

— Nous reviendrons la chercher plus tard.

Birdie hésita et une lueur d'appréhension brilla dans ses yeux. Mais elle sauta finalement sur le marchepied et se hissa dans la cabine.

Il claqua la portière. Un sourire aux lèvres, il démarra.

Elle sortit son téléphone.

— Qui appelles-tu ? demanda-t-il.

— Ma mère. Je ne veux pas qu'elle s'inquiète.

Pas question que Louise la fouine sache qu'elle était avec lui. Il lui arracha l'appareil des mains et le jeta sous son siège.

— Que fais-tu, Josh ? Nous en avons déjà parlé. Respecter les limites des gens est important.

Les limites étaient pour Ted. Pas pour lui.

— Je te le rendrai après t'avoir montré la surprise. Allez, sois joueuse. Tu l'as toujours été.

Tous les deux avaient toujours joué à toutes sortes de jeux. Le jeu du flirt. Le jeu de la jalousie, comme celui auquel ils jouaient avec Ted. Mais ce jeu-là durait depuis trop longtemps à son goût et avait été poussé trop loin. Et surtout le jeu du déni, le préféré de Birdie. Elle faisait un vœu pour qu'un terrible événement se produise, il le réalisait et quand elle lui demandait si c'était lui qui l'avait fait, il le niait. Au fond, elle savait certainement que c'était lui. Mais le déni lui permettait d'en profiter sans éprouver la moindre culpabilité, le moindre remords.

Comme Birdie ne répondait pas, il demanda :

— Tu me fais confiance, non ?

Le doute brilla à nouveau dans ses yeux mais elle lui faisait toujours confiance. Sinon, elle ne serait pas montée dans le camion. Le lien qui les unissait était très fort.

Indestructible.

Seize ans auparavant, elle lui avait raconté que son frère, l'ami de Josh, était victime de harcèlement par ses camarades du stage équestre. Il s'était alors arrangé avec le gérant de la supérette où il travaillait pendant les vacances pour se charger des livraisons au Wild Horse. Afin de juger par lui-même de la manière dont Tim était traité. Il avait été témoin de la méchanceté et de la cruauté des gamins, en particulier de la part de Bill, le fils du maire.

Il en avait même parlé à Dave Durbin. Le jour du meurtre de

Timothy, Josh était là. Il avait vu le groupe partir en balade à cheval. Timothy, Parrot, Unger, O'Hare, Flores, Goldberg, Tillman, Hartley, Schroeder, Steward et Kelley.

Après la mort de l'adolescent, il était allé trouver le shérif pour tout lui raconter mais celui-ci n'avait pas tenu compte de son témoignage. Ce n'est que beaucoup plus tard qu'il avait surpris une conversation entre Parrot et Steward et compris ce qui s'était passé, en réalité. Les deux hommes avaient trop bu et s'étaient félicités de l'importante somme d'argent qu'ils avaient touchée en échange de leur silence.

Il avait alors su ce qu'il devait faire.

Le chagrin provoqué par la mort de Tim l'avait rapproché de Birdie. Celle des Durbin dans l'incendie du ranch Wild Horse aussi. Il lui avait promis qu'il prendrait toujours soin d'elle et il avait tenu parole.

— Oui, je te fais confiance, dit-elle finalement. Où allons-nous ?

Au nid d'amour. Un petit chalet qu'il avait loué dans la montagne, à la périphérie de la ville, où elle serait en sécurité. L'endroit était isolé, au cas où.

— J'espère que tu n'as rien prévu de romantique, Josh. Nous en avons déjà parlé.

Oh ! oui. Ils en avaient parlé. Il savait qu'en disant le contraire de ce qu'elle pensait, elle flirtait avec lui. La petite lueur dans ses yeux l'avait trahie. Elle le taquinait. C'était sa manière à elle de jouer à leurs petits jeux d'amoureux. Il était son seul véritable ami, la seule personne au monde à comprendre sa souffrance, à la rassurer. Le seul qui serait toujours là pour elle, qui lui ouvrirait toujours les bras.

Mais pas celui avec qui elle voulait coucher. Ni épouser.

Ce soir, tout allait changer avec un nouveau jeu. *Le jeu de l'amour.* En lui offrant le cadeau le plus romantique qu'elle ait jamais reçu, il lui prouverait qu'il était fait pour elle, l'homme idéal, The One.

Il mit un CD, les tubes préférés de Birdie. Comme prévu, elle commença à chanter et à se détendre. Vingt minutes plus tard, elle avait posé ses pieds nus sur le tableau de bord et sa robe d'été avait glissé, dévoilant des cuisses crémeuses.

Il approchait du chalet lorsque son smartphone sonna. Il le sortit de sa poche. Son frère Caleb l'appelait.

— Que se passe-t-il, vieux ? J'y suis presque.

— Il n'est pas juste que tu puisses utiliser ton téléphone et pas moi ! s'exclama Birdie.

— Que dois-je faire ? cria Caleb d'un ton paniqué qui signifiait qu'il y avait un problème. Le shérif vient de s'arrêter devant la maison. Il est accompagné d'une dizaine d'adjoints, de l'agente du FBI et de l'expert en incendies. Ils sortent de leurs véhicules, là. Et merde ! Kelley et Powell examinent ma moto.

Non, non, non.

L'angoisse lui retournait l'estomac mais ce n'était vraiment pas le moment de perdre son sang-froid.

— Prends le bidon d'essence sous l'évier de la cuisine. Va dans mon bureau et brûle tout.

Ils ne devaient surtout pas découvrir ce qu'il avait prévu pour le dernier acte, son grand final.

— Puis va chercher l'autre moto et file. Essaie de me rejoindre ici. On passe au plan B.

Caleb raccrocha.

Garde ton calme. Garde ton calme devant Birdie.

— Qu'y a-t-il ? demanda-t-elle en se redressant. Qu'est-ce qui ne va pas ?

Il se gara devant le chalet.

— Rien d'important, ne t'inquiète pas.

Boum. Boum. Boum. Des bruits sourds résonnèrent à l'arrière du camion.

Les yeux écarquillés, Birdie se retourna sur son siège.

— Il y a quelqu'un sur le plateau ?

Le scénario dérapait. Rien ne se déroulait comme il l'avait imaginé. Il avait prévu toute une mise en scène pour lui exprimer son amour : le champagne, les bougies, les doux aveux, sa déclaration.

Il était temps de sortir du jeu du déni. Lui révéler ce qu'il avait fait par amour lui permettrait de gagner son cœur, il en était certain.

Boum. Boum.

— Qui est sur le plateau de ton camion ?

Avec un soupir, il actionna la télécommande pour soulever le couvercle du plateau.

— Va voir toi-même.

Birdie bondit sur le sol et courut vers l'arrière pendant qu'il ouvrait la boîte à gants. Il y prit un flacon et imbiba un chiffon de chloroforme.

— Josh ! hurla Birdie, horrifiée.

Tenant le chiffon derrière le dos, il descendit à son tour et la rejoignit à l'arrière du véhicule.

— C'est le maire ! dit-elle, sidérée. Explique-moi pourquoi Bill Schroeder est ligoté et bâillonné dans ton camion ?

Les poignets attachés dans le dos, les chevilles liées, Bill gigotait pour demander de l'aide. La boule de tissu que Josh lui avait enfoncée dans la bouche l'empêchait de parler.

Et un gros nœud rouge avait été noué autour de son cou.

Ils étaient loin du moment de grâce dont il avait rêvé.

— Il est pour toi, dit Josh. Mon cadeau. Je te l'offre. C'est lui qui a tué Tim. J'ai fait payer les autres aussi, comme tu le souhaitais.

— De quoi tu parles ? Je n'ai jamais voulu ça !

— Quand tu as inspecté le restaurant de Chuck Parrot, tu as relevé toutes les infractions possibles. Il a été obligé de fermer l'établissement et de le rénover. Tu m'avais dit que tu aurais aimé pouvoir faire exploser son restaurant, le réduire en cendres. Et te venger de tous les menteurs qui n'avaient pas dénoncé le meurtrier de ton frère. De tous ceux qui avaient vendu leur âme au diable, un diable nommé Schroeder.

— Oh mon Dieu ! C'était toi ?

L'horreur et la peur qu'il vit dans ses yeux ne firent qu'attiser sa colère. Avant l'arrivée de Ted dans sa vie, elle aurait exprimé de la gratitude, il en était certain.

— Josh, ne me dis pas que c'est toi qui as tué tous ces gens ?

— Qui d'autre en aurait été capable, à ton avis ?

— Tu avais aussi mis le feu au ranch Wild Horse, n'est-ce pas ? Je m'en doutais, je t'en étais reconnaissante, même si ce n'était pas bien. Mais tu l'as toujours nié.

C'était le jeu.

Elle avait rêvé de voir les Durbin morts et le ranch Wild Horse en cendres. Il avait fait en sorte que les deux drames se produisent. Pour qu'elle soit heureuse sans éprouver la moindre culpabilité.

Elle avait également souhaité que les autres paient pour leur silence coupable. Là encore, il s'était arrangé pour exaucer son vœu. En se débrouillant pour qu'elle n'ait rien à se reprocher.

Mais du coup, comme elle ignorait tout de ses efforts, de ses exploits, elle ne ressentait aucune gratitude pour lui.

Pensait-elle qu'une fée avait été à l'œuvre pour accomplir tous ses souhaits avec sa baguette magique ?

— Je l'ai fait parce que je t'aime, Birdie. Plus que tout. Tu ne peux pas épouser Ted. Il est trop égoïste. Il n'aurait jamais fait tout ce que j'ai fait pour toi. Je t'offre le tueur de Tim, répéta-t-il avec un geste vers le maire.

— Moi aussi, je t'aime beaucoup, Josh, mais pas comme un amoureux. Je te l'ai déjà dit. Tu es comme un frère pour moi. Ted avait raison à ton sujet, ajouta-t-elle en reculant. Il m'a dit que tu étais obsédé par moi.

— Il a divorcé deux fois et prétend savoir ce qu'est le véritable amour ! Je ne te laisserai pas l'épouser. Il ne te mérite pas. Moi, oui. Je me suis donné du mal. J'ai pris tous les risques, allumé des incendies, versé le sang pour toi. Tu es à moi !

Birdie essaya de s'enfuir, mais il la rattrapa et pressa le tissu imbibé de chloroforme sur sa bouche et son nez. Elle se débattit mais le combat ne dura pas longtemps.

— Nous réglerons tout ça au Canada, lui chuchota-t-il à l'oreille, même si elle ne pouvait pas l'entendre. Toi, moi et Caleb. La frontière n'est qu'à dix heures de route.

Là-bas, elle changera d'avis et comprendra que notre amour est unique, le seul valable.

Il l'embrassa sur le front. Puis il la prit dans ses bras et la porta à l'intérieur du chalet. Il fouilla dans son sac, en tira une cordelette et lui ligota les poignets. Pas de bâillon. Personne ne l'entendrait crier ici. Il l'allongea sur une couverture dans la salle de bains, attacha ses mains liées au pied du lavabo. Elle avait assez de place pour atteindre les toilettes. Si elle avait soif, elle boirait de l'eau au lavabo.

S'essuyant le front du revers de la main, il verrouilla la porte. Il se débarrasserait de Bill au cours du dernier acte, de son grand final. De Ted aussi, il l'espérait.

Tous les pompiers de Laramie et de Bison Ridge seraient mobilisés pour intervenir sur la catastrophe qu'il avait concoctée, y compris leur chef, qu'il soit en service ou non.

Beaucoup allaient mourir.

Avec un peu de chance, Ted ferait partie du lot.

19

Deux adjoints poussèrent Caleb Burfield menotté à l'arrière d'une voiture de patrouille. Liz resta dehors le temps que Sawyer finisse d'éteindre l'incendie allumé dans le petit bureau, aménagé à l'entresol. Il ouvrit ensuite en grand les fenêtres pour aérer afin qu'elle puisse le rejoindre. En attendant, elle continua d'examiner la moto que Josh ou Caleb avait utilisée lors de la fusillade visant à les abattre devant chez elle.

La radio attachée à l'épaule de Holden grésilla.

— Chef, vous êtes là ? s'enquit le dispatcher.

Liz se rapprocha de lui pour entendre.

— Je vous écoute.

— Le médecin légiste nous a répondu. D'après Norris, l'ancien rapport d'autopsie est du grand n'importe quoi. À en juger par la blessure, quelqu'un a frappé Timothy Smith à la poitrine avec une fusée de feux d'artifice, ce qui l'a tué. Qu'il se soit infligé lui-même cette blessure est impossible. Par ailleurs, il y a une heure environ, une caméra de surveillance de l'US 30, la route majeure qui traverse le pays d'est en ouest, a filmé la voiture de Joshua Burfield roulant vers le nord. Burfield était au volant et Catherine Smith assise sur le siège passager.

— Sont-ils ensemble ? demanda Holden à Liz.

Elle esquissa un geste d'ignorance. Tout était possible mais le prochain mariage de la jeune femme avec Ted Rapke rendait cette hypothèse peu probable. En revanche, cet événement à venir semblait avoir été l'élément déclencheur pour Burfield. À présent, Liz comprenait mieux ce qui l'avait poussé à passer à l'acte. Les incendies et les meurtres coïncidaient avec l'annonce de ces fiançailles qui avait manifestement provoqué la jalousie et la colère de Burfield. Il avait eu peur de la perdre.

Ces sinistres étaient-ils, à ses yeux, des gestes romantiques macabres ? Cette éventualité lui donnait la chair de poule.

— A-t-elle l'air d'être sa prisonnière ? demanda Holden.

— Euh, non. On dirait qu'elle… chante.

— Tous deux sont des amis très proches, dit Liz à Holden. Depuis toujours. Peut-être ignore-t-elle tout de ce qu'il a en tête. Mais tant que nous ne l'aurons pas interrogée, nous devons la considérer comme suspecte.

— Bien reçu, dit Holden à la radio. L'adjointe Russo et moi nous dirigeons vers l'US 30. Demandez à l'adjoint Livingston d'avertir les policiers de la ville la plus proche de l'endroit où il a été repéré. Je veux qu'ils le prennent en filature. Par ailleurs, il nous faut examiner les derniers relevés bancaires de Burfield.

— Laisse le FBI se charger des questions financières, dit Liz. Nous serons plus rapides et aurons la possibilité de creuser.

— Ça me va, répondit Holden.

— Compris, conclut le dispatcher.

— Préviens Sawyer, Liz, ajouta Holden avant de partir en vitesse avec Russo au volant de son SUV.

Liz sortit son smartphone et appela son patron au FBI pour le mettre au courant des derniers événements.

— Notre principal suspect est Joshua Burfield, l'un des pompiers volontaires de la division forestière, expliqua-t-elle avant de lui communiquer son adresse. Au cas où Catherine Smith serait sa complice, il semble préférable d'examiner également ses comptes bancaires.

— Nous allons nous en occuper tout de suite. Bon travail, Kelley. Comment allez-vous ? s'enquit l'agent spécial Cho.

— J'ai frôlé la mort deux fois mais je suis toujours debout.

Il soupira.

— En tout cas, vous n'aurez plus à vous soucier du maire. J'ai parlé avec Schroeder. Il a compris que vous étiez protégée.

— Et à propos du maire, il a disparu. Nous craignons qu'il soit la prochaine cible de Burfield.

— Si vous avez besoin d'aide supplémentaire, n'hésitez pas à nous recontacter. Nous sommes là pour vous. Faites attention à vous, Liz.

— Je ferai de mon mieux, monsieur.

Sawyer apparut à la porte de la maison et lui fit signe de le rejoindre.

— J'espère que tu n'as pas trop respiré de fumée, dit-elle.

— Ne t'inquiète pas, répondit-il en lui montrant le chemin vers l'entresol. Tu ne devineras jamais ce que j'ai découvert là-dedans.

Il la laissa entrer la première.

Sur le grand mur en face de la porte, des dizaines de photos et de petites fiches cartonnées avaient été punaisées. Des ficelles reliaient certaines d'entre elles. Caleb avait renversé à la hâte de l'essence dans la pièce, y avait jeté une allumette avant de tenter de s'enfuir à moto. Mais l'un des adjoints l'avait plaqué au sol et avait réussi à l'empêcher de filer.

L'incendie avait détruit quelques clichés ou cartes mais en avait épargné beaucoup d'autres, partiellement ou totalement. Ils comprirent vite que Burfield avait créé un *mind map*, un organigramme détaillé de résolution de problèmes.

Liz s'approcha d'une fiche à moitié brûlée sur laquelle était écrit SAWYER POWELL avec de nombreux renseignements sur lui. Puis elle suivit les fils vers d'autres fiches.

— Regarde. Il avait anticipé le fait que tu présenterais une source de difficultés. Te neutraliser au ranch Shooting Star lui semblait trop risqué. Voilà pourquoi il avait opté pour la voiture piégée. Et, ajouta-t-elle en dirigeant son regard vers un autre ensemble, il considérait Holden comme un danger annexe jusqu'à ce que tu sois éliminé.

— En revanche, il n'avait pas prévu la complication majeure que *tu* représentais, dit-il en posant une main sur le bas de son dos.

Ensemble, ils étaient arrivés jusqu'ici. Ils devaient continuer. Ils étaient sur le point d'aboutir, de le coincer.

Elle recula pour examiner le tableau dans son ensemble. Burfield avait envisagé de multiples moyens pour résoudre les différents problèmes. Il avait surtout cherché à mettre en œuvre sa vengeance.

— C'est à la fois effrayant et fascinant, dit-elle. En fin de compte, son principal objectif est d'éliminer Bill Schroeder. Regarde, son nom est au centre. Tous les autres étaient, à ses yeux, des cibles secondaires, de moindre importance. Il tient Bill pour responsable de la mort de Timothy.

— Et voilà pourquoi il a certainement concocté un châtiment terrible pour lui, pire que ceux qu'il a infligés aux autres, dit Sawyer. Voyons les éléments autour de la carte de Bill, les notes qui n'ont pas brûlé. Apparemment, Ted devrait être une victime collatérale et disparaître en même temps que le maire. Et regarde, pour en finir avec ce dernier, il compte se servir d'un engin explosif.

— Il a prévu de n'utiliser qu'une seule minuterie, remarqua Liz. Mais elle est différente, plus sophistiquée que celles avec lesquelles il avait confectionné les autres bombes. Mais où a-t-il l'intention de placer celle-ci ? Comment veut-il tuer le maire ? ajouta-t-elle avec un frisson de peur.

— Manifestement, une voiture piégée ne conviendrait pas. Pour assassiner Schroeder, Burfield a imaginé un autre scénario. Il a conçu une bombe plus grosse, susceptible de provoquer des dégâts plus importants.

— Réfléchissons. Il ne s'est pas contenté de tuer les autres, il s'est arrangé pour les faire souffrir d'abord. Il leur a pris ce à quoi ils tenaient le plus. La boutique solidaire pour Aleida, le restaurant pour Parrot. Quant à Steward, il a perdu son fils et son activité...

— Schroeder est le maire de la ville mais il ne l'aurait pas kidnappé s'il avait voulu faire sauter la mairie. Il aurait fait exploser le bâtiment un soir, alors que Bill travaillait tard.

— À quoi Bill Schroeder accorde-t-il de l'importance ? Qu'est-ce qui compte plus que tout à ses yeux ? Sa réputation et sa fortune, répondit-elle en poursuivant son raisonnement à voix haute. Mais comment Joshua Burfield pourrait-il les lui enlever ? Et comment s'attaquer à la notoriété et à l'argent de Bill lui permettrait-il de se débarrasser, du même coup, de Ted ?

Sawyer promena son regard dans la pièce.

— Son frère n'a pas seulement essayé de détruire l'organigramme détaillé de résolution des problèmes. Il a tenté de mettre le feu au bureau aussi. Mais il était trop pressé pour le faire correctement. Le meuble n'a pas eu le temps de brûler.

Il enfila des gants en latex, ouvrit un tiroir et en tira une chemise cartonnée.

— Ce type est vraiment macabre. Il y a un dossier étiqueté « Dernier acte ».

Ils parcoururent son contenu, des centaines de pages d'informations sur la ferme et le ranch Schroeder.

— La famille Schroeder est à la tête d'un empire, dit-elle. Leurs activités sont trop importantes et trop diversifiées pour être anéanties via un seul engin explosif. Elles sont implantées sur différents sites. Ils cultivent et vendent de nombreux produits agricoles mais ils fabriquent aussi des semences, des traitements de grains, des pesticides, des substances pour protéger les cultures. Ils proposent même des services financiers aux petits agriculteurs...

Sawyer jura.

— Il a peut-être pensé à un moyen, un horrible moyen.

Il feuilleta rapidement les pages, jusqu'à ce qu'il trouve ce qu'il cherchait.

— L'usine d'engrais.

Il déplia un collage de photos de l'établissement industriel que possédaient les Schroeder.

Liz examina les angles, sur quoi Burfield avait zoomé.

— Il a photographié toutes les failles du site. Le périmètre n'est pas clôturé, il n'y a ni poste de garde ni caméras de surveillance. Comment est-ce possible ?

— Malheureusement, c'est plus courant que tu ne l'imagines. Il avait sans doute volé dans cette usine le nitrate d'ammonium qu'il a utilisé pour les voitures piégées.

— Que se passerait-il s'il mettait le feu au site ?

— L'incident le plus récent dans une usine d'engrais s'est produit en Caroline du Nord.

— Oui, j'en ai entendu parler. Toute la ville avait dû être évacuée.

— Cinq cents tonnes de nitrate d'ammonium y étaient entreposées. Plus du double de ce qu'il y avait lors de l'explosion meurtrière au Texas, qui avait tué de nombreuses personnes, blessé des centaines d'autres, endommagé des maisons à des kilomètres à la ronde et laissé un cratère de trente mètres de large. Burfield est-il conscient que la plupart des victimes de cette catastrophe étaient les premiers intervenants, à commencer par les pompiers ?

— Il espère sans doute la mort d'un pompier particulier, Ted Rapke.

Avait-il vraiment planifié une opération de cette envergure pour tuer un homme et posséder une femme ?

Écœurant.

— L'OSHA ne réglemente-t-elle pas ces installations ? demanda-t-elle, faisant référence à l'agence gouvernementale fédérale chargée de la santé et de la sécurité au travail.

— Bien sûr que si. Tout établissement qui stocke plus d'une tonne de nitrate d'ammonium est censé le déclarer. D'après ces photos, l'usine Schroeder en entrepose près d'un millier de tonnes mais ils ne l'ont pas signalé.

— Pourquoi ?

— Pour s'épargner des contrôles, des réglementations supplémentaires. Pour économiser sur les dépenses.

— Au prix de vies en danger, dit-elle, dégoûtée.

— Si Burfield y met le feu et que l'usine explose, le sinistre détruira la réputation des Schroeder et les ruinera mais il provoquera surtout une tragédie…

— La police de Laramie se charge d'évacuer la ville, dit Liz en mettant fin à la communication, l'air quelque peu soulagé.

Sawyer hocha la tête, doubla un véhicule, puis écrasa l'accélérateur. Ils fonçaient vers l'usine d'engrais Schroeder en espérant arriver à temps pour empêcher Burfield de mettre son plan diabolique à exécution.

Appeler à l'aide la police de Laramie leur avait paru la meilleure option puisque Holden et ses adjoints étaient occupés à traquer Joshua Burfield, à interroger son frère et à rechercher le maire.

— Ils vont commencer par la partie nord-ouest de la ville qui serait la plus touchée dans le pire des cas, dit Liz. Mais ils auront du mal à faire sortir à temps les résidents de la maison de retraite. Pour ne rien arranger, le chef de la police est en vacances.

Elle poussa un lourd soupir.

— As-tu réussi à joindre quelqu'un à l'usine ?

— Ils ont fermé, il y a une heure. Personne n'a répondu. Aucun numéro d'urgence n'a été laissé sur leur répondeur…

Ils pénétrèrent sur le site, passèrent devant plusieurs bâtiments. Sawyer se dirigea vers un grand entrepôt à l'arrière, l'objet principal de la surveillance de Burfield.

En s'approchant, il se figea à la vue d'un camion garé près de l'entrée. Sa plaque d'immatriculation correspondait à celle recherchée par les autorités.

— Burfield est ici.

Liz sortit à nouveau son téléphone et prévint la police.

— Faites venir le SWAT. Le maire Schroeder et Catherine Smith sont sans doute à l'intérieur.

Elle écouta la réponse de son correspondant et pinça les lèvres, irritée.

— Très bien. Mais n'envoyez pas de policiers en uniforme ici.

Au cas où tout tournerait mal, je ne veux pas qu'ils soient tués dans l'explosion. Concentrez-vous sur l'évacuation.

Elle termina l'échange.

— Le dispatcher m'a dit qu'il faudrait plusieurs heures au SWAT pour arriver ici. Pourquoi ont-ils besoin d'autant de temps ?

— Ils viennent de Cheyenne. Laramie n'a pas les moyens d'une telle équipe. Ni besoin d'eux, habituellement.

— C'est la première fois que je regrette la Virginie.

Sawyer s'arrêta devant l'entrepôt.

— Je vais entrer par l'avant, dit-il. Toi, passe par l'arrière.

Liz lui saisit le bras pour l'arrêter.

— Gare le véhicule sur le côté du bâtiment où il n'y a pas de fenêtres pour que Burfield ne puisse le voir. Ensuite, j'entrerai par l'avant. Toi par l'arrière.

— Pourquoi ?

— Qui Burfield considère comme la plus grande menace, à ton avis ? Toi ou moi ? Toi, bien sûr. Et il a tort, ajouta-t-elle. Qui de nous deux est le plus capable d'entrer dans sa tête, d'anticiper ses mouvements ? Je vais le convaincre que je suis seule ici. Toi, tu te faufiles à l'intérieur par l'arrière ou par un autre moyen.

— Je ne veux pas que tu te mettes dans sa ligne de mire.

— La moitié de la ville est déjà dans sa ligne de mire. Nous devons à tout prix l'arrêter. Si tu as la possibilité de tirer sur lui, tue-le. Le reste est secondaire. Il faut le neutraliser.

Sawyer secoua la tête. Il ne l'avait pas attendue quinze ans pour la perdre à nouveau, maintenant.

— Je ne le ferai pas si tu es dans la ligne de mire.

— J'effectue mon travail à mes risques et périls, je m'y suis engagée. L'un de nous devra peut-être prendre une décision difficile là-bas, à un moment ou à un autre. Essayer de me sauver serait contre-productif. Si tout explose, nous sommes tous morts, de toute façon, dit-elle d'un ton pragmatique.

Sa logique était irréfutable. Néanmoins, il sentit son cœur se serrer.

Il se gara le long du bâtiment et coupa le moteur.

Comme Liz s'apprêtait à sortir, il posa une main sur son épaule pour l'arrêter.

Il lui prit le visage et l'embrassa sur les lèvres.

— Veux-tu m'épouser ?

Il n'avait jamais eu l'occasion de la demander en mariage et il n'allait pas laisser passer sa chance.

Elle écarquilla les yeux de surprise, ses lèvres s'entrouvrirent, mais très vite elle arbora une expression impassible.

— Je ne veux pas d'une demande en mariage apocalyptique. Si on s'en sort et que tu veux toujours m'épouser, tu me le redemanderas, dit-elle avant de sauter hors du véhicule.

Il l'imita. Ils laissèrent les portières ouvertes et, l'arme au poing, partirent dans des directions opposées.

Sawyer gagna l'arrière de l'entrepôt et courut vers les grandes portes par lesquelles les camions entraient pour être chargés. Il aperçut l'escalier extérieur qui menait au toit. Près de lui se trouvait un long toboggan qui descendait du troisième étage jusqu'au sol. Un autre moyen de charger les camions. Il scruta le sommet. Un système de tapis roulant reliait le toboggan à l'intérieur du bâtiment. Il entrerait par là.

Liz parvenait devant la porte d'entrée lorsque son smartphone vibra. Elle parcourut le texto de son patron.

> Burfield avait loué un chalet à Wayward Bluffs. Le bureau du shérif y a trouvé Catherine Smith ligotée dans la salle de bains.
>
> Aucune trace du maire.

Elle remit l'appareil dans sa poche.

Quand elle ouvrit lentement la porte, le grincement des charnières annonça son arrivée et elle se tendit.

Elle entra, l'arme au poing. Elle passa devant du matériel industriel, des machines, des piles de sacs vides étiquetés au nom de Schroeder. Comme elle s'enfonçait dans l'entrepôt, elle vit d'immenses bacs alignés contre le mur du fond et contourna deux chargeurs de tracteurs frontaux.

Un mur en aluminium – et non en béton comme l'exigeait la réglementation – avait une ouverture assez grande pour permettre à deux tracteurs de pénétrer simultanément à l'intérieur. Derrière, un gros monticule de nitrate d'ammonium trônait au milieu du bâtiment.

Elle s'avança. Où que soit Burfield, il savait qu'elle était là et il l'observait.

Le cœur battant, elle regarda autour d'elle. Un tapis roulant partait du haut de l'édifice, longeait le plafond jusqu'au tas de produits chimiques. Elle contourna un amas de granules gris-blanc. Prête à tout.

Puis Bill Schroeder apparut, les mains ligotées dans le dos, les chevilles attachées, un gros nœud rouge autour du cou. Burfield le poussait devant lui en se servant de lui comme d'un bouclier humain.

Les yeux terrifiés de Schroeder croisèrent les siens. Il transpirait à grosses gouttes.

Liz leva son arme.

— Je ne tirerais pas si j'étais toi, dit Burfield en brandissant le détonateur avec un geste de la tête vers l'engin explosif qu'il avait posé à côté du nitrate d'ammonium. Ou je fais tout sauter. Où est Sawyer ?

— Il n'est pas ici.

Burfield ricana.

— Il t'aurait laissée toute seule ? Je n'en crois rien.

Ce monstre la voyait comme une pauvre fille impuissante, incapable de se défendre toute seule.

— Nous nous sommes séparés. Une caméra a filmé ton camion roulant vers le nord et il s'est lancé à ta poursuite, répondit-elle, ne voulant pas lui apprendre qu'ils avaient trouvé le chalet et Birdie. Pour ne pas le retarder, j'ai proposé de m'assurer pendant ce temps-là que l'usine d'engrais était sécurisée et qu'aucun dispositif n'y était dissimulé.

— À moins que Holden ne soit sur la US 30. Et Sawyer par ici...

— Holden cherche ton frère. Caleb s'est enfui sur une moto rouge. Tous les adjoints du shérif sont à ses trousses.

La méfiance dans ses yeux s'atténua un peu mais ne disparut pas. Elle avait besoin d'un argument plus décisif.

— Ma formation m'a appris à ne pas craindre la mort, dit-elle. Je suis entrée dans cet entrepôt en étant consciente qu'un homme tordu comme toi était peut-être à l'intérieur, prêt à tout faire exploser et moi avec. Pourtant, je suis là. En revanche, je ne supporterais pas qu'il arrive malheur à Sawyer. Crois-moi, je ne le laisserais pas s'approcher de toi en te sachant entouré de centaines de kilos d'explosifs.

À la lueur de triomphe dans ses yeux et au sourire sur ses lèvres, elle comprit qu'elle l'avait convaincu. Il la croyait. *Pourvu que Sawyer ne fasse aucun bruit*, songea-t-elle.

— Maintenant, pose ton Glock sur le sol, ordonna-t-il.

Elle obéit.

— Rapproche-toi. As-tu d'autres armes sur toi ? Des couteaux ?

Elle retira le poignard de son holster à la cheville et le laissa tomber par terre.

— Je suis sûr que tu en as d'autres, dit-il.

— Non, aucun. C'est tout.

— Je ne te crois pas. Déshabille-toi. Je veux être sûr, dit-il d'un ton presque amusé, comme s'il s'agissait d'un jeu.

Elle ne bougea pas.

— Dépêche-toi. À la minute où tu as vu mon camion, tu as appelé les flics. Ils sont en route.

— Ils sont en train d'évacuer la ville. Tu as prouvé à quel point il fallait prendre ta vengeance au sérieux.

— Tu n'as pas besoin de renfort ? Tout le monde en a besoin.

— Je n'ai pas envie que des policiers innocents meurent.

— Déshabille-toi, répéta-t-il. N'oublie pas, j'ai toutes les cartes en main.

Avec le détonateur, il les avait, oui.

Liz enleva sa veste de combat et la laissa tomber à terre. Ensuite, elle dénoua son foulard et déboutonna sa chemise. Montrer ses cicatrices à un monstre au cours d'une mission ne la dérangeait pas.

Sawyer était proche. Elle le savait mais n'osait pas regarder autour d'elle. Elle espérait qu'il tirerait dès qu'il en aurait la possibilité.

Elle jeta enfin sa chemise au sol, ne gardant que sa culotte et son soutien-gorge.

— Tourne-toi, ordonna-t-il.

Les mains en l'air, elle obtempéra. Elle aperçut alors Sawyer rampant sur le tapis roulant en haut du bâtiment. Mais il n'avait pas encore le bon angle pour tirer. Il devait avancer un peu et même dans ce cas, il risquait encore de rater sa cible.

Josh l'observa, le visage sombre.

— Tu es la seule personne que je connaisse à avoir dansé avec le feu.

— Un feu que tu avais allumé, dit-elle pour gagner du temps.

— Tu avais mérité ce qu'il t'est arrivé. Je t'avais vue sortir à cheval avec ce salaud, ajouta-t-il en envoyant un coup de pied à Schroeder au sol. Tu avais été témoin du meurtre de Timothy et tu n'as rien dit. Combien t'ont-ils payée en échange de ton silence ? De toute façon, ne pas l'avoir dénoncé te rend coupable.

Elle secoua la tête.

— Je devais participer à cette balade à cheval, oui. Mais ma jument avait perdu un fer et Chuck m'a ordonné de retourner au ranch. Je n'ai rien vu de ce qui s'est passé. Ils m'ont dit que Tim s'était cassé la jambe.

— Menteuse ! cria-t-il, le doigt glissant sur le détonateur.

— Je ne couvrirais jamais un meurtre et j'accepterais encore moins de l'argent pour me taire, assura-t-elle. J'avais surpris Bill harcelant Tim. Je lui avais demandé d'arrêter, j'en avais parlé à CP et aux Durbin. Cela n'avait pas servi à grand-chose. Mais maintenant, j'ai l'intention de traduire Bill en justice.

— Très bien, dit-il avec un rire cruel.

— Cet homme est méprisable mais il ne m'achètera pas. Nous avons consulté le rapport du légiste de l'époque concernant la mort de Tim. D'après le médecin légiste actuel, il n'aurait pas pu s'infliger lui-même la blessure qui l'a tué. Il a été assassiné. L'ancien légiste et le shérif étaient corrompus.

— Schroeder prétendra qu'il s'agissait d'un accident, qu'ils jouaient avec des pétards, qu'il voulait seulement effrayer Timothy. Mais pas le tuer. Bill Schroeder s'en sortira. Comme toujours.

— Il pourrait au moins être accusé d'homicide involontaire.

Elle en doutait puisque Joshua Burfield avait éliminé tous les témoins du crime. Plus rien ne prouvait que Schroeder avait lancé les fusées sur Timothy. Mais elle avait besoin de convaincre Josh que tout était encore possible.

— Evelyn Steward témoignera que Neil avait été payé pour garder le silence. Et j'ai découvert tes documents concernant l'usine d'engrais. Les Schroeder enfreignent une loi fédérale en ne déclarant pas les tonnes de nitrate d'ammonium qu'ils stockent ici. Ils iront en prison. Je te le promets.

— Je n'en crois rien. Des hommes comme Bill et son père trouvent toujours moyen de s'en tirer. Voilà la seule manière d'obtenir justice, dit-il en brandissant le détonateur.

Un coup de feu claqua. Touché à l'épaule, Burfield lâcha le détonateur et tituba en arrière. Trop en arrière.

Sawyer ne les voyait pas mais le tas de nitrate d'ammonium et l'engin explosif étaient tout près.

La balle avait atteint Burfield à la clavicule. En grimaçant, il tendit la main vers le détonateur.

D'un geste vif, Liz ramassa son couteau par terre et frappa Burfield en pleine poitrine.

Il se tourna vers elle, fou de colère.

— Va au diable.

— Après toi, répliqua-t-elle en s'éloignant de lui.

Avec un grognement féroce, Burfield se jeta sur elle.

Sawyer tira un deuxième coup de feu.

Touché au cœur, Burfield s'écroula.

Liz se précipita pour récupérer le détonateur. Elle s'agenouilla ensuite près de Burfield et prit son pouls pour s'assurer qu'il était mort. Elle se leva, rangea son arme dans le holster et se rhabilla. Puis elle s'approcha de Bill Schroeder en pensant à la personne horrible qu'il était. Elle retira le bâillon de sa bouche.

— Détache-moi, ordonna-t-il. Je n'arrive pas à croire qu'il allait me tuer. Je dois sortir d'ici.

Elle le regarda et grimaça d'un air ennuyé.

— Les attaches zippées sont difficiles à défaire. Je vais chercher des ciseaux.

— Sors le couteau du ventre de ce salaud et coupe-les avec.

— Impossible. Ce poignard est désormais un élément de la scène de crime, je n'ai plus le droit d'y toucher.

Sous ses insultes, elle se leva et se dirigea vers la sortie.

Dehors, le soleil brillait plus fort maintenant que Burfield était mort et ce cauchemar terminé.

Sawyer courut vers elle et elle tomba dans ses bras.

— Ton tir était digne d'un tireur d'élite, dit-elle.

Il se recula un peu et la regarda.

— Tu avais fait l'essentiel. Où est Bill ?

— Sur le sol, à gigoter comme le serpent qu'il est. Nous allons le libérer. Il n'y a pas d'urgence.

En riant, il saisit son menton et inclina son visage vers lui.

— Tu as été courageuse. Mais tu as pris beaucoup de risques aussi.

— Tu ne vas pas recommencer à me faire des reproches !

— Mais si, dit-il en l'embrassant. Et tu vas devoir t'y habituer. Parce que nous allons nous marier, Liz.

— D'abord, tu dois me demander ma main. Et il faut ensuite, que je dise oui.

— Non, répliqua-t-il en l'enlaçant. Cette fois, c'est moi qui vais décider pour nous deux.

Elle éclata de rire. Même s'ils avaient encore frôlé la mort, ils avaient survécu et il était temps pour elle de commencer à vivre.

— Liz Kelley, je t'ai aimée plus de la moitié de ma vie. Il n'y a personne d'autre au monde avec qui je veuille partager mes jours et mes nuits. Épouse-moi.

Elle prit une inspiration tremblante. C'était vraiment en train d'arriver.

— Ma vie est en Virginie. La tienne est ici. Et ta famille ? Vous êtes tous si...

Il l'embrassa, et ses craintes s'envolèrent.

— Je peux être pompier n'importe où. Ted et Gareth seront ravis de se débarrasser de moi, dit-il. Nous nous marierons au ranch si tu veux.

— Cela me plairait.

— Nous y emmènerons les enfants tous les étés, ils joueront avec leurs cousins. Nous passerons Thanksgiving avec tes parents. Peut-être Noël aussi, dit-il en lui décrivant la vie dont elle rêvait sans oser l'espérer.

— Des enfants, hein ? demanda-t-elle, enjouée.

— Seulement si tu en as envie.

Elle avait toujours voulu avoir des enfants de Sawyer.

— Je tiens absolument à fonder une famille avec toi.

Il effleura ses lèvres des siennes et l'embrassa doucement.

— Où que tu ailles, j'irai. S'il te plaît, dis-moi que tu es d'accord pour m'épouser. Je finis par avoir l'impression de te harceler.

De nouveau, elle éclata de rire. Son cœur explosait de joie dans sa poitrine. Elle n'avait jamais été plus heureuse.

— Oui, Sawyer Powell. Je serai ta femme.

Vous avez aimé ce roman ?
Retrouvez votre série « Les enquêtes des Rocheuses »
dès le mois d'août dans votre collection Black Rose !